Jessica Goodman

Deadwater High – Den Tod im Team

Für Halley –
Wir werden immer die Goodman-Girls sein.

Jessica Goodman

DEAD WATER HIGH

DEN TOD IM TEAM

Aus dem Englischen von
Jessika Komina und Sandra Knuffinke

magellan

STELLA

ICH HASSE ES, wie meine Schwester Ellie atmet. Sie schnauft und schnaubt nicht, röchelt und keucht nicht. Nein, Ellies Atem geht ganz ruhig und stetig, immer gleich. Selbst dann, wenn sie bergauf läuft, und selbst dann, wenn sie die letzten hundert Meter sprintet. Nach Ellies Atem kann man seine Uhr stellen.

Außerdem hasse ich es, dass sich nie auch nur ein Härchen aus ihrem Pferdeschwanz löst. Und dass sie schweigend laufen kann, ohne sich nach einer Weile eigenhändig das Hirn zerquetschen zu wollen. Wie ist es möglich, dass meine kleine Schwester so viele tatsächlich erwünschte Gedanken im Kopf hat?

Ich dagegen … Ich würde am liebsten alles aussperren. Darum laufe ich. Um die Welt hinter mir zu lassen. Um frei zu sein. Ich will schneller sein als alle anderen. Das Brennen tief in meinen Lungen und Oberschenkeln spüren. Ich will gewinnen. Egal, in welche Richtung ich laufe, auf welcher Strecke. Das Einzige, was zählt, ist, dass mein Hirn zur Ruhe kommt. Komplett. Und das klappt nur, wenn alles stimmt, wenn ich in andere Sphären aufsteige und Rekorde breche, wenn ich renne, renne, renne.

Nur beim Laufen kann ich den ganzen anderen Kram vergessen – dass mein widerspenstiges dunkles Haar sich nur mit diesen extrastarken medizinischen Gummibändern zähmen lässt oder, wie Julia Heller damals in der Neunten rausgefunden hat, dass ich immer noch nicht meine Tage hatte, und mir den Spitznamen »Sterile Stella« verpasst hat. Ich kann vergessen, dass meine Eltern sich andauernd um Geld und unser viel zu großes Haus sorgen. Dass Mom mal Alkoholikerin war und jetzt zwar trocken ist, uns aber jederzeit mit einem einzigen Schluck aus unserem mühsam gefundenen Gleichgewicht bringen könnte. Und dass Dad uns ständig ermahnt, nur ja nichts zu tun, was sie vielleicht aus der Bahn wirft. Ich kann vergessen, warum ich hier bin, das Entsetzen und die Schuldgefühle, die in mir hochgeschäumt sind, als ich das Geräusch des brechenden Knochens hörte. Und ich kann sogar das Schlimmste von allem vergessen: dass Ellie genauso schnell ist wie ich – manchmal sogar schneller.

Mist. Und schon bin ich wieder mittendrin, wie jedes Mal, wenn meine Gedanken in diese Richtung abdriften. Erst fange ich an aufzuzählen, was ich an meiner Schwester nicht leiden kann, und dann schaltet mein Hirn plötzlich einen Gang höher und führt mir alles vor Augen, was an *mir* nicht stimmt.

Das geht so lange, bis mir irgendwann etwas einfällt, was Mom mal gesagt hat: *Ein bisschen Selbsthass hat noch keinem geschadet. Was dich nicht umbringt, macht dich stärker.* Okay, sie war damals betrunken und ich erst fünf. Aber für mich klingt es immer noch logisch.

Wieder und wieder bete ich mir dieses Mantra vor, während ich die finalen achthundert Meter in Angriff nehme. Die Sonne knallt erbarmungslos auf mich runter, und ich frage mich, ob mein Lockenwust wohl einen Sonnenbrand auf der Kopfhaut verhindert. Ellies feines, seidiges Haar wäre dafür jedenfalls nicht zu gebrauchen.

»Letzte Runde, Steckler! Du packst das!«, ruft Coach Reynolds vom Rand der Bahn, leise zwar, aber ich kann sie trotzdem hören. Ich mag es, Steckler genannt zu werden. Das passiert mir in Edgewater nie, weil es da nun mal zwei von uns gibt.

Ich lege mich in die Kurve auf der Innenbahn. Die Ziellinie kommt näher. Meine Beinmuskeln brennen. Kein Wunder, ich bin hier ja auch über hundert Kilometer pro Woche gelaufen. Ganz wie in der Broschüre des Breakbridge-Trainingslagers versprochen. Okay, neben einer handfesten Aggressionsbewältigungstherapie. Aber im Ernst, ich habe noch nie so gut geschlafen, bin jeden Abend mit schmerzenden, pulsierenden Muskeln ins Bett geplumpst. Ich lag nicht wach, um im Kopf meine Statistiken durchzugehen, mir Vorwürfe wegen des verlorenen Stipendiums zu machen oder mir das entsetzte Aufkeuchen der Zuschauer beim Zusammenprall der beiden Körper in Erinnerung zu rufen. Stattdessen … bin ich einfach eingeschlafen. Sollte das etwa mein Normalzustand sein? Gut ausgeruht und zufrieden?

Nur noch hundert Meter und ich spüre, wie jede einzelne Runde, jeder einzelne Sprint meine Muskeln in Stahl verwandelt hat. Seit Juni habe ich merkliche Fortschritte erzielt. In den letzten acht Wochen sind meine Zeiten wie verrückt zusammengeschrumpft. Ein paar Atemtechniken habe ich auch gelernt, die mir helfen sollen, den Kopf frei zu kriegen, und Methoden, um nicht ständig in irgendwelche Dauerfrustspiralen zu verfallen. Ellie wird beim nächsten Wettkampf nie im Leben mit mir mithalten können. Ein Grinsen breitet sich auf meinem Gesicht aus, als ich mir die Wut in den eisblauen Augen meiner Schwester vorstelle, wenn ich ihr den Sieg vor der Nase wegschnappe.

Dieses letzte Rennen ist eigentlich gar kein echtes. Damit schlage ich bloß ein bisschen Zeit tot, bis meine Eltern mich abholen kommen. Wieder denke ich daran, was ich diesen Sommer alles erreicht habe. Mein erster Sommer ohne Ellie.

Der erste, den ich woanders als in Edgewater verbracht habe. Nie habe ich mich freier gefühlt als hier. Nicht mal beim Laufen im Wald oder um den See zu Hause, oben am Ellacoya Resort. Endlich, *endlich* war ich mal allein. Mann, habe ich das genossen.

Fast geschafft. Meine Augen werden schmal, als ich plötzlich auf der Zielgeraden bin. Mühelos und ohne das geringste bisschen langsamer zu werden, renne ich über die Linie. Am liebsten würde ich einfach weiterlaufen, wenn ich mir nicht sicher wäre, dass Mom und Dad vorne schon ungeduldig warten. Sie wollen zurück nach Hause, zu Ellie und den Landschaftsgärtnern und in ihr Büro. Meine Eltern verkaufen Immobilien an naive Yuppies, die nach einem Zweitwohnsitz in der Nähe von Manhattan suchen, am Fuß der idyllischen Catskill Mountains.

Oder zumindest *bemühen* sie sich, Immobilien zu verkaufen. Zu der Zeit, als unser Städtchen als »Deadwater« durch die Medien ging, sind sie jedenfalls kaum was losgeworden. Damals wurden innerhalb eines einzigen Jahres drei junge weibliche Crosslauf-Talente als vermisst gemeldet und wenig später ermordet auf dem von Dornengestrüpp gesäumten Trail oben am Oak Tower aufgefunden. Die Todesursache war jedes Mal dieselbe: stumpfe Gewalteinwirkung, keine Anzeichen sexueller Gewalt. Jedes der Mädchen hat sich nach Kräften gewehrt, aber unsere absolut inkompetente Polizei konnte den Täter nie dingfest machen.

Inzwischen ist das längst Schnee von gestern. Seit zehn Jahren ist in Edgewater niemand mehr verschwunden. Zumindest wenn man Shira Tannenbaum nicht mitzählt, was sowieso keiner tut. Heute kommen Touristen aus drei Bundesstaaten in unsere Stadt, zum Äpfelpflücken, Keramikshoppen und Kajakfahren auf dem See. Deadwater ist nur noch ein Mythos.

Ein Albtraum, den wir alle durchlebt haben und zu vergessen versuchen.

»Neue Bestzeit, Steckler.« Coach Reynolds joggt auf mich zu und legt mir den Arm um die Schultern. »Dieses Jahr zeigst du es zu Hause allen.« Sie schenkt mir ihr breites, strahlendes Lächeln, das ich so mag – und ich mag im Allgemeinen nicht sonderlich viel. Ihr graublonder Dutt sitzt schief über ihrem neongelben Sonnenschild und ihre rundlichen Wangen sind gerötet. Ein bisschen erinnert sie mich an Grandma Jane.

»Danke.« Ich bin nicht mal richtig außer Atem.

»Deine Eltern sind da.«

»Dachte ich mir schon.«

»Brauchst du noch Hilfe mit deinen Sachen?«

»Nein«, sage ich. »Ist alles gepackt.«

Schweigend gehen wir nebeneinander her, bis die Holzhütten in Sicht kommen. Dahinter liegen die Berge. Dutzende atemberaubend spitze Gipfel, die bis hoch in die Wolken ragen. Von hier oben wirken sie noch schöner als zu Hause. Größer. Näher am Himmel. Aber ich bin rastlos und will los, will endlich alles hinter mir lassen. Will nicht mehr daran denken, was letztes Jahr passiert ist. Stattdessen werde ich mich voll und ganz auf die kommende Saison konzentrieren und mir mein Unistipendium zurückholen. Das ist nämlich der einzige Weg, es aus Edgewater rauszuschaffen. Nicht dass unsere Stadt kein guter Ort zum Leben wäre. Es ist halt bloß nicht der einzige Ort.

»Da kommt ja unsere Stella!«, schallt Moms gurrende Stimme über den Sportplatz und durch die Bäume. Sofort verspannen sich meine Schultern.

»Ich werd verrückt!«, ruft Dad. »Die haben ja ein richtiges Muskelpaket aus dir gemacht.«

Moms hübsches Gesicht verzieht sich zu einem übertrieben mitleidigen Schmollen und sie streicht sich ihr dunkles Haar hinter die Ohren. Es ist lang und seidig, genau wie Ellies. »Bist du traurig, dass es jetzt wieder nach Hause geht, Schätzchen? Ich weiß, was für ein toller Sommer das gewesen sein muss. Wie unglaublich lehrreich.« Mit beidem hat sie recht, auch wenn ich das nie zugeben würde.

»Das will ich aber auch hoffen bei dem Preis.« Dad lächelt, trotzdem verflüchtigt sich nun auch noch der letzte Rest meiner Entspannung, und meine Wangen glühen, als mir einfällt, dass Coach Reynolds alles mithört.

»Ich hole nur noch kurz meine Sachen, dann können wir los«, sage ich hastig.

»Möchtest du nicht noch duschen? Die Fahrt ist ziemlich lang.« Mom hält sich die zierliche Nase zu, als wäre die Anspielung noch nicht deutlich genug gewesen: *Stella, du stinkst.*

»Nein«, stoße ich durch zusammengebissene Zähne hervor. »Nicht nötig.«

»Wie du meinst.« Dad wirkt nervös. »Wollen wir dann?«

Alle nicken und wir schlagen den Weg zum Auto ein. »Stella hat diesen Sommer riesige Fortschritte gemacht«, berichtet Coach Reynolds. Mom und Dad heben hoffnungsvoll die Köpfe, als hätten sie nur auf diese Bestätigung gewartet, dass ich es immer noch draufhabe. Dass ich immer noch gut genug bin, um die nächste Staatsmeisterschaft zu gewinnen und mir dadurch mein Stipendium für die Georgetown University zurückzuholen, damit ich kostenlos dort studieren kann. Coach Gary zu Hause in Edgewater hat gesagt, wenn ich meinen persönlichen Rekord – meinen PR, wie wir es nennen – um eine volle Minute breche, dann hätten die von der Georgetown gar keine andere Wahl, als mich wieder in Betracht zu ziehen. Dann könnten sie es sich schlicht nicht leisten, mich weiter zu ignorieren. Genau genommen hat er das nicht gesagt, sondern geschrien, mit Schaum vor dem Mund, während eines seiner Millionen-Dezibel-Wutausbrüche. Aber es stimmt nun mal. Bei der Staatsmeisterschaft im November muss ich diesen Rekord einfach knacken. Und bis dahin hängt alles weiter in der Schwebe.

ELLIE

HEUTE KOMMT STELLA aus dem Crazy-Camp zurück. So nennen es zumindest die anderen aus dem Cross-Team. Arschlöcher. Ich hab denen gesagt, sie sollen die Klappe halten, aber es ist nicht leicht, Stella zu verteidigen, wenn sie so heftigen Scheiß anstellt, dass sie deswegen an einen Ort wie Breakbridge geschickt wird.

Anstatt über meine große Schwester nachzugrübeln, sollte ich wohl lieber meinen letzten Tag in Freiheit genießen, bevor die Vorsaison losgeht. Ich bin im Garten und lehne mich in meinem Liegestuhl zurück, spüre, wie sich die Kunststofflatten in meine Haut pressen. Aus dem Lautsprecher neben mir dröhnen Popsongs und eine Schweißperle rinnt mir übers Brustbein.

Ich spanne meine Bauchmuskeln an, die dank meines Sommerferienjobs als Rettungsschwimmerin am Sweetwater Lake straff und fest sind. Doch sobald ich daran denke, kommt mir unweigerlich Noah Brockston in den Sinn. Mein lieber, süßer, starker Noah. Heute war unser letzter gemeinsamer Arbeitstag und damit auch der letzte Tag, an dem wir *wir* sein konnten. Bis er endlich mit Tamara Johnson Schluss macht.

Gestern auf unserem Mitternachtsspaziergang haben wir noch darüber geredet, nachdem er mir eine Ausgabe seines Lieblingsbuchs »Unterwegs« in die Hand gedrückt hatte. Ich habe es nicht übers Herz gebracht, ihm zu sagen, dass ich es schon letztes Jahr gelesen habe und total blöd fand. Nicht nach dem, was er für mich in den Einband geschrieben hatte: *Für alles, was wir sind, und alles, was wir sein könnten.* Unterzeichnet nur mit einem *N*. Das war auch der Grund, warum ich die Sache noch mal ansprechen musste: Dieses *Wir*.

»Warum muss denn bloß alles so kompliziert sein?« Ich seufzte, griff nach seiner Hand und drückte sie fest. Wir waren auf dem Oak Tower Trail, der seit den Morden eigentlich gesperrt ist. »Gesperrt« bedeutet in diesem Fall eher »nur noch von Leuten benutzt, die nicht gesehen werden wollen«. Das Einzige, was einen davon abhalten soll, den Weg zu betreten, ist ein wackeliger Maschendrahtzaun, der kein wirkliches Hindernis darstellt. Der Mond stand hell am Himmel und beleuchtete den überwucherten Pfad bis zu der großen Lichtung. In deren Mitte liegt ein wuchtiger Felsen, hinter dem es steil bergab geht, bis zu einer tiefen Grube. Noah kletterte auf den Felsen und bedeutete mir, mich neben ihn zu setzen. Er schlang den Arm um meine Schulter und zog mich an sich. Am Himmel tanzten die Sterne, und es war, als wären wir die einzigen Menschen auf der Welt. Hier oben gibt es keinen Handyempfang und man hört keine Wandergruppen lachen. Hier gibt es nichts als Stille.

»Nach allem, was passiert ist, will ich einfach nur ganz normal mit dir zusammen sein«, sagte ich.

Ich hatte ein bisschen Angst, dass die Worte ihn abschrecken würden. *Nach allem, was passiert ist.* Als wäre das, was zwischen uns war, bloß Zufall gewesen und kein lebensverändernder Einschnitt. Aber es schien nicht so. Er legte die Hand unter mein Kinn.

»Ich weiß, Ell«, raunte er leise. Sein Atem traf warm auf mein Ohr. »Du musstest eine Menge durchmachen.« Er streichelte mir übers Haar, wie um mich in den Schlaf zu lullen, und ich schmiegte mich enger an ihn und verbarg das Gesicht an seiner Brust. Warum konnten wir so was nicht immer tun, am helllichten Tag und ohne fürchten zu müssen, erwischt zu werden und einander das Leben zu ruinieren? »Ich hab einen Plan«, fuhr er fort. »Sobald Tamaras Dad in Princeton angerufen hat, sage ich ihr, dass es aus ist. Wenn ich mich vorher von ihr trenne, war alles umsonst.«

Ein Kribbeln überlief mich bei dieser Beichte. Es ist kein Geheimnis – zumindest nicht für mich –, dass er hauptsächlich mit Tamara zusammen ist, weil sie Beziehungen zu seiner Traumuni hat. Fast fühlte ich mich geschmeichelt, dass er mir so was anvertraute. Als wollte er mir seine schlimmste Seite offenbaren: dass er dazu fähig war, jemanden derart auszunutzen. Dabei sind wir das doch alle. Die meisten von uns geben es bloß nicht zu. Auch wenn ich nicht begreife, warum er es nicht aus eigener Kraft nach Princeton zu schaffen meint oder warum es unbedingt diese eine Eliteuni in New Jersey sein muss und keine andere.

Aber ich sagte nichts mehr, wollte ihn nicht drängen. Nicht nach der Sache im August, nach der schlagartig alles anders geworden war, so ernst und beängstigend. Seitdem habe ich einfach nur versucht, ihn bei mir zu halten, habe mich an ihn und jeden verbliebenen Fetzen Normalität geklammert. Statt es auf einen Streit ankommen zu lassen, hielt ich also den Mund, während er das Thema auf ein Buch von William S. Burroughs brachte, das er gerade gelesen hatte. Noah ist bekennender Fan von verschachtelten Kauderwelschtexten über irgendwelche Typen, die schleichend den Verstand verlieren. Aber nach einer Weile hörte ich gar nicht mehr zu. Meine Lider wurden schwer und meine Gedanken schweiften ab zu meiner eigenen Zukunft. Wenn ich Glück hatte, würde die irgendwo weit weg stattfinden, in Texas oder Florida, Oregon oder Ohio, wo niemand wusste, dass es zwei Steckler-Schwestern gab. Wo ich einfach »Steckler« war, nicht »Mini-Steckler«. Wo »Ellie« nicht immer erst nach »Stella« kam.

Letztes Jahr schienen meine Möglichkeiten noch unendlich. Aber nachdem Stella als »aggressiv« und »unvermittelbar« eingestuft wurde, hat sich alles geändert. Ich komme jetzt in die zehnte Klasse, daher werden die College-Scouts anfangen, sich auch für mich zu interessieren, und mir fällt die Aufgabe zu, meiner Familie das Vollstipendium zu sichern, nachdem Stella es verbockt hat.

Aber darüber kann ich ein andermal nachdenken. Morgen oder nächsten Monat. Nicht jetzt.

Ich lege mir mein T-Shirt übers Gesicht, um mich vor der grellen, heißen Sonne zu schützen. Wenn Bethany noch hier und nicht nach Michigan gezogen wäre, wüsste sie sicher Rat. Sie würde mich verstehen. Mit ihr konnte ich immer über alles reden. Aber seit sie mir an den Kopf geworfen hat, ich wäre die totale Klette, gerade als ich sie am dringendsten brauchte, muss ich mich wohl damit abfinden, dass ich keine beste Freundin mehr habe.

Etwas klatscht mit voller Wucht vor mir in den Pool, und ich zucke zusammen, als mich ein Schwall Wasser trifft.

»Na, hast du mich vermisst?« Stella legt prustend den Kopf schief und schwimmt auf der Stelle. Sie trägt einen kobaltblauen Sport-BH mit dem Aufdruck »EDGEWATER CROSSLAUF« und weiße Meshshorts. Ihre dunklen Locken sind zu einem hohen Messy Bun gebunden und Wasser trieft ihr über das herzförmige Gesicht.

»Blöde Kuh«, schimpfe ich und schirme mit der Hand meine Augen ab. »Wie ist deine Zeit?« Diese Frage kann ich ihr immer stellen, die eine Frage, die wichtiger ist als der ganze andere Mist.

»Das wirst du morgen selbst rausfinden.« Mit einem verschmitzten Grinsen taucht Stella wieder ab, schlägt einen Unterwasserpurzelbaum und kommt luftschnappend wieder nach oben.

»Echt jetzt?«, stöhne ich.

»Sagen wir einfach, ich habe mich verbessert.«

Plötzlich nervös, lehne ich mich wieder zurück. »Wusste ich's doch, dass ich diesen Sommer besser mit dir hätte trainieren sollen.«

Dabei wissen wir beide, dass das gar nicht möglich gewesen wäre, weil Mom und Dad es sich nun mal nicht leisten können, uns beide in ein Leichtathletikcamp zu schicken, das gleichzeitig eine psychiatrische Einrichtung ist. Genauso wie sie es sich nicht leisten können, uns beide aufs College zu schicken. Die andere muss auf ein Sportstipendium hoffen, von dem wir dachten, Stella hätte es längst in der Tasche. Jetzt hängt alles an mir.

Stella paddelt ans andere Ende des Pools und wieder zurück, ihre Schwimmzüge im Takt zu dem Song aus meiner Box. »Und, was war in den letzten Wochen so in Edgewater los? Gibt's irgendwas Neues?«

Ich könnte ihr von Noah erzählen, davon, wie anders ich mich heute fühle, von der Scham, die wie eine kleine Kugel tief in meinem Herzen vergraben ist. Aber irgendwas hält mich davon ab. Ich weiß, dass sie es nicht weitertratschen würde, trotzdem will ich ihr gegenüber keine Schwäche zeigen. Außerdem ist es ihr sowieso völlig egal, was in Edgewater los ist. Stella hasst die Sommer hier, wenn sich die Einwohnerzahl vervierfacht, weil die vielen reichen Besucher sich für ein paar Wochenenden im Jahr in ihre Ferienhäuser zurückziehen und ein bisschen *Landleben* spielen. Sie hasst das Ellacoya Resort, das Fünf-Sterne-Luxushotel ein Stück die Straße rauf, wo die meisten Leute in unserem Alter jobben. Aber wem mache ich hier eigentlich was vor? Mir geht es schließlich genauso, zumindest seit der Sache mit Noah. Das Hotel gehört nämlich Tamara Johnsons Familie.

»Hast nichts verpasst«, antworte ich. »Bloß einen Haufen Partys, auf die du eh keine Lust gehabt hättest. Und außer Raven Tannenbaum hat auch niemand viel trainiert. Die hab ich fast täglich um den See laufen sehen. Als würden sich die Scouts dadurch endlich für sie interessieren.«

Stella kichert. »Aber echt. Die hat doch vor allem und jedem Schiss – mit so einem Mindset kommt man jedenfalls nicht weit.« Sie hüpft im Wasser auf und ab. »Hast du mal was von Bethany gehört? Wie geht's ihr in Michigan?«

Bei der Erwähnung meiner ex-besten Freundin packt mich die Wut und ich schüttele den Kopf. »Keine Ahnung. Ganz gut, glaub ich.«

Stella sagt nichts. Sie hat Bethany nie sonderlich gemocht. Wahrscheinlich wäre sie hocherfreut, wenn sie wüsste, dass Bethany mich seit ihrem Umzug mehr oder weniger ignoriert.

»Wann fängt das Training morgen an?«, erkundige ich mich.

»Sieben.«

Wir schweigen. Ich drehe das Gesicht zur Sonne und frage mich, was Stella wohl gerade durch den Kopf geht. Sie ist jetzt in der Elften, kann sein, dass das ihre letzte Chance ist, bei den Wettkämpfen zu glänzen und sich einen Platz an der Georgetown zu sichern, aber ich muss mich vor allem um mich selbst kümmern. Mit ein bisschen Glück bekomme ich bis zum Ende der Saison ein Stipendiumsangebot. Das ist das ultimative Ziel, der große Traum. Erst recht nach diesem Sommer, der mir vor Augen geführt hat, wie meine Zukunft aussehen könnte, wenn ich zulasse, dass mir alles entgleitet.

»Kleine Runde heute Abend?«, frage ich, bemüht, nicht zu verzweifelt zu klingen. »Ein paar Kilometer ums Resort?«

»Nee.« Stella dreht sich auf den Rücken und lässt sich treiben. »Ich muss mich ausruhen.«

Ich würde zu gern wissen, welche Taktik Stella fährt und wie stark sie sich tatsächlich in Breakbridge verbessert hat. Aber so ist das einfach mit Stella. Sie lässt sich von niemandem in die Karten gucken, und manchmal habe ich den Verdacht, sie weiß nicht mal selbst, welche sie als Nächste ausspielen will.

STELLA

»GUCK EINER AN, die Steckler-Schwestern.« Coach Gary verschränkt die Arme über der kräftigen Brust und baut sich breitbeinig vor uns auf. Er hat eine blaue Edgewater-Kappe auf dem kahlen Kopf, und seine Beine haben einen dunklen Bronzeton angenommen – vermutlich hat er die letzten drei Monate zum allergrößten Teil draußen verbracht. Als eine Windböe den Rand seiner Shorts anhebt, sehe ich seine milchweißen Oberschenkel oberhalb der Bräunungslinie.

»Na, Coach, haben Sie uns vermisst?«, witzelt Ellie und wird gleich darauf knallrot, als hätte sie für einen Moment vergessen, mit wem sie hier redet – nämlich mit dem Typen, den alle nur noch »Gary den Giftigen« nennen, seit er letztes Jahr ein paar Neuntklässlerinnen zum Weinen gebracht hat. Aber sein Erfolg spricht nun mal für ihn und was anderes interessiert sowieso niemanden. Mich mit eingeschlossen.

»Euch beide? Als ob«, steigt er auf Ellies Frage ein. Dann verengen sich seine dunklen Augen und er nickt mir zu. »Und, hat Breakbridge was gebracht?«

Ich nicke zurück.

»Hoffen wir's«, sagt er. »Du hast dieses Jahr einiges zu beweisen.«

Ich straffe die Schultern und halte seinem Blick stand. »Ich weiß.«

Er lässt seinen Kaugummi knallen. »Kannst gleich mal zeigen, was du draufhast.« Er wirft einen Blick über meine

Schulter Richtung Tribüne und ich drehe mich um. In der ersten Reihe sitzt eine zierliche, grauhaarige Frau mit Sonnenbrille und einem Klemmbrett in der Hand. Sie trägt ein Poloshirt und Wandershorts. Wenn sie ein Scout ist, kenne ich sie zumindest nicht.

»Von welcher Uni ist die denn?« Mein Magen zieht sich ängstlich zusammen. Die Scouts kommen normalerweise nicht zu einem ganz normalen Training. Wir können ja schon von Glück reden, wenn sie sich bei den Wettkämpfen blicken lassen.

»Gar keiner«, brummt der Coach. »Sondern von der Schulbehörde, die offenbar meint, nach der Geschichte letztes Jahr ein Auge auf uns haben zu müssen.«

Ellie stöhnt auf.

»Klappe, Mini-Steckler«, schnauzt er sie an. »Für diesen Mist hab ich keine Zeit. Ihr seid *mein* Team. *Meine* Mädels. Ich muss denen einfach nur beweisen, dass ich euch noch im Griff habe.«

Ellie schließt den Mund und starrt zu Boden. Bevor wir noch etwas sagen können, ertönt hinter uns lautes Gejohle. Ich drehe mich zum Parkplatz um, wo gerade Tamara Johnson, Raven Tannenbaum und Julia Heller aus einem roségoldenen SUV mit »Ellacoya Resort«-Aufkleber steigen. Als Erstes posieren sie in ihren Trainingsklamotten für ein Selfie und lachen über irgendeinen Insiderwitz, den natürlich niemand außer ihnen kapieren würde. Dann kommen sie auf uns zu. Tamara lächelt und lässt ihre Braids schwingen. Ravens blasse, sommersprossige Arme hängen runter wie schlaffe Seile und sie starrt die ganze Zeit Tamara an in der Hoffnung auf Anerkennung. Julia hat ihre glatten aschblonden Haare zu einem so straffen Pferdeschwanz gebunden, dass mir schon vom Hingucken die Kopfhaut wehtut.

Oh Mann, diese drei machen mich fertig. Julia und Tamara sind schon seit dem Kindergarten beste Freundinnen, nachdem die Hellers nach Edgewater gezogen sind, um eine weitere Filiale ihrer noblen Sportartikelkette zu eröffnen. Ein paar Jahre später stieß dann Raven dazu – zu deren Riesenglück, weil nämlich nach der peinlichen Nummer ihrer Schwester Shira erst mal niemand mehr was mit den Tannenbaums zu tun haben wollte. Außer Tamara und Julia. Die hielten fest zu Raven, was zugegebenermaßen echt anständig war. Das macht allerdings die Tatsache nicht wett, dass Julia mich immer noch »Sterile Stella« nennt und sich insgesamt einfach mega-arschig verhält. *So* gute Zeiten laufen sie und Tamara nun auch nicht. Raven dagegen könnte vielleicht was reißen, aber dann vergeigt sie es doch jedes Mal wieder.

Der Coach beachtet sie nicht. »Stella, du leitest das Stretching«, kommandiert er stattdessen. »Schließlich bist du Co-Kapitänin.« Er bleckt die Zähne und zieht herausfordernd die Augenbrauen hoch. Letztes Jahr nach meiner Suspendierung ist mir dieser Posten beinahe aberkannt worden, aber der Coach hat die Schulleitung davon abgebracht, unter der Bedingung, dass ich mir den Mannschaftsvorsitz mit jemandem teile. Wenig überraschend stimmte das Team für Tamara.

Hocherhobenen Hauptes jogge ich in die Mitte des Rasens und warte, dass der Rest des Teams sich um mich versammelt. Dieses Jahr sind wir zu fünfzehnt, wenn man die Neulinge mitzählt, die diese Woche ihr Probetraining absolvieren. Die Truppe macht einen guten, fitten Eindruck. Dass *ich* es in die Auswahl für die Staatsmeisterschaft schaffe, steht sowieso außer Frage, aber wenn diese Doofnüsse sich mal ein bisschen zusammenreißen, können wir uns vielleicht sogar als Mannschaft platzieren.

»Hi, Stella«, sagt Tamara und wirft ihre Braids über die

Schulter. »Wie wär's, wenn wir 'ne kleine Motivationsansprache halten?«

»Kannst du gerne machen«, antworte ich. »Aber erst nach dem Dehnen.«

Sie lächelt so breit, dass man ihre Backenzähne sieht, und nickt dann Raven und Julia zu, die etwas seitlich stehen. »Los geht's, Mädels!«, ruft sie.

Ich hüpfe ein paarmal auf und ab und setze mich auf den Boden. Die anderen tun es mir nach.

»Linkes Bein«, kommandiere ich und strecke das Bein aus. Meine Muskeln spannen sich kurz an und geben wieder nach, das vertraute Gefühl von Dehnung und Lockerung.

»Und wechseln.«

Doch als ich den Kopf hebe, merke ich, dass keiner mehr aufpasst. Alle gucken in dieselbe Richtung, zum Parkplatz, wo Coach Gary steht und unruhig mit seinem Kugelschreiber auf sein Klemmbrett tippt. Bei ihm ist ein hochgewachsenes Mädchen mit ausgeprägten Wangenknochen. Sie trägt graue Spandexshorts und ein schwarzes Lauftop mit gekreuzten Rückenträgern. Ihr dunkler Pferdeschwanz hängt ihr lang und wellig über den Rücken und ist mit einer Schleife in Edgewater-Blau verziert.

»Wer ist das denn?«, fragt Tamara und zupft an einem ihrer Braids – ein nervöser Tick von ihr.

»Keine Ahnung«, antwortet Julia.

»Ach du Scheiße, ich weiß es«, murmelt Raven. Natürlich – Mrs Tannenbaum, ihre Mom, arbeitet schließlich im Schulsekretariat, darum weiß sie *alles*.

»Raus damit«, fordert Julia.

»Das ist Mila Keene. Ich glaube, sie ist im Sommer hergezogen.«

»Nie gehört«, kommentiert Julia.

Mir rutscht das Herz in die Hose. Ich habe nämlich schon von Mila gehört. Wie so ziemlich jeder im Nordosten der USA, der sich ernsthaft mit Crosslauf beschäftigt. Letztes Jahr hat sie als Zehntklässlerin die Staatsmeisterschaft in Connecticut gewonnen, und es heißt, dass sie mit den Scouts von Harvard im Gespräch ist. Aber was zum Teufel macht sie hier?

»Wechseln, hab ich gesagt«, rufe ich genervt. Warum ist mir bloß plötzlich so heiß? Als ich meinen linken Knöchel auf den Oberschenkel lege, merke ich, wie mein Bein zittert.

»Ihre Eltern haben sich getrennt«, flüstert Raven. »Ich glaube, ihre Mom hat einen Job hier im Krankenhaus bekommen, darum sind sie aus der Nähe von New York City hergezogen. Ihr Vater wohnt noch in Connecticut.« Sie beugt sich über ihr Knie. »Zumindest meinte das meine Mom.«

»Warum ist sie nicht einfach dageblieben?«, will Julia wissen.

»Keine Ahnung«, erwidert Raven gedämpft. Sie wickelt sich das Ende ihres roten Pferdeschwanzes um die Finger.

»Psst«, zischt Tamara. »Sie kommen her.«

Ich sehe hoch und, tatsächlich, der Coach und Mila joggen auf uns zu. Wieder lässt er seinen Kaugummi knallen, während er sich im Laufen Milas Trainingstasche auf die Schulter hievt. Milas Bewegungen sind elegant und anmutig. Verdammt, und sie trägt lila Nikes – *die* lila Nikes. Schon von Weitem sehe ich ihre in die Enden der Schnürsenkel eingestickten Initialen. Mein Herz rutscht noch tiefer. Ich habe die gleichen Schuhe, seit Nike letztes Jahr die jeweils fünf besten Läuferinnen und Läufer jedes Bundesstaats damit ausgestattet hat. Warum habe ich meine heute bloß nicht angezogen? Stattdessen trage ich meine blöden Trainings-Asics, die nicht mal Spikes haben.

Coach Gary räuspert sich. »Mädels«, bellt er. »Das hier ist Mila Keene.«

Alle heben die Köpfe und lächeln, zuckersüß und künstlich. Falls Mila die Scharade durchschaut, lässt sie es sich jedenfalls nicht anmerken. Sie steht einfach ganz locker und entspannt da und lächelt, fummelt sich weder an den Haaren rum, noch tritt sie verlegen von einem Fuß auf den anderen. Sie scheint sich aufrichtig zu freuen, dass sie hier ist. Wie macht sie das bloß?

»Hey!«, sagt sie und winkt kurz.

»Mila ist gerade aus Hadbury in Connecticut hergezogen, aber so clever, wie ihr seid, wisst ihr das wahrscheinlich längst. Sie kommt in die elfte Klasse und wird sich außerdem unserem Team anschließen. Passt lieber gut auf, sonst rennt sie euch davon.« Der Coach grinst mich direkt an. »Ich verlasse mich darauf, dass ihr sie herzlich aufnehmt, okay?«

Allgemeines Nicken. Raven erhebt sich als Erste und streckt Mila die Hand hin. »Willkommen im Team!« Ich muss mich zusammenreißen, um nicht die Augen zu verdrehen. Klar, Raven ist supernett, das war sie schon immer, aber auf dieselbe Weise, wie Vanilleeis *nett* ist – und man würde eben viel lieber Cookie Dough mit Schokosplittern essen.

Tamara folgt Ravens Beispiel, und schon bald ist Mila umringt von Mädchen, die ihr Fragen stellen und ihre Nikes bestaunen.

Ich bleibe als Einzige auf dem Boden sitzen und strecke die Beine vor mir aus. Beuge mich vor, bis mein Kopf meine Knie berührt, atme tief ein und genieße das Ziehen in den Oberschenkelrückseiten.

Als ich mich schließlich wieder aufrichte, muss ich blinzeln. Die Sonne ist jetzt schon furchtbar grell, und wenn wir nicht bald in die Gänge kommen, zerfließen wir beim Training vor Hitze.

Erst dann merke ich, dass außer mir nur noch Ellie auf dem

Boden sitzt und weiter Dehnübungen macht. Sie sieht mich an, und in ihren Augen erkenne ich dieselbe Wut, die auch ich spüre.

Wir sind bereit zum Kampf.

ELLIE

SELBST NACHDEM ICH mir die Bettdecke über den Kopf gezogen habe, höre ich Stella noch in ihrem Zimmer ächzen. Sie macht Kniebeugen oder Liegestütze oder sonst irgendwas, was nicht explizit von uns verlangt, aber natürlich sehr begrüßt wird. Ich verkrieche mich noch tiefer, um auch den letzten Rest Sonnenlicht auszusperren, taste dann nach meinem Handy und durchsuche meine Nachrichten nach denen, die Noah letzte Nacht geschickt hat.

Ich würde dich so gerne morgen abholen und mit dir zusammen hinfahren hat er geschrieben. **Wie ein richtiges Paar.**

Ein dumpfer Schmerz pocht in meiner Brust, und ich rufe mir nachdrücklich ins Gedächtnis, dass er mich wirklich will. Dass ich ihm wichtig bin. Dass wir bald zusammen sein können.

Gedankenverloren streiche ich mit dem Zeigefinger über das schmale rote Bändchen an meinem Handgelenk. Im Grunde besteht es aus nicht viel mehr als ein paar Garnresten, geflochten und zusammengeknotet. Noah hat es mir an einem verregneten Tag im Juli geschenkt, als wir in der Rettungsschwimmerhütte festsaßen und darauf warteten, dass das Unwetter vorbeizog. Irgendwann hat er es aus seinem Rucksack gekramt und mir umgebunden.

»Hab ich für dich gemacht«, erklärte er verlegen. Ich versuchte, mir vorzustellen, wie er mit konzentriert gerunzelter Stirn dasaß und ein Freundschaftsarmband bastelte.

»Ich find's toll«, lobte ich und drehte das Handgelenk, um sein laienhaftes Werk zu bewundern. Und ich meinte es ernst. Es war perfekt.

»Das kannst du dir immer anschauen, wenn du mal das Gefühl hast, ich hätte dich vergessen und mein Herz wäre ganz woanders«, sagte er. »Dann weißt du wieder, dass ich am liebsten bei dir sein will.«

Bevor ich etwas erwidern konnte, gab er mir einen Kuss auf die Handfläche, die Finger, die Innenseite meines Unterarms. Und dann presste er die Lippen auf meine, fest und leidenschaftlich.

Dieses kleine Armband erinnert mich daran, dass alles, was ich diesen Sommer durchgemacht habe, einen Sinn hatte. Dass Noah und ich irgendwann zusammen sein können, wenn er erst in Princeton angenommen ist und Tamara schonend beigebracht hat, dass zwischen ihnen Schluss ist. Wenn ich noch ein bisschen länger durchhalte, kann aus uns etwas Echtes werden, das weiß ich einfach, selbst wenn es bedeutet, dass ich ein paar Monate nur »die andere« bin. Wozu ist das Ganze sonst gut gewesen?

Seufzend werfe ich die Decke vom Bett. In einer Stunde fängt der erste Tag des neuen Schuljahrs an. Ich schlüpfe in Jeansshorts und ein weißes, fließendes Oberteil und schüttele meine Haare aus, sodass sie mir in sanften Wellen um die Schultern fallen. Dann mustere ich mich im Spiegel und überlege, ob ich mich seit Juni äußerlich genauso sehr verändert habe wie innerlich. Letztes Jahr habe ich mich noch gefreut, als die Schule wieder losging. Ich hatte neue Hefter, eine neue Frisur und ich hatte Bethany. Dieses Jahr habe ich nichts außer einem Geheimnis und der Angst, die mir die Kehle zuschnürt, sobald ich auch nur daran denke, es mit jemandem zu teilen.

Ich schiebe die Gedanken beiseite und gehe nach unten,

um mir einen grünen Smoothie zu machen. Zum Glück konnte Stella Mom davon überzeugen, dass wir unbedingt diesen Vierhundert-Dollar-Monstermixer brauchen, der Grünkohl in neonleuchtende Flüssigkeit verwandelt. Als Köder brauchte sie unseren Eltern bloß ihr mögliches Stipendium unter die Nase zu halten, und schon haben sie ihr alles gekauft, was sie wollte. Ich dagegen muss schreien, damit sie mir überhaupt mal zuhören. Oder zumindest war das so, bis Stella ihre Chance auf die Georgetown verpatzt hat. Mittlerweile fragen Mom und Dad immer häufiger nach meinen Zeiten, meinen Statistiken, meinen Aussichten. Im Sommer ging es los, mit ein paar beiläufigen Kommentaren, dass man doch langsam mal ein paar College-Trainer kontaktieren könne, aber als Mom dann anfing, mich wegen meines PRs zu löchern, hätte ich mich am liebsten eingeigelt und mir die Ohren zugehalten. Vielleicht ist es doch ganz schön, wenn man nicht permanent im Rampenlicht steht.

Der Mixer kreischt auf, als ich ihm Ingwer, Staudensellerie, eine halbe Karotte und eine Handvoll Grünkohl in den Rachen werfe. Kurz darauf habe ich eine grüne, grasig schmeckende Pampe im Glas.

»Bereit?« Stella erscheint auf dem oberen Treppenabsatz. Sie hat sich das nasse Haar zum Pferdeschwanz gebunden und trägt einen Edgewater-Trainingsanzug, der raschelt, als sie die Stufen runterläuft. Geht's noch uncooler?

Ich seufze. »Kannst du dir nicht wenigstens für den ersten Schultag was halbwegs Nettes anziehen?«

Und da ist er. Der Blick.

»Wo ist mein Anteil?«, fragt sie.

Mittlerweile weiß ich: Was mir gehört, gehört auch Stella, was hingegen Stella gehört, gehört nur Stella. Ich reiche ihr einen Thermobecher. Sie nimmt ihn mit einem Grunzen entgegen, und wir gehen nach draußen zu unserem schrottreifen marineblauen Subaru Outback, den Grandma und Grandpa uns zu Stellas Führerschein geschenkt haben. Sie haben ihn den ganzen Weg von Arizona herbringen lassen. Dorthin sind sie umgezogen, kurz bevor bei uns die dunklen Jahre anfingen, wie Dad die Zeit nennt, in der wir in einem Airstream-Wohnwagen in Bethel gehaust haben, den meine Eltern für ziemlich cool hielten.

Auf den ersten Blick schienen sie genau wie alle anderen einfach ein Stück vom Leben in den Bergen abbekommen zu wollen, bevor die Brooklyner Yuppies alle Grundstücke aufkauften. Doch die Winter dort waren oft lang und kalt und der Gin aus den kleinen Brennereien billig, besonders wenn man mit sämtlichen Produzenten befreundet war. Mom und Dad hielten sich mit Destillerieführungen über Wasser oder kutschierten Touristen durch die Gegend und schwatzten so lange auf sie ein, bis ein ordentliches Trinkgeld dabei raussprang. Eigentlich das perfekte Leben, bis Mom mit Stella schwanger wurde und die beiden anfingen, sich über Geld und Moms Sauferei und die Zukunft zu streiten und ... überhaupt alles.

Mehr haben sie mir bis jetzt nicht erzählt über die Zeit. Das mit dem schlimmen Autounfall, bei dem Stella auf dem Rücksitz saß, habe ich irgendwann anhand eines alten Zeitungsartikels rausgefunden. Es muss in den vierzehn Monaten vor meiner Geburt passiert sein.

Ich kann mich kaum erinnern, wie es war, bevor Mom in die Reha kam. Nur dass Stella immer, wenn es richtig schlimm wurde, die Tür zu unserem winzigen Kinderzimmer geschlossen und mir Bilderbücher vorgelesen hat. Und dazu hat sie ganz laut den Oldiesender auf unserem Mini-Radio aufgedreht. Dadurch war mir nie wirklich klar, wie nah wir am Rand einer Katastrophe standen. Aber Stella schon. Und all diese

Erfahrungen hat sie im Laufe der Zeit zu einem Schutzwall um sich aufgeschichtet.

Als ich vier war, kamen Grandma Jane und Grandpa Hal aus Sedona und zogen vorübergehend bei uns ein. Sie zwangen Mom, sich in Behandlung zu begeben, und auch Dad hörte auf, ständig Party zu machen, und blieb zu Hause, wo unsere Großeltern ihm zeigten, wie man ein guter Vater war. Sie brachten ihm bei, Gemüse fürs Abendessen zu dünsten, unsere Haare zu entwirren und uns in den Schlaf zu singen. Auch davon weiß ich nicht mehr viel. Nur dass irgendwann zu dieser Zeit meine Nachtangst einsetzte. Ich schlafwandelte draußen im Garten und weinte, wenn ich im Dunkeln erwachte. In den meisten Nächten landete ich am Ende in Stellas Bett, rollte mich ganz klein neben ihr zusammen und ließ mich von ihren gleichmäßigen Atemzügen beruhigen. Alles andere habe ich verdrängt.

Irgendwann kam Mom zurück, gut erholt und braun gebrannt, hatte für jede Lebenslage ein Mantra parat und tanzte durchs Haus. Auch Dad wirkte unbeschwerter, hoffnungsvoller und zielstrebiger, und so verliebt in Mom wie nie zuvor. Beide fanden wieder zu ihrem Glauben zurück, nachdem sie ihm jahrelang den Rücken gekehrt hatten. Bald traf man uns regelmäßig in der örtlichen Synagoge an, wo die Gottesdienste von Akustikgitarrenklängen begleitet wurden und die Rabbis Gebetsmäntel mit Batikmuster trugen. Stella und ich gingen einmal pro Woche in die Talmudschule und lernten für unsere Bat Mizwas. Mom und Dad bekamen ihre Maklerlizenzen und wurden innerhalb eines Jahres ihre erste Millionenvilla los. Sie waren die geborenen Verkäufer, einfach weil sie eine so vertrauenswürdige Ausstrahlung hatten. Das sagte jeder. Irgendwann ist sogar mal ein kleiner Artikel über sie im Reiseteil der »New York Times« erschienen, in dem es hieß,

Edgewater sei endlich dabei, seinen schrecklichen Spitznamen Deadwater abzulegen, und entwickle sich immer mehr zu einem lohnenden Ziel für Touristen.

»VON KALTBLÜTIGEN MORDEN ZUM SOMMER-HOTSPOT!«, verkündete die Schlagzeile. Darunter war ein Foto von Mom und Dad zu sehen, die strahlend und entspannt vor einem renovierten Farmhaus in der Nähe vom Ellacoya Resort posierten.

Okay, als ich in der Fünften war, hatte Mom einen Rückfall, aber nur einen kleinen. Sie hat ihn überstanden. Und niemand hat je davon erfahren. Wir Stecklers wissen, wie man Geheimnisse bewahrt.

Auf Grandma Janes Beerdigung vor ein paar Jahren weinte Mom bitterlich, wiegte sich vor und zurück wie in Trance und weigerte sich, auch nur den kleinsten Bissen von den Platten aus dem örtlichen Feinkostladen zu essen. Als ich sie umarmte, drückte sie mich so fest an sich, dass ich dachte, mein Brustkorb würde explodieren.

»Sie hat euch gerettet«, flüsterte Mom immer wieder. »Sie hat euch gerettet.«

Ich dachte, sie meinte, ihre Mutter hätte uns während der dunklen Jahre als Familie zusammengehalten. Aber als ich Moms weit aufgerissenen Augen folgte, waren sie auf Stella gerichtet.

»Sie hat euch gerettet.«

Ich habe Noah nicht mehr gesehen, seit er mir am Oak Tower das Buch gegeben hat, und als ich jetzt zu Chemie gehe, unserem einzigen gemeinsamen Kurs, überläuft mich ein Kribbeln. Ich kann es kaum erwarten, ihm wieder nahe zu sein, selbst wenn ich nicht die Wärme seiner Haut spüren oder mit dem Daumen über die feinen Härchen in seinem Nacken streichen darf. Ich bin extrafrüh da, um uns einen Tisch ganz hinten zu sichern, damit wir das ganze Jahr über Laborpartner sein können. Pünktlich zum Klingeln kommt er hereingejoggt.

Mir bleibt fast das Herz stehen, als er den Blick über das Schulanfangsgewühl in der Klasse schweifen lässt und schließlich meinen findet. Ein Lächeln breitet sich auf seinem Gesicht aus, bevor er sich durch die Tischreihen zu mir durchschlängelt und sich neben mich setzt. Sein blondes Haar fällt ihm in die Augen und er streicht es nach hinten.

»Hey«, flüstert er und fährt sachte mit dem Zeigefinger über meinen nackten Arm. Ich erschaudere.

»Hi.«

Mein Herz rast wie verrückt und ich versinke regelrecht in seinen großen grünen Augen. Starre auf seine Bizepsmuskeln, die zum Vorschein kommen, als er seine Kapuzenjacke auszieht. Noah verschränkt die Arme und presst unter dem Tisch sein Knie gegen meins. Ich stehe kurz vor der Ohnmacht.

»Hab dich vermisst«, sagt er.

»Ich dich auch. Wenigstens hab ich das hier.« Ich hebe mein Handgelenk.

Noah zieht die Stirn kraus und guckt sich erneut im Raum um. Dann beugt er sich zu mir rüber. »Hm, ja. Darüber hab ich noch mal nachgedacht. Ich weiß nicht, ob es so eine gute Idee ist, wenn du das weiter trägst, Ell. Könntest du es vielleicht lieber in die Tasche stecken oder so? Ich meine nur, was, wenn es jemand sieht?«

Mein Gesicht fühlt sich plötzlich heiß an. »Wieso das denn?«, frage ich, bemüht, meine Stimme ruhig zu halten. »Ist ja wohl nicht so, als stünde da ›Geschenk von Noah Brockston‹ drauf.«

»Man kann halt nie wissen. Ich mache mir bloß ein bisschen Sorgen.« Noah dreht sich weg und ein Teil von mir empfindet

Mitleid mit ihm. Ich weiß ja, dass das alles für ihn auch nicht leicht ist. Ein anderer Teil von mir dagegen ist stinksauer.

Ich will protestieren, aber Noah schiebt die Unterlippe vor. »Komm schon, Ell. Ist ja nicht mehr für lange.«

Ich werde weich, gegen ihn bin ich einfach wehrlos. »Okay«, sage ich und fange an, den Knoten aufzuzupfen. Noah beobachtet erleichtert, wie ich das Armband in meiner Shortstasche verschwinden lasse.

»Ellie Steckler?«, ruft Mr Darien. Er steht mit der Anwesenheitsliste in der Hand vor der Klasse, und sein langer weißer Kittel erinnert mich an den Arzt, bei dem ich gewesen bin, im gut hundert Kilometer entfernten Newburgh, wo mich ganz sicher niemand erkennen würde. Nachdem ich ihm mein Anliegen erklärt hatte, tätschelte er mir liebenswürdig die Hand. »Das wird schon wieder«, sagte er, während ich mir die Tränen von den Wangen wischte. Das alles ist erst ein paar Wochen her, aber es kommt mir vor, als wären seitdem Jahre vergangen.

»Hier«, sage ich, in der Hoffnung, dass man den Kloß in meinem Hals nicht hören kann.

In den nächsten vierzig Minuten konzentriere ich mich mit aller Kraft auf Mr Dariens Geleier, aber es fällt mir schwer, an irgendwas anderes zu denken als Noahs Knie, das sich noch immer an meins presst. Als es zum Ende der Stunde klingelt, ist es, als würde ein Bann gebrochen.

Noah packt hastig seine Sachen. »Ich muss kurz ins Büro vom Coach, aber wir sehen uns in der Mittagspause, okay?«

»Okay«, antworte ich, ohne ihn darauf hinzuweisen, dass Tamara auch dort sein wird. Für einen einzigen kleinen Moment gestatte ich mir, so zu tun, als wären wir ein echtes, ganz normales Paar.

»Bis später, Babe.« Bevor er aufsteht, drückt er mir kurz

den Oberschenkel. Ich spanne sämtliche Muskeln an, als könnte ich das Gefühl so in mir konservieren.

»Bis später«, flüstere ich ihm hinterher.

Als ich in die Cafeteria komme, haben sich die Cross-Leute schon im hinteren Bereich versammelt. Letztes Jahr durfte ich noch nicht mit am Haupttisch sitzen, obwohl ich es als einzige Neuntklässlerin in die erste Mannschaft geschafft hatte. Jetzt jedoch, nachdem ich bei der Staatsmeisterschaft unter den ersten Zehn war und bewiesen habe, dass ich, oh Wunder, ein eigenständiger Mensch und nicht mit Stella zusammengewachsen bin, gehört einer dieser Plätze mir. Und wer weiß, vielleicht könnte sich sogar Noah, der frisch gekürte Kapitän der Jungenmannschaft, neben mich setzen. Vielleicht.

»Ey, Mini-Steckler, fang!« Ich lasse mein Tablett auf den Tisch knallen und hebe die Hände, in denen ein feuchtes, schweres Stoffknäuel landet.

»Was ist das, Bader?« Ich halte das Knäuel hoch.

»Meine verschwitzten Boxershorts.« Todd Bader ist einer von Noahs besten Freunden und ein Sportler-Vollidiot, wie er im Buche steht, komplett bescheuert und tittenfixiert. Zu seinem Glück ist er mit goldenen Surferlocken, strahlend weißen Zähnen und einem Sixpack gesegnet, den er beim Training für meinen Geschmack allerdings ein bisschen zu oft präsentiert. Echt schade, dass er so ein Arschloch ist.

»Igitt!« Angewidert lasse ich die Unterhose auf den Boden fallen. »Hat jemand Desinfektionsspray?«

Raven Tannenbaum reckt die Faust mit einem kleinen Plastikfläschchen in die Höhe. »Hat er heute schon bei uns allen gemacht«, erklärt sie. Raven zeigt Bader über den Tisch hinweg den Stinkefinger, woraufhin er zwei Finger zum V formt und die Zunge dazwischen wackeln lässt. »Bah«, macht Raven und schüttelt sich. »Willst du dich setzen, Ellie?«

So langweilig Raven sein mag, für ihre Nettigkeit kann man sie wirklich nur bewundern. Stella nennt sie gern ›die Raufasertapete in Menschengestalt‹, der ultimative Diss, aber in der Talmudschule fand ich sie damals immer superlieb. Außerdem gibt sie beim Training alles.

Dabei hat sie es echt alles andere als leicht. Ihre große Schwester Shira war in der ganzen Stadt beliebt, bis sie vor ein paar Jahren – wir gingen zu dem Zeitpunkt noch auf die Junior High – plötzlich verschwand. Die Polizei setzte alles daran, sie zu finden, und durchkämmte im Umkreis von mehreren Kilometern das Gelände. Wie es schien, war nun auch Shira dem Mörder zum Opfer gefallen, der Edgewater den Namen Deadwater eingebracht hatte und offenbar zurückgekehrt war. Eine Ausgangssperre wurde verhängt. Keine Fahrradtouren, keine Spaziergänge zum Diner. Keine Joggingrunden um den See. Nirgends durfte man mehr allein hin – also, als *Mädchen.* Die Jungs konnten weiterhin machen, was sie wollten.

Einen Monat später tauchte Shira dann plötzlich wieder auf, im Schlepptau den älteren Typen, der auf dem Bauernmarkt den Stand mit dem Ziegenjoghurt betrieb. Sie hatte einen Ring am Finger und erklärte, sie beide seien nach Atlantic City durchgebrannt, um dort zu heiraten. Sie habe gewusst, dass ihre Eltern dagegen gewesen wären, und daher ihren achtzehnten Geburtstag abgewartet, versuchte sie, sich zu rechtfertigen. Sie habe einfach mal eine Pause von allem gebraucht. Vom Lernen für die Abschlussprüfungen, den Cross-Turnieren und ihren Eltern, die sie ständig damit nervten, dass sie sich endlich um ein gutes College kümmern müsse. Verziehen hat ihr niemand. Wie auch? Alle waren sauer, dass die Polizei so viel Zeit und Geld für die Suche nach ihr verschwendet hatte und Edgewater durch ihre Schuld gleich noch mal in die Schlagzeilen geraten war, als Gruselort, der Touristen und Immobilieninteressenten vergraulte und Mörder anlockte.

Am Ende zog Shira nach Philadelphia, um das ganze Theater hinter sich zu lassen, und ihre Eltern, die mit dem Medienrummel nicht klarkamen, trennten sich. Raven und ihre Mutter mussten aus ihrem wunderschönen Farmhaus in ihr heutiges Mini-Apartment über der Pizzeria ziehen. Von ihrem Vater hat niemand je wieder gehört. Raven konnte nicht mehr mit uns ins Trainingscamp fahren und trug nur noch billige Sportklamotten aus dem Secondhandshop anstatt der schicken aus dem Laden von Julias Eltern. Eine Zeit lang tratschten hinter ihrem Rücken alle über sie, auch wenn Tamara und Julia weiter zu ihr hielten. Mittlerweile ist das Ganze fünf Jahre her und Raven redet nie darüber. Oder zumindest nicht mit mir.

Jetzt guckt sie mich erwartungsvoll an. »Hier ist noch Platz«, sagt sie und deutet neben sich.

»Danke«, erwidere ich. »Aber ich muss was für Stella freihalten.« Raven wendet sich wieder ihrem Putensandwich zu, aus dem ein welkes Salatblatt hängt.

Ich gehe um den langen Tisch herum und setze mich schließlich ganz ans Ende der Bank, wo auch Stella noch hinpasst. Als ich jedoch entdecke, wer es sich dort schon gemütlich gemacht hat, stöhne ich unwillkürlich auf.

»Mila Keene.« Ihr Name kommt aus meinem Mund wie eine Feststellung, keine Begrüßung.

Mit großen Augen sieht sie zu mir hoch.

»Äh, hi. Ich bin Ellie Steckler«, schicke ich schnell hinterher, um wenigstens einigermaßen wie ein normaler Mensch rüberzukommen. »Ich bin auch in der Mannschaft. Hatte beim Training gar keine Gelegenheit, Hallo zu sagen.«

Milas Gesicht hellt sich zu einem fröhlichen Grinsen auf, während sie ihr Mittagessen auspackt. »Schön, dich kennenzulernen. Ich bin gerade erst hergezogen.«

Ich verkneife mir ein »Ich weiß« und dann ist plötzlich Stella da. »Ellie, wir dürfen nicht vergessen, nachher noch neue Wärme…« Als sie Mila sieht, unterbricht sie sich. »Oh. Hallo.«

»Hi!« Milas Lächeln verflüchtigt sich beim Anblick von Stellas gerunzelter Stirn. »Ich kann mich auch woandershin setzen, wenn das hier dein Platz ist.«

Ich verdrehe die Augen. »Quatsch. Wir rücken einfach ein bisschen zusammen.«

Stella schäumt vor Wut. Vermutlich würde sie am liebsten die Nägel in meine Haut schlagen und mich blutig kratzen. Das hat sie sogar schon mal gemacht. Na ja, ich ja genauso. Aber jetzt mal im Ernst: Mila ist neu hier und hat noch keine Freundinnen. Da können wir doch wohl wenigstens eine Mittagspause lang nett zu ihr sein.

»Wann genau seid ihr denn hergezogen?«, erkundige ich mich.

»Letzte Woche.« Mila beißt von ihrem ziemlich professionell gerollten Burrito ab und kaut.

Stella neben mir stößt ein wissendes Brummeln aus. »Stress zu Hause?«

Ich versetze ihr einen Tritt unter dem Tisch. Wie kann es sein, dass diese Blödbirne mit ihren siebzehn Jahren noch immer kein Fitzelchen Sozialkompetenz hat? Aber Mila lacht nur.

»Kann man so sagen. Also, Stress mit meinem Dad. Mom und ich haben zusammengehalten, und jetzt lassen sie sich scheiden, blabla, immer dasselbe Drama. Spannend, was?« Sie nimmt noch einen Bissen.

»Bin schon halb weggedöst«, erwidere ich.

Mila schluckt und lacht erneut, herzhaft und tief aus dem Bauch. Ziemlich sympathisch.

Von Stella kommt kein Ton außer diesem nervigen Knacken, mit dem sie ihre Babykarotten kaut.

»Und, was hältst du bis jetzt von Edgewater?«, frage ich.

»Ist ganz okay.« Sie sieht sich in der Cafeteria um. »Also, alle sind nett und so, aber irgendwie finde ich's trotzdem ein bisschen gruselig hier.«

»Ah, dann hast du also von den Mordfällen gehört.« Ich stecke mir eine Weintraube in den Mund.

Sie nickt. »Wenn ich erzählt habe, dass wir hierherziehen, war das immer das Erste, was den Leuten einfiel.« Mila mustert mich neugierig. »Habt ihr eigentlich keine Angst, dass der Täter zurückkommt?«

Ich zucke mit den Schultern. »Eigentlich redet kaum mehr jemand davon.« Ich beuge mich vor. »Erst recht nicht Raven Tannenbaum gegenüber. Ein paar Jahre nach dem letzten Mord ist ihre Schwester verschwunden, und alle dachten, sie wäre das nächste Opfer. Aber dann stand sie plötzlich wieder auf der Matte. Ein Riesenzirkus.«

Mila zieht die Augenbrauen hoch. »Krass. Aber mittlerweile ist alles okay?«

»Scheint so«, sage ich. »Oder, Stella?«

Stella jedoch starrt an mir vorbei und steht abrupt auf. »Noah.« Sein Name klingt rau und laut aus ihrem Mund, ganz anders als bei mir. Bei ihr wird er zu Lärm.

Noah kommt auf uns zu und bleibt direkt hinter mir stehen, sodass ich seine Körperwärme spüre. Am liebsten würde ich ihm mitten hier in der Cafeteria um den Hals fallen.

»Hi, Stella.« Er wirkt genervt, als wäre es eine Tortur, auch nur mit meiner Schwester reden zu müssen.

»Wir sollten uns mal über den Herbstempfang unterhalten«, sagt sie.

Noah stützt sich auf meine Stuhllehne und ich würde gern die Hand auf seine legen. Ich setze mich auf meine Finger, um mich davon abzuhalten.

»Der Coach hat die Sporthalle reserviert und Catering bestellt«, antwortet Noah. »Tamara kümmert sich um die Deko. Also brauchen wir uns nur noch über das Programm Gedanken zu machen.«

Stella verschränkt die Arme. »Na schön. Morgen? Da hab ich die erste Stunde frei.«

»Zu Befehl, Ma'am.« Noah salutiert. »Hauptsache, Stella die Große ist zufrieden.« Bader und ein paar der anderen Jungs lachen, und ich beiße mir auf die Zunge, um nicht mit einzufallen. Noah führt sich in der Öffentlichkeit oft auf wie einer von seinen Bros, aber irgendwie macht ihn das sogar noch liebenswerter.

»Geht's hier um den Empfang?« Tamara ist neben Noah aufgetaucht. »Die Transparente, die ich bestellt habe, sind heute angekommen.«

»Ist ja toll, Babe«, lobt Noah. »Du bist einfach super in so was.« Er schenkt ihr ein strahlendes Lächeln, und in mir gerät alles ins Stocken, als er ihr erst einen Schmatzer auf die Wange und dann auf die Lippen drückt. Sie legt die Hand auf seine Brust, und es kostet mich erhebliche Mühe, nicht aufzuspringen und die beiden auseinanderzureißen, als sie einander die Zunge in den Hals stecken.

Ich wende mich wieder meinem Essen zu und nehme mir vor, Noah zu bitten, nicht mehr vor meinen Augen mit seiner verdammten Freundin zu knutschen. Dabei weiß ich, dass es keinen Sinn hat. Noah Brockston macht einfach, was er will. Aber meistens bin das, was er will, nun mal *ich*.

Nach dem Abendessen, als ich mir gerade auf der Couch das Knie kühle und »Real Housewives« gucke, klingelt es an der Tür. Ein Hoch auf diese dämliche Serie, die mich wunderbar davon ablenkt, dass Noah mich während des Mittagessens kaum beachtet hat. Das Schlimme ist, dass ich mich nicht mal bei irgendwem darüber beklagen kann, jetzt, wo Bethany auf meiner schwarzen Liste steht (die genau einen Namen umfasst). Außerdem versuche ich, nicht daran zu denken, dass ich heute beim Training bei den Squat Jumps zu hart gelandet bin, weswegen mir jetzt das Knie wehtut. Sogar Coach Gary ist mitten im Anweisungenbrüllen kurz zusammengezuckt. Eine Pause durfte ich trotzdem nicht machen, dabei hab ich genau mitgekriegt, dass er es gemerkt hat.

»Ellie, kannst du mal aufmachen?«, schreit Mom aus ihrem Arbeitszimmer.

Ich quäle mich von der Couch hoch und lasse meinen tröpfelnden Eisbeutel in die Spüle fallen. Als ich endlich durch den Flur humpele, kommt Stella gelaufen. »Hau ab, ich geh schon«, kommandiert sie.

»Sehr wohl, Majestät«, murmele ich.

Stella reißt die Tür auf. »Coach Gary«, sagt sie, als hätte sie ihn erwartet.

»Da ist sie ja!«, ruft er und breitet die Arme aus. Er trägt noch immer seine Trainerklamotten und sieht aus, als hätte er die letzten Stunden damit verbracht, sich im Büro Videos vergangener Wettkämpfe anzusehen und Übungen auszudenken.

Mom kommt förmlich angesprintet. »Coach! Was verschafft uns die Ehre?« Sie faltet so andächtig die Hände, als wäre der Rabbi persönlich zum Fastenbrechen nach Jom Kippur erschienen. »Kann ich Ihnen was anbieten? Wasser? Limo? Kaffee?«

Der Coach hebt die Hände. »So herzlich wie bei Ihnen wird

man ja in ganz Edgewater nicht empfangen. Aber nein danke, ich bin auch gleich wieder weg. Wollte nur kurz mit Stella über ein paar Mannschaftsangelegenheiten sprechen. In Ordnung, wenn wir uns solange hier breitmachen?« Er deutet auf die Barhocker an der Küchentheke.

»Aber klar doch!«, quietscht Mom. Sie scheint nicht mal auf die Idee zu kommen nachzuhaken, ob diese Unterhaltung nicht auch in der Schule hätte stattfinden können oder seit wann Coach Gary unangemeldete Hausbesuche abstattet. Wie immer stellt niemand seine Entscheidungen infrage. Schließlich hat er das Team in den fünf Jahren, seit er im Amt ist, jedes Mal zur Staatsmeisterschaft geführt. *Seine* Mädels landen Jahr für Jahr auf dem Siegertreppchen, darum sind die Leute ihm dankbar. Für das, was er für das sportliche Ansehen unserer Stadt tut, aber auch dafür, dass er auf uns aufpasst.

Jetzt jedoch, nach dem Vorfall zwischen Stella und Allison Tarley, steckt sein Kopf in der Schlinge. Warum sonst hätte ihm die Schulbehörde einen Anstandswauwau zugeteilt, der ihn beim Training beobachtet?

Stella und der Coach nehmen Platz, und ich bleibe stehen, für den Fall, dass auch meine Anwesenheit gefragt ist. Doch der Coach wendet sich zu mir um. »Könntest du uns kurz allein lassen, Ellie?«

Ich schlurfe zurück ins Wohnzimmer, aber dank der offenen Bauweise unseres Hauses, die Mom so liebt, bekomme ich immer noch fast alles mit. Ha!

Der Coach wartet, bis er mich außer Hörweite glaubt. Er gehört zu den wenigen Leuten, die einen guten Draht zu Stella haben – oder zumindest bildet er sich das ein. Seine Methoden sind allerdings eher speziell: bedrängen und anschreien. Und was bei meiner großen Schwester zu funktionieren scheint, ist für manch andere der reinste Horror. »Hör mal, Stella. Wir bewegen uns dieses Jahr beide auf dünnem Eis«, fängt er an. »Die Schulbehörde hat ein Auge auf uns, darum dürfen wir uns keinen einzigen Fehltritt mehr erlauben.«

Unwillkürlich spanne ich die Schultern an, genau wie vermutlich Stella. Ich dachte, diese Sache wäre erledigt. Das hatte der Coach uns zumindest versprochen.

»Du musst dich wirklich zusammenreißen«, fährt er fort. »Und nachdem Mila zu uns gestoßen ist, ist dein Platz als unsere Nummer eins keineswegs mehr so sicher wie bisher. Gar nichts ist sicher, da mache ich dir nichts vor.«

Stella rammt die Fersen gegen die Beine ihres Hockers und ich spüre ihre Wut bis hierher. Der Coach provoziert sie, will, dass sie an sich, ihrem Talent und ihrer Kraft zweifelt. Das habe ich schon millionenmal miterlebt. Normalerweise allerdings nur Raven gegenüber oder anderen, die nicht so tough sind wie Stella.

»Du musst dich auf einen knallharten Konkurrenzkampf mit Mila einstellen. Aber das könnte durchaus sein Gutes haben, glaub mir.«

Stella stöhnt auf. Sie wirkt nicht überzeugt.

»Ihr zwei werdet einander anspornen und zu Höchstleistungen motivieren. Bestimmt wirst du noch das eine oder andere von ihr lernen, zum Beispiel, wie du dich besser unter Kontrolle hältst und diese ganze überschüssige Energie kanalisierst.« Er wird ernst. »Vergiss nicht, dass das hier ein *Mannschaftssport* ist, Stella. Ich kann das Team mit oder ohne dich zur Staatsmeisterschaft bringen, aber lieber hätte ich dich natürlich dabei. Du musst den Scouts bloß zeigen, dass du weißt, was sportliche Fairness bedeutet, und dass du belastbar bist. Meinst du, das kriegst du hin?«

»Klar«, erwidert Stella knapp. Sie klingt, als stünde sie kurz vor einem Tobsuchtsanfall.

»Ich weiß, dass du das kannst«, pflichtet der Coach ihr bei. »Ich kenne dich.«

Am liebsten würde ich mich jetzt umdrehen, um ihrer beider Gesichter zu sehen, aber mein hämmerndes Herz hält mich davon ab.

»Ich frage mich nur, warum Sie mir nicht erzählt haben, dass Mila herzieht«, beschwert sich Stella. »Das hat mich echt kalt erwischt.«

Der Coach lacht und tätschelt ihr die Schulter. »So war es doch viel interessanter, findest du nicht?«

»Nein.«

»Ach komm. Du hast schon immer die besten Leistungen abgeliefert, wenn du unter Druck stehst.«

»Ich mag keine Überraschungen«, beharrt sie. »Das wissen Sie ganz genau. So was bringt mich nur durcheinander.«

Erstaunt ziehe ich die Augenbrauen hoch. Solche Sachen hätte Stella noch vor einem Jahr niemals zugegeben. Vielleicht hat der Aufenthalt in Breakbridge ja tatsächlich was gebracht.

»Tja, damit musst du aber umzugehen lernen«, erwidert er. »Und Ellie ist dir inzwischen auch dicht auf den Fersen.« Mir wird heiß, als ich meinen Namen höre. »Pass lieber auf, deine Schwester ist eine Kämpferin mit einer ordentlichen Portion Talent. Die will den Sieg, das spüre ich.«

Stella sagt nichts. In meinem Magen macht sich eine Mischung aus Stolz und Angst breit. Das wird sie bloß noch weiter aufpeitschen und die Kluft zwischen ihr und mir vergrößern. Was dem Coach ganz genau bewusst ist.

»Allein holst du bei der Regionalmeisterschaft locker den ersten Platz, vielleicht sogar bei der Staatsmeisterschaft. Aber würdest du nicht auch gern den Mannschaftstitel gewinnen? Dabei kann Mila dir helfen. Und Ellie auch. Du musst den

Scouts beweisen, dass du Teamgeist hast. Auf so was legen Collegetrainer Wert.«

Stella schweigt einen Moment, und ich merke, wie sehr sie sich bemühen muss, ruhig zu atmen. »Okay«, sagt sie schließlich.

»Du musst zu hundert Prozent fokussiert sein.«

»Ich bin immer zu hundert Prozent fokussiert, es sei denn, *Sie* bringen mich aus dem Konzept.«

»Stella«, blafft der Coach so unvermittelt, dass selbst ich zusammenzucke. Dann höre ich nur noch unverständliches Gemurmel und schließlich das Scharren der Barhocker über die Fliesen. Kurz darauf steht der Coach neben meiner Couch. Seine Arme sind vor der Brust verschränkt, die so rund und breit ist wie ein Fass. »Tschüss, Ellie. Bis morgen.«

»Bis dann, Coach«, antworte ich. Die Tür fällt hinter ihm zu und Stella kommt zurück ins Wohnzimmer. »Worum ging's denn?«, stelle ich mich dumm.

Doch Stella ist zu sehr damit beschäftigt, die Kissen aufzuschütteln. Wie bescheuert – hält sie sich auf einmal für Mom, oder was? »Nichts«, murmelt sie dann. »Würdest du eh nicht kapieren.«

»Was würde ich nicht kapieren?«

Stella schleudert das nächstbeste Kissen zu Boden und krallt die Finger in die Couchlehne. »Nichts, hab ich doch gerade gesagt.« Ihre Augen haben sich verdunkelt und kurz sehe ich etwas Unheilvolles darin aufblitzen. Etwas, von dem ich dachte, sie hätte es hinter sich gelassen. »Vergiss es einfach, okay?«

»Okay.«

Stella verschwindet die Treppe rauf und nach einem Moment höre ich sie in ihrem Zimmer hin und her stapfen.

Ich lümmele mich zurück auf die Couch und strecke probeweise das Bein aus. Die Haut an meinem Knie spannt und ist so rot wie ein Stück rohes Fleisch. Erst da fällt mir auf, dass der Coach sich überhaupt nicht danach erkundigt hat.

STELLA

ICH HASSE PARTYS. Das Schummerlicht, die laute Musik und dann diese nervig aufgedrehte Atmosphäre. Ich finde es einfach nur traurig, dass den Leuten anscheinend nichts Besseres einfällt, nichts Sinnvolleres, als sich in Rekordzeit zu besaufen und auf der Tanzfläche aneinander zu reiben. Echt erbärmlich. Die einzige Party, die ich noch einigermaßen ertrage – oder na ja, ertragen *muss,* nachdem ich mich bereit erklärt habe, bei der Planung mitzuhelfen, ist der alljährliche Herbstempfang unserer Cross-Mannschaften.

»Das willst du anziehen?« Ellie lehnt in meinem Türrahmen. Und sieht natürlich umwerfend aus mit ihren glänzenden, federnden Haaren und dem schulterfreien, smaragdgrünen Kleid. Sie hat sich sogar irgendwas auf die Lippen geschmiert. Die glitzern.

Ich inspiziere mein eigenes Outfit. Mein schlichtes schwarzes Kleid hängt an mir runter wie ein Sack. »Ist doch nur eine Mannschaftsfeier, nicht die Oscarverleihung.«

Ellie verdreht die Augen. »Na und?«

Ich binde mein Haar zu einem hohen, strengen Dutt. Sie kann mich mal.

»Lass uns gehen.« Ich schiebe mich an ihr vorbei und rufe nach Mom und Dad. »Wir kommen noch zu spät!«

Die beiden eilen uns hinterher, Mom in einem eleganten dunkelblauen Cocktailkleid, Dad im schwarzen Anzug. Die klassische Abendgarderobe in Edgewater.

»Ich hab gehört, diese Neuen, die Keenes, wohnen in einer Mietwohnung drüben am Landwirtschaftsmuseum«, sagt Mom, als wir unterwegs sind.

Ellie stöhnt auf. »Bitte versucht heute Abend ausnahmsweise mal nicht, irgendwem ein Haus anzudrehen.« Sie weist nicht darauf hin, dass Dad die Immobilien in der Gegend gern als »renovierungsbedürftig für Bedürftige« bezeichnet.

»Hatte ich auch nicht vor«, verteidigt Mom sich beleidigt.

»Genau, kein Networking«, schlage ich mich auf Ellies Seite. Mom und Dad wechseln einen Blick, und ich weiß nicht, ob das bedeutet, dass sie sich daran halten oder es einfach hinter unserem Rücken machen wollen. Die beiden können dermaßen anstrengend sein. Aufdringlich. Richtig widerlich.

Ich gebe mir echt Mühe, nachsichtig mit ihnen zu sein, so wie Ellie, schaffe es aber fast nie. Wenn sie irgendwas tun, was mich an die dunklen Jahre erinnert – da reicht schon die unbedeutendste Kleinigkeit –, löst das eine Art Kurzschluss in meinem Hirn aus, und plötzlich bin ich wieder fünf Jahre alt und muss Ellie vor Moms klirrenden, leeren Flaschen und Dads verzweifeltem Blick abschirmen. Damals hatten wir noch den Wohnwagen und ich kann mich an jeden Zentimeter davon erinnern. Alles war mit albernem Hippiekram dekoriert, Postern von Grateful Dead und irgendwelchen Woodstock-Erinnerungen aus der Zeit vor unserer Geburt. Selbst nachdem Grandma und Grandpa Mom in die Entzugsklinik geschickt hatten, änderte sich daran nichts, und wir lebten weiter zwischen Räucherstäbchenhaltern und Perlenvorhängen. In Letzteren hat Ellie sich beim Schlafwandeln andauernd verheddert und ich bin von dem Geräusch aufgewacht. Dieses Geräusch wird mich immer daran erinnern, wie ich meine kleine Schwester zurück ins Bett gebracht und ihr beruhigend über Kopf und Rücken gestreichelt habe – daran, wie ich mich gefragt habe, ob Mom wohlbehalten zu uns zurückkommen würde und ob die beiden sich doch noch in die Eltern verwandeln würden, die wir uns so wünschten.

Als es schließlich so weit war, half Ellie Dad, Willkommenstransparente und Papiergirlanden für Mom zu basteln. Zu Begrüßung warf sie sich ihr in die Arme und klammerte sich an sie, flehte sie an, uns nie wieder allein zu lassen. Ich dagegen blieb distanziert. Argwöhnisch.

Ellie war damals zu jung, um wirklich zu kapieren, warum Mom weg gewesen und was zuvor alles passiert war. Sie hat hauptsächlich die guten Seiten mitbekommen. Das, was am Ende dabei rauskam. Das entschlossene, fleißige Paar, das sich den Arsch aufriss, um seine Maklerlizenz zu erhalten. Die Eltern, die sich in Teamarbeit eine Existenz aufbauten, damit wir von einer Blechbüchse in ein Traumhaus umziehen konnten.

Sie war stolz auf die beiden und das, was sie erreicht hatten. Selbst Moms Rückfall bereitete ihr keine allzu großen Sorgen. Sie vertraute darauf, dass es ihr schon bald wieder besser gehen würde, wie beim letzten Mal. Ich war mir da weniger sicher. Selbst heute höre ich noch manchmal die leise Stimme in meinem Hinterkopf, die mich warnt, dass Mom permanent am Abgrund balanciert und wir anderen nichts tun können, als abzuwarten und auf das Schlimmste gefasst zu sein.

Daran musste ich auch bei meinem Outing denken. An dem Tag habe ich mich mit meinen Eltern zusammengesetzt und ihnen einen Brief vorgelesen, den ich geschrieben hatte, so wie ich es vorher bei Youtube gesehen hatte. Ich fühlte mich extrem unwohl dabei, und als ich am Ende zu ihnen hochguckte, rechnete ich fest mit einer der klassischen Reaktionen, von denen ich auf all den LGBTQIA+-Seiten gelesen hatte, irgendwas zwischen Entsetzen und Wut, Überraschung und Aufregung. Ich hatte Angst, mein Geständnis könnte Mom wieder ins Schleudern bringen. Aber die beiden lächelten mich nur liebevoll an. Völlig ungerührt.

»Ach, Stella. Darum die ganze Aufregung?«, fragte Mom.

»Äh, ja.«

»Ich glaube, was deine Mom sagen will, ist, dass das für uns einfach vollkommen in Ordnung ist«, erklärte Dad, der sich vorbeugte und die Ellbogen auf die Knie stützte. »Wir lieben dich so, wie du bist.«

Mom neben ihm nickte, obwohl sie dabei etwas abgelenkt wirkte, als würde sie lieber ihr Handy checken oder sich auf eine Hausbesichtigung vorbereiten.

»Ach so.« Mein Herz schrumpelte zusammen wie ein Luftballon. »Okay.« Mit einem Mal wünschte ich mir nichts sehnlicher, als dass das Gespräch zu Ende war. Ich weiß, ich hätte erleichtert sein müssen, überglücklich. Aber irgendwie war das Ganze so enttäuschend. Ich war froh, dass ich es durchgezogen hatte. Das war wichtig, das spürte ich tief in mir. Aber es änderte nichts zwischen uns. Stattdessen macht einfach jeder mit seinem Leben weiter.

Klar freuten die beiden sich, dass ich mich in der Schule dem LGBTQIA+-Rat anschloss, aber ich wäre nie auf die Idee gekommen, mich bei ihnen auszuheulen, nachdem Lilly Adams, in die ich so verknallt war, beim Training mit Jade Kensington rumgeknutscht hatte und ich mich fühlte, als würde mir jemand die Luft abdrücken. Mein Lesbischsein gehörte einfach zu mir, war aber nicht weiter von Belang, also konzentrierte ich mich wieder auf das Einzige, was mich vorwärtsbringen würde: Gewinnen.

Ich presse die Stirn gegen das Autofenster und mein Atem lässt die Scheibe beschlagen. Kaum dass wir auf dem Parkplatz der Highschool anlangen, stoße ich die Tür auf. »Ich muss Noah und den Coach finden«, rufe ich über die Schulter.

Mit Noah ist zwar absolut nichts anzufangen, aber der Coach ermahnt mich ständig, dass die Leute kooperativer sind, wenn man sie … na ja, kooperieren *lässt*. Darum gebe ich mir echt Mühe. Dass ich dabei ununterbrochen den Drang verspüre, dem Typen eine reinzuhauen, macht es natürlich nicht leichter. Genauso wenig wie die Tatsache, dass er Ellie anstarrt wie einen Eisbecher mit Sahne, obwohl er quasi mit Tamara verheiratet ist. Arschloch.

Ich gehe durch den dunklen Flur Richtung Sporthalle, bis ich Licht aus der offenen Bürotür des Coachs fallen sehe. Seit dem einen Tag im Frühling, als unsere Schuldirektorin Mrs Pérez mich hergebeten hatte, war ich nicht mehr hier. Es riecht wie immer nach Putzmittel und Schweiß. Ich muss kurz stehen bleiben, um mich zu sammeln.

Eigentlich dachte ich damals, alles wäre wieder einigermaßen in Ordnung und Mrs Pérez und der Coach würden nur über irgendwelchen Orgakram wie den Förderverein oder den Trainingsplan für den Herbst mit mir reden wollen. Aber als ich dann auf dem Metallstuhl saß, musterte Mrs Pérez mich mit strenger Miene, den Mund zu einem dünnen Strich zusammengekniffen.

»Stella, wir müssen etwas Ernstes mit dir besprechen«, eröffnete sie mir schließlich und schob sich die Lesebrille in ihr schulterlanges, dunkelbraun-grau meliertes Haar.

Mrs Pérez war nach Shira Tannenbaums Verschwinden an unsere Schule gekommen. Angeblich hatte die Schulbehörde damals im ganzen Bundesstaat nach einem Profi in Sachen Sicherheit, überdurchschnittlichen Abschlussnoten und Finanzmittelbeschaffung gesucht. Edgewater sollte wieder zu einem lebenswerten Ort werden. Einem Ort ohne Gefahren. Einem Ort, den man nicht automatisch mit toten Mädchen verband.

Schließlich entschieden sie sich für Mrs Pérez, die fünfzehn Jahre lang eine noble Vorort-Highschool in Westchester County geleitet hatte. Ihr Bezirk stand an der Spitze des Bundesstaates. Nach Edgewater sei sie gezogen, hieß es, weil sie Herausforderungen liebe. Sie war diejenige, die Coach Gary einstellte, um dem Cross-Programm unserer Schule neues Leben einzuhauchen, und den Stadtrat überzeugte, den Bildungsetat aufzustocken. Sie organisierte sogar gesponserte Ausflüge nach Mexico City, wo ihre Eltern herstammen und ihr Bruder das riesige Nationalmuseum für Anthropologie leitet. Innerhalb von zwei Jahren brachte Mrs Pérez es zu universeller Beliebtheit.

»Lauren«, schaltete der Coach sich ein, »was genau macht dir eigentlich solche Sorgen? Dass Stella jemandem das Genick bricht? Sie ist ein Teenager, kein Monster. Das mit Allison Tarley war ein Unfall.« Seine Glatze glänzte unter dem Neonlicht und er lächelte mir flüchtig zu. *Ich bin auf deiner Seite.*

Ohne ihn zu beachten, wandte Mrs Pérez sich wieder an mich: »Stella, ich will offen mit dir sein. Im Moment stellst du eine Belastung für das ganze Team dar. Dich drinzubehalten, bedeutet ein ziemliches Risiko.«

Meine Zunge fühlte sich plötzlich zentnerschwer an, und ich schluckte die Galle hinunter, die mir die Kehle hochstieg.

»Aber gleichzeitig bist du immer noch unsere größte Hoffnung für die Staatsmeisterschaft nächstes Jahr. Und die *müssen* wir einfach gewinnen.«

Der Coach stieß erleichtert den Atem aus.

»Das Cross-Team erwirtschaftet uns als einzige Mannschaft genug Fördermittel, um die Schule ganz oben zu halten«, erklärte Mrs Pérez. »Wir haben ja gesehen, was vor ein paar Jahren in Tremont passiert ist, nachdem deren neuer Footballcoach die Saison in den Sand gesetzt hatte. Sämtliche Statistiken gingen in den Keller. Ihr Status als International-Baccalaureate-Schule war futsch. Die Zahl der Studienanfänger sank. Am Ende sind massenweise Familien von dort weggezogen.« Sie drehte ihren goldenen Ehering hin und her. Ihre Nägel waren frisch lackiert, rosa und glänzend. »Soll heißen: Noch so ein Ausraster und mir bleibt keine andere Wahl, als dich aus dem Team zu nehmen. Und das möchte ich wirklich gern vermeiden.«

Ich nickte. Zu mehr war ich nicht in der Lage.

»Wir müssen allen zeigen, dass du dich im Griff hast, dass du dich wirklich bemühst.« Mrs Pérez zog eine Broschüre aus ihrer schicken Ledertasche und reichte sie mir. Dickes, glänzendes Papier, das sich wunderbar glatt anfühlte.

»Was ist das?«, fragte ich heiser.

»Breakbridge. Da verbringst du diesen Sommer«, verkündete sie. »Ein Leichtathletik-Trainingslager mit Fokus auf Aggressionsbewältigung. Dreimal pro Woche Gruppentherapie und eine eigene Betreuerin, die auf deine individuellen Bedürfnisse eingeht. Ergänzt durch ein knallhartes Sportprogramm.«

Ich blätterte durch die Broschüre. Das klang ja gar nicht mal so schlecht. Eigentlich war es sogar regelrecht perfekt. Bis ich die letzte Seite aufschlug, von der mir ein Haufen Zahlen ins Gesicht sprang.

»Ich glaube nicht, dass wir uns das leisten können«, murmelte ich, und meine Wangen wurden heiß.

Mrs Pérez und der Coach wechselten einen Blick.

»Mit deinen Eltern haben wir schon gesprochen«, erklärte der Coach. »Ist alles geregelt.«

Mein Herz fing an zu rasen beim Gedanken an die Kosten. Schließlich hatte ich meiner Familie davon schon mehr als genug beschert. Ich sah erst den Coach an, dann Mrs Peréz. »Okay«, sagte ich. Was blieb mir auch anderes übrig?

»Du bist gut, Stella, aber nicht unantastbar. Das ist niemand«, stellte die Pérez klar. Dann stand sie auf und ging. Ihr gelbes Leinenkleid raschelte ihr um die Waden.

Noch heute spüre ich die schwere, warme Frühlingsluft, die mich damals umhüllte, während ich zu begreifen versuchte, was das alles für mich hieß. Aber ich habe es überstanden. Ich habe überlebt. Zeit, mich wieder an die Arbeit zu machen und die Staatsmeisterschaft in Angriff zu nehmen, Zeit, ihnen allen zu zeigen, was immer noch in mir steckt.

Ich klopfe und schiebe mit den Fingerknöcheln die Tür auf. »Hallo, Coach. Bereit?«

Er sitzt an seinem Schreibtisch, einen Stapel Papiere vor sich, und guckt erwartungsvoll hoch. »Stella!«, sagt er und richtet seine Krawatte über dem frisch gestärkten weißen Hemd. »Okay, packen wir's an.«

Zusammen gehen wir zur Sporthalle. Mit zitternden Händen öffne ich die Tür und bin im nächsten Moment wie geblendet vor lauter Teamgeist.

Die Sporthalle ist kaum noch als solche zu erkennen. Überall stehen runde Tische mit Plastikklappstühlen, blauen oder weißen Tischdecken und ausladenden Tafelaufsätzen aus Luftballons in der Mitte. Das Licht ist gedimmt und von den Wänden hängen die Transparente, die Tamara bestellt hat. Ich sehe die anderen Teammitglieder, die mit ihren Familien durch die Halle schlendern oder sich Käsestückchen und gegrillte Artischocken vom Vorspeisenbüffet auf den Teller laden. Bei der Feier der Fußballer gab es Pizza und zum Nachtisch Supermarkt-Cupcakes. Wenig überraschend, da seit Jahrzehnten weder die Jungen- noch die Mädchenmannschaft irgendeinen nennenswerten Sieg eingefahren hat. Bei uns ist das anders.

Wir gewinnen. Wir haben uns dieses dekadente Dinner für sechzig Personen verdient. Ich drehe mich zum anderen Ende des Raums, wo ein kleines Podium mit Mikrofon errichtet worden ist.

»Königin Stella, wir erwarten untertänigst Eure Befehle«, begrüßt mich Noah, der mit Tamara auf mich zukommt, und lässt eine Verbeugung folgen.

Tamara verdreht die Augen und zupft an ihren Braids. »Trottel«, kommentiert sie, während sie ihr korallenrotes, ab der Hüfte ausgestelltes Kleid glatt streicht. »Kann's losgehen?«

»Von mir aus.« Es muss harsch geklungen haben, denn Tamara weicht einen Schritt zurück.

»Hey, schön lieb sein«, beschwichtigt Noah. »Wir sind schließlich alle Teamkapitäne, da müssen wir ein gutes Vorbild abgeben.«

Bevor ich antworten kann, tritt der Coach von hinten zu uns und legt Noah und mir die Hand auf die Schulter. Sie fühlt sich warm und verschwitzt an auf meiner nackten Haut und am liebsten würde ich sie wegschieben.

»Mein A-Team. Meine Kapitäne. Bereit?«

»Klar doch, Coach«, erwidert Noah eifrig.

»Schleimer«, zische ich ihm zu, als wir uns Richtung Podium bewegen.

Noah feixt und geht einen großen Schritt auf das Mikrofon zu, sodass er vor mir da ist und ich wie seine Assistentin danebenstehen muss. Sobald die Leute auf ihn aufmerksam werden, mit seinen breiten Schultern, die fast das Hemd sprengen, wird es still. Alle schleichen auf Zehenspitzen zu ihren Plätzen. Respekt. Den bekommt Noah ganz automatisch, ohne ihn sich erst verschaffen zu müssen. Muss ein gutes Gefühl sein.

Ich lasse den Blick schweifen und entdecke Ellie, Mom und Dad an einem Tisch etwas abseits der Mitte. Neben Ellie wartet ein freier Stuhl auf mich. Doch dann entdecke ich, wer noch bei ihnen sitzt. Mila, mit ihrer Mom. Mila trägt ein schlichtes, ärmelloses lila Kleid und lacht gerade mit Ellie über irgendwas, als hätten die beiden schon jede Menge Insiderwitze. Es ist mir ein Rätsel, warum Ellie das einfach nicht kapiert: Man freundet sich nicht mit der Konkurrenz an. Man hält sie auf Abstand. Zumindest wenn man gewinnen will.

Ich balle die Fäuste und merke erst, dass ich die beiden anstarre, als Mila mir lächelnd zuwinkt. Hastig gucke ich weg und wende meine Aufmerksamkeit stattdessen Noah zu, der vermutlich schon seine Ansprache vergurkt hat, während ich nicht aufgepasst habe. Na toll.

»Und genau darum wird dieses Jahr das beste, das wir je hatten!«, schreit er gerade ins Mikrofon. Die Jungs brechen in Gejohle aus und boxen in die Luft, während ihre Eltern klatschen, offensichtlich angetan vom Machogehabe ihrer Sprösslinge. Von uns Mädchen will so was selbstverständlich niemand sehen.

»Und hiermit übergebe ich an unseren Kampfgeist in Person, Stella Steckler«, kündigt Noah mich an. Wieder werden meine Wangen heiß, aber ich darf mir meine Wut nicht anmerken lassen. Nicht Noah gegenüber. Alle wissen, was er mit seiner Wortwahl andeuten wollte, aber darum muss ich noch lange nicht klein beigeben.

Ich schiebe ihn beiseite und trete ans Mikro. Mir ist klar, dass ich den Moment genießen müsste. Ich bin Mannschaftskapitänin, und das, obwohl ich erst in der Elften bin. Trotzdem macht sich ein schaler Geschmack in meinem Mund breit, als wollte sowieso niemand hören, was ich zu verkünden habe, als dürfte ich gar nicht hier oben stehen. Irgendwann habe ich tatsächlich mal geglaubt, diesen Titel verdient zu haben. Ich habe mich abgerackert, bin eine Bestzeit nach der anderen gelaufen und habe Gewichte gestemmt, bis keiner mehr mit mir mithalten konnte. Heute dagegen verziehen die Mädchen genervt das Gesicht, wenn ich beim Training die Dehnübungen ansage. Die Einzige, auf die ich zählen kann, ist Ellie – und auch das längst nicht immer.

»Hallo, zusammen«, spreche ich ins Mikro und versuche, das leise Geplauder an den hinteren Tischen zu ignorieren. »Als Erstes möchte ich Mila Keene in unserem Team willkommen heißen.« Mit zusammengebissenen Zähnen deute ich in ihre Richtung. »Mila war vorher in einer tollen Mannschaft in Connecticut und wird sich sicher als Bereicherung für Edgewater erweisen. Wir freuen uns, dass sie bei uns ist.« Mila steht kurz auf und dreht sich lächelnd nach links und rechts.

Applaus erhebt sich und der Coach nickt zufrieden.

»Wir haben dieses Jahr viel vor«, fahre ich fort. »Nächste Woche ist unser erster Wettkampf und davor haben wir noch eine Menge zu tun.« Als mein Blick auf Raven und Julia fällt, sehen die beiden sich vielsagend an. »Darum wollen wir heute Abend noch mal so richtig feiern, bevor es an die Arbeit geht.«

Tamara beugt sich vor und dreht das Mikro zu sich. »Mit Betonung auf *feiern,* hab ich recht, Leute?« Jubel und Beifall werden laut und ich trete einen Schritt zur Seite und überlasse Tamara das Rampenlicht.

»Wir sehen uns auf der Afterparty!«, ruft sie. »Crosslauf für immer!«

Das Publikum tobt, und ich würde am liebsten im Erdboden versinken, als ich mich in meinen viel zu engen High Heels auf den Weg zu meinem Platz begebe. Ellie guckt kaum zu mir hoch. Sie ist voll und ganz in ihr Gespräch mit Mila vertieft und die beiden lachen und stecken über dem Brotkörbchen die Köpfe zusammen.

»Geht's vielleicht noch desinteressierter?«, zische ich.

Sie dreht sich mir zu. »'tschuldige«, murmelt sie. »Du warst super.«

Ich lege mir meine Serviette auf den Schoß und wende mich ab.

»Lass uns heute auf die Afterparty gehen, ja?«, sagt sie. »Diesmal möchte ich echt dabei sein.«

»Tu dir keinen Zwang an«, erwidere ich. Letztes Jahr habe ich mich geweigert, sie und Bethany hinzufahren, woraufhin sie eine Woche lang beleidigt war, weil sie die ganzen Jelloshots und die unhygienische Whirlpoolaction verpasst hat.

Mila beugt sich von Ellies anderer Seite rüber. »Geht's um die Afterparty?«

Ellie nickt. »Kommst du auch? Ich würde da supergerne hin.«

»Klar«, entgegnet Mila einen Hauch überenthusiastisch.

Ellie wirft mir einen durchdringenden Blick zu und wendet sich dann lächelnd Mila zu. »Cool.«

»Ich kann auch fahren, wenn du willst«, bietet Mila an.

Ellies Augen leuchten auf vor Freude.

»Perfekt«, sagt Mila und schiebt sich ein Stück Brötchen mit Butter in den Mund.

STELLA

ALS WIR BEI Tamara ankommen, haben die Mädchen sich alle schon umgezogen. Die meisten tragen jetzt Jeans und Crop Tops oder kurze trägerlose Kleider, während die Jungs in ihrer üblichen Uniform aus Hoodie und Jogginghose rumlaufen. »Leichter Zugriff«, wie Bader gern sagt. Kotz.

Auch Ellie hat auf Milas Rücksitz ihr Cocktailkleid gegen eine High-Waist-Jeans und ein Neckholdertop aus ihrem Rucksack getauscht.

»Scheint, als hätten wir zwei das Memo nicht gekriegt«, merkt Mila an, als wir aussteigen, und deutet auf den bescheuerten Sack, in dem ich stecke.

Ich tue so, als hätte ich nichts gehört, und öffne die Tür. Wenn ich sowieso schon mal hier bin, kann ich mir auch genauso gut ein Bild vom Ausmaß der Partyausschweifungen verschaffen. Ich kapiere einfach nicht, warum die Leute so auf Kontrollverlust stehen. Warum sollte man irgendwas anderes als in Topform sein wollen? Warum weniger geben als hundert Prozent? Das will mir einfach nicht in den Kopf. Erst recht nicht, nachdem ich so oft miterlebt habe, wie Mom innerhalb von Minuten zu einem komplett anderen Menschen wurde.

Aber vielleicht habe ich auch nur speziell was gegen diese Party, wegen der Sache in der Neunten. Damals war Lilly Adams die Gastgeberin – logisch, als Mannschaftskapitänin. Und ich als Neue im Team hatte keine andere Wahl, als hinzugehen, obwohl ich viel lieber zu Hause geblieben wäre und Wissenschaftsdokus geguckt hätte.

Also hockte ich, während die anderen eine Flasche mit irgendeinem dunklen, leicht bedrohlich aussehenden Zeug rumgehen ließen, in einer Ecke und machte mich so klein wie möglich, um mich bei der ersten Gelegenheit unbemerkt rauszuschleichen. Aber dann rührte ich mich doch nicht vom Fleck.

Lilly hatte sich auf den Küchentresen hochgestemmt. Sie trug einen Jeansrock und ein geblümtes Oberteil, hatte sich die platinblonden Haare zu zwei Knoten links und rechts auf dem Kopf aufgedreht und saß im Schneidersitz, wodurch man ein Stückchen von ihrer Spitzenunterhose sehen konnte. Entweder merkte sie es nicht oder es machte ihr nichts aus. Beide Möglichkeiten jagten mir ein Kribbeln über die Haut. Lilly warf lachend den Kopf in den Nacken und legte den Arm um Jade Kensington aus ihrer Stufe – das einzige Mädchen, für das sie in der Schule Augen hatte.

Jade strich Lilly eine Haarsträhne hinters Ohr, beugte sich vor und gab ihr einen zarten Kuss auf die Wange. Mein Magen krampfte sich zusammen und etwas in mir zerbrach.

Es war erst einen Monat her, dass Lilly von heute auf morgen beschlossen hatte, mich zu ignorieren, aber es reichte, um mir das Gefühl zu geben, ich hätte den ganzen Sommer nur geträumt, mir irgendwas zusammenfantasiert. Sie war mit mir im Ferien-Laufclub gewesen und wir hatten auch sonst viel Zeit miteinander verbracht, waren stundenlang in ihrem schrottreifen Buick durch die Gegend gefahren, während aus dem Radio schlechte Countrysongs plärrten.

An einem schwülen Abend parkten wir oben am Sweetwater Lake. Grillenzirpen erfüllte die Dämmerung und wir lagen auf einer Decke auf der Motorhaube ihres Wagens und lästerten über die Touristen. Leute, die, ohne mit der Wimper zu zucken, vierzig Dollar für ein Glas Honig hinlegen oder im schicken Café des Ellacoya Resorts eine halbe Stunde für einen Nitro Coffee anstehen. Die in den warmen Monaten den See belagern und im September auf die Apfelplantagen strömen, um sich für ihre Selfies herbstlich in Szene zu setzen.

»Die Kunden von meinen Eltern finden sich alle total mutig, weil sie Immobilien in einer Stadt kaufen, die früher Deadwater genannt wurde«, sagte ich zu Lilly und zwirbelte ein Blatt zwischen den Fingern. »Dabei ziehen sie ja nicht mal wirklich hierher. Die haben überhaupt keine Ahnung, wie beschissen das alles ist.«

Lilly schwieg einen Moment und summte bloß leise zur Musik mit. »Na ja, ein bisschen besser ist es schon geworden. Du warst wahrscheinlich noch zu jung damals, als Shira verschwunden ist«, erwiderte sie schließlich. Lilly war zu der Zeit selbst noch neu im Team gewesen. »Der absolute Albtraum. Das Ganze hat so viele üble Erinnerungen aufgewirbelt. Meine Eltern haben mich überhaupt nicht mehr allein aus dem Haus gelassen, bis sie wieder da war.« Lilly setzte sich auf und sah sich um. »Ich kann's gar nicht erwarten, endlich hier wegzukommen.«

Sie griff nach meiner Hand und drückte sie sanft. »Mit meinen anderen Freundinnen kann ich über so was nie reden«, fuhr sie fort. »Die glauben, über die Mordfälle zu sprechen, bringt Unglück. Oder beschweren sich, dass ich sie nur ›runterziehe‹.« Beim letzten Wort malte sie Anführungszeichen in die Luft. »Aber es ist nun mal passiert – und wer auch immer diese Mädchen ermordet hat, läuft immer noch frei rum. Wie kann man da so tun, als wüsste man von nichts?«

»Gar nicht«, bekräftigte ich.

»Genau, und darum bin ich echt froh, dass du jetzt in der Mannschaft bist, Stella. Du verstehst mich.«

Sie plapperte weiter, über ihre Pflichten als Vorsitzende des LGBTQIA+-Rats, die anstehende Vorsaison und wie sehr sie sich auf die ersten gemeinsamen Wettkämpfe mit mir freuen würde. Dann rollte sie sich auf die Seite, bis sie mir ins Gesicht sehen konnte. Ihre vollen rosa Lippen verzogen sich zu einem Lächeln, und schließlich beugte sie sich vor, so entschlossen, so selbstverständlich, dass ich gar nicht anders konnte, als es ihr gleichzutun. Schließlich wollte ich es auch.

»Magst du mich, Stella?«

Kurz hatte ich Angst, dass das eine Fangfrage war. Dass sie mich auslachen würde, wenn ich Ja sagte. Aber lügen konnte ich auch nicht. Also nickte ich und hielt dann die Luft an, wartete auf ihre Reaktion.

»Gut«, sagte sie. »Ich dich nämlich auch.« Sie griff nach meiner Hand und drückte sie an ihre Lippen. Es war, als jagte ein Stromschlag durch meinen Körper. Sie verschränkte die Beine mit meinen und wir blieben lange so liegen und unterhielten uns flüsternd.

Nachdem sie mich später zu Hause abgesetzt hatte, schlich ich mich in mein Zimmer, obwohl ich wusste, dass meine Eltern sowieso nicht wütend auf mich sein würden. Nein, die wären begeistert, dass ich mich mit der Teamkapitänin der ersten Mannschaft traf. Ich hatte bloß keine Lust, mich ausfragen zu lassen, sondern wollte einfach nur schnell unter die Bettdecke, um allein mit mir und meinem Körper und dieser Wärme zu sein, die sich zwischen meinen Beinen aufgestaut hatte.

So ging es den restlichen Sommer weiter, ohne dass wir darüber redeten, in welchem Verhältnis wir zueinander standen oder was passieren würde, wenn die Schule wieder anfing. Und dann, am ersten Tag der Vorsaison, sah ich sie mit Jade, und es war eindeutig, dass die beiden ein Pärchen waren. Als ich versuchte, Lilly darauf anzusprechen, reagierte sie einfach nicht.

Es war, als hätte unsere gemeinsame Zeit keinerlei Bedeutung mehr, nachdem wir ins Ökosystem der Edgewater High eingetaucht waren, wo Lilly Adams, die allseits beliebte Mannschaftskapitänin aus der Zwölften, sich nicht mit einer unbedeutenden Neuntklässlerin wie mir abgeben konnte. Sie und Jade gehörten zu den A-Promis der Schule, während mir nichts blieb als ein bitterer Nachgeschmack und die Sorge, ob ich je wieder irgendwem würde trauen können.

Lilly war der erste Mensch, der diese Gefühle in mir ausgelöst hatte. Der eine Wunde in mir aufgerissen hatte, die sich nicht einfach mit einem Pflaster überkleben ließ. Hilflos und verletzt, sah ich die ganze Saison lang zu, wie sie mit Jade flirtete und uns beim Training anleitete. Ein kleiner Trost war höchstens, dass die beiden keine ernsthafte Konkurrenz für mich darstellten. Lilly und Jade liefen zum Spaß, nicht weil sie nicht anders konnten. Trotzdem erschien es mir auf der Party damals so, also wollte sie mir ihre tolle neue Beziehung extra unter die Nase reiben.

Als ich jetzt zusammen mit Mila und Ellie Tamaras Haus betrete, fühle ich mich wie ein Anstandswauwau. Ein paar Leute verstecken schnell ihr Bier, als ich vorbeikomme, als hätten sie Angst, dass ich sie an den Coach verpetze. Dabei ist mir das so was von egal. Durch ihren Mangel an Disziplin schießen sie sich doch nur selbst ins Aus.

Ellie führt uns durch den riesigen, mit ausgefallener, handgetöpferter Keramik und knallbunter moderner Kunst dekorierten Eingangsbereich bis in die schicke, komplett in Weiß gehaltene Küche. Dort lässt sie Mila und mich prompt stehen, um sich an der Margarita-Station neben der Landhausspüle zu bedienen. Sie hat ein ziemlich entspanntes Verhältnis zu Alkohol und behauptet steif und fest, das Säufergen schon nicht geerbt zu haben. Tja, wir werden sehen.

»Willst du was trinken?«, wendet sich Mila an mich.

»Du musst doch noch fahren«, protestiere ich. Aus den Lautsprechern dröhnt ein Charthit nach dem anderen, und an der im Wohnzimmer errichteten Bar entdecke ich Noah, der mit nacktem Oberkörper dasteht und irgendwelche klaren Schnäpse ext.

»Ich hab ja auch gefragt, ob *du* was trinken willst«, erwidert Mila.

Ich schüttele den Kopf. »Ist nicht so meins.«

»Dachte ich mir schon.«

Aus irgendeinem Grund machen ihre Worte mich aggressiv. »Was soll das denn heißen?«

Mila wird knallrot. »Ich meine ja nur –«

»*Was* meintest du nur?«

Mila verstummt und starrt mich mit offenem Mund an. Sie wirkt verletzt, und ich will jetzt doch was trinken, nur um es ihr zu zeigen. »Hey, Ellie, bringst du mir eine mit?«, rufe ich über die Schulter.

Meine Schwester wirbelt herum und mustert mich mit hochgezogenen Augenbrauen.

»Na los.«

Ellie grinst verschlagen und dreht sich wieder weg. Als sie zurückkommt, drückt sie mir einen roten Plastikbecher in die Hand, der bis zum Rand mit einer neongrünen Flüssigkeit gefüllt ist. »Mach lieber langsam, sonst –«, fängt sie an. Aber wer will sich schon an die Regeln halten? Ich jedenfalls nicht, nicht solange Mila so tut, als wären wir Freundinnen.

Ich hebe den Becher und kippe den halben Inhalt auf einmal runter. Der Alkohol brennt mir in der Kehle und Tränen treten mir in die Augen. Es schmeckt süß und sauer zugleich und glüht in meinem Magen weiter.

Ellies Augen leuchten gierig, als sie an ihrer Margarita nippt. »Sag bloß, wir zwei besaufen uns heute Abend endlich mal zusammen, flechten einander die Haare und denken uns eine Schwestern-Tanzchoreo aus?« Ihre Stimme trieft vor Sarkasmus, aber irgendwie verströmt sie dabei trotzdem noch ihre gewohnte Leichtigkeit. Manchmal frage ich mich, wie es eigentlich sein kann, dass ich mit ihr verwandt bin, diesem Mädchen, dessen Werkseinstellung ein ruhiges Lächeln zu sein scheint und dessen hervorstechendster Charakterzug Lässigkeit. Aber dann sehe ich wieder, wie sie die Lippen zusammenpresst, die Fingerknöchel knacken lässt, und es ist, als könnte ich direkt in ihren Kopf blicken. In solchen Momenten wird mir klar, dass wir beide genau dasselbe denken. *Ich muss gewinnen.*

Ich strecke ihr meinen Becher entgegen. »Prost, Bitch.« Ellie stößt mit mir an und etwas von ihrer Margarita schwappt auf den Boden.

»Oh Mann«, seufzt Mila. »Ich hab mir immer eine Schwester gewünscht.«

»Du kannst gern meine haben«, antworten Ellie und ich wie aus einem Mund, um gleich darauf in Gekicher auszubrechen. Es ist ein gutes Gefühl, einfach mal zu lachen. Der Laut blubbert in meiner Brust hoch und perlt mir über die Zunge. Er fühlt sich so vertraut an, wie Laufen durch kalte Luft oder wie ein Milchshake. Ich hatte ganz vergessen, wie lustig es ist, mit Ellie Insiderwitze zu reißen. Wenn wir früher mit Mom einkaufen waren, hat sie uns immer mit unseren Malsachen in irgendeinem Eckchen geparkt. Die ersten Minuten hockten wir ganz brav da, steckten die Köpfe zusammen und lachten leise. »Ach, wie süß, solche Kinder wünscht man sich doch«, kommentierte irgendjemand dann unweigerlich.

»Sie können gern meine haben«, antwortete Mom dann immer bierernst, denn erfahrungsgemäß dauerte es nie lange, bis zwischen uns Streit losbrach und wir fauchend, kratzend und einander an den Haaren reißend auf dem Boden lagen.

Sie können gern meine haben.

Mila grinst und holt sich ein Mineralwasser. Plötzlich scheint Ellie hinter mir irgendjemanden oder -etwas zu sehen und erstarrt. »Bin gleich wieder da«, murmelt sie und verschwindet in der Menge. Na toll, jetzt stehe ich mit Mila alleine hier rum. Verkrampft trinke ich meine Margarita aus.

»Noch eine?«, fragt ein Typ, der an der Margarita-Station steht. Er füllt meinen Becher nach und diesmal ist das Zeug leuchtend orange. Ich probiere einen Schluck und unterdrücke ein Würgen.

»Komm«, sage ich zu Mila. »Lass uns gucken, ob's hier irgendwo interessanter ist.«

Sie folgt mir durch ein Zimmer, in dem lauter Pärchen im Dunkeln hocken und knutschen.

Mila rümpft die Nase. »Sind hier eigentlich alle so, äh, verschmust?«

»Jepp.« Ich zucke mit den Schultern. »Hier gilt: Jeder mit jedem.«

Sie lacht. »Wäh.« Ihre Reaktion erstaunt mich, aber gleichzeitig bin ich froh, dass es ihr in der Hinsicht genauso zu gehen scheint wie mir. Ich empfinde so was als aufdringlich, widerlich. Etwas für Leute, die absoluter Durchschnitt sind und es einfach immer übertreiben müssen, um sich besonders zu fühlen.

Als ich meinen Becher an die Lippen hebe, merke ich, dass er schon wieder leer ist. Ich werfe ihn in den Müll und schnappe mir eine Dose Bier vom Tisch.

»Und, was macht ihr hier so in eurer Freizeit?«, will Mila

wissen, als wir nach draußen auf die Veranda treten. »Außer *nicht* über die Mordfälle zu reden, meine ich.«

»Ach nee, wie kommst du denn darauf?«

»Ich hab den Typen in der Pizzeria danach gefragt, und der hat mich angestarrt, als hätte ich zu ihm gesagt, er soll sich ins Knie ficken.«

Ich ziehe eine Grimasse. »Wer, Scott Childers? Grauer Bart, rote Crocs?«

Sie nickt.

»Kein Wunder«, erkläre ich. »Seine Tochter Abigail war eins der Opfer. Das dritte.«

Mila wird bleich und schlägt sich die Hand vor den Mund. »Ach du Scheiße.«

Eine Sekunde lang tut sie mir richtig leid. »Konntest du ja nicht wissen«, tröste ich. Sie bleibt stumm und scheint sich immer noch zu schämen. »Aber um auf deine Frage zurückzukommen«, versuche ich schließlich, das Schweigen zu füllen, »oben am Ellacoya Resort gibt es ein paar richtig gute Trails. Vom Foxfire Point hat man zum Beispiel eine Wahnsinnsaussicht.«

Mila wirkt schon wieder ein bisschen gefasster. »Klingt gut. Vielleicht können wir da ja mal zusammen hin. Ich vermisse meine Laufgruppe von zu Hause. Alleine trainieren ist irgendwie nicht mein Ding.«

Ich will gerade antworten, dass sie das vergessen kann, weil ich nämlich immer – *immer* – alleine losziehe und Laufgruppen nicht *mein* Ding sind. Doch in dem Moment rempelt mich von hinten jemand an und ich verliere das Gleichgewicht. Mein Bier fällt mir aus der Hand und ergießt sich über meine Schuhe, und mit einem Mal fühle ich mich so benommen und desorientiert, dass ich mich am Verandageländer festhalten muss. Warum liegt der Himmel denn plötzlich auf der Seite?

»Hey, alles okay?« Mila streckt die Hände aus, als wollte sie mir Hilfestellung beim Gewichtheben geben.

»'tschuldige.« Meine Wangen werden heiß.

»Willst du lieber nach Hause?«, fragt sie. »Ich kann dich gerne fahren.«

Ich gucke mich um und sehe nichts als Leute, die ich nicht leiden kann, einen fiesen Drink nach dem anderen runterkippen. Ja, ich will wirklich nach Hause.

Ich nicke. »Lass uns mal gucken, wo Ellie ist.«

Diesmal geht Mila vor, als wir ein Zimmer nach dem anderen inspizieren, aber meine Schwester ist nirgends zu finden, verschollen im Labyrinth von Tamara Johnsons Haus. »Und jetzt?«, will Mila wissen.

Typisch Ellie, verdammt. Erst verspricht sie einem, dass man einen Riesenspaß zusammen haben wird, und dann haut sie einfach ab.

»Scheiß drauf«, beschließe ich. »Fahren wir.«

»Wohnt ihr weit weg? Meinst du, sie kommt alleine klar?«

»Auf jeden Fall.« Bis zu uns sind es bloß eineinhalb Kilometer und Ellie kennt die Gegend in- und auswendig. So wie wir alle.

»Na dann.« Ich folge Mila nach draußen und plumpse auf den Beifahrersitz ihres alten Honda Accord. Sie lässt den Motor an und aus dem Lautsprecher rieselt eine ruhige, melancholische Melodie. Eine Frauenstimme, die zuerst ganz zart und verhalten singt, bevor sie mit einem Mal regelrecht explodiert. Sie erfüllt den Wagen mit ihrer Sehnsucht und Hingabe und schließlich kommt beim Refrain eine Männerstimme hinzu.

Summend setzt Mila zurück auf die Straße. »Ich liebe diesen Song«, sagt sie.

»Was ist das denn?«

»›Silver Springs‹ von Fleetwood Mac. Erinnert mich an meine alte Laufstrecke und mein Team.«

»Zu so was gehst du laufen?«, frage ich überrascht. Die Melodie, jetzt wieder sanft und langsam, breitet sich in halbem Tempo in meinem Blut aus, bevor sie erneut an Fahrt aufnimmt. Ganz anders als der Mainstream-Schrott auf den Playlists der meisten Leute.

»Klar, ich laufe am liebsten zu so traurigem Zeug. Irgendwas Düsterem, das alles in einem in Brand steckt. Nina Simone, Linda Ronstadt, die Richtung. Meine beste Freundin Naomi hat mich immer total damit aufgezogen«, fügt sie hinzu. »Aber mich beruhigt's halt, sorgt irgendwie dafür, dass alles andere in den Hintergrund tritt. Dass ich mich frei fühlen kann.«

Meine Schläfen hämmern, und ich würde gern höhnisch erwidern, dass ich so was Bescheuertes ja wohl noch nie gehört habe. Aber das geht nicht. Weil ich nämlich genau weiß, was sie meint. Dieser ganze Mist aus den Charts regt mich unendlich auf, diese Aneinanderreihung von Klischees und ausgelutschten Hooklines. Das ist alles so manipulativ.

Ich will ihr erzählen, dass ich auch zu komischer Musik laufen gehe. Klassik wie Mozart oder Chopin. Manchmal wenn ich ganz dringend Ablenkung brauche, höre ich sogar Wissenschaftspodcasts. Aber sie kommt mir zuvor. »Wo lang?«, fragt sie an der Ampel.

»Links.« Ich nicke in Richtung der dunklen, gruselig verlassenen Straße. Die Ampellichter verschwimmen vor meinen Augen, und ich überlege, ob Betrunkensein sich einfach so anfühlt. Ob ich morgen einen Kater haben werde.

»Hier geradeaus«, sage ich, als wir am nächsten Stoppschild halten.

Mila gibt Gas und mein Blick fällt auf ihre Hände. Sie hat eine schmale Gänseblümchenkette ums Handgelenk tätowiert.

»Seit wann hast du das?« Ich deute darauf.

»Seit wir von meinem Dad weg sind.« Milas Stimme klingt rau und einen Hauch abwesend. »Naomi und ich haben es uns beide stechen lassen, quasi zum Andenken.« Sie verstummt kurz und umklammert das Lenkrad. »Er ist suchtkrank. Tabletten. Mom hatte ihm noch einmal eine Chance gegeben, aber …« Mila schüttelt den Kopf. »Es ging einfach nicht mehr.«

Ich will ihr von meinen Eltern erzählen, von den dunklen Jahren und Moms Rückfall. Dass ich mich damals verpflichtet gefühlt habe, Ellie zu beschützen. Dass wir beide heute noch nicht genau wissen, welche Spuren diese Zeit bei uns hinterlassen hat, solange wir das Trauma nicht *aufarbeiten* – mit anderen Worten, uns darin suhlen.

Mila lehnt den Kopf an die Nackenstütze. »Zuerst haben wir überlegt, zu meiner Tante Deb zu ziehen, aber meine Mom hasst New York, obwohl sie dort aufgewachsen ist, nachdem meine Großeltern mit ihrer Familie aus Puerto Rico hergekommen sind. Mom ist einfach immer ein Landmensch geblieben, und die Gegend hier kannte sie, weil sie irgendwann mal im Ellacoya Resort war. Darum sind wir in Edgewater gelandet.« Mila zuckt mit den Schultern, als wäre der Umzug etwas völlig Nebensächliches, als hätte ihre Mom einfach nur entschieden, Reis statt Nudeln zum Abendessen zu servieren. »Tut echt gut, mal jemandem von meinem Dad zu erzählen. In Hadbury hatte ich zwar viele Freunde, aber ehrlich gesagt waren die meisten davon ziemlich oberflächlich. Außer Naomi konnte ich mich da niemandem richtig anvertrauen. Das musste ich auf die harte Tour lernen, nachdem mein Ex meinen Dad mal auf Tabletten erlebt hat. Er hat es überall rumgetratscht und anschließend mit mir Schluss gemacht, weil ich angeblich zu viel Ballast mit mir rumschleppe.«

Ich will sagen, dass das genau der Grund ist, warum ich mich auch keinem öffne. Schließlich kann man nie wissen, wer solche Infos mal gegen einen verwendet. Mila lächelt. »Wahrscheinlich sollte ich dir das alles gar nicht erzählen. Bestimmt hältst du mich schon für den totalen Freak. Aber keine Ahnung, ich würde eben einfach gern ein paar neue Freundschaften schließen. Macht mich das jetzt zur Loserin?«

Spätestens jetzt müsste ich zumindest mal aus Höflichkeit lachen, aber stattdessen starre ich bloß aus dem Fenster. Der Alkohol lähmt mein gesamtes Hirn. »Mit mir möchtest du nicht befreundet sein, glaub mir«, entgegne ich. »Ich bin *gefährlich*. Da kannst du jeden fragen.« Manchmal ist es besser auszusprechen, was andere Leute denken, bevor sie es selbst tun.

Mila blickt weiter nach vorn auf die Straße. »Ich weiß«, entgegnet sie. »Ich hab von der Sache mit Allison Tarley letztes Jahr gelesen.«

Mein Herz fängt an zu hämmern. Ich muss hier weg, muss raus aus diesem Auto. Doch ich lehne nur die Stirn gegen die kühle Scheibe und gucke hoch zum Himmel. »Und, denkst du auch, ich bin ein Monster?«, flüstere ich.

»Nein«, antwortet Mila schlicht. »Kann sein, dass ich in deiner Situation genauso reagiert hätte.«

Mein Magen zieht sich zusammen, und ich zeige ihr, in welche Einfahrt sie einbiegen muss.

»Und vielleicht ist das sogar der Grund, warum ich dir das alles gerade erzählt habe«, fügt sie leise hinzu. »Weil ich weiß, dass du auch mit so krassem Zeug klarkommen musst. Seien wir doch mal ehrlich. Du bist eine Naturgewalt.«

Irgendwas an diesen Worten lässt mich nervös werden, und ich klammere mich Halt suchend an den Türgriff. Es ist nicht gut, als »Naturgewalt« bezeichnet zu werden, zumindest nicht hier in Edgewater. »Ich muss jetzt rein«, murmele ich.

»Okay.« Sie will noch etwas sagen, aber das höre ich nicht mehr, weil ich schon aus dem Auto gesprungen bin und mit Riesenschritten die Einfahrt hochrenne. Ich lausche darauf, dass sie den Motor wieder anlässt, und als es schließlich so weit ist, lege ich noch einen Zahn zu. An der Tür lasse ich den Kopf in den Nacken sinken, und mein Blick fällt auf den Efeu, den Mom letztes Jahr gepflanzt hat, in der Hoffnung, dass er ein paar gesprungene Backsteine an der Hauswand verdeckt. Niemand hat geahnt, in welcher Rekordgeschwindigkeit das Zeug das ganze Rankspalier bis fast zu Ellies Zimmerfenster im ersten Stock hochklettern würde. Niemand hat geahnt, wie viel Kraft und Widerstandsfähigkeit in einer so unscheinbaren Pflanze stecken kann. Das sind die Gedanken, die mir durch den Kopf schießen, während ich mich auf unseren Fußabtreter übergebe.

ELLIE

ICH WACHE DAVON auf, dass neben mir auf dem Kissen mein Handy vibriert. Stöhnend taste ich danach und reibe mir den Schlaf aus den Augen. Als ich sehe, wer mit mir videochatten will, streiche ich mir hastig die Haare glatt und tippe auf Annehmen.

»Noah.« Ich halte das Handy so, dass er mich von meiner guten Seite betrachtet, und strecke ihm die Zunge raus. Er lächelt.

»Hey, Babe.« Noah sitzt mit nacktem Oberkörper im Bett. Am liebsten würde ich die Hand durchs Display strecken und ihn berühren. Ein Kribbeln überläuft mich bei der Erinnerung an sein Gewicht auf mir, daran, wie er sich vor und zurück bewegt hat.

»Was gibt's?«, frage ich.

»Wollte dir vor dem Wettkampf nur kurz Guten Morgen wünschen«, antwortet er. »Und viel Glück. Du weißt ja, gleich dürfen wir uns wieder nichts anmerken lassen.«

Mein Herz wird schwer. Natürlich nicht.

»Ach, Ell.« Er nimmt das Handy dichter vors Gesicht. Ohne dass ich etwas sagen muss, merkt er sofort, wenn irgendwas nicht stimmt. »Denk dran, bald haben wir's geschafft. Wahrscheinlich bekomme ich schon im Dezember Bescheid aus Princeton und dann haben wir noch das ganze Halbjahr zusammen.«

»Es ist halt einfach Mist. Ich fühle mich so was von mies

bei dieser ganzen Geheimnistuerei, verstehst du?« Wie sauer es mich gemacht hat, dass ich ihm beim Herbstempfang den ganzen Abend dabei zugucken musste, wie er mit Tamara rumgeknutscht hat, erzähle ich ihm nicht – erst recht nicht, nachdem ich ihn auf der Party eine Stunde lang suchen musste. Und auch nicht, dass ich die Vorstellung nicht ertrage, ihn zu verlieren, nach dem, was war. Stattdessen setze ich mich auf. »Aber vielleicht können wir uns ja mal wieder treffen? Auf einen kleinen Mitternachtsspaziergang?« Ich versuche, meine Verzweiflung, meine Sehnsucht nach ihm nicht allzu deutlich durchblicken zu lassen. Danach, ihn sagen zu hören, dass ich für ihn die Eine, die Einzige bin.

Noah nickt zwar, aber er sieht mich nicht an dabei. »Bald, Ellie. Ganz bestimmt.«

»Wann?«, frage ich mit bebender Stimme. »Wenigstens diese Woche?«

Er geht nicht auf die Frage ein. »Wo ist dein Armband, Ell?«

»Welches? Das, von dem du mir gesagt hast, ich soll es abnehmen?«

Noah blickt verärgert zur Seite. »Jetzt komm aber, das ist unfair.«

»Tja, genauso unfair wie diese ganze Situation *mir* gegenüber ist. Nach allem, was wir zusammen erlebt haben …«

Noah presst die Lippen aufeinander und fährt sich durchs Haar. »Können wir das Thema bitte ausnahmsweise mal sein lassen?«, flüstert er hitzig. »Ich muss mich für den Wettkampf fertig machen.«

»Du willst ja nie drüber reden«, erwidere ich, und der Frust schnürt mir fast die Kehle zu.

»Wozu auch?«, fragt er aufgebracht. »Wenn es rauskommt, stehst dabei ja wohl hauptsächlich du schlecht da.« Seine Augen werden schmal. »Über dich werden die Leute viel mehr tratschen als über mich. So läuft das nun mal.«

Mir treten Tränen in die Augen, und ich beiße mir auf die Unterlippe, um nicht loszuschluchzen. Er hat recht, das ist mir klar. Jeder, dem ich davon erzähle, würde mich sofort mit anderen Augen sehen.

Noah wirkt mittlerweile gelangweilt und genervt. »Ich muss jetzt auflegen. Wie gesagt, wollte dir nur Glück wünschen.« Dann wird das Display dunkel, doch das Bild von Noahs Gesicht hat sich mir ins Gehirn gebrannt. Ich vergesse andauernd, wie grausam er sein kann, wie aalglatt und berechnend, wenn irgendwas nicht so läuft, wie es ihm passt.

»Ellie!«, ruft Stella aus dem Flur. »In zehn Minuten ist Abfahrt.« Um ihren Worten Nachdruck zu verleihen, hämmert sie noch ein paarmal mit der Faust gegen meine Tür.

»Jaja, schon gut«, murmele ich.

Ich lege das Handy weg und quäle mich aus dem Bett, versuche, den Gedanken an Noah beiseitezuschieben und mich in Wettkampfstimmung zu bringen. Mein Geist geht auf die Reise, spielt dasselbe *Wenn-dann*-Spiel wie seit Jahren. *Wenn ich Noahs rotes Armband mitnehme, dann breche ich meinen PR. Wenn ich den Sellerie in meinem Smoothie vergesse, dann werde ich Zweite. Wenn ich beim Aufwärmen keine fünfundvierzig Hampelmänner mache, dann komme ich gar nicht erst aufs Siegertreppchen. Wenn ...*

Dieses Spiel spiele ich schon seit dem Kinderleichtathletikteam. Kleine bescheuerte Mantras, die ich mir immer wieder vorsage. Reiner Aberglaube, der nichts bedeutet – und zugleich alles. Ich kann nicht damit aufhören, will es auch gar nicht. Und ich halte mich an jedes, egal, wie skurril.

Die Rädchen in meinem Kopf rattern, und die Regeln verfestigen sich, während ich in meine blauen Lycrashorts und das dazu passende Tanktop mit der weißen Schrift auf der Brust schlüpfe. Ich binde mir die Haare zu einem hohen Pferdeschwanz und ziehe schwarze Sneakers an. Als ich mich im Spiegel betrachte, sehe ich aus wie eine Athletin. Eine Kriegerin. Bereit für den Kampf. *Wenn Noah beim Aufwärmen mit mir redet, dann gewinne ich. Wenn nicht ...* Ich verbiete mir, den Gedanken zu Ende zu denken.

Als ich nach unten komme, dehnt sich Stella bereits im Wohnzimmer, während in der Küche der Mixer auf Hochtouren läuft. Sie trägt eine leichte Laufjacke, die bei jeder Bewegung knistert, und hat sich die Haare zu einem straffen Bauernzopf geflochten. Ein Pferdeschwanz ist ihr noch zu locker.

Ich steuere direkt auf den Mixer zu, doch bevor ich den Smoothie in zwei Portionen aufteilen kann, steht Stella hinter mir.

»Wer zu spät kommt, den bestraft das Leben.«

»Hä?«

»Das brauch ich heute alles für mich.«

»Ist ja wohl nicht dein Ernst. Ich hab keine Zeit, mir selbst einen zu machen.«

Sie zuckt mit den Schultern und nimmt mir die Kanne aus der Hand. »Hättest dich halt mehr beeilen sollen.«

Meine Wangen werden heiß. Am liebsten würde ich sie mitsamt dem Glasbehälter zu Boden schubsen und mit dem Gesicht in die grüne Pampe drücken. Stattdessen aber balle ich nur die Fäuste, beiße die Zähne zusammen und krame notgedrungen ein paar Eiweißriegel aus dem Vorratsschrank.

»Okay, nein«, stößt sie entsetzt hervor. »Das Zeug kannst du dir auf keinen Fall direkt vor einem Wettkampf reinpfeifen.«

Ich bin kurz davor, ihr die verdammten Riegel in den Rachen zu stopfen, als sie schließlich die Augen verdreht und den

Smoothie widerstrebend in zwei Becher gießt. »Na schön«, sagt sie und reicht mir einen davon.

Mom erscheint in der Tür. »Mädels, wir müssen los.«

Ich sollte es echt besser wissen, als am Wettkampfmorgen Streit mit Stella anzufangen. Sie zu »triezen«, wie Mom es gern ausdrückt. Aber manchmal, wenn ich die selbstzufriedene Miene meiner Schwester sehe, überkommt mich einfach der Drang, sie zu Mus zu zerquetschen. Ich hasse es, wenn sie so ist. So launisch und eigenbrötlerisch, als wäre sie die Einzige, die Probleme hat, oder Ziele. Mom hat mir mal erklärt, das wäre eben ihre Art, mit Stress umzugehen. Alles in sich hineinzufressen und jegliche Hilfe von außen abzuwehren, selbst wenn es besser wäre, sie anzunehmen. Ein Schutzmechanismus, meint Mom. So muss es wohl sein.

Immerhin hat Stella sich – und ehrlich gesagt auch mich – damit während der dunklen Jahre über Wasser gehalten. Und später noch mal, bei Moms Rückfall. Mom war damals auf der Hochzeit einer alten Schulfreundin irgendwo in den Berkshires gewesen, allein, damit sie und Dad sich für das Wochenende keinen Babysitter nehmen mussten. Sie hatten gerade erst ihr Maklerbüro gegründet und das Geld war knapp. Dad würde bei uns bleiben, alles kein Problem. An dem Samstagabend hat er einen alten Film mit uns geguckt, »Harry und Sally«. Wir saßen gerade mit einer großen Schüssel Popcorn und einer Flasche Root Beer für jede von uns auf dem Sofa, als Dads Handy vibrierte.

Zuerst ignorierte er es, weil gerade die Szene kam, in der Meg Ryan Billy Crystal ihre Liebe gesteht. Ich kicherte über Dads feuchte Augen und er strich mir über den Kopf. »Tja, dein Dad ist halt eine alte Heulsuse«, schniefte er und griff sich eine Handvoll Popcorn. »Gewöhn dich besser dran.«

Als sein Handy jedoch immer weiter klingelte, musste er

wohl oder übel drangehen. Sofort wandelte sich die Atmosphäre im Raum. Stella fiel es zuerst auf und sie starrte mit großen, ängstlichen Augen zu ihm hoch. Dad stand auf, ging in sein Büro und machte die Tür hinter sich zu.

»Was auch immer da los ist, es wird bestimmt alles gut«, flüsterte Stella mir zu. »Du und ich gegen den Rest der Welt, okay?«

Ich hatte keine Ahnung, was sie meinte, warum sie gleich so dramatisch wurde. Aber dann kam Dad zurück, in seiner abgetragenen Jeansjacke und völlig durcheinander. »Mädels, es ist alles in Ordnung, aber ich muss eure Mutter abholen fahren. Mrs Levin von nebenan passt so lange auf euch auf, in Ordnung?«

Und weg war er. Stella drückte meine Hand, auf eine seltsam mütterliche Weise. Aber es half tatsächlich, die Bauchschmerzen, die plötzlich eingesetzt hatten, zu lindern. Später dann, als wir im Bett lagen, kehrte die Nachtangst zurück. Zum ersten Mal seit Jahren. Ich wachte schweißgebadet und mit rasendem Herzen auf, meine Decke um meine Füße verknäuelt. Der Mond stand hoch und leuchtend vor dem Fenster. Ich warf mich hin und her, aber ich fand einfach keine Ruhe. Irgendwann tappte ich rüber in Stellas Zimmer, hob ihre dicke Bettdecke an und kuschelte mich an ihren warmen Rücken. Ihr Atem ging ganz gleichmäßig, und ich dachte, sie würde schlafen. Aber gerade, als ich selbst kurz vor dem Wegdösen war, sagte sie wieder: »Du und ich gegen den Rest der Welt, Ellie.«

Später fanden wir raus, dass Mom sich auf der Hochzeit ein Schlückchen Champagner genehmigt hatte, was rasch zu ein paar Gläsern zu viel und schließlich einer betrunkenen Tirade gegen ihre alten Freundinnen und einem Kampf um den Autoschlüssel geführt hatte. Dad kam gerade noch rechtzeitig, um sie am Losfahren zu hindern. Sie begab sich direkt zurück in Behandlung, diesmal ambulant. Ging jeden Donnerstag in die alte Kirche, in deren Keller die Versammlungen der Anonymen Alkoholiker stattfanden. Aber niemand schien darüber reden zu wollen. Stella und ich unterhielten uns nur leise flüsternd darüber, spätnachts, wenn ich mal wieder schlecht geträumt hatte und mich von ihr trösten ließ.

Stella verlor jegliches Vertrauen in die beiden, ich dagegen klammerte mich nur umso verzweifelter an sie. Heute würde ich am liebsten nicht mal mehr daran denken. Das ist Vergangenheit. Schwamm drüber. Wir Stecklers sind unzerstörbar. Das hat Mom selbst gesagt.

Der erste Wettkampf der Saison findet immer an der Hanover High statt, deren Laufstrecke sich flach und vorhersehbar durch den Wald am Fuß des Mount Kutz schlängelt. Stella hat letztes Jahr hier gewonnen. Auf dem leichten Terrain hat sie uns andere mühelos abgehängt. Ich bin auf dem vierten Platz gelandet, obwohl ich immer noch schneller war als der Rest unseres Teams. Nichts, worüber man sich ernsthaft ärgern müsste, aber der Coach war trotzdem nicht begeistert.

Jetzt steigen Stella und ich aus dem Auto und gehen schweigend auf unsere Mannschaft zu. Sie macht wieder ihr Krawallgesicht – als wollte sie am liebsten irgendwas in Brand setzen. Es ist dieser Blick, der den Leuten Angst einjagt, der Grund, warum sie sie für gefährlich halten. Ich finde ihn großartig. Er ruft mir in Erinnerung, dass wir im Grunde alle nur instinktgesteuert sind. Und ich kann nachvollziehen, was in ihr vorgeht. Schließlich teilen wir uns dieselben Gene, denselben Hunger. Ich kann meine Gefühle lediglich besser verbergen.

Stella drängt sich an den plaudernden Eltern vorbei und lässt ihre Tasche auf die Rasenfläche fallen, auf der wir uns aufwärmen sollen. Dann kramt sie ihre Noise-Cancelling-Kopfhörer raus.

»Was ist los, Frau *Kapitänin,* willst du keine Dehnübungen ansagen?«, frage ich grinsend und setze mich neben ihr auf den Boden, doch sie hört mich gar nicht.

Ich sehe mich nach Noah um und entdecke ihn schließlich am Rand der Tribüne. Auf das Metallgeländer gestützt, steht er da und strahlt Mr Johnson an, Tamaras Dad. Lachend wirft er den Kopf in den Nacken, und Mr Johnson klopft ihm auf die Schulter, so stolz, als gehöre Noah zur Familie.

Jetzt tippt Mr Johnson sich auf die Brust. Er trägt seine Princeton-Jacke und Noah starrt sehnsüchtig auf das orange gestreifte P. Mir wird richtig schlecht bei dem Anblick. Im Laufe des Sommers habe ich eine Menge über Noah erfahren. Dass er am liebsten Chili con Carne isst, egal wie heiß es draußen ist. Dass er jonglieren kann, aber nur für exakt fünfzehn Sekunden, keine einzige länger. Dass er nach dem Studium nach Washington, D.C. ziehen und in die Politik gehen möchte. Aber ein Rätsel konnte ich bis heute nicht lösen: Wie es sein kann, dass Princeton – nur eine hervorragende Uni von vielen – ihm wichtiger ist, als die Wahrheit zu sagen. Als mit mir zusammen zu sein.

Noah kommt zurück zu uns anderen gejoggt, vermeidet jedoch jeden Blickkontakt mit mir. Stattdessen zwinkert er Tamara zu, macht einen großen Ausfallschritt und dehnt seinen linken Oberschenkel.

»Alles okay?«, fragt Raven neugierig und lässt sich neben mich fallen. »Du wirkst so aufgekratzt.«

»Ja, bin ich wohl auch ein bisschen«, spiele ich meine Nervosität runter. So nett Raven sein mag, sie ist nach wie vor eine von Tamaras besten Freundinnen, also muss ich mich in Acht nehmen.

»Kein Wunder, der erste Wettkampf nach der Sommerpause ist immer stressig«, sagt sie und greift ihre Zehen, um sich die Wade zu dehnen.

Raven muss es wohl wissen. Beim letzten Saisonstart ist sie nicht über das Mittelfeld hinausgekommen. Was im Grunde auch völlig okay gewesen wäre. Aber ich erinnere mich noch, wie ihre Mom sie hinterher auf dem Parkplatz zu trösten versucht hat. »Ich verstehe, dass du enttäuscht bist«, hat sie gesagt und Raven über den Rücken gestreichelt. »Shira war auf dieser Strecke immer super.«

»Ja-ha, Shira war schließlich in *allem* super«, fauchte Raven zurück und schleuderte ihre Wasserflasche zu Boden. Der Parkplatz war schon fast leer, trotzdem wandten auf den Knall hin ein paar Leute die Köpfe. »Das haben wir ja kapiert, Mom! Ich bin eine komplette Niete und werde nie so gut sein wie Shira. Keiner wird mir je ein Stipendium geben, weil ich nun mal einfach keine Nummer eins bin wie sie. Das Einzige, was ich ihr voraushabe, ist, dass ihr meinetwegen in keinen Skandal verwickelt wurdet.« So hatte ich die brave Raven noch nie erlebt. Auf dem Weg zu unserem Auto blieb ich stehen, als ein heftiger Weinkrampf sie schüttelte.

Mrs Tannenbaum sah sich verstohlen um und versuchte, die Szene abzuschirmen. Neugierige Blicke war sie seit der Sache mit Shira zwar gewohnt, aber Raven war schließlich ihre vernünftige Tochter, diejenige, die die zerrüttete Familie wieder kitten sollte. Schätze, der Druck war wohl einfach zu groß.

Mrs Tannenbaum griff Raven unsanft beim Handgelenk. »Darüber reden wir zu Hause«, sagte sie. »Und jetzt komm, steig ein.« Raven hob den Kopf und entdeckte mich.

Ich durchforstete mein Gehirn krampfhaft nach etwas Nettem, Tröstlichem. Aber ich war immerhin Vierte geworden, während Ravens Platzierung nicht mal mehr gezählt wurde.

»Was glotzt du so?«, rief Raven mit tränennassen Wangen.

»Entschuldige«, erwiderte ich. »Du – du hattest halt einfach einen schlechten Tag heute. Beim nächsten Mal wird's bestimmt besser.«

Raven schnaubte. »Du kapierst echt gar nichts, Ellie. Wir können nun mal nicht alle Stecklers sein.«

Sprachlos sah ich zu, wie sie ins Auto stieg und die Beifahrertür hinter sich zuknallte. Was sollte das denn heißen?

Heute herrscht bei Raven wieder eitel Sonnenschein, sie ist gut gelaunt wie eh und je. Gerade zieht sie einen Gesichtsmalstift in leuchtendem Blau, unserer Mannschaftsfarbe, aus der Tasche ihrer Laufjacke. »Willst du auch?«, fragt sie und hält ihn mir hin. Doch in dem Moment kommt Julia auf uns zugestapft.

»Ich dachte, wir wären uns einig, dass die Dinger schlecht für die Haut sind, Rave.« Sie verdreht die Augen. »Letztes Mal hab ich davon tierisch Pickel gekriegt.«

Raven beißt sich auf die Wange und steckt den Stift wieder ein. »Hast recht.«

»Klar hab ich das.« Julia beugt sich runter und schlingt die Arme um Ravens Hals, aber dann zieht sie eine Grimasse. »Puh, du musst echt aufhören, bei Charlie's Vintage einzukaufen«, beschwert sie sich. »Die Jacke müffelt total nach Oma.«

Raven presst die Lippen zusammen und an ihrem blassen, sommersprossigen Hals erscheinen plötzlich rote Flecken.

»Es ist nun mal nicht jeder bereit, eine Million Dollar im Schnöselladen von deinem Dad zu lassen, Julia«, stichele ich, während ich die Arme zum Dehnen ausstrecke. »Ist schließlich kein Geheimnis, was ihr für Wucherpreise verlangt.«

»Ach, leck mich doch, Mini-Steckler«, blafft Julia zurück. »Was kann ich dafür, dass wir weit und breit die Einzigen sind, die Designersportklamotten verkaufen? Oder willst du etwa für eine Lululemon-Leggings bis nach Westchester fahren?« Sie nickt Raven über die Schulter zu. »Los, wir gehen uns Wasser holen.«

Zögernd steht Raven auf und folgt ihr zum Wasserspender. Unterwegs dreht sie sich noch einmal um und winkt mir verstohlen zu, als wolle sie nicht, dass jemand es mitbekommt. Lägen die Dinge anders, könnte ich mir sogar vorstellen, mit Raven befreundet zu sein. Aber nicht so, wenn sie Tamara und Julia ihr Leben lang dafür dankbar sein muss, dass die beiden ihr nach Shiras Verschwinden nicht die kalte Schulter gezeigt haben. Und als Shira dann zurückkam, hielten sie weiter zu Raven. Sie erschufen eine Art unsichtbares Kraftfeld um sie und schützten sie dadurch vor den Giftspritzen in der Schule. Ganz ehrlich? Jetzt, wo Bethany nicht mehr da ist, wünschte ich, ich hätte auch solche Freundinnen. Manche Verbindungen sind einfach so eng, dass nichts sie zerstören kann.

Ich schließe die Augen, drehe mich zur Sonne und spüre, wie die Wärme in meine Poren sickert. Dann fällt ein Schatten über mein Gesicht.

»Na, bereit, denen aus Hanover einen Arschtritt zu verpassen?« Mila streckt mir die Hand hin. Sie lächelt und wirkt völlig ruhig, als wäre überhaupt nichts dabei, dass sie heute zum ersten Mal mit einem komplett neuen Team antritt, an einem Ort, an den sie gerade erst gezogen ist. Irgendwas an ihrer Ausstrahlung weckt auch in mir ein Gefühl von Leichtigkeit.

»Das ist die richtige Einstellung«, lobe ich.

Der Rest des Teams hat sich bereits an der Startlinie um den Coach versammelt, also ergreife ich Milas Hand und lasse mich von ihr hochziehen. Stella schiebt auf der anderen Seite des Kreises ihre Kopfhörer runter und wirft mir ihren Todesblick zu. Mila ignoriert sie. Meine Schwester ist echt so ein Freak.

»Okay«, beginnt der Coach seine Motivationsansprache. Er beugt sich leicht vor und die Trillerpfeife um seinen Hals schwingt vor und zurück. »Ich muss euch wohl nicht dran erinnern, wie wichtig es ist, dass wir hier den ersten Platz machen. Der heutige Wettkampf legt den Grundstein für den Rest der Saison.« Er atmet tief durch und schließt die Augen. »Seid schnell!«

Ohne zu zögern, rufen wir im Chor zurück: »Schnell!«

»Seid stark!«, blafft der Coach.

»Stark!«

»Seid furchtlos!«, schreit der Coach, den Kopf zurückgelegt, die Fäuste erhoben.

»Furchtlos!«

Die Mannschaft bricht in Jubel aus und alle fallen einander um den Hals, hüpfen auf und ab und wiederholen unseren Schlachtruf wieder und wieder.

»Schnell! Stark! Furchtlos!«

Als ich dieses Motto zum ersten Mal gehört habe, fand ich es absolut albern. Mittlerweile jedoch hat es sich regelrecht in meinen Körper eingebrannt. Weil es die Wahrheit ist. Wir haben gar keine andere Wahl.

»Man gewöhnt sich dran«, flüstere ich Mila ins Ohr und lege ihr den Arm um die Schultern.

»Schon passiert.« Ihre Mundwinkel heben sich.

Ich spähe heimlich zu Noah rüber und er erwidert meinen Blick, mit diesem verboten sexy Grinsen auf den Lippen. Am liebsten würde ich diese Lippen als Glücksbringer in die Tasche stecken, trotz unseres Streits heute Morgen. Er zieht die Augenbraue hoch, fordert mich heraus, als Erste wegzugucken. Von wegen.

»Vergesst nicht, was ihr draufhabt. Ihr seid mein Elite-Korps«, sagt der Coach. »Auf drei. Eins, zwei, drei!« Wie eine Einheit Soldaten laufen wir im Gleichschritt zur Startlinie.

»Neunzig Sekunden!«, ruft der Ansager in sein Mikrofon. Ich atme tief durch.

»Komm schon, komm schon«, feuert Stella sich selbst an und springt neben mir auf und ab. Vor Wettkämpfen ist sie oft so fokussiert, dass sie kaum ansprechbar ist. Heute dagegen wirkt sie fahrig, zappelig und knibbelt an ihren Fingern, was sie nur bringt, wenn sie Angst hat. Außerdem sitzt ihr Bauernzopf schief, ein weiteres Zeichen dafür, dass irgendwas in ihrem Kopf nicht so rund läuft, wie es sollte.

»Alles okay?«, erkundige ich mich.

»Klar.« Sie streicht das Leibchen mit ihrer Startnummer glatt.

Alle lockern noch mal ihre Nackenmuskulatur und zupfen ihre Shorts zurecht. Die anderen überlassen Stella und mir den Platz in der Mitte, aus Respekt – selbst nach Stellas Aktion in der letzten Saison.

Am Rand der Strecke steht der Rest des Teams und feuert uns an. Ich versuche, Noahs Stimme über den anderen auszumachen. »Zeig's ihnen, Babe!«, ruft er, und ich erstarre. Jeder, mich eingeschlossen, weiß, dass sein *Babe* Tamara ist. Mit einem Mal brennt das rote Armbändchen, das ich mir in die Socke gesteckt habe, auf meiner Haut, und die Erkenntnis trifft mich wie ein Schlag: Ich bin *nichts*. Ich schließe die Augen, bemühe mich, die Gedanken beiseitezuschieben, und warte darauf, dass es endlich losgeht.

Die Schiedsrichterin pfeift, das Zeichen. Jetzt drängen sich auch noch die restlichen Läuferinnen in die Startbox, bis wir alle zusammengequetscht sind wie die Ölsardinen. Stellas Oberschenkel presst sich an meinen. Auf ihrer anderen Seite steht Mila und mir fällt auf, dass meine Schwester leicht vor ihr zurückzuckt.

»Auf die Plätze«, ruft der Ansager. »Fertig! Los!« Von irgendwo ertönt das Startsignal, und wir preschen los, über den Rasen und in den Wald, in dem ein breiter Pfad freigeschnitten worden ist. Hier gibt es keine Kameras mehr, keine Kampfrichter. Wir sind allein mit uns und den Bäumen und dem, was wir einander antun. Niemand weiß das besser als Stella.

Es fängt an wie immer. Stella und ich befinden uns an der Spitze, gefolgt von einer Horde Mädchen, die sich verzweifelt abhetzen, im Kopf stets die Frage, wie sie wohl heute gegen die Steckler-Schwestern abschneiden werden. Das Rennen geht über fünf Kilometer und die ersten paar Hundert Meter sind immer das pure Chaos. Wer nicht im Pulk untergehen, niedergetrampelt oder bei lebendigem Leib gefressen werden will, muss den anderen davonlaufen, und zwar schnell. Erst dann geht es darum, das richtige Tempo zu finden und nach und nach die Mädchen hinter sich zu lassen, die sich zu früh verausgabt haben. Wie zum Beispiel Tamara, der meistens schon nach kurzer Zeit die Puste ausgeht. Heute jedoch hält sie erstaunlich gut mit und ist mir so dicht auf den Fersen, dass ich sie hinter mir atmen höre.

Langsam dünnt das Feld sich aus, während wir über Wurzeln und Laub dahinpflügen und das Blätterdach dichter wird. Das Licht nimmt ab und die Luft wird feuchter, je tiefer wir in den Wald vordringen. Mein Herz dagegen wird zunehmend leichter. Diesen Teil liebe ich: nur ich und das Geräusch meiner Schritte. Und ich weiß, dass es Stella genauso geht.

Tamara schließt schnaufend zu mir auf. Aus dem Augenwinkel sehe ich irgendetwas Rotes blitzen und drehe neugierig den Kopf. Da, an ihrem Handgelenk. Ein Armband. Genau wie das, das Noah mir geschenkt hat, und das ich jetzt an meinem Fußknöchel spüre.

Ich bin so was von dumm.

Rasch wende ich mich wieder nach vorn und versuche mit aller Kraft zu vergessen, wie austauschbar ich bin. Dabei bleibe ich mit dem Fuß an irgendwas hängen und im nächsten Moment rast die Erde auf mich zu und ich lande platt mit dem Gesicht auf dem Boden.

Frustriert reiße ich die Arme über den Kopf, als Tamara an mir vorbeirennt. Auch die anderen Mädchen holen auf und ich rappele mich mühsam hoch. Doch irgendwas scheint aus dem Gleichgewicht geraten zu sein und ich zittere am ganzen Körper beim Gedanken an Noahs Verrat. *Wie kann er mir so was antun?*

Meine Augen brennen und die Tränen lassen sich kaum zurückhalten. Trotzdem, ich muss weiter, muss mich wieder in Bewegung setzen. Ich bin jetzt schon unter den Schlusslichtern – unmöglich, das alles noch aufzuholen. Ich zwinge mich, einen Fuß vor den anderen zu setzen, aber mein Laufrhythmus ist völlig durcheinander und ich kann kaum die Ziellinie ausmachen.

Die ersten Mädchen erreichen die Lichtung, legen die Köpfe in den Nacken und sprinten los. Sobald meine Füße das Gras berühren, sehe ich das Gesicht des Coachs. Seine Lippen sind ein dünner, enttäuschter Strich, seine Augen zusammengekniffen, als hätte er Kopfschmerzen. Ich kämpfe die Scham hinunter und versuche zu erkennen, wie die anderen abgeschnitten haben. Tamara hat es nicht sonderlich weit gebracht, trotz ihres – *meines* Noah-Glücksbringers. Die Siegerinnen stehen schon fest. Darunter Stella, wer sonst. Juhu.

Ich hole noch mal alles aus mir raus. Das ist wohl das Mindeste, was ich tun kann – dafür sorgen, dass ich nicht als Letzte über die Ziellinie renne, aber natürlich gehöre ich trotzdem zu den Verliererinnen. Ein grottenschlechtes Ergebnis.

Aber dann sehe ich Stella. Sie tigert ganz allein auf und ab, die Hände in die Hüften gestemmt, und hält das Gesicht in die Sonne. Wenn sie gewinnt, ist normalerweise der Coach bei ihr und lässt eine mit Kraftausdrücken gespickte Rede über Sportsgeist und athletische Größe vom Stapel. Ich suche die Rasenfläche nach seiner kräftigen Gestalt ab. Und dann sehe ich ihn. Er hat Milas Hand ergriffen und reckt sie hoch über ihren Kopf. Mila lächelt euphorisch und ihr schweißnasses Haar klebt ihr platt am Kopf. *Mila* hat gewonnen. Ich wende mich wieder Stella zu, und sie starrt mich an, die Augen weit aufgerissen, die Wangen feuerrot. Dann schüttelt sie den Kopf, unfähig zu sprechen, zu verstehen, was da verdammt noch mal gerade passiert ist.

Sie dreht sich zum Wald um, als könnte der ihr Antworten liefern, und ich gucke Richtung Tribüne. In der ersten Reihe entdecke ich ein paar bekannte Gesichter – College-Scouts, die sich eifrig Notizen machen und ihre Stoppuhren checken. Früher waren sie immer wegen der Steckler-Schwestern da, sind nach jedem Rennen gekommen, um uns zu gratulieren und mit uns über unsere Leistung zu plaudern. Und auch jetzt setzen sie sich in Bewegung, doch ihre Blicke sind auf jemand anderen gerichtet – Mila.

STELLA

»NA LOS, ALLE mal zusammenkommen. Ein Gruppenfoto muss sein!« Der Coach hat sich besonders sorgfältig rasiert und seine Glatze glänzt in der Sonne. Sein weißes Hemd spannt so sehr über der Brust, als könnte er jeden Moment zum Hulk werden.

Es ist der Abend des Schulballs und das Cross-Team hat sich samt Eltern auf dem Rasen vor dem Ellacoya Resort eingefunden. Tüll raschelt und die hohen Absätze der Mädchen sinken ins weiche Gras. Die Jungs richten ihre Krawatten und verpassen einander freundschaftliche Schubser. Es ist alles so furchtbar banal, dass ich kotzen könnte.

»Auf drei rufen alle ›Party!‹, okay?«, ordnet der Coach an. Hinter ihm stehen die Eltern und pressen sich gerührt die Hände aufs Herz.

»Eins. Zwei. Drei!«

Vierundzwanzig Schülerinnen und Schüler rings um mich rufen: »Party!« Mein Mund bleibt fest geschlossen, und ich bemühe mich, meinen Puls ruhig zu halten, indem ich langsam ein- und ausatme, so wie ich es im Sommer gelernt habe. Diese Menschen, diese Stadt. Nichts davon ist es wert, sich deswegen zu stressen.

Ich drehe mich um und lasse den Blick über das Gelände schweifen. Selbst ich muss zugeben, dass das Resort atemberaubend schön ist. Kein Wunder, dass es Touristen aus aller Welt anzieht.

Das Restaurant mit dem Michelin-Stern und der fantastisch ausgestattete Wellnessbereich tun ihr Übriges.

»Wir waren früher mal das einzige von einer Schwarzen Familie geführte Hotel im Umkreis von achtzig Kilometern«, verkündete Tamara damals in der zweiten Klasse bei einem Ahnenforschungsprojekt. Die meisten von uns berichteten darüber, wie unsere Eltern aufs Land gezogen waren, um der Hektik der Großstadt zu entfliehen oder weil Brooklyn in den Nullerjahren einfach zu teuer geworden war. Die Johnsons dagegen gehören zu den wenigen, die schon länger als eine Generation hier leben. Und so stand Tamara mit ihrem sorgfältig laminierten Referat vor uns und gab uns einen Einblick in die Geschichte des Ellacoya.

Ihre Urgroßeltern väterlicherseits hatten damals hier in den Catskills eine Frühstückspension mit elf Zimmern eröffnet. In den Siebzigern, als der sogenannte Borschtsch-Gürtel aus jüdischen Feriensiedlungen langsam seinen Glanz verlor, hielten sie an den Wochenenden Tanzveranstaltungen und Jazzkonzerte ab. Das Programm war exakt auf die Interessen der New Yorker Intellektuellen und Musiker zugeschnitten, die freitagnachmittags dem überfüllten, heißen Moloch entfliehen und sich bei kultivierter Dinnerunterhaltung und Frühstücksbuffets entspannen wollten.

Zunächst war Ellacoya nur ein Punkt auf der Landkarte gewesen, eine absolute Neuheit in einer Gegend aus Apfelplantagen und Sommercamps, in denen dauerwuschige Teenager etwas über den Sabbat lernen sollten. Sobald sich jedoch herumsprach, dass das schlichte Gästehaus die beste Unterkunft weit und breit war, fing das Geschäft an zu boomen.

Bekanntermaßen hatte Tamaras Familie sich bereits Nachhaltigkeit und Regionalität auf die Fahne geschrieben, bevor diese Begriffe überhaupt irgendwem etwas sagten. Ihr Fleisch bezogen sie von kleinen Farmen aus Ulster und Sullivan County und kochten nur mit dem, was gerade saisonal verfügbar war. Wilder Lauch und Farnspitzen im Frühling. Süßkartoffeln und Kürbis im Winter. Doch noch immer fand das alles außerhalb wenig Beachtung. Bis Tamaras Dad den Laden von Grund auf neu erfand.

Teddy Johnson war hier in Edgewater aufgewachsen, zu einer Zeit, als dessen Bevölkerung zu neunundneunzig Prozent aus Weißen bestand. Er spielte Football und Baseball, wurde zum Homecoming-König gekrönt und schloss die Schule als Jahrgangsbester ab, was ihm ein Vollstipendium im nur wenige Stunden entfernten Princeton einbrachte. Dort lernte er Tamaras Mom, Sara, kennen und erzählte ihr von seinem Traum, die Pension seiner Eltern in ein Luxushotel von Weltruf zu verwandeln. Sara war sofort Feuer und Flamme.

Wie Tamara berichtete, heirateten die beiden direkt nach dem College und kauften, nachdem sie ein paar Jahre bei verschiedenen Konzernen angestellt waren, die Pension und die angrenzenden fünfundvierzig Hektar Land.

Innerhalb von zehn Jahren erweiterten sie das ursprünglich bescheidene Gästehaus zu einem weitläufigen Komplex aus Dutzenden modern ausgestatteter Nurdachhütten samt einem luxuriösen Wellnessbereich, vier Tennisplätzen, einem Clubhaus, einem Pool, einem Privatstrand am See, einem Wanderwegenetz, einer Blaubeerplantage, einem Kürbisfeld, einer Festhalle, in der dreihundert Personen zum Bankett Platz haben und, nicht zu vergessen, dem Hauptgebäude mit weiteren fünfzig Hotelzimmern, in denen eine Übernachtung über fünfhundert Dollar kostet. Das Resort ist ein hervorragendes Verkaufsargument, wann immer Mom und Dad ihre Kunden noch ein wenig überzeugen müssen, in Edgewater ansässig zu werden.

Als wir uns auf den Weg zum Bus machen, sehe ich Mila auf der anderen Seite des makellos gepflegten Rasens, ein Stück abseits. Sie fängt meinen Blick auf und winkt mir fröhlich zu, aber ich senke den Kopf und fummele am Riemen meiner Tasche herum.

Okay, sie mag mir nach dem Herbstempfang im Auto ihr Herz ausgeschüttet haben, aber letzte Woche hat sie mich besiegt. Was mir eine Sache vor Augen geführt hat: Wenn ich sie zu nah an mich ranlasse, wird alles, wofür ich so hart gearbeitet habe, noch weiter den Bach runtergehen als sowieso schon. Ich bin schließlich allein so weit gekommen, ohne jede Hilfe von außen. Besser, ich halte mich fern von ihr, wenn ich die Staatsmeisterschaft gewinnen will. Wenn ich auch nur die geringste Chance darauf haben will, dass die Georgetown mich wieder beachtet. Kurz schließe ich die Augen und stelle mich im marineblauen Trikot der Uni vor, das weiße Logo auf meiner Brust.

»Alles an Bord!«, ruft der Coach und scheucht uns in den Mannschaftsbus. Ellie steigt mit finsterer Miene hinter Noah und Tamara die Stufen hoch. Keine Ahnung, welche Laus ihr heute über die Leber gelaufen ist. Vielleicht fehlt ihr einfach Bethany. Die beiden haben bei solchen Gelegenheiten immer zusammengegluckt – oder eigentlich bei *allen* Gelegenheiten. Jetzt setzt sie sich zu ein paar anderen Mädchen aus ihrer Klasse, die schmollmündig Selfies schießen.

Ich suche mir einen Platz auf der ringsum verlaufenden Sitzbank und plötzlich erstrahlen Neonlichter über uns. Jemand dreht die Musik auf und alle kramen Flaschen und rote Plastikbecher aus ihren Rucksäcken. Shot um Shot wird ausgeschenkt, Bier durch Trichter gegossen. Wen juckt's, dass die Fahrt zur Schule gerade mal eine Viertelstunde dauert? Wir sind schließlich Profis darin, in Rekordzeit Höchstleistungen zu erbringen.

Ich verschränke die Arme und lehne mich zurück. Aber dann sehe ich Ellie mit einer Wodkaflasche in der Hand in der Ecke hocken. Ihr langes, gewelltes Haar fließt ihr wie dunkle Tinte über die Schultern und lässt ihr silbernes Seidenkleid umso heller schimmern. Sie legt den Kopf zurück und kippt sich den puren Wodka in den Mund. Ich erstarre, kann beinahe körperlich spüren, wie der Alkohol sich in ihr ausbreitet. Ihr Mund ist zu einem breiten, dunkelroten Grinsen verzogen, doch ihr Blick wandert durch den Bus, landet bei Tamara, dann bei Noah und schließlich bei mir. Ihr Lächeln verschwindet und sie nickt mir zu. Es ist, als würde ein Feuer in ihr lodern. Kein gutes Zeichen.

Der Ball ist todlangweilig. Die Sporthalle der Edgewater High platzt aus allen Nähten und die Luft ist schwer und feucht. Sämtliche Cross-Leute sind besoffen und springen auf der Tanzfläche rum wie eine Horde Affen. Den Lehrern ist es egal, den Aufpassern auch. Wir haben letzte Woche den Wettkampf gewonnen, das ist alles, was zählt. Oder na ja, Mila hat gewonnen.

Als schließlich Mrs Pérez die Bühne betritt und unter dem Basketballkorb Noah und Tamara zu Ballkönig und -königin ernennt, bricht das Team in lautes Gejohle und Gehüpfe aus, während Mrs Pérez eine Plastikkrone auf Noahs Riesenbirne setzt und Tamara ein strassbesetztes Diadem ins Haar schiebt. Die beiden bleiben einen Moment im grellen Scheinwerferlicht stehen und sind sich nicht dafür zu schade, sich noch mal vor aller Augen abzuschlabbern.

»Ekelhaft«, stoße ich unbeabsichtigt hervor.

Hinter mir lacht jemand, und als ich mich umdrehe, sehe ich Mila, die sich die Hand vor den Mund hält.

»Was?«, blaffe ich. So was kann ich jetzt echt nicht gebrauchen.

»Nichts. Du hast bloß gerade ausgesprochen, was alle denken.«

»Ach so.«

Eine Sekunde lang mustern wir einander unsicher. »Ich muss mal an die frische Luft«, sagt Mila schließlich. »Kommst du mit?«

Sie wartet meine Antwort gar nicht ab, sondern läuft einfach los zur Rückseite der Halle, wo eine Tür auf den Spielplatz der Grundschule führt.

Ich wäge meine Optionen ab: Entweder ich bleibe allein hier stehen und gucke zu, wie meine Teammitglieder sich komplett blamieren, oder ich gönne mir draußen eine kurze Verschnaufpause von all dem Wahnsinn. Mehr Möglichkeiten gibt es nicht, sosehr mich diese Tatsache ärgert, also folge ich am Ende Mila. Draußen setzen wir uns nebeneinander auf die Schaukeln, die eigentlich für Viertklässler gedacht sind.

Mila schweigt eine Weile und stößt sich dann vom Boden ab, um Schwung zu nehmen. Ich tue es ihr nach.

»Ich weiß echt nicht, wie du es hier aushältst«, bemerkt sie, und ihre Haare fliegen hinter ihr im Wind.

Kalte Luft zischt mir um die Wangen. »Und jetzt stell dir mal vor, du hättest schon dein ganzes Leben lang hier wohnen müssen.«

»Es ist halt einfach so gruselig.« Mila bremst mit dem Fuß ab. »Ein Serienmörder, wie krass ist das denn?«

»Wir vermeiden eigentlich das böse Wort mit S«, entgegne ich.

»Das waren alles Crossläuferinnen, stimmt's?«

Ich nicke. Mit Marlisse Williams fing es an. Sie war in der Elften und eine der Betreuerinnen im Ferien-Laufclub. Eine Zeit lang hat sie auch einmal pro Monat auf Ellie und mich aufgepasst, damit Mom und Dad ins Autokino konnten. Marlisse hat uns gezeigt, wie köstlich heißes Popcorn ist, wenn man Schokoraspel darauf schmelzen lässt, und sich mit uns zum Filmegucken auf dem Sofa eingekuschelt, bis wir an ihrer Schulter eingeschlafen sind. Nachdem sie verschwunden war, hat ihre Familie die ganze Stadt mit Plakaten zugepflastert. Aus allen Richtungen lächelte sie einem entgegen, das Gesicht umrahmt von ihren senegalesischen Twists.

Aber die Polizei kam einfach nicht in die Gänge. Es gab keine groß angelegte Suchaktion, keine Spürhunde. Stattdessen stempelten sie Marlisse hartnäckig als Ausreißerin ab, als aufmüpfige Teenagerin. Aber dann, sechs Tage später, fand ein Familienvater ihre Leiche beim Joggen im Gebüsch oben am Oak Tower.

Erst jetzt hieß es, die Polizei hätte sich nicht genügend Mühe gegeben, weil Marlisse Schwarz war. Dass es ganz sicher anders gelaufen wäre, wenn sie weiß gewesen wäre. Doch niemand in Edgewater unternahm etwas. Keiner zettelte einen Protest an oder stellte die Verantwortlichen bei Stadtratssitzungen zur Rede. In der Lokalzeitung erschien keine wutentbrannte Kolumne. Die Leute schüttelten lediglich die Köpfe, wenn sie mit ihren Aufläufen für Marlisses Familie an der Polizeiwache vorbeikamen. Bei den Williams angelangt, stellten sie ihre Gaben still und leise vor die Tür und zogen betreten wieder ab.

Zwei Monate später verschwand Beatrice Stiller, die Stufensprecherin der Zwölften und Kapitänin des Cross-Teams, auf genau dieselbe Weise. Wir kannten sie aus der Synagoge, wo sie beim Purimspiel immer die Rolle der Esther übernahm. Erst als ihre Familie Druck bei Detective Parker machte, der mit beiden Fällen betraut war, kam plötzlich Schwung in die Sache, und Ermittler aus der ganzen Region wurden hinzugezogen. Zuerst behaupteten sie stur weiter, zwischen den Fällen bestehe kein Zusammenhang. Als dann jedoch die Polizeihunde Beatrice am Oak Tower aufstöberten, ebenfalls getötet durch stumpfe Gewalteinwirkung – und mit einem fehlenden Schnürsenkel, wie bei Marlisse –, musste Parker wohl oder übel eingestehen, dass in Edgewater ein Mörder umging.

Danach stürzte sich die Presse auf unser Städtchen.

Und das alles spitzte sich nur noch weiter zu, als vier Monate und null heiße Spuren später Abigail Childers an exakt derselben Stelle, getötet auf exakt dieselbe Weise, gefunden wurde. Abigail hatte es gerade in die erste Cross-Mannschaft geschafft und war eine solche Ausnahmeschülerin, dass ihr ein Stipendium an einer Eliteuni schon so gut wie sicher war. Das Einzige, was alle drei Mädchen gemeinsam hatten, war das Laufen.

Jeder in Edgewater hatte seine eigene Theorie. Die wahrscheinlichste davon war, dass Monty Fitzwater, ein gruseliger alter Typ, der seit Jahrzehnten geführte Wandertouren in der Gegend anbot, die drei umgebracht hatte. Er kannte sich in den Wäldern aus wie kein anderer, und wenn man ihm als Mädchen in der Stadt begegnete, starrte er einen immer ein kleines bisschen zu lange an. Außerdem schimpfte er ständig vor sich hin, wie sehr es mit Edgewater bergab gegangen sei, seit die ganzen New Yorker Yuppies herzögen und die Immobilienpreise in die Höhe trieben, und überhaupt sei denen ja nichts gut genug hier.

Manche Leute waren überzeugt, er hätte einen Komplizen gehabt, seinen Bruder Kendall, der Workshops im Fliegenfischen gab und von den Einheimischen gemieden wurde, weil jeder wusste, dass er mal wegen Körperverletzung verurteilt worden war. Die beiden hatten ihr ganzes Leben in Edgewater gewohnt, aber Monty starb, kurz nachdem die Polizei Abigail gefunden hatte, an einem Herzinfarkt, und ein paar Wochen später zog Kendall weg.

Danach geschah kein weiterer Mord und die Polizei wandte sich anderen Problemen zu. Schließlich hatten sie keine Beweise für die Schuld der Fitzwater-Brüder – keine DNA-Spuren, keine geplatzten Alibis, keine Mordwaffe. Und Detective Parker hatte sich das Vertrauen der Bevölkerung verspielt, erst recht seit er die Ermittlungen in Marlisses Fall vergurkt hatte.

Fünf Jahre darauf verschwand Shira Tannenbaum, und diesmal setzten Parker und seine Kollegen alle Hebel in Bewegung und suchten rund um die Uhr nach ihr, um sich doch noch als fähige Ermittler zu erweisen. Als dann die Wahrheit ans Licht kam, änderte sich alles. Niemand nahm uns Mädchen noch ernst.

Das hat Parker erst letztes Jahr wieder durchblicken lassen, als er mich zu der Sache mit Allison Tarley verhört hat. »Ich hab ein für alle Mal die Nase voll von euren Mätzchen. Ihr wollt doch nur Aufmerksamkeit«, erklärte er.

Nun schaukele ich höher und höher. »Aber du weißt, dass du dir keine Sorgen machen musst, oder?«, sage ich zu Mila, obwohl ich mir nicht ganz sicher bin, ob ich das selbst glaube.

»Na klar«, winkt Mila ab. »Diese Stadt ist einfach nur so verdammt klein. Ich hab jetzt schon das Gefühl zu ersticken und dabei wohne ich gerade mal seit ein paar Wochen hier. In Connecticut konnte ich wenigstens noch in den Zug nach New York City steigen, wenn mir mal wieder die Decke auf den Kopf fiel. Einfach mal was anderes sehen. Kennst du das? Dieses Gefühl, flüchten zu müssen?«

Ich nicke und gucke hoch zum Abendhimmel. »Wenn man einmal in eine Schublade sortiert wurde, bleibt man für den Rest seiner Tage drin«, sage ich. »Zumindest hier.« Ich schließe die Augen und sehe sofort wieder die entsetzten Gesichter an der Ziellinie vor mir, höre Allison Tarley schreiend zu Boden gehen.

»Ich werde hier *weglaufen,* im wahrsten Sinne des Wortes«, verkündet Mila. »Ich muss einfach so gut sein, dass die Collegemannschaften sich um mich reißen. Auf was anderes kann ich mich gerade nicht konzentrieren. Nur das.«

In meiner Brust löst sich etwas. So hat noch nie jemand mit mir geredet – vielleicht versteht Mila ja tatsächlich, warum mein Bedürfnis, die Nummer eins zu sein, wichtiger ist als alles andere in meinem Leben.

»Mein ganzes Highschooldasein hat sich im Grunde um nichts anderes gedreht als darum, ins Cross-Team der Georgetown aufgenommen zu werden«, erkläre ich, während ich weiter rhythmisch Schwung nehme. »Schon seit ich in der Neunten deren Scout kennengelernt und erfahren habe, dass sie Sportstipendien vergeben.«

»Warum ausgerechnet die Georgetown?«, fragt Mila.

»Dort ist es einfach so anders als hier, weißt du? Mitten in Washington, einer Stadt, wo alle versuchen, etwas zu bewegen, etwas aus sich zu machen. Da kann man nach dem Studium so ziemlich jeden Weg einschlagen. Ewig wird mein Körper diese Laufgeschichte sicher nicht aushalten, aber auch dann komme ich auf keinen Fall zurück nach Edgewater. Ich muss … ich will nur hier weg.«

Ich habe das Gefühl, ins Faseln zu geraten, was Ellie normalerweise dazu veranlasst, die Augen zu verdrehen und auf Durchzug zu schalten. Oder Julia macht irgendeinen fiesen Spruch darüber, was für ein Freak die sterile Stella doch ist. Mila hingegen nickt nur nachdenklich.

»Genau das hab ich auch immer über Harvard gedacht«, eröffnet sie mir schließlich und schaukelt ebenfalls wieder höher. »Aber nach der Sache mit meinem Dad ist mir klar geworden, dass man sich auf nichts verlassen kann. Ich hab immer geglaubt, ich würde die Highschool in Hadbury abschließen, mit den Leuten, die ich schon mein Leben lang kenne. Tja, und jetzt hocke ich hier in einer Kleinstadt in den Catskills, die für ihr Luxushotel und ihre grausamen ungelösten Mordfälle bekannt ist.«

Unwillkürlich pruste ich los vor Lachen. »Das ist die treffendste Beschreibung für Edgewater, die ich je gehört habe.«

Mila schmunzelt. »Wir sollten schleunigst die Tourismusbehörde anrufen.« Auf dem höchsten Punkt lässt sie die Schaukelketten los und springt ab. Einen Moment lang scheint sie zu fliegen und landet dann sicher im Kies. Die Hände in die Hüften gestemmt, dreht sie sich zu mir um. »Aber könnte wohl alles schlimmer sein.«

Schweigen breitet sich zwischen uns aus, und irgendwann kommt ein Lehrer, den ich nur vom Sehen kenne, nach draußen und räuspert sich. »So, Leute, wir machen hier drin langsam Feierabend.«

Mila zieht ein genervtes Gesicht, setzt sich dann aber brav in Bewegung. Ich folge ihr zurück in die Sporthalle, wo wir einander prompt im schummrigen Durcheinander aus Leuten in Abendgarderobe aus den Augen verlieren. Natürlich könnte ich nach ihr suchen, mich für den restlichen Abend an sie kletten und mich leise flüsternd mit ihr unterhalten. Aber irgendwas hält mich davon ab. Sie ist nach wie vor meine Konkurrentin, und ich weiß nicht, wie weit ich ihr trauen kann. Ich war immer der Meinung, dass Freunde überbewertet sind, nichts als Ballast, der einen zurückhält. Warum sollte sich das jetzt ändern? Also gehe ich zur Tür, vor der schon unser Mannschaftsbus wartet.

»Afterparty bei Bader!«, ruft jemand, und der Menschenstrom reißt mich mit in den Bus, bis ganz nach hinten, von wo aus ich nur noch den anderen beim Einsteigen zusehen kann.

Der Bus fährt zu wummernder Musik vom Parkplatz und

fast alle klettern auf die Sitzbänke und tanzen. Noah sitzt breitbeinig in der Ecke und Tamara schmiegt sich lachend an seine Brust.

Das ist mir alles zu widerlich, zu viel, zu aufgesetzt. Ich lehne mich an die Scheibe hinter mir, lasse mich vom Dröhnen des Motors einlullen, als sich plötzlich die Stimme meiner Schwester über den Lärm erhebt.

»Du verdammtes Arschloch!«, schreit sie. Ich beuge mich vor und sehe Ellie vor Noah und Tamara stehen. Ihre Fäuste sind geballt, die Haare zerzaust und ihre Augen funkeln vor Wut. »Du Drecksack! Du Lügner!«

»Was'n da los?«, fragt jemand neben mir.

»Mini-Steckler macht einen auf Stella«, murmelt jemand anders.

Ich verdrehe die Augen. »Sehr originell.«

»Ellie, jetzt beruhig dich mal.« Noah erhebt sich.

»Beruhigen? Ich soll mich beruhigen?! Hast du sie noch alle?«, kreischt Ellie. Um mich hebt einer nach dem anderen sein Handy, die Gesichter vom Licht der Displays erhellt.

»Du kannst nicht mehr klar denken«, sagt Noah. »Na komm, das willst du doch nicht.«

Ellie tritt einen Schritt auf ihn zu, bis ihr Gesicht nur noch wenige Zentimeter von Noahs entfernt ist. »Ich kann dir das Leben zur Hölle machen, Noah. Ich kann dafür sorgen, dass du alles verlierst. Willst du das echt riskieren?«

Ich habe keine Ahnung, worüber die beiden reden, aber Ellie ist völlig in Rage. Ich weiß, ich sollte zu ihr gehen und mich um sie kümmern, aber da fällt mir wieder ein, was der Coach mal gesagt hat. *Halt dich aus allem raus. Bring dich nicht wieder in Schwierigkeiten.* Ich spähe aus dem Fenster. Nicht mehr weit. Wie viel Schaden kann Ellie wohl in einer Minute noch anrichten?

»Scheint, als hätte unsere liebe Ellie sich ziemlich die Kante gegeben.« Noah lacht, aber es klingt gestellt und irgendwie leicht panisch.

Ellie verschränkt die Arme. »Lügner«, zischt sie. »Du bist ein Feigling *und* ein Lügner.«

Mit einem Mal verändert sich Noahs Haltung und er baut sich drohend vor ihr auf. *»Verpiss dich,* Mini-Steckler.« Er schiebt das Kinn vor und mustert sie angewidert.

Ellies Augen weiten sich, und sie zuckt zurück, als hätte er ihr eine Ohrfeige verpasst. Fremdscham blubbert in mir hoch, als sie ihn mit offenem Mund anstarrt. *Lass es einfach gut sein,* beschwöre ich sie im Stillen. Aber ich weiß, dass sie das nicht tun wird. Weil ich es auch nicht würde.

Jetzt steht auch Tamara auf und zupft ihr Kleid zurecht. »Ellie, wir wissen alle, wie sehr du Bethany vermisst. Aber jetzt mal im Ernst«, sagt sie mitfühlend. »Was du hier gerade abziehst, ist doch peinlich.«

Das war zu viel. Ellie stürzt sich so vehement auf Noah, dass es ihn von den Füßen reißt, und Tamara bringt sich mit einem Aufschrei in Sicherheit. Dabei fällt ihr das Diadem vom Kopf und zerbricht.

Ich springe auf und versuche, mich zu Ellie durchzukämpfen, sie von ihm runterzuzerren und davon abzuhalten, so zu werden wie ich. Aber dafür ist es zu spät, und mir stehen zu viele Leute im Weg, die gnadenlos ihre Kameras draufhalten.

»Schlägerei, Schlägerei!«, skandieren alle.

Der Bus hält abrupt vor Baders Haus, wo die Party stattfinden soll, und alle purzeln durcheinander. Ein riesiger Haufen aus Hochsteckfrisuren, High Heels und Handtaschen. Ich lande mit dem Gesicht voran auf dem durchgeschwitzten Hemd eines Zehntklässlers, stoße den Typen angewidert von mir und rappele mich hoch.

Als ich endlich wieder stehe, begutachte ich den Schaden.

Ellie sitzt benommen und mit knallrotem Gesicht auf dem Boden. Tamara hält sich schockiert an Noah fest. Der Rest der Mannschaft steigt nach und nach aus und entert Baders Haus, in der Hoffnung auf den nächsten Party-Skandal. Ellies Zusammenbruch ist bloß eine Peinlichkeit von vielen, die man dokumentieren und belächeln kann. Ich will zu ihr, aber die Menge schiebt mich vor sich her Richtung Tür. In meiner Kehle steckt ein dicker Kloß, und ich weiß, ich müsste mich entschlossener durchdrängeln, müsste meine Schwester trösten gehen, aber mit einem Mal bin ich so unendlich müde, habe die Nase voll von all den Dramen. Ich will einfach nur nach Hause.

Noah rempelt mich mit der Schulter an, als er Tamara an mir vorbeischiebt, und ich sehe, dass jetzt nur noch Mila im Bus ist. Sie kniet sich hin, nimmt meine weinende Schwester in den Arm und wiegt sie sanft hin und her.

ELLIE

NOCH AM MONTAGMORGEN, zwei Tage nach der Party, ertrage ich es kaum, auf mein Handy zu gucken. Andauernd vibriert und piepst es, als neue Nachrichten im Cross-Gruppenchat eintreffen, über das Training nach der Schule und den Wettkampf nächste Woche. Aber zwischendurch gibt es auch immer wieder Seitenhiebe. Gelästert wird nun mal ständig, und diesmal geht es um die bahnbrechende Neuigkeit, dass Ellie Steckler anscheinend genauso *irre* ist wie ihre große Schwester. Ich hasse dieses Wort. Die Jungs setzen es so gezielt ein wie eine Handgranate, in der Hoffnung, dass es dein Selbstbewusstsein in die Luft jagt, dich an dir zweifeln lässt. **DIE SPINNEN DOCH ALLE, DIE STECKLERS!** schreibt irgend so ein Arsch aus der Zehnten und ergänzt seinen Kommentar durch ein verschwommenes Foto von mir, auf dem ich mit zerzausten Haaren und verlaufenem Eyeliner zu sehen bin. Mein Kleid ist mir bis über die Oberschenkel hochgerutscht und mein Zeigefinger so drohend auf Noah gerichtet wie ein Dolch.

Was danach passiert ist, zeigt das Bild nicht. Wie Mila bei mir geblieben ist, während ich geweint habe, selbst nachdem wir aus dem Bus geworfen worden waren. Wie sie sich über mich gebeugt, mir sachte die Hand aufs Knie gelegt und gefragt hat: »Hey, alles okay?«

»Nein«, wimmerte ich, das Gesicht mit Rotz und Tränen verschmiert. Und schließlich platzte die ganze Geschichte aus mir heraus. Mal schwallartig, dann wieder stockend, erklärte ich ihr, warum ich vor dem ganzen Team derart ausgerastet war, warum ich die Welt nicht mehr verstand und vor lauter Wut kaum klar denken konnte. Zuerst sagte Mila nichts, nur ihre Augen wurden immer größer und sie bekam den Mund nicht mehr zu. Und dann flüsterte sie: »Ich verrat's niemandem.«

Aber jetzt weiß sie die Wahrheit. Als einziger Mensch außer Noah und dabei kenne ich sie kaum. Mein Magen verkrampft sich. Was habe ich getan?

Ein vorsichtiges Klopfen. »Ich fahre jetzt, soll ich dich mitnehmen?« Stella. Sie drückt die Tür ein Stück auf und lehnt sich in den Rahmen. Mit ihren Trainingsklamotten und dem strengen Dutt sieht sie aus wie immer. Komplett unverändert, während ich das schlimmste Wochenende meines Lebens hinter mir habe. Glühender Neid packt mich.

»Ja«, sage ich.

Sie zieht die Hand hinter dem Rücken hervor und hält mir einen Becher mit einem grünen Smoothie hin. »Dachte mir, den kannst du vielleicht brauchen.«

»Ach, Stella …« Wärme breitet sich in meiner Brust aus.

»Schon gut. Denk bloß nicht, dass es den Service jetzt immer gibt.« Sie nimmt einen Schluck von ihrem eigenen Smoothie. »Die Schule wird heute vermutlich beschissen für dich. Aber für mich ist sie das jeden Tag, also reiß dich einfach zusammen.«

»Danke, sehr hilfreich.«

Die ersten Stunden verlaufen ohne größere Zwischenfälle – zum Glück habe ich heute kein Chemie mit Noah. Aber als die Mittagspause naht, wird mir klar, dass ich mich wohl oder übel am Cross-Tisch blicken lassen muss, wenn ich das Schuljahr wenigstens mit einem Rest Würde überstehen will. Eine Weile trödele ich an der Essensausgabe rum und nehme mir schließlich ein vegetarisches Sandwich und einen Apfel. Nachdem ich bezahlt habe, lasse ich verstohlen den Blick durch die Cafeteria wandern. In der Ecke hat Noah sein Gefolge um sich geschart. Sein blondes Haar fällt ihm in die Stirn und Tamara guckt lächelnd zu ihm hoch.

Aber rechts davon entdecke ich Julia und Mila, die ihre Köpfe zusammenstecken. Und Raven, die den beiden gegenübersitzt, beugt sich so weit vor, dass sie mehr oder weniger in ihrem Mittagessen liegt.

Ein Kribbeln breitet sich in meinem Magen aus, als ich mich frage, ob Mila mich schon verraten hat, ob sie mein Geheimnis bei der erstbesten Gelegenheit weitergetratscht hat. Mit angehaltenem Atem gehe ich an ihnen vorbei.

»Mila, du musst am Samstag unbedingt mit uns ins Autokino kommen«, fordert Julia. »Da läuft gerade ›Ein neuer Stern am Himmel‹, das ist die alte Version von ›A Star Is Born‹, dem mit Lady Gaga. Wir schmuggeln immer Wein und Lakritze mit rein, das ist der Hammer.«

Raven nickt eifrig. »Beim letzten Mal –«, setzt sie an, doch Julia fällt ihr ins Wort.

»Was willst du denn erzählen, Rave? Wie du eingepennt bist, weil du zu viel Rosé intus hattest? Wie du so laut geschnarcht hast, dass wir dir ein Kissen übers Gesicht legen mussten? Wir wissen doch alle, dass du nichts verträgst.«

Raven bekommt knallrote Wangen und starrt auf ihr Sandwich.

»Aber *du* musst mitkommen, Mila«, beharrt Julia.

»Mal sehen«, sagt Mila, und Julia ist die Enttäuschung deutlich anzumerken.

Ich habe jetzt das Ende des Tischs erreicht und lasse mich

auf einen freien Platz gleiten, in der Erwartung, dass irgendwer mich wegschickt und ich dann für immer eine Außenseiterin bin. Aber niemand tut es.

Mila steht auf.

»Wo willst du hin?«, fragt Julia irritiert.

»Da rüber.« Mila nickt in meine Richtung.

Bitte mach jetzt keine Szene. Bitte bleib einfach sitzen.

Julia verzieht abfällig den Mund. »Tja, musst du selber wissen.«

Mila setzt sich auf den Platz mir gegenüber und stellt ihr Tablett ab.

»Das wäre echt nicht nötig gewesen«, sage ich.

»Oh doch«, schnaubt Mila. »Diese Julia ist ja wohl so was von schrecklich. Ich glaube, sie wollte Raven auf mich eifersüchtig machen oder so. Irgendwie erinnert sie mich an die Mädchen, mit denen ich in Connecticut befreundet war. Oder na ja, was heißt schon befreundet? Um ehrlich zu sein, war meine Clique da ziemlich oberflächlich und alles andere als sympathisch. Aber manchmal hängt man einfach so lange mit Leuten rum, dass man überhaupt nicht mehr merkt, wie sie wirklich sind, kennst du das? Die Einzige, die ich aus Hadbury wirklich vermisse, ist meine beste Freundin Naomi. Die ist echt super. Hat bei uns an der Highschool den LGBTQIA+-Rat gegründet und ist in der Modell-UNO und überhaupt einfach nur cool und …« Wieder guckt sie hoch und wirkt fast überrascht, mich noch da sitzen zu sehen. »Puh, ich bin eine ganz schöne Labertasche, was?«

Am liebsten würde ich sie fragen, ob sie mein Geheimnis weitererzählt hat. Ob sie vorhat, das Wissen gegen mich zu verwenden. Aber ich pflastere mir ein Lächeln ins Gesicht. »Ich hab auch meine beste Freundin verloren«, sage ich stattdessen. »Bethany. Sie ist vor ein paar Monaten weggezogen.

Aber mittlerweile herrscht zwischen uns irgendwie Funkstille.«

Mila verzieht mitleidig das Gesicht. »Das ist ja Mist, tut mir echt leid. Wenn ich nicht jeden Tag mit Naomi videochatten könnte, käme ich überhaupt nicht klar.«

Ich zucke mit den Schultern, will am liebsten das Thema wechseln.

Mila schweigt kurz, aber dann beugt sie sich vor und blickt mir bedeutungsvoll in die Augen. »Du, ich wollte dir noch was erzählen«, murmelt sie.

Mir wird ganz flau angesichts ihrer ernsten Miene. Ist das jetzt der Moment, in dem sie mir eröffnet, dass sie mich nach meinem Geständnis mit anderen Augen sieht? Dass sie nichts mehr mit mir zu tun haben will? Die Scham schnürt mir die Kehle zu.

»Tamara hat mir einen Job im Ellacoya Resort angeboten.« Sie streicht sich eine lange Haarsträhne hinters Ohr. »Am Empfang vom Restaurant. Ich wollte dir nur Bescheid geben, dass ich ihn gerne annehmen würde.«

Mir schwirrt der Kopf. Bedeutet das jetzt, dass sie sich auf Tamaras Seite schlägt? Dass sie sie in alles einweihen will? Ich kann immer noch kaum fassen, was mir Mila gegenüber am Ballabend rausgerutscht ist – die einzige Sache, von der ich je geschworen habe, sie nie irgendwem zu erzählen, nicht mal Stella. So geht also alles den Bach runter.

Doch als hätte sie meine Gedanken gelesen, fügt Mila hinzu: »Und ich wollte dir noch mal versichern, dass ich ihr nichts verrate. Ich verrate niemandem was.«

Sie hält inne und wartet darauf, dass ich etwas erwidere, aber mein Mund ist so trocken, als hätte ich Sand geschluckt, und ich finde keine Worte.

»Ich weiß, dass du nicht darüber reden willst«, fährt Mila

ruhig fort. Es wirkt, als wäre sie nicht zum ersten Mal in einer solchen Situation, als würden die Leute sie ständig in ihre dunkelsten Geheimnisse einweihen und sie fände es total normal, sie zu bewahren. »Aber falls du's dir doch mal anders überlegst: Ich bin da.«

Ich halte das nicht mehr aus. Hastig packe ich den Rest meines Sandwichs ein und stehe auf. »Ich muss los«, erkläre ich. »Vielleicht können wir die Sache einfach vergessen.«

Mila schenkt mir ein kleines liebenswürdiges Lächeln. »Okay, Ellie.«

Ich drehe mich um und flüchte aus der Cafeteria. Hoffentlich schaffe ich es noch rechtzeitig zu den Toiletten. Ich stoße die schwere Flügeltür auf und renne die Treppe runter in den Keller. Die Kabinen dort sind groß und meistens leer, perfekt, um sich zu verstecken. Mit der Schulter drücke ich die Tür der hintersten auf und lasse mich auf die Knie fallen. Mein Atem geht flach und rau und gepresst und mit einem Mal kriege ich keine Luft mehr. Die Metallwände scheinen auf mich zuzurücken und ich klammere mich Halt suchend an die kühle Porzellanschüssel. Ich versuche, gleichmäßig zu atmen, aber es funktioniert nicht. Meine Brust ist wie zugeschnürt und vor meinen Augen tanzen schwarze Punkte. Ich spüre jede einzelne Rippe und bin überzeugt, dass sich so Sterben anfühlt. Ich rede mir ein, dass das hier vorbeigeht. Dass alles wieder gut wird.

Dies ist nicht meine erste Panikattacke. So was ist mir schon einmal passiert, im Sommer, als der Test ein positives Ergebnis angezeigt hat. Und dann noch mal ein paar Tage später, als ich mich endlich getraut habe, Noah zu gestehen, dass ich meine Periode nicht bekommen, einen Test gemacht hatte und mein Entschluss feststand.

Es war kurz vor Feierabend, und wir waren dabei, am See aufzuräumen, Getränkedosen in den Recyclingmüll zu werfen und die Schwimmkissen in der Rettungsschwimmerhütte einzuschließen. Ich wollte gerade zurück nach draußen gehen, als Noah mich an sich zog und auf den Hals küsste. Doch bevor seine Lippen meine fanden, räusperte ich mich. »Ich bin schwanger«, sagte – oder vielmehr: hauchte – ich.

Noah erstarrte, sprachlos, und ich machte mich von ihm los. Ich wich einen Schritt zurück und musterte sein Gesicht, versuchte, seine Miene zu deuten, doch die war völlig ausdruckslos.

»Fuck«, fluchte er dann, lauter, als ich es je von ihm gehört hatte. Mit geballten Fäusten fing er an, auf und ab zu tigern.

Ich verknotete die Finger, um sie vom Zittern abzuhalten. Ich wollte ihm erklären, dass ich einen Plan hatte. Ich hatte schon eine Klinik in Newburgh gefunden und es war noch früh genug für eine medikamentöse Abtreibung. Nur zwei Tabletten und die Sache war erledigt. Unsere Eltern würden nichts davon erfahren. Niemand würde es erfahren.

Doch bevor ich zu Wort kam, hob Noah den Arm und rammte die Faust durch die Wand, schlug geradewegs ein Loch ins Holz. Ein Krachen hallte durch den Raum.

»Noah!«, kreischte ich. Ich wusste nicht, ob ich zu ihm laufen und seine blutende Hand versorgen oder den Kopf einziehen und mich vor ihm in Sicherheit bringen sollte.

Noah starrte auf seine Faust, seine blutverschmierten Knöchel, als könnte er selbst nicht fassen, was er gerade getan hatte. Seine Augen waren geweitet und blitzten so bedrohlich, dass er mir wie ein Fremder vorkam. Ein Fremder, der mir Angst einjagte. »Tut mir leid«, sagte er schließlich leise. Dann sah er mich an und in seinem Blick lag Furcht. »Das wird mir meine ganze Zukunft versauen, alles, worauf ich so lange hingearbeitet habe«, fuhr er fort. »Du musst es loswerden, das ist dir doch klar, oder? Ich bezahle auch. Ich tue, was nötig ist.«

Er hatte recht, das wusste ich selbst. Ich wollte die Sache einfach nur hinter mir haben. Ich wollte es ihm recht machen. Schließlich wollte ich auch eine Zukunft. Also vereinbarte ich für die folgende Woche einen Termin.

Noah holte mich frühmorgens ab und wir fuhren schweigend die Stunde nach Newburgh. Alles, woran ich denken konnte, war, wie dankbar ich war, dass wir im Staat New York wohnen, wo man mit sechzehn abtreiben kann, ohne seine Eltern einweihen zu müssen. Noah kam mit rein und setzte sich in den Wartebereich, ein Buch von Charles Bukowski auf dem Schoß, während ich ins Sprechzimmer ging.

Der Arzt hatte einen freundlichen, unvoreingenommenen Blick, woran sich auch dann nichts änderte, als ich ihm erklärte, warum ich da war. Er sagte, ich könnte während des Ultraschalls gern wegschauen, und plauderte über das Wetter und darüber, wie ungewöhnlich wenige Mücken es für die Jahreszeit gab. Die erste Tablette schluckte ich gleich in der Praxis, und die zweite, die ich ein paar Stunden später nehmen sollte, gab er mir mit.

»Wir raten unseren Patientinnen immer, in den Stunden nach der Einnahme nicht allein zu sein«, sagte der Arzt. »Der Wirkstoff sorgt nämlich dafür, dass der Embryo sich löst. Das kann mit Schmerzen verbunden sein. Vielleicht bekommen Sie auch Blutungen. Ein bisschen, als hätten Sie eine besonders fiese Periode. Der junge Mann kümmert sich doch um Sie, oder?« Der Arzt nickte Richtung Wartezimmer.

»Ja«, antwortete ich, obwohl ich nicht vorhatte, Noah darum zu bitten. Ich konnte mir schon denken, wie seine Reaktion ausfallen würde.

»Gut.« Der Arzt warf noch einen Blick auf meine Patientinnenakte. »Ach, Sie kommen aus Edgewater?«

Ich nickte.

»Scheint ja, als liefe es dort mittlerweile wieder besser.«

»Zumindest ist in letzter Zeit niemand tot aufgefunden worden, falls Sie das meinen.«

Er runzelte die Stirn. »Ich bin mit der Familie Williams befreundet«, erklärte er. »Die Polizei da drüben … Nachdem Marlisse damals gefunden wurde …« Er schüttelte den Kopf, als fehlten ihm die Worte. »Na, dazu sage ich lieber nichts. Schön, dass die Lage sich inzwischen entspannt hat jedenfalls. Kein Mädchen sollte davor Angst haben müssen, zu joggen oder abends alleine rauszugehen. Niemand sollte das.« Er sah mir in die Augen und tätschelte mir die Hand. »Aber jetzt genießen Sie erst mal den Rest Ihrer Ferien. Das wird schon wieder.«

Ich konnte nur hoffen, dass er recht hatte.

Als ich zurück in den Wartebereich kam, stand Noah auf und wischte sich die Hände an seinen Shorts ab. »Fertig?«, fragte er. Ich nickte und wartete darauf, dass er sich erkundigte, wie es gewesen war, ob ich irgendwas brauchte. Fehlanzeige. Stattdessen lächelte er nur, sichtlich erleichtert, dass die Sache erledigt war, dass kein Mensch je davon erfahren würde und wir einfach so tun konnten, als wäre gar nichts passiert. Auf dem Rückweg hielten wir an einer Eisdiele, setzten uns auf seine Motorhaube und aßen unsere Hörnchen. Dann lieferte er mich bei mir zu Hause ab.

In einer Hinsicht hatte der Arzt auf jeden Fall recht gehabt. Abends, als ich gekrümmt vor Schmerzen auf der Toilette saß und versuchte, das Weinen zu unterdrücken, wünschte ich mir verzweifelt, ich wäre nicht allein. Mit zitternden Fingern umklammerte ich mein Handy und rief wieder und wieder bei Bethany an, in der Hoffnung, ihr endlich erzählen zu können, was passiert war. Ich wollte, dass sie mich beruhigte, dass sie mir versicherte, dass alles gut würde. Doch sie ging nicht ran.

Ich biss mir auf die Lippe, während die Tablette ihre Wirkung tat, und fragte mich, was Stella wohl machen würde, wenn sie jetzt hier wäre und nicht im Trainingslager in Breakbridge. Stella. Meine Beschützerin. Meine Konkurrentin. Ich stellte mir vor, wie sie mir auf ihre pragmatische, roboterhafte Art eine kalte Kompresse brachte, ein frisches T-Shirt, einen grünen Smoothie. Und aus irgendeinem Grund fühlte ich mich allein dadurch getröstet. Ich hörte Stellas nüchterne Stimme in meinem Kopf, so wie sie auch während der dunklen Jahre mit mir geredet hatte. *Du und ich gegen den Rest der Welt, Ellie. Du und ich.*

Die Blutungen hielten noch ein paar Tage an, sodass ich mich bei meinem Job am Sweetwater Lake krankmeldete. Aber abgesehen vom körperlichen Unwohlsein, dieser seltsam spürbaren Abwesenheit von etwas, was da gewesen war, empfand ich nichts als Erleichterung. Ich wollte das Ganze einfach nur vergessen. Und dass Noah und ich nie darüber redeten, half mir dabei. Genauso wie die Kondome, die er von da an immer benutzte, und dass ich mir die Pille verschreiben ließ. Wir machten einfach weiter, als wäre nichts passiert. Alles war in Ordnung.

Jetzt jedoch, Wochen später in dieser Toilettenkabine, ist es, als wäre in mir ein Damm gebrochen. Mit einem Mal trifft mich die Erkenntnis wie ein Schlag, dass nichts, aber auch gar nichts in Ordnung ist und dass Noahs Reaktion vollkommen daneben war. Ich erinnere mich an das, was er in der Rettungsschwimmerhütte gesagt hat: »Das wird *mir meine* ganze Zukunft versauen, alles, worauf *ich* so lange hingearbeitet habe.« Ich bin Noah total egal. Ihn hat bloß interessiert, was diese Schwangerschaft für *ihn* bedeuten könnte. Meine Zukunft und meine Gesundheit waren völlig nebensächlich. Und das ist der Grund, warum mir plötzlich eines klar wird: Ich will nichts mehr mit ihm zu tun haben.

Innerhalb von Sekunden, höchstens Minuten, verebbt meine Panik. Die Enge in meinem Brustkorb verschwindet, meine Finger entspannen sich. Meine Sicht wird klarer und auch das Hämmern in meinem Kopf lässt nach. Ich stütze die Ellbogen auf die Knie und lasse den Kopf hängen: *Alles in Ordnung.*

Noah leitet die Jungs beim Aufwärmen an, und ich versuche, nicht darauf zu achten, wie sein T-Shirt hochrutscht, als er sich zur Seite beugt und die Sonne seine Bauchmuskeln bescheint.

Der Coach kommt auf mich zugejoggt und mir wird klar, dass ich die Letzte beim Training bin. »Du bist spät dran, Ellie. Aber egal, ich will gar nicht wissen, was mit dir los ist«, schimpft er und tippt sich mit dem Klemmbrett auf die flache Hand. »Hör einfach auf mit dem Scheiß, klar? Ich kann mich nicht mit zwei Stecklers gleichzeitig rumärgern. Du läufst jetzt erst mal eine Runde. Und dann noch eine. Und du hörst nicht auf, bevor du mich dreimal in meine Trillerpfeife blasen hörst.«

Horrorrunden. So nennen wir diese Übung. Normalerweise lässt der Coach es nach vier oder fünf davon gut sein, aber ich habe gehört, Lilly Adams hätte er mal bis nach Einbruch der Dunkelheit weitermachen lassen, als alle anderen längst weg waren, nur weil sie über irgendein Kommando von ihm die Augen verdreht hatte. Angeblich hat der Coach erst abgepfiffen, nachdem sie zusammengebrochen ist und sich übergeben musste.

Er wendet sich wieder seinem Klemmbrett zu, und ich lasse ein paarmal den Nacken kreisen, bevor ich mich in Bewegung setze. Was bleibt mir auch anderes übrig? Einfach machen. Das sagt Stella auch immer.

Meine Füße trommeln rhythmisch über den Boden, als ich um die erste Kurve laufe. Hinter mir nähern sich die Jungs, bereit, mich Staub schlucken zu lassen. Der Pulk teilt sich und läuft links und rechts an mir vorbei. Ich starre stur geradeaus und fühle mich verletzlich, so als könnte mich jeden Moment einer von ihnen packen oder anrempeln. Kurz darauf jedoch lässt Noah sich zu mir zurückfallen.

»Hey«, sagt er.

»Verpiss dich«, fauche ich.

»Es tut mir leid.«

»Hörst du schlecht? Du sollst dich verpissen.«

»Komm schon, Ell. Du weißt doch wohl selber, dass die Aktion am Samstag nicht so cool war.«

Ich lache. »Weißt du, was auch nicht so cool ist? Dass du die ganze Zeit so tust, als wäre ich nie schwanger gewesen und hätte keine Abtreibung hinter mir.« Plötzlich höre ich seine Schritte nicht mehr. Doch ich drehe mich nicht um, sondern laufe nur umso schneller, befeuert von der brodelnden Wut in meinen Adern.

Nach ein paar Sekunden ist er wieder neben mir und wir bewegen uns im Gleichschritt.

»Ach, darum bist du so ausgeflippt«, sagt er leise. »Ich dachte, du wärst längst drüber weg.«

»Tja, offenbar nicht.«

»Ich hatte schon Sorge, dass so was passieren könnte«, merkt er an. »Ein verzögertes Trauma. Davon hab ich mal gehört. Pass auf, für mich war das alles auch ziemlich beschissen.«

So ein Bullshit. Als hätte *sein* Körper diese Qualen durchmachen müssen, als hätte die Sache uns beide gleichermaßen getroffen. Ich antworte nicht, sondern lege mich in die Innenbahn und werde schneller, immer schneller.

»Aber es weiß trotzdem keiner davon, oder?«, fragt Noah. Sein Herz ist meinem so nahe. Ich spüre seinen warmen Atem an meinem Hals, als er den Kopf wendet und mich ansieht. Wie ich es hasse, wenn er direkt in mein Innerstes zu blicken scheint, wenn er sich dort alles schnappt, was weich ist, und es formt wie Knetmasse. »Du würdest sonst echt schlecht dastehen.«

Ich stöhne frustriert auf und renne weiter.

»Okay, wer, Ellie? Wem hast du's erzählt? Stella?«

Die Zielgerade kommt in Sicht.

»Mila«, antworte ich leise, und der Name wird vom Wind davongetragen.

»Mila Keene?«, zischt er. »Wie konnte das denn passieren? Die kennst du doch kaum!«

Ich versuche, noch schneller zu laufen, weg von Noah und seinen Fragen, doch er packt mich bei der Hand, und für eine Sekunde fühle ich mich zurückversetzt auf den Rettungsschwimmerturm, wo er unter den dicken weißen Schwimmkissen, die wir auf dem Schoß hielten, die Finger über meine Oberschenkel und manchmal sogar *in mich* gleiten ließ, vor aller Augen. Unser kleines Geheimnis.

Ich entreiße ihm meine Hand und gehe wortlos in die nächste Runde, hänge Noah endlich ab. Ich konzentriere mich voll und ganz auf meinen Atem, den Boden unter meinen Füßen und das Zwitschern der Vögel über mir. Ihr Gesang verschwimmt zu einer schrillen Alarmsirene, die nur mir gilt: *Lauf. Lauf. Lauf.*

STELLA

MOM SAGT OFT, dass ich kein geselliger Mensch bin, was auch immer sie damit meint. Zum ersten Mal habe ich das vor Jahren aufgeschnappt, als sie mit irgendwem telefoniert hat – einer Cousine, einer Lehrerin, einer alten Highschool-Freundin. Auf jeden Fall erwähnte sie es so beiläufig wie jemand, der gerade festgestellt hat, dass sein Kind keine Pilze mag oder lieber liest, als auf dem Klettergerüst rumzuturnen. Als wäre das überhaupt kein Problem. Und irgendwie habe ich ihr einfach geglaubt. Tue es heute noch. Das mit den Leuten überlasse ich gern Ellie. Sie zieht Energie aus ihnen, lädt an ihnen ihre Akkus wieder auf. Ich dagegen bleibe lieber frei und ungebunden, ohne haufenweise soziale Verpflichtungen.

Was auch der Grund ist, warum ich jetzt keine Ahnung habe, wie ich mit der Nachricht umgehen soll, die Mila mir gerade vor dem Morgengrauen geschickt hat.

Wie wär's mit 'ner Laufrunde vor der Schule? Will schon die ganze Zeit den Trail oben beim Ellacoya Resort ausprobieren. Gute Übung für die Regionalmeisterschaft, meinte der Coach.

Stöhnend reibe ich mir den Schlaf aus den Augen. Ich hasse es, mit anderen Leuten laufen zu gehen. Erst recht mit Leuten, die schneller sind als ich. Leuten, wegen denen ich auf dem zweiten Platz in die Saison starten musste. Ich starre auf die Nachricht und wünsche mir, ich könnte Milas Gedanken lesen, wüsste, wie sie tickt. Vielleicht hätte ich dann eine Chance, gegen sie zu gewinnen. Am Ende tippe ich **Ja**.

Zwanzig Minuten später laufe ich den Feldweg zum Lieferanteneingang des Resorts hoch, der außerdem zu den besten Laufstrecken der ganzen Catskills führt. Mila ist schon da, in schwarzen Leggings und einem abgetragenen mintgrünen Longsleeve mit dem Logo eines vergangenen Wettkampfs. Ich warte darauf, dass sie sich zu mir umdreht, doch sie bleibt mit hochgezogenen Schultern stehen. Erst dann sehe ich, dass sie sich ihr Handy ans Ohr drückt. Die rote Plastikhülle hebt sich leuchtend von ihrem Haar ab.

»Nein, Dad«, sagt sie scharf. »Du musst wirklich damit aufhören.«

Ich halte Abstand, um sie nicht zu stören.

»Im Ernst.« Jetzt klingt ihre Stimme flehend. »Ich möchte dich nicht mehr sehen. Du kannst nicht einfach unangemeldet hier aufkreuzen. Zumindest bis auf Weiteres. So geht das nicht.« Mila bemerkt mich, doch sie wirkt kein bisschen überrascht oder peinlich berührt. Sie schüttelt einfach nur frustriert den Kopf und winkt mich näher. »Gut. Okay, tschüss«, beendet sie knapp das Gespräch und legt auf. Ein paar Sekunden starrt sie schweigend auf ihr Handy, durch dessen Display, wie mir nun auffällt, ein Riss verläuft. Dann steckt sie es schulterzuckend ein.

»Dieses Arschloch.«

»Willst du drüber sprechen?«, biete ich unbeholfen an.

»Nee«, antwortet Mila. »Er … übertreibt's manchmal nur einfach.«

Erleichtert laufe ich los. Mila tut es mir nach und hält mühelos mit mir Schritt. Ich weiß nicht, ob ich irgendwas sagen soll, ob sie erwartet, dass wir uns unterhalten, oder ob es okay ist, wenn wir nicht reden. Über uns krächzen ein paar Vögel und auf dem weichen Moos unter unseren Füßen glitzern Tautropfen. Es ist so schön ruhig und grün hier draußen, abseits der schicken Ferienhäuschen und des penibel gemähten Rasens im Resort. Nach dem ersten Kilometer hat noch immer keine von uns ein Wort gesprochen und es ist überhaupt nicht unangenehm oder krampfig. Meine Anspannung löst sich allmählich, und ich gleite hinüber in den Zustand, den ich so mag, ein Zustand, in dem nichts mehr wichtig ist außer meinen Schritten, meinem Atem und meinem Herzschlag.

Mila spürt es auch, glaube ich. Wir überwinden eine Steigung, die uns tiefer in den Wald führt, wo das Blätterdach sich verdichtet und die Temperatur spürbar fällt. Das hier ist die perfekte Jahreszeit für diese Strecke. Ende September. Die Zeit der Apfelernte, des knisternden roten Laubs. Zeit zum Laufen. Zeit für mich.

Als wir an einer Wegmarkierung ankommen, wird Mila schneller, ihre Bewegungen flinker, kraftvoller. Was mich wiederum dazu anspornt, selbst einen Zahn zuzulegen. Meine Gedanken schweben derweil wie schwerelos dahin, als könnte nichts den Bann brechen, und nach einer Weile driften sie genau dorthin ab, wo sie immer landen: in der Zukunft. Was einmal sein könnte. Wenn ich meinen Blick nur ein ganz kleines bisschen verschwimmen lasse, kann ich sie beinahe vor mir sehen. Mich an der Georgetown. Wie ich über den Campus spaziere und zu einem gigantischen neugotischen Gebäude hochschaue. Wie ich ein hübsches Backsteinhaus betrete, in dem meine neuen Teamkameradinnen warten, die sich alle freuen, dass ich komme. *Da gehörst du hin,* rufe ich mir in Erinnerung. Denn genau dieses Gefühl hatte ich letztes Jahr, als der Scout mich dort herumgeführt und mir gezeigt hat, wo ich mit der Mannschaft essen würde und die Vorlesungsräume sind. Alles schien in trockenen Tüchern. Und dann, plötzlich, aus der Traum.

Als wir den riesigen alten Ahorn auf der Lichtung erreichen, schüttele ich den Kopf, um die Erinnerung loszuwerden. Ich bedeute Mila, mir nach rechts zu folgen, und wir schlagen einen schmaleren Pfad ein, auf dem wir nur noch hintereinander Platz haben und aufpassen müssen, nicht über Wurzeln zu stolpern. Milas Atem hinter mir geht schwer, aber gleichmäßig, während wir immer mehr an Höhe gewinnen.

Schweiß rinnt mir den Rücken runter, als ich scharf links auf eine Lichtung abbiege. Ich kenne diese Strecke in- und auswendig, könnte sie selbst im Schlaf laufen. Und das hier ist der schönste Teil. Vor uns fällt der felsige Boden steil ab, und eine atemberaubende Aussicht eröffnet sich, der Horizont gesäumt von leuchtendem Herbstlaub. Ich drehe mich zu Mila um. Ihr Mund ist zu einem O geformt und sie starrt mit weit aufgerissenen Augen hinaus.

Ich bleibe stehen und verschränke die Hände im Nacken. »Foxfire Point. Der beste Blick in ganz Edgewater«, japse ich.

Mila dreht sich einmal um sich selbst und bestaunt das flammende Rot und Goldorange der Bäume. Darunter liegen Felder und Stauseen, die im Licht der hinter den Wolken hervorlugenden Sonne glitzern. »Wow«, stößt Mila hervor. »Das sieht ja aus wie ein Gemälde.«

»Ja, echt schön, oder?«

»Nein.« Mila schüttelt den Kopf. »Oder doch, total, aber so meinte ich das nicht. Wie ein ganz bestimmtes Gemälde. Von der Hudson River School. Die Romantiker, Ende des neunzehnten Jahrhunderts. Die haben lauter Landschaften gemalt, von hier in den Catskills, im Hudson Valley oder oben in den Adirondacks. Heute erinnern sich alle nur noch an die Männer, Thomas Cole, Frederic Church und wie sie alle hießen. Irgendwelche reichen Drecksäcke, die die Natur liebten und mit Ralph Waldo Emerson rumhingen. Aber das hier – das ist ein Bild von Susie M. Barstow.« Mila tritt ein paar Schritte näher an den Abgrund und schirmt ihre Augen mit der Hand ab. »Vor ein paar Jahren war ich mal mit meiner Mom in einem Museum in Philadelphia, da gab es Skizzen, die waren ganz ähnlich. Gewaltig. Monumental. Wenn man davorstand, kam man sich total klein vor, menschlich eben. Das jetzt in echt vor mir zu haben … ist der Wahnsinn.«

Ich sage nichts, wüsste auch gar nicht, was.

»Die Frauen der Hudson River School werden immer aus der Geschichte ausgeklammert. Tja, sollte einen wohl nicht überraschen. Aber ich finde sie toll. Das war der Grund, warum ich mich nicht *komplett* dagegen gesperrt habe, hierherzuziehen. Weil ich schon gehofft habe, dass ich diese Landschaften dann mal in Wirklichkeit zu sehen bekomme. Und jetzt …« Mila macht eine ausladende Geste. »Das ist …« Sie verstummt. Ihre Augen schimmern und sie verschränkt überwältigt die Arme vor der Brust. »Das Interesse daran hab ich von meinem Dad. Der hatte so einen riesigen Bildband über die Hudson River School. Und Dutzende Puzzles mit den entsprechenden Motiven, die haben wir oft gemeinsam gelegt, als ich noch klein war. Aber das hat alles aufgehört, als es schlimmer mit ihm wurde.«

Bevor ich mich zurückhalten kann, spreche ich aus, was mir durch den Kopf schießt. »Ist wie mit meiner Mom. Alkohol. Seit zwölf Jahren ist sie trocken. Na ja, bis auf einen kleinen Ausrutscher vor einiger Zeit.«

Mila sagt nichts, sondern holt bloß scharf Luft.

»Schon seltsam, diese ständige Angst vor einem neuen Rückfall. Als könnte einem jeden Moment der Boden unter den Füßen weggezogen werden. So was verändert alles, aber das weißt du ja selber. Da Kind zu sein. Damit klarzukommen. Ich find's einfach sauschwer, anderen Menschen zu vertrauen.« Mein Magen zieht sich zusammen, als könnte er es nicht fassen, was ich da gerade alles von mir gegeben habe. Außer mit Ellie und Dad habe ich noch nie mit irgendwem über Mom geredet.

Mila lacht auf. »Okay, das erklärt einiges.«

»Was?«

»Warum ich mich mit dir und Ellie wohler fühle als mit jedem sonst hier. Leute wie wir haben einfach eine Art Antenne füreinander.«

»Meinst du?«

Mila wendet sich erneut dem Horizont zu und beobachtet, wie der Wind durch die Bäume streicht. »Wir sind einfach verkorkst. Außen knallhart, aber innen butterweich.«

»So knallhart erscheinst du mir jetzt gar nicht«, schnaube ich.

Mila lacht wieder. »Und du mir alles andere als butterweich.« Ein paar Sekunden lang herrscht Schweigen zwischen uns, und dann nickt Mila in die Richtung, aus der wir gekommen sind. »Wer zuerst unten ist?«

STELLA

ICH SCHAFFE ES gerade rechtzeitig nach Hause und aus der Dusche, dass Ellie die Treppe runtergestürzt kommen und mir einen vorwurfsvollen »Fahren wir jetzt endlich los?«-Blick zuwerfen kann. Als wir aus der Einfahrt rollen, vibrieren unsere Handys. Eine E-Mail vom Coach. Ellie überfliegt sie.

»Ach verdammt«, stöhnt sie. »Diese Woche ist Longshot.«

»Was, jetzt schon?«

Zwanzig Kilometer auf und ab durch die Hügel rings um den See. Die Strecke ist absolut brutal, darum setzt der Coach sie nur einmal im Jahr aufs Programm. Aber in Wahrheit läuft sie auch niemand wirklich. Na ja, niemand außer mir.

Mit dieser Tradition bin ich zum ersten Mal in der Neunten in Berührung gekommen. Als einzige Neue in der ersten Mannschaft hatte ich eine ganz normale Trainingseinheit erwartet, nur eben an einem anderen Ort. Doch als wir dann dort anlangten, verteilte Lilly Adams' Freundin Jade Haarglitter und Gesichtsmalfarben. Die Mädchen aus der Zwölften trugen alle neonbunte Sport-BHs und die Jungs hatten ihre üblichen Trikots gegen Muskelshirts mit Armlöchern bis zur Taille und Schweißbänder eingetauscht. Das hier war kein Training. Sondern eine Party.

Wir stellten uns an der Startlinie auf – die gleichzeitig das Ziel bildete. Ein langer, schriller Pfiff aus der Trillerpfeife des Coachs und los ging es. Direkt beim ersten Hügel merkte ich, wer noch vor der Hälfte an Schwung verlieren würde. Ich lief weiter, einen Fuß vor den anderen, versuchte, meinen Atem ruhig zu halten und mich nur auf die Bäume in der Ferne zu konzentrieren, deren Laub sich bereits zu verfärben begann, von Dunkelgrün zu leuchtendem Rot und Orange.

Zuerst kriegte ich kaum was mit von dem, was sich hinter mir abspielte. Aber als es vom ersten Hügel abwärts ging, ließ sich die Feierlaune, die sich schon im Bus ausgebreitet hatte, nicht mehr ignorieren.

Ich behielt mein Tempo bei und wappnete mich für den nächsten Hügel. Erst als ich oben ankam, fiel mir auf, dass ich allein war. Die Stimmen hinter mir waren verstummt und ein Schauder überlief mich. Ich hatte die anderen komplett abgehängt. Ich hatte gewonnen, wurde mir klar, dabei war das Rennen noch nicht einmal halb vorbei.

Die nächsten drei Kilometer waren ein Traum. Ganz für mich allein lief ich dahin, nur mit dem weichen Gras und der untergehenden Sonne als Gesellschaft. Das war Edgewater von seiner schönsten Seite.

Irgendwann jedoch wurde mir klar, dass ich nun wirklich schon lange niemanden mehr von den anderen gesehen hatte. Nirgends blitzte etwas Neonfarbenes auf, nichts. Dann hörte ich plötzlich wieder Gejohle. Ich rannte weiter bergauf, bis ich runter ins Tal gucken konnte.

Und da, am Fuß des ersten Hügels, entdeckte ich den Rest des Teams, tanzend und lachend und in der Sonne glitzernd. Der Boden war übersät mit Trinkrucksäcken, von denen ich gedacht hatte, sie wären mit Wasser gefüllt. Dabei war es anscheinend Alkohol.

Niemand war weiter als bis über diesen ersten Hügel gelaufen. Alle möglichen Erklärungen schwirrten mir durch den Kopf, aber keine davon ergab Sinn. Warum sollte man so viel Zeit verschwenden? Noch dazu die Zeit des Coachs? Ich kapierte gar nichts mehr.

Als ich auf der zweiten Hälfte wieder bei den anderen ankam, beschloss ich, einfach weiterzulaufen und mir den ersten Platz zu sichern. Doch dann zupfte Lilly an meinem Ärmel.

»Langsam, Steckler«, mahnte sie. Sie roch wie Mom in den dunklen Jahren und ihr Gesicht war mit Farbe verschmiert. Sie sah so anders aus als das Mädchen, mit dem ich den Sommer verbracht hatte, das Mädchen, das mir das Herz gebrochen hatte. »Kannst du dich nicht ausnahmsweise mal ein bisschen locker machen?«

Jetzt trat auch Jade dazu und legte Lilly den Arm über die Schulter. »Wir hatten uns schon gefragt, wann du wohl zurückkommst«, sagte sie lachend.

Ich rang keuchend nach Atem. »Was …?«

»Na ja, *keiner* läuft Longshot«, erklärte Lilly. »Dachte, das hättest du mitgekriegt.«

Es war offensichtlich. Niemand außer mir war rot im Gesicht, verschwitzt oder keuchte vor Anstrengung. Stattdessen ließen sie sich volllaufen und reichten Joints herum. Ein paar Pärchen lehnten knutschend an Bäumen.

»Wie jetzt?«

»Ist halt lustig«, erwiderte Lilly. »Darum geht's, das ist alles.« Sie schenkte mir ein Lächeln und versuchte, nach meiner Hand zu greifen, aber ich ließ schlaff die Arme hängen. Etwas in mir begann zu brodeln. Wut auf sie alle, für ihren mangelnden Respekt gegenüber dem Laufen, dem Coach, der ganzen Arbeit, die dahintersteckt, wenn man gewinnen will.

Ich wandte mich wieder Richtung Ziellinie. Nicht dass ich vorgehabt hätte, die anderen zu verraten. Ich wollte nicht petzen, sondern einfach nur nach Hause, mich in meinem Bett verkriechen und die Welt ausblenden, mit ein bisschen Bach oder Yo-Yo Ma oder einem der Wissenschaftspodcasts, die Ellie so schnarchig findet.

»Hey, das geht nicht!«, blaffte jemand hinter mir. Ich drehte mich um und sah Calvin Parker, einen Zwölftklässler mit breiten Schultern, der schon sein Sportstipendium für die University of Michigan in der Tasche hatte. »Sie muss auf uns warten. Wenn der Coach merkt, was hier Sache ist, sind wir am Arsch.«

»Halt sie auf, Mann!«, rief jemand anders.

Ich hörte Schritte, doch sie schienen weit genug weg, ein Stück tiefer unten am Hügel. Erst als mich jemand beim Handgelenk packte, wurde mir ernsthaft mulmig. Und dann ging alles ganz schnell. Calvin versuchte, mich zum Stehenbleiben zu zwingen. Ich wehrte mich, wollte mich von ihm losreißen, schaffte es aber nicht. Calvin zerrte mich so ruckartig nach hinten, dass ich Hals über Kopf zurück den Hügel runterrollte und mich an etlichen Steinen und Wurzeln stieß.

Ich weiß nicht mehr viel von dem Sturz, nur dass er erst endete, als mich etwas Hartes, Kaltes in den Magen traf, wie ein Faustschlag. Als ich wieder zu mir kam, lag ich zusammengekrümmt neben einem Felsbrocken, einen sauren Geschmack im Rachen. Ich schlug die Augen auf oder versuchte es zumindest. Alles wirkte verschwommen, verzerrt. Ein widerlicher Geruch stieg mir in die Nase. Er rührte von der Pfütze Erbrochenem neben mir her, grün und dünnflüssig.

»Alles in Ordnung mit ihr?«, fragte jemand.

Ich öffnete den Mund, um zu antworten, um *Nein* zu schreien, aber ich kriegte keinen Ton heraus.

»Sie ist wach und sie atmet.« Lilly kniete neben mir. Sie strich mir die Haare aus der Stirn und musterte mich mit einer Mischung aus Sorge und Entsetzen. »Alles gut«, flüsterte sie mir zu. Dann winkte sie Jade auf meine andere Seite und die beiden stemmten mich gemeinsam hoch ins Sitzen.

Lilly stellte mir eine Reihe von Fragen, und ihre Stimme klang wie von weit her, als befänden wir uns unter Wasser.

Aber ich weiß noch, dass ich ihr vertraute. Was auch immer sie sagte, ich vertraute ihr.

»Warum muss sie auch alles kaputt machen?«, meckerte jemand außerhalb meines Blickfelds.

»Mann, du hättest sie umbringen können«, fuhr Lilly Calvin an.

Ich schüttelte den Kopf, aber das tat so weh, dass ich es schnell wieder sein ließ. Ich musste zusammengezuckt sein, denn Lilly nahm daraufhin meine Hand und begann von Neuem, tröstend auf mich einzureden. »Ich vermute mal, du hast eine Gehirnerschütterung.« Wieder musterte sich mich von oben bis unten. »Und jede Menge Prellungen, ziemlich heftige. Aber ansonsten scheint alles okay zu sein.«

»Was sagen wir denn jetzt dem Coach?«, wollte jemand wissen.

Calvin stellte sich noch breitbeiniger auf. »Dass sie gestolpert ist und wir uns um sie gekümmert haben. Was denn sonst?«

»Das ist ja wohl nicht dein Ernst«, protestierte Lilly. »Guck sie dir doch mal an!«

»Das Terrain ist halt unwegsam und noch dazu supersteil«, entgegnete Calvin. »Der Coach weiß das. Wozu so 'ne große Sache draus machen?«

»Du willst ja nur deinen eigenen Hintern retten!«, warf Lilly ihm vor.

»Überleg mal, Lilly. Du bist die Mannschaftskapitänin. Glaubst du, der Coach ist begeistert, wenn du so was passieren lässt?«

Lilly wandte sich wieder mir zu. »Scheiße. Tut mir echt leid, Stella.«

Die anderen begannen schweigend, ihre Sachen zusammenzupacken, verstauten Bluetooth-Boxen und Knicklichter in ihren leeren Rucksäcken, und bevor ich noch irgendwas sagen oder unternehmen konnte, rannten sie los und sprinteten den letzten Kilometer zurück bis zur Ziellinie.

Ich humpelte mühsam hinterher, den Blick starr auf Lilly gerichtet, die sich immer wieder zu mir umsah, um sich zu vergewissern, dass ich nicht auf der Strecke blieb. Ich fühlte mich viel zu mies, um mich dafür zu schämen, dass ich als Letzte ins Ziel kam, und hielt sogar den Mund, als der Coach mir einen so harten Klaps auf den Rücken gab, dass fast meine Knie unter mir nachgaben.

»Beim nächsten Mal läuft's sicher besser«, tröstete er mich und schien überhaupt nicht zu kapieren, was los war.

An dem Tag damals wurde mir klar, dass so was wie Mannschaftszusammenhalt nicht existiert. Man darf sich auf niemanden verlassen außer sich selbst. Eigentlich hatte ich gar nicht vor, das Geheimnis auszuplaudern, ehrlich nicht. Aber ein paar Tage später rief der Coach mich in sein Büro und wollte wissen, warum ich beim Training ständig stolperte. Wo ich denn mit meinen Gedanken sei. Und da brach ich zusammen, fing vor dem Coach an zu weinen.

»Okay, spuck's aus, Stella.« Er verschränkte die Arme. »Ist neulich bei Longshot irgendwas vorgefallen?«

Ich nickte, aber die Worte steckten mir im Hals fest.

»Hör zu, ich weiß, die Älteren können manchmal ein bisschen ruppig sein.« Seine Stimme wurde sanfter. »Aber du kannst mir alles sagen, Stella.« Ich guckte ihn an, und sein Blick war ausnahmsweise mal richtig liebevoll, als interessierte er sich tatsächlich für mich, für mich als Menschen, nicht als Startnummer auf zwei Beinen.

»Calvin hat mich geschubst«, stieß ich hervor. Ich überlegte, wie ich ihm erzählen sollte, dass die anderen die kostbare Trainingsgelegenheit mit Saufen und Feiern verplempert hatten. Aber irgendwas hielt mich davon ab. Der Coach musste auch nicht alles wissen.

»Calvin Parker?«, fragte er ungläubig.

Ich zog mein T-Shirt hoch, um ihm die dunkelviolette Prellung auf meinem Rücken zu zeigen.

Der Coach räusperte sich. »Okay«, sagte er, »dann werde ich wohl ein Wörtchen mit ihm reden müssen. Morgen nimmst du dir erst mal frei und dann sehen wir uns am Montag in alter Frische wieder, gut?«

Doch danach war nichts mehr wie früher. Den Rest des Schuljahrs redete beim Training niemand mehr mit mir. Nicht mal Lilly. Ich war die Außenseiterin. Die kleine Petze.

Mom und Dad flippten aus, als sie erfuhren, was passiert war, und es gab ein Gespräch mit den Parkers und Mrs Pérez, bei dem wohl ziemlich die Fetzen flogen. Dabei war im Grunde von vornherein klar, dass Calvin nicht mehr als einen Klaps auf die Finger bekommen würde. Schließlich ist sein Dad Detective Parker – *der* Detective Parker, der bis heute Polizeichef von Edgewater ist, obwohl er die Mordermittlungen damals dermaßen verbockt hat.

Calvin wurde ein paar Wochen vom Training suspendiert und musste einen Wettkampf sausen lassen. Als er wieder zurück auf die Bahn durfte, war sein PR in den Keller gerasselt, seine Kondition nahezu nicht mehr existent. Nach Michigan durfte er zwar trotzdem, hielt aber nur eine halbe Saison durch, bevor sie ihn aus dem Team warfen. Das habe ich zumindest gehört.

Erst letztes Jahr, als Detective Parker mich wegen Allison Tarley befragte, wurde mir klar, dass die Sache für ihn alles andere als erledigt war.

ELLIE

SANFTES LICHT SICKERT aus den Fenstern der Johnson Tavern, als ich am Mittwochabend am Ellacoya Resort eintreffe. Mila und ich müssen zusammen an einem Geschichtsprojekt arbeiten – vielleicht gar kein schlechter Eisbrecher nach dieser unseligen »Ich hab dir von meiner Abtreibung erzählt, obwohl ich dich kaum kenne«-Geschichte.

Heute Vormittag hat sie sich über mein Pult gelehnt und vorgeschlagen: »Wir wär's, wenn wir uns nach meiner Schicht oben am Resort treffen und uns einen ersten Plan zurechtlegen?«

Ich hatte keine große Lust, Tamara über den Weg zu laufen, aber Mila sah mich so hoffnungsvoll an, und schließlich war nichts von alldem ihre Schuld, also sagte ich Ja. Vielleicht wollte ich mich dafür bestrafen, dass Noah seine Freundin mit mir betrog, vielleicht war es aber auch purer Masochismus, der mich dazu veranlasst hat, mich auf Tamaras Territorium zu begeben. Oder ein Zeichen meiner Kapitulation. Keine Ahnung. So oder so stehe ich jetzt vor dem Restaurant.

Die Abendluft ist kühl und frisch und ich vergrabe die Hände tief in den flauschigen Taschen meiner Fleecejacke. Wie meistens unter der Woche ist es eher still im Resort. Zwar kommen im Herbst, der Hauptsaison, jede Menge Leute aus der Stadt hierher, um das bunte Laub zu bewundern, Kürbisse zu ernten und Apfelmost zu trinken, aber für gewöhnlich erst ab freitags. Selber schuld, so verpassen sie nämlich die ganze schöne Ruhe, das leise nächtliche Rascheln der Bäume und den niedrig stehenden Mond auf seiner Leinwand aus Sternen.

Ich lege den Kopf schief und lausche auf das gedämpfte Besteckklirren von drinnen, das Klappern von Tellern auf den aufgearbeiteten Farmhaustischen und das Knarzen der alten Holzdielen. Das große graue Gebäude wirkt stets warm und einladend mit seinen hohen Decken und den dicken Balken. Hochbeete mit Küchenkräutern verschönern die Veranda, wo die Gäste in Schaukelstühlen auf ihre Tische warten können.

Mit meiner eigenen Familie war ich im Laufe der Jahre bloß ein paarmal hier, an Moms Geburtstag oder zum Vatertag. Bethanys Eltern dagegen waren Stammgäste mit einer festen Reservierung jeden Freitag um sieben Uhr. Ein paarmal luden sie mich mit ein, und ich staunte jedes Mal über die Berge von Räucherfisch, die ihre Mom Sally als Vorspeise bestellte. Sie strich sich reichlich cremige Forellenmousse auf ein Stück Pumpernickel und krönte das Ganze mit einem Löffel Kaviar.

»Himmlisch«, seufzte sie dann mit vollem Mund und griff nach ihrem Weißweinglas. Was es bei uns zu Hause höchstens an Feiertagen gab, war für sie nicht viel mehr als ein Appetithappen.

Bethany verstand sich nicht besonders gut mit ihrer Mutter, aus den üblichen Gründen. Sie durfte kein Handy haben, bis wir auf der Highschool waren, und bekam Hausarrest, als wir ihr in der achten Klasse den Pony rosa färbten. Trotzdem mochte ich Sally und ihren Mann Doug, die beide in einer schicken Anwaltskanzlei in New Paltz arbeiteten, von Anfang an. Sie wirkten so normal. So unkompliziert. Kamen zu allen Laufwettkämpfen und klopften Bethany hinterher auf die Schulter, selbst wenn sie nicht gut abgeschnitten hatte, was häufig der Fall war. »Hauptsache, es macht dir Spaß, Schätzchen«, sagte Doug dann. Und er hatte recht. Denn Bethany lief tatsächlich nur zum Spaß. Nie hätte sie erwartet, gegen mich zu gewinnen, genauso wie ich nie erwartet hätte, dass sie plötzlich eine Million Kilometer weit wegziehen würde.

Sie eröffnete es mir am letzten Schultag vor den Osterferien. Plötzlich stand sie an meinem Spind, die grünen Augen rot geädert, als hätte sie noch vor Kurzem geweint.

»Mein Dad wird nach Ann Arbor versetzt«, krächzte sie. »Wir ziehen nächste Woche um.« Mehr bekam sie nicht heraus, bevor sie in Tränen ausbrach.

Danach erinnere ich mich an kaum etwas aus diesem Gespräch, nur an das Gefühl, als wäre mir sämtliche Luft aus den Lungen gepresst worden. Später saßen wir bei mir im Garten, die Füße im Pool, und aßen Eis am Stiel. »Bin gespannt, wie deine neuen Freunde so sind«, bemerkte ich, während mir ein klebriges rotes Rinnsal den Daumen runterlief.

»Was denn für neue Freunde?«, erwiderte sie und schob ihre Pilotensonnenbrille höher. »Ich werd dich viel zu sehr vermissen, um mich mit irgendwelchen anderen Leuten abzugeben.« Sie stieß mich mit der Schulter an.

»Ach Mensch«, schniefte ich. »Du kannst mich doch nicht einfach hier allein lassen.«

»Du kommst schon klar«, versicherte sie mir. »Wetten, dass du nächstes Jahr um diese Zeit Tamara Johnsons beste Freundin bist, was mit einem heißen Typen aus der Zwölften hast und deine Schwester bei allen Wettkämpfen schlägst?«

»Ich will aber viel lieber, dass du hierbleibst.«

Doch als wir uns eine Woche später in ihrer Einfahrt voneinander verabschiedeten, wirkte Bethany eher aufgeregt als traurig. Kurz zuvor hatte sich ein Mädchen aus ihrer neuen Schule bei ihr gemeldet, ihre sogenannte Willkommenspartnerin. Ich versuchte, mich für sie zu freuen, ehrlich. Auch als sie mir im Laufe des Sommers immer erst spätabends zurückschrieb, nachdem sie den Tag beim Wildwasser-Tubing oder Wandern mit ihren neuen Freunden verbracht hatte. Und zum Telefonieren hatte sie erst recht keine Zeit. Erst ein paar Tage, nachdem ich die zweite Pille von dem Arzt in Newburgh genommen hatte, gab ich sie ganz auf.

»Wird auch Zeit«, schnaubte ich, als sie mich endlich zurückrief.

»Ist ja gut.« Bethany klang genervt und kühl.

»Ich brauche dich gerade, Beth«, jammerte ich. »Ich dachte, du bist meine beste Freundin, dabei hast du nie Zeit für mich. Und ich … ich brauche dich einfach, okay?«

»Was kann denn schon so Weltbewegendes passiert sein?«, fragte Bethany. Doch bevor ich antworten konnte, fügte sie hinzu: »Warte mal kurz.« Ich hörte sie gedämpft lachen, als hätte sie die Hand über ihr Handymikro gelegt. »Dauert nur 'ne Minute«, versicherte sie irgendwem. Das war es, was mich am meisten fertigmachte.

»Nein, das hier dauert *nicht* nur 'ne Minute, Beth. Es ist, als hättest du mich schon komplett vergessen, seit du weggezogen bist.«

»Mein Gott, Ellie, du bist echt die totale Klette!« Bethanys Stimme klang scharf, und in dem Moment wusste ich, dass unsere Freundschaft nie wieder so sein würde wie früher, dass ich ihr auf keinen Fall von der Abtreibung erzählen konnte.

»Weißt du was, vergiss es einfach.« Wir legten auf und haben seither nichts mehr voneinander gehört. Tja, und nach ein paar Wochen Schule ohne beste Freundin, ohne eine Schulter zum Ausheulen, kann ich jedem versichern, dass das echt Mist ist.

Besonders jetzt gerade.

Ich lasse mich auf eine Bank vor dem Restaurant sinken und warte auf Mila, während ich versuche, das Bild von Bethany und ihrer Mom loszuwerden, die sich mit Räucherfisch vollstopfen.

»Was machst du denn hier?« Tamara ist im Eingang zur Küche aufgetaucht und wischt sich die Hände an einem Geschirrtuch ab. Ihre Braids sind hoch oben auf ihrem Kopf zu einem dicken Knoten gebunden und sie trägt ihre Kellnerinnenkluft, ein Chambray-Hemd zu High-Waist-Jeans.

»Ich warte auf Mila. Sie meinte, ich soll sie hier abholen. Wir haben ein gemeinsames Geschichtsprojekt zusammen. Tut mir leid, ich …« Mit glühenden Wangen raffe ich meine Sachen zusammen.

Tamara presst die Lippen aufeinander, aber sie fordert mich nicht zum Gehen auf. Stattdessen tritt sie einen Schritt auf mich zu. »Hör mal, ich wollte dir noch sagen, ich verstehe ja, dass es dir nicht so gut geht, seit Bethany weg ist, aber deswegen kannst du dich doch trotzdem nicht einfach besaufen und solche Szenen machen. Das beim Schulball war echt übel.«

Mein Gesicht wird immer heißer, und ich suche krampfhaft nach Worten, von denen ich nicht mal annähernd eine Ahnung habe, wie sie lauten könnten. *Dein Freund ist ein Arschloch und hat dich den ganzen Sommer über betrogen* scheint mir noch am passendsten. Oder wie wär's mit *Ich war mit Noah im Bett und jetzt fühle ich mich absolut beschissen*? Aber Lügen ist einfacher. »Du hast recht«, stimme ich zu. »Tut mir total leid. Schätze, ich komme wirklich noch nicht so gut klar ohne beste Freundin.«

Tamara verschränkt die Arme. »Muss hart sein.«

Ich weiß, dass sie es ehrlich meint, weil sie selbst noch nie in so einer Situation war. Sie und Julia waren schon immer unzertrennlich, und als die beiden dann auch noch Raven unter ihre Fittiche nahmen, war das Kleeblatt perfekt.

»Dann hoffe ich, dass das eine Ausnahme war«, mahnt Tamara. »So was können wir in der Mannschaft nämlich echt nicht gebrauchen.«

»Ganz sicher«, verspreche ich leise.

»Aber super, dass du dich so gut mit Mila verstehst. Sie ist echt nett, wir nehmen uns immer zusammen Pause. Vielleicht sollten wir mal zu dritt laufen gehen.«

Tamara ständig anlügen zu müssen, schlägt mir langsam ernsthaft auf den Magen. Keine Ahnung, wie Noah das aushält. Oder na ja, doch.

Schließlich konnte ich mich im Sommer selbst davon überzeugen, durfte jeden verdammten Tag aufs Neue miterleben, was für ein hervorragender Lügner er ist, besonders an einem ganz speziellen Mittwoch im Juli. Am See ging es auf Feierabend zu, und wir waren gerade mitten in einer wilden Knutschsession in der Rettungsschwimmerhütte. Noah hatte mich gegen das Regal mit den Schwimmkissen gedrückt und seine Hände waren überall – in meinen Haaren, an meinen Oberschenkeln, am Bund meiner Bikinihose. Und plötzlich hörten wir sie.

»Noah?«, rief Tamara, direkt vor dem Schuppen.

»Scheiße«, raunte Noah an meinem Hals. Er wich zurück und ich sah die Angst in seinem Blick. »Los, zieh dich an«, zischte er.

Mir war plötzlich eiskalt, aber ich tat wie geheißen. Hastig schlüpfte ich in meine Jeansshorts und strich mir die Haare glatt. Noah ging als Erster nach draußen und begrüßte Tamara überschwänglich. Kurz darauf folgte ich ihm.

»Hi, Tamara!« Ich strahlte sie an. »Du warst ja schon ewig nicht mehr hier.«

Tamaras Augen wurden schmal und ihr Blick wanderte fragend von mir zu Noah und wieder zurück. »Ja, wir haben im

Resort gerade ’ne Menge zu tun. Fast jedes Wochenende eine Hochzeit.«

Noah nickte und dann standen wir alle schweigend da und traten unbehaglich von einem Fuß auf den anderen.

»Wobei hab ich euch denn gerade gestört?« Sie stemmte die Hände in die Hüften.

Noah zuckte mit den Schultern. »Bei gar nichts, wir waren nur dabei, hier dichtzumachen. Wir mussten noch paar von den Bojen neu vertäuen, das hat ewig gedauert. Stimmt’s, Ellie?«

Mein Inneres schien nur noch aus Wackelpudding zu bestehen, und ich hätte mich am liebsten in Luft aufgelöst – oder Tamara die Wahrheit gesagt. Aber ich log, genau wie Noah. »Jepp.«

Tamara zog eine Grimasse. »Ach, wie nervig, ihr Armen. Aber wenn ihr jetzt fertig seid, könnten wir ja Eis essen gehen, Noah. Kommst du auch mit, Ellie?«

»Nee, ich muss langsam nach Hause«, lehnte ich ab und mied dabei Noahs Blick, um nicht die Erleichterung darin zu sehen. Tamara drängte mich nicht weiter und die beiden setzten sich in Bewegung. Mit zitternden Händen schloss ich die Hütte ab und grübelte darüber nach, warum Noah das Lügen so leichtfiel. Er hatte sofort eine Ausrede auf Lager gehabt, als wäre so was völlig alltäglich für ihn. Und ich war darauf eingestiegen, wurde mir dann klar. Bedeutete das, ich war genauso schlimm?

Jetzt, vor der Johnson Tavern, guckt Tamara mich mit demselben fragenden Gesichtsausdruck an wie damals, und wieder will ich ihr am liebsten alles beichten. In dem Moment geht die große Tür auf und Mila kommt in ihrer Empfangsdamenuniform, bestehend aus einem Leinenblazer und der gleichen Jeans wie Tamaras, nach draußen. Ihre Wangen sind gerötet von der Wärme im Gastraum. »Die Chefköchin hat mir ein paar Reste mitgegeben«, verkündet sie und hält eine kleine Papiertüte mit dem Logo des Restaurants hoch.

»Hoffentlich von der Hühnerleber mit Äpfeln«, sagt Tamara. »Oder der Burrata mit roter Bete. Das hat alles gerade Saison. So was von lecker.«

Mila lacht. »Nein, Forellenmousse. Mit Pumpernickel.«

Tamara schließt genießerisch die Augen. »Ah, der Klassiker. Das hat Bethanys Mom früher immer bestellt, stimmt's, Ellie?«

»Mhm«, bestätige ich. »Davon konnte sie nie genug kriegen.«

»Wir teilen schwesterlich«, verspricht Mila. Ich zwinge mich zu einem Lächeln, obwohl mir kotzübel ist. Wie kann es sein, dass das hier mein Leben ist? Nicht nur, dass ich meiner schärfsten Konkurrentin mein größtes Geheimnis anvertraut habe, nein, obendrein versteht die sich auch noch blendend mit der Freundin meines heimlichen Exfreunds. Wie konnte es nur so weit kommen?

STELLA

ELLIE SITZT SCHON am Küchentisch und scrollt durch ihr Handy, als ich am Freitagmorgen die Treppe runtergehastet komme. Sie trägt eins von ihren »Na, seh ich nicht süß aus?«-Outfits, einen kurzen Pulli über einem Jeansminirock, obwohl es eigentlich längst zu kalt für nackte Beine ist.

»Du bist ja schon auf«, stelle ich überrascht fest.

Ohne von ihrem Handy aufzusehen, nippt Ellie an der Tasse, die vor ihr steht. »Kaffee ist noch heiß«, unterrichtet sie mich.

»Du weißt genau, dass ich vor Wettkämpfen keinen Kaffee trinke.«

»Ist doch nur Longshot«, erwidert sie, als würde das irgendwas ändern. »Also kein richtiger Wettkampf.«

Dabei haben wir das letztes Jahr schon besprochen. Ellie kapiert einfach nicht, warum ich mit diesem Idiotenritual – einen Kilometer laufen, Party machen, mit Alkoholfahne einen Kilometer zurücklaufen und sich vor dem Coach nichts anmerken lassen – nichts zu tun haben will. Zumindest hat mich beim letzten Mal niemand den Berg runtergeschubst. Ein Vorteil, wenn man die Beste ist. Wenn die Leute Angst vor einem haben.

Ich mustere Ellie, die immer noch mit ihrem Handy beschäftigt ist. Ihre Stirn ist sorgenvoll gerunzelt und sie trägt mehr Make-up als sonst. Irgendwas stimmt da nicht, aber nachfragen würde nichts bringen. Sie verrät mir sowieso nie was.

»Du siehst aus wie ein Clown«, merke ich an. Endlich guckt sie hoch und verzieht die rosa geschminkten Lippen, als hätte sie in eine Zitrone gebissen.

»Du bist gemein.«

»Ach, ist ja ganz was Neues.«

»Weißt du was? Manchmal hätte ich echt gern eine Schwester, die nett zu mir ist.« Sie klingt wütend.

»Tja, aber leider hast du nur mich.«

Ellie schnaubt. »Genau, schöne Scheiße.«

»Na komm, lass uns fahren.«

An der Schule quetsche ich den Wagen in die letzte verfügbare Parklücke, leider direkt neben Julias roségoldenen SUV.

»Diese Karre ist so was von kitschig.« Ellie tut so, als müsste sie sich übergeben, und lacht dann. Ich entspanne mich ein wenig, erleichtert darüber, wie schnell ein Streit zwischen uns vom Tisch ist und wir von Genervtheit zu Vertrautheit wechseln können.

»Aber echt.«

Julia stößt ihre Fahrertür auf und zieht eine angewiderte Grimasse, als sie uns entdeckt. »Na, wenn das nicht die Schizo-Schwestern sind«, begrüßt sie uns. »Witzig, oder? Ist mir gerade so eingefallen.«

»Zum Totlachen«, erwidere ich. »Ich krieg mich gar nicht mehr ein.«

Julia wirkt so zufrieden, dass mich akutes Unbehagen beschleicht. »Na, freut ihr euch auf Longshot?«

»Total.« Ich dränge mich an ihr vorbei.

»Wir wissen ja alle, dass du die Einzige bist, die die Strecke wirklich läuft.« Sie schüttelt ihr sorgfältig geföhntes Haar nach hinten. »Aber schätze mal, du kannst das Training gut gebrauchen, wenn die Georgetown ausnahmsweise mal dir Beachtung schenken soll statt Mila.«

»Was hast du gesagt?« Ich fahre zu Julia herum.

»Ach, wusstest du das etwa noch gar nicht?« Julia tut überrascht. »Ups.« Aber es ist eindeutig, dass sie nichts bereut. Stattdessen grinst sie breit und schmiert sich eine großzügige Schicht Lipgloss auf die Lippen. »Tamara hat erzählt, Mila ist heute zum Mittagessen mit dem Scout von der Georgetown verabredet. Dachte, du wüsstest Bescheid, weil ihr doch jetzt so dicke Freundinnen seid.« Julia macht sich auf Richtung Schuleingang. »Aber vielleicht hab ich mich da auch getäuscht.«

Ich schüttele den Kopf. Wie kann das sein? Mila weiß doch genau, was mir die Georgetown bedeutet. Ich versuche, die aufsteigende Wut zu unterdrücken.

»Alles okay?« Ellie greift nach meinem Arm, aber ich ziehe ihn weg.

»Jaja«, antworte ich. Als hätte mich diese Info nicht komplett kalt erwischt. Als ginge es mir gut. Als wäre ich aus Holz, nicht aus Fleisch und Blut. »Geh ruhig schon mal vor.«

Ellie nickt und läuft los, wenn auch nicht, ohne sich noch mal zu mir umzudrehen, bevor sie im Gebäude verschwindet. Ich stecke die Hände in die Jackentaschen, um zu verbergen, wie sehr sie zittern. Dann schnappe ich mir mein Handy und fange an zu schreiben. Die Worte strömen mir ungebremst aus den Fingern und übertragen meinen Zorn auf das Display. Ohne zu zögern, feuere ich eine Nachricht nach der anderen ab.

Georgetown? Ist das dein Ernst?

Ich fass es nicht, dass du mir so in den Rücken fällst, Mila.

Ich hab dir vertraut. Und du hast mich verraten.

Ich dachte, du wärst nicht so wie die anderen. Aber du bist ganz genauso.

Du wirst dir noch wünschen, du wärst nicht so egoistisch gewesen.

Auf der Fahrt nach Longshot können sich alle kaum auf den Sitzen halten vor Vorfreude. Laut der Tradition – an die ich mich nicht halte – besorgen die Mannschaftskapitäne den Alkohol, aber mich hat nicht mal jemand darauf angesprochen. Ich nehme an, Tamara und Noah haben sich um alles gekümmert. Soll mir recht sein.

»Da sind wir.« Wir halten am Fuß des ersten Hügels und der Coach dreht sich zu uns um. »Na los, worauf wartet ihr? Raus mit euch!« Die anderen springen jubelnd aus dem Bus und wir gehen an der imaginären Startlinie zwischen zwei Eichenstümpfen in Position.

Ich schirme meine Augen vor der Herbstsonne ab und lasse den Blick über das Terrain schweifen. Es ist so wild wie eh und je, steil und voller Gestrüpp und knorriger Wurzeln, die sich wie ein Geflecht aus Stolperfallen bergauf ziehen. Der erste Hügel ist der schwerste, der höchste. Gut, um den Partylärm zu dämpfen.

Der Coach lässt seine gewohnten Instruktionen vom Stapel, und ich versuche, die jüngeren Mädchen zu ignorieren, die sich rosarote Striche auf die Wangen gemalt haben. Wie klaffende Wunden. Mila hat nicht auf meine Nachrichten geantwortet, aber ich kann sie lachen hören.

»Alle auf die Plätze!«, ruft Tamara, der Coach bläst in seine Trillerpfeife, und los geht's.

Der erste Kilometer ist das reinste Chaos. Alles um mich grölt und johlt, die Jungs preschen vorneweg den Hügel hoch, ihr gewohnter Ehrgeiz wurde heute mal dem Spaß geopfert, und die Mädchen folgen ihnen jubelnd.

»Seid schnell!«, ruft Noah.

»Schnell!«, antwortet die Mannschaft.

»Seid stark!«, schreit er.

»Stark!«

»Seid furchtlos!« Noah stößt die Faust in die Luft und stürmt nach vorn, als wollte er sich in den Kampf stürzen.

»Furchtlos!«

Ich laufe ganz am Rand und versuche, die anderen auszublenden, mein eigenes Tempo zu halten. Ich muss einfach durchhalten, dann bin ich sie bald los. Wir erreichen die Kuppe, danach geht es abwärts. Wie in der Achterbahn, befeuert von Schwung und Adrenalin, rasen wir runter ins Tal. Dieser Rausch ist mit nichts zu vergleichen. Der Wind schiebt mich an und meine Füße scheinen förmlich zu fliegen. Ein Lächeln breitet sich auf meinem Gesicht aus. Jetzt weiß ich wieder, warum ich das Laufen so liebe, warum es das alles wert ist. Die anderen machen Halt, packen den mitgeschmuggelten Alkohol aus und schalten ihre Bluetooth-Boxen ein. Aber ich werde nicht mal langsamer. Ich renne weiter.

Nach einer Weile jedoch höre ich knapp hinter mir noch ein weiteres Paar Füße auf dem harten, lauffeindlichen Boden. Ich wende leicht den Kopf und entdecke Mila, das dunkle Haar zu einem hohen Pferdeschwanz zusammengenommen, einen leichten Schweißfilm auf der Stirn und Glitzer auf den Augenlidern.

Ich richte den Blick wieder nach vorn, doch Mila hält mit mir Schritt. So laufen wir ungefähr einen Kilometer, und ich rechne damit, dass sie jeden Moment umkehrt und sich zurück zu den anderen gesellt.

Aber das tut sie nicht. Ich spüre ihre Präsenz, ihre schwingenden Arme, die Luft, die ihre Lungen füllt und wieder entweicht.

Ich warte darauf, dass meine Wut zurückkommt, dass ich ausraste und sie anblaffe, sie soll gefälligst abhauen. Doch alles, was ich spüre, ist der Drang, schneller zu laufen, noch schneller, und sie dazu herauszufordern, mich ein zweites Mal zu schlagen. *Versuch's doch. Ich bin bereit.*

Als wir den zweiten Hügel bezwungen haben, wird sie langsamer und bleibt schließlich stehen. Sie verschränkt die Hände hinter dem Kopf und ringt nach Atem. »Warte mal 'ne Sekunde«, japst sie.

Ich will nicht aufhören, will mich weiter mit ihr messen, will laufen, laufen, laufen, bis wir schneller sind als jemals irgendwer sonst. Aber wenn ich jetzt weitermache, ist niemand mehr übrig, gegen den ich gewinnen kann. Also bleibe ich stehen.

»Was?«

»Äh, wollen wir nicht vielleicht mal über die Nachrichten reden, die du mir geschickt hast? Wegen der Georgetown?«

»Was gibt's da zu bereden?«, erwidere ich. »Du bist eine genauso falsche Schlange wie alle anderen hier. Erst tust du so, als wärst du meine Freundin, und dann klaust du mir *meinen* Traum. Ich hätte dir nie trauen dürfen.«

»Es geht dabei überhaupt nicht um dich, Stella«, hält Mila dagegen. »Ich will hier genauso weg wie du, das weißt du doch. Ich bin nicht mal besonders scharf auf die Georgetown. Aber ich muss einfach jede Möglichkeit nutzen.«

Ich schüttele so heftig den Kopf, dass mein Flechtzopf mir auf die Schulterblätter schlägt. »Das sollte *mein* Studienplatz werden. Meine Zukunft.«

»*Das* ist egoistisch, findest du nicht?«

»Na und? So bin ich eben. Was willst du jetzt eigentlich von mir? Warum gehst du nicht zurück und besäufst dich mit den anderen?«

Mila starrt mich einen Moment schweigend an, als wäre die Antwort doch wohl offensichtlich.

»Weil du die Einzige in dieser Stadt bist, die nicht nur Scheiße labert.«

Irgendetwas blubbert in mir hoch, und ich frage mich, wie es wäre, wenn wir nicht um dieselbe Sache kämpfen müssten. Wenn wir wirklich Freundinnen sein könnten, keine Konkurrentinnen.

Aber das ist alles nur Theorie, denn wir *müssen* nun mal um dieselbe Sache kämpfen. Nur eine von uns kann gewinnen, und wenn ich jetzt zulasse, dass Mila mich knackt, kann ich nicht dafür garantieren, was dann aus mir hervorquillt, was dann aus mir wird. Vielleicht eine Verliererin.

»Das ist alles bloß ein Spiel für dich, oder?«, frage ich.

»Wie meinst du das?«

»Ich weiß, was du vorhast. Du versuchst, mich zu verunsichern. Wahrscheinlich willst du bloß mal gucken, wie weit du die irre Stella biegen kannst, bevor sie bricht. Stimmt's?«

Mila lacht. »Das ist doch albern.« Sie verschränkt die Arme. »Hör mal, ich tue einfach nur, was nötig ist, um hier zu überleben. Genau wie du. Aber ich bin nicht nachtragend. Diese Nachrichten, die du mir geschickt hast, das ist alles vergeben und vergessen, okay? Na los, lass uns zurückgehen und mit den anderen feiern.«

Ich wende mich ab und starre hoch in die Bäume.

»Hast du es nicht langsam mal satt, die ganze Zeit so einsam zu sein?«, will Mila wissen.

Ich wünschte, es wäre so leicht, wünschte, ich könnte einfach Ja sagen, mein Misstrauen hinter mir lassen und mich Mila öffnen. Aber … so ist es nun mal nicht.

»Besser einsam, als sich die ganze Zeit fragen zu müssen, ob man nur verarscht wird.«

Die Worte zerschneiden die Luft wie Rasierklingen, und Mila weicht zurück, als hätte ich versucht, ihr eine Ohrfeige zu verpassen.

Ein feuchter Glanz tritt in ihre Augen, und für einen Sekundenbruchteil denke ich, dass sie es vielleicht doch ernst mit mir meint. Aber bevor ich mehr rausfinden kann, macht sie einen weiteren Schritt nach hinten, dreht sich um und läuft den Hügel runter, zurück zum Rest der Mannschaft, zur Party. Ich sehe sie hinter einem Strauch mit trockenen orangebraunen Blättern verschwinden, über Wurzeln und umgefallene Baumstämme springen.

Anstatt ihr nachzugehen, wirbele ich herum und laufe in die andere Richtung.

STELLA

MONTAGMORGEN WACHE ICH mit einem extrem schlechten Gewissen wegen Mila auf. Dabei hatte der Coach mir doch extra eingeschärft, diese Saison keinen Stress zu machen. Einfach mal nett zu sein. Und was tue ich? Genau das Gegenteil. Ich drehe mich im Bett um und rufe mir noch mal das letzte Longshot-Stück vor Augen. Mila hat mich tatsächlich noch schneller werden lassen. Wie schon vorher am Foxfire Point. Sie läuft genau wie ich. Als würde sie in Flammen stehen. Vielleicht können wir uns ja doch gegenseitig unterstützen. Vielleicht ist heute ja der Tag, an dem ich lerne, mich zu entschuldigen.

Bis jetzt musste ich das in meinem Leben eigentlich nur bei Ellie tun, zum Beispiel damals, als ich aus Versehen auf ihr Handy getreten bin, woraufhin das Display in tausend Teile zersplittert ist. Oder in der Achten, als ich angemerkt habe, Bethany wäre viel mehr daran gelegen, den perfekten Push-up-BH zu finden, als daran, eine gute Freundin zu sein. Zumindest brauche ich mich bei Ellie nie zu sorgen, dass sie mir nicht verzeiht. Weil sie es nun mal muss. Blut ist dicker als Wasser.

Aber als ich es gerade noch pünktlich zum Klingeln in den Matheraum schaffe, ist Milas Platz leer. Ich gucke suchend aus dem Fenster, in der Erwartung, sie vielleicht über den Parkplatz laufen zu sehen, doch da ist nur der Regen, der auf den Asphalt prasselt.

Mrs Crayton schließt die Tür. »Dann wollen wir mal«, sagt sie mit einem Lächeln auf dem runzligen Gesicht.

Ich hole mein Handy raus und checke es auf neue Nachrichten. Nichts.

»Wahrscheinlich ist sie krank«, flüstert jemand hinter mir. Ich drehe mich um. Raven beugt sich über ihren Tisch. Ihr rotblondes Haar ist nachlässig zu einem hohen Dutt zusammengenommen.

»Wer?«, erwidere ich so desinteressiert wie möglich. Ich werde der Raufasertapete in Menschengestalt ganz bestimmt keinen Grund geben, direkt zu Tamara und Julia zu rennen und ihnen brühwarm zu berichten, dass ich mich mal wieder wie der letzte Freak benommen habe.

»Na, Mila.« Raven guckt runter auf ihren Spiralblock. »Meine Mom meinte, im Moment geht Pfeiffersches Drüsenfieber um. Sie hat heute schon drei Atteste bekommen.«

Ich wende mich zurück nach vorne und bemühe mich, für den Rest der Unterrichtsstunde Milas leeren Platz zu ignorieren – und mein Unwohlsein gleich mit. Der Regen trommelt gegen das Fenster, und ich werde das ungute Gefühl einfach nicht los, dass irgendwas nicht stimmt.

Beim Training lässt der Coach den Blick suchend durch den Kraftraum schweifen. »Wo ist denn Keene?«, blafft er.

»Hat sie sich nicht krankgemeldet?«, erkundigt Tamara sich besorgt.

»Nein«, grummelt der Coach und guckt aus dem Fenster. Es regnet noch immer, dicke Tropfen klatschen auf den Boden. »Achthundert-Meter-Lauf«, schreit er dann. »Los geht's, raus mit euch.«

Alle stöhnen auf, gehorchen aber. Innerhalb einer Minute sind wir komplett durchnässt und voller Matsch. Schon bald geht mein Atem schwerer, und meine Muskeln tun, was sie sollen. Ich gucke immer wieder zum Parkplatz, in der Erwartung, dass Mila endlich auftaucht und eine Begründung für ihr Zuspätkommen liefert. Irgendeine muss sie schließlich haben. Aber nicht mal der Coach schien ja Bescheid zu wissen.

Was, wenn …

Ich weigere mich, den Satz zu Ende zu denken. In Edgewater gab es seit Jahren keinen Vermisstenfall mehr. Niemand wurde tot aufgefunden. Damals war Monty Fitzwater der Schuldige, das weiß jeder. Und der ist tot. Monty ist tot. Aber sein Bruder Kendall … der lebt noch.

Nein. Das kann nicht sein. Edgewater wird nie wieder zu Deadwater werden. Keine Chance. Und außerdem werden ja wohl andauernd Leute krank und vergessen, in der Schule Bescheid zu sagen, oder?

Nach dem Training checke ich zum millionsten Mal mein Handy, aber immer noch nichts. Auf dem Weg zum Auto tippe ich im Schutz meiner Jacke eine Nachricht.

Hey, ich weiß, ist alles ein bisschen komisch gelaufen zwischen uns, aber geht's dir gut? Können wir mal reden?

Ich tippe auf Senden und warte darauf, dass meine Nachricht als empfangen angezeigt wird. Doch das passiert nicht. Anscheinend ist Milas Handy ausgeschaltet. Komisch. Hat wahrscheinlich nichts zu bedeuten, aber trotzdem … komisch.

Als ich nach Hause komme, will ich am liebsten direkt in meinem Zimmer verschwinden, aber Mom fängt mich an der Tür ab.

»Lachs mit Brokkoli und braunem Reis?«, fragt sie. »Das willst du doch bestimmt wieder zum Abendessen, oder? Sportlerinnennahrung?«

»Jepp«, sage ich.

»Nicht ausnahmsweise mal was anderes? Pizza oder so?«

»Nö«, versuche ich, das Gespräch zu beenden.

»Manchmal hab ich das Gefühl, ich werde dich nie verstehen«, seufzt Mom und kramt eine Tüte orangeroter Fischfilets aus dem Gefrierschrank. »Aber ich liebe dich trotzdem.«

Ich wünschte, ich könnte mit ihr einfach über alles reden: Dass ich mich Mila gegenüber total danebenbenommen habe, obwohl sie das absolut nicht verdient hatte, und mich jetzt dafür schäme. Ich könnte ihr erzählen, dass ich mir Sorgen um sie mache.

Aber so was gibt unser Verhältnis einfach nicht her. Sie versteht mich nicht und ich *will* auch gar nicht verstanden werden. Wie sollte ich ihr denn je erklären, dass ich meinen Drang zu gewinnen und immer die Beste zu sein, von ihr habe? Sie will, dass Steckler Immobilien ein Synonym ist für »Kommt alle her, ihr Yuppies, kauft hier euren Zweitwohnsitz und kurbelt unsere Wirtschaft an!« Was ja wohl auch eine Form von Gewinnen ist.

Nach den dunklen Jahren wirkten Dad und sie so fragil, als könnte der kleinste Fehltritt Mom sofort zurück in den Alkoholismus treiben. Und als sie dann tatsächlich ihren Rückfall hatte, grübelte ich wochenlang darüber nach, ob es vielleicht irgendwie an mir gelegen hatte. Wenn ich doch bloß das Frühlingsturnier gewonnen, ihnen das Leben ein bisschen leichter gemacht hätte. Wenn ich sie nicht immer mit meinen unwichtigen Dramen genervt hätte, wie zum Beispiel, als ich Bader gegen die Spielplatzmauer geschubst habe, weil er mich als dämliche Schlampe beschimpft hatte. Oder als alle im Leichtathletikteam die Augen verdreht haben, weil ich versucht hatte, ein paar Dehnübungen anzusagen. Ich wusste schließlich, dass meine Eltern sich immer gleich Sorgen machten, wenn ich ihnen so was erzählte. Und wenn meine

Mom sich sorgte, griff sie zur Flasche. Davon war ich zumindest überzeugt, weil Mom nämlich nur wenige Tage nach der Sache mit Bader auf dieser Hochzeit gewesen war. Seitdem versuche ich einfach nur, alles an mir abprallen zu lassen und allein klarzukommen.

»Und, hat sich schon irgendein Scout gemeldet?«, fragt Mom wie beiläufig.

Ich schüttele den Kopf. »Bisher nicht. Ist ja auch erst Mitte Oktober.«

»Ich weiß, ich dachte mir nur, die haben es doch sicher eilig, damit dich ihnen nicht irgendwer wegschnappt.«

Als ob, würde ich am liebsten schreien. Der Scout von der Georgetown interessiert sich einen Dreck für mich. Der hat nur Augen für Mila. Darum bleibt mir nur noch eine Chance: Ich muss meinen PR um eine volle Minute verbessern. Dann *kann* er gar nicht anders, als mich wieder in Betracht zu ziehen, das hat zumindest der Coach gesagt. Mir fehlen auch bloß noch zehn Sekunden. Allerdings habe ich dafür nur noch Zeit bis zur Regionalmeisterschaft und die ist schon in ein paar Wochen.

»Geh dich ruhig noch kurz frisch machen«, schlägt Mom vor, als ich nicht antworte. »Ich rufe euch dann, wenn das Essen fertig ist.«

Ich schließe meine Zimmertür hinter mir und lasse mich auf meine ausgeblichene, gelb karierte Bettdecke fallen, obwohl ich normalerweise eine strikte »Keine Straßenklamotten auf dem Bett«-Politik fahre. Ich streife meine Sneakers ab, nehme mein Handy und öffne Milas Instagram-Profil. Sie hat in den letzten vierundzwanzig Stunden keine Story gepostet, nichts darüber, dass sie krank ist und Realityshows bingewatcht oder spontan ihren Dad in Connecticut besucht. Die Funkstille ist verstörend, dieses große schwarze, milalose Nichts, das jetzt schon jede Menge Raum einnimmt. Und aus irgendeinem Grund habe ich das Gefühl, dass es nur noch wachsen wird.

Ihr letzter Post ist von dem Wettkampf, bei dem sie gewonnen hat. Gegen *mich* gewonnen hat. Ich betrachte das Foto genauer und zoome Milas lächelndes Gesicht heran. Ihr nass geschwitztes, welliges Haar ist aus der Stirn gestrichen und ihre großen Augen leuchten. Stolz hält sie ihre goldene Siegermedaille hoch, die an einem blauen Band um ihren Hals hängt. **Erster Wettkampf geschafft. Noch eine Million vor mir. #Edgewatercross #neuesteamaltesich**, lautet die Caption.

Ich scrolle nach unten und öffne die Kommentare. Der erste ist von Ellie. **Frechheit, dass du schneller warst als ich, aber hab dich trotzdem lieb!** Ich schnaube. Als hätte Ellie bei dem Wettkampf auch nur die geringste Chance gehabt. Aus irgendeinem Grund, den sie mir immer noch nicht verraten will, ist sie fast als Letzte ins Ziel gestolpert.

Tamara hat mit einer Reihe von Laufmädchen-Emojis reagiert und Julia mit einem Hashtag: **#sauschnellebitch**. Auch Raven hat ihren Senf dazugegeben: **Queen!!**

Die restlichen Kommentare stammen von Accounts, die ich nicht zuordnen kann und die keine offensichtliche Verbindung zu Edgewater haben. Dann jedoch bleibe ich an einem Namen hängen: @NaomiRuns. Naomi, so hieß doch Milas beste Freundin, von der sie mir nach dem Herbstempfang im Auto erzählt hat. **Typisch meine Mila!**, hat Naomi geschrieben.

Aus purer Neugier öffne ich ihr Profil und tippe auf das neuste Foto, das auf vorige Woche datiert ist. Es zeigt eine Asiatin mit kurzem A-Linien-Bob und ausdrucksvollen braunen Augen, die sie mit leuchtend blauem Eyeliner umrandet hat. Sie steht mit drei etwa gleichaltrigen Typen vor einer strahlend weiß gestrichenen Backsteinwand und trägt einen coolen rosa Jumpsuit und goldene Plateau-Sandalen. An ihren

Ohren baumeln dazu passende goldene Creolen, und sie lacht, als hätte die Person mit der Kamera gerade einen Witz gerissen. Sie wirkt so fröhlich und in sich ruhend, als könnte eine einzige Umarmung von ihr alles Schlechte dieser Welt einfach verpuffen lassen. **Geht doch nichts über einen Besuch von meinen Cousins** hat sie das Bild untertitelt.

Ich scrolle weiter, teils auf der Suche nach Hinweisen zu Milas Verbleib und teils, weil ich einfach mehr über Naomi in Erfahrung bringen will. Ein paar Laufbilder, ein altes Kinderfoto vom Mondneujahr mit Naomi im gelb-weißen Hanbok und einen Schnappschuss von der Pride-Parade in Stamford, auf dem sie einen Regenbogenoverall trägt und der Kamera die Zunge rausstreckt. Weiter unten finde ich Fotos, auf denen alle dieselben lila-weißen Spandexklamotten tragen. Die Hadbury-Farben. Milas alte Mannschaft.

Bei einem Foto von Mila und Naomi, die in ihren Trikots auf einer Tribüne sitzen, halte ich inne. Sie stecken so dicht die Köpfe zusammen, dass ihre Nasen und Knie einander fast berühren. Und sie gucken nicht in die Kamera, sondern können sich offensichtlich kaum das Lachen verkneifen, als würde sowieso niemand ihre Witze kapieren. Der Post ist erst ein paar Monate alt, von diesem Mai – also knapp vor Ende des Schuljahrs.

Kann gar nicht in Worte fassen, wie sehr ich dich vermissen werde lautet die Caption. Ich setze mich auf.

Bleib bei uns, Mila! hat jemand kommentiert.

BFF-Goals.

😭

Ich scrolle weiter bis zum letzten Kommentar, der anscheinend erst ein paar Stunden alt ist und von einem User mit irgendeinem Kauderwelschnamen stammt, eine ewig lange

Aneinanderreihung von Zahlen und Buchstaben. **Komm nach Hause, Mila. Komm zurück zu mir.**

Mit klopfendem Herzen tippe ich darauf. Irgendwas ist seltsam an diesem Kommentar, irgendwas stimmt nicht damit. Das zugehörige Profil ist leer, keine Posts, keine Follower, keine Verlinkungen zu anderen Fotos. Ein Klarname steht auch nicht dabei. Ich aktualisiere die Seite, aber sie bleibt, wie sie ist, also gehe ich zurück auf Naomis Profil.

Wahrscheinlich ist der Kommentar von ihrem Dad. Mila hat mir ja erzählt, dass er es manchmal ziemlich übertreibt. Dass er sie unbedingt besuchen wollte. Wieder öffne ich das Foto.

Doch als der Post erneut lädt, ist der Kommentar plötzlich verschwunden.

Auch am Dienstag taucht Mila nicht auf und in der Mittagspause redet die Mannschaft von nichts anderem.

»Sie hat Pfeiffersches Drüsenfieber, ich sag's euch.« Raven lehnt sich zurück und verschränkt die Arme. »In der Elften gibt's schon drei Fälle.« Raven mag schüchtern sein, aber sie hat auch gern recht.

Tamara beißt sich auf die Unterlippe und zieht besorgt die Stirn kraus. »Da wäre ich mir nicht so sicher. Ein Mitarbeiter vom Ellacoya-Wachdienst hat mir erzählt, dass jemand gestern die Notrufzentrale angerufen und einen Vorfall irgendwo im Wald gemeldet hat. Möglicherweise was mit einer Läuferin.« Sie beugt sich verschwörerisch vor. »Am Oak Tower, meinte er.«

Julia keucht auf. »Oh nein, Tam! Wie schrecklich!«

Tamara nickt grimmig.

Noah lässt sich auf den Platz neben ihr fallen und legt ihr den Arm um die Schulter.

»Worum geht's, Babe?«

»Mila. Kann sein, dass sie vermisst wird.«

»Was?«, erwidert Noah. »Die ist doch bestimmt bloß krank.«

»Glaub ich nicht, scheint ja auch nicht entschuldigt zu sein«, schaltet Julia sich ein. »Und wenn Tamara sagt, es hat einen Notruf gegeben, dann stimmt das hundertpro.«

Ich könnte schwören, dass Raven kurz die Augen verdreht, während Tamara Julia dankbar anlächelt. Julia ist schon seit dem Kindergarten Tamaras Sidekick. Aber ihr fehlt Tamaras magnetische Anziehungskraft und sie ist auch nicht so harmoniesüchtig wie Raven. Sie ist giftig und feige, buckelt nach oben und tritt nach unten. Was sich zum Beispiel darin äußert, dass sie sich fiese Spitznamen wie »Sterile Stella« ausdenkt. Oder darin, dass sie dem Lehrer, als sie in der Matheklausur erwischt wird, etwas darüber vorheult, sie hätte so viel im Sportgeschäft ihrer Eltern schuften müssen, dass sie gar nicht zum Lernen gekommen sei, bis sie am Ende ungeschoren davonkommt. Ist wirklich so passiert. Meistens hat sie aber einfach an allem und jedem was zu meckern.

»Hat sie denn irgendwer mal gesehen?«, erkundigt sich Noah, der jetzt unruhig hin und her rutscht und seinen Blick durch die Runde wandern lässt.

Julia schüttelt den Kopf. »Hoffentlich macht sie nicht einen auf Shi–« Sie unterbricht sich.

»Echt jetzt, Julia?«, murmelt Raven.

Julia wird knallrot und scheint sich tatsächlich mal zu schämen. Bei der Suche nach Shira Tannenbaum wurde damals die ganze Stadt auf den Kopf gestellt. Sie war Ballkönigin und Kapitänin des Cross-Teams. Und obendrein hält sie in unserer Region nach wie vor den Rekord über fünf Kilometer, den Ellie und ich immer zu schlagen versuchen. Als sie dann jedenfalls unversehrt wiederauftauchte, hieß es, sie habe alles für das nächste Mädchen versaut, dem wirklich etwas zustieß. Detective Parker wurde sogar in der Zeitung zitiert: »Wir wissen ja, dass man jungen Mädchen nicht immer alles glauben sollte. Dieser Vorfall zeigt mal wieder, wie weit sie zu gehen bereit sind, nur um keinen Ärger zu bekommen. Und da der Edgewater-Mörder jetzt definitiv nicht mehr hier ist, werden wir uns ganz genau überlegen, wie viel Mühe wir in die Suche nach dem nächsten verschwundenen Mädchen stecken.« Arschloch.

»Tut mir ja leid, Rave«, entschuldigt sich Julia. »Aber sie hat uns nun mal einen Megaschreck eingejagt. Alle dachten, Kendall Fitzwater wäre zurück und auf der Suche nach neuen Opfern.« Sie erschaudert theatralisch. »Oh Mann, war das gruselig.«

Raven zupft ihr Roastbeefsandwich auseinander. »Sie sind sich doch bis heute noch nicht sicher, ob es wirklich die Fitzwater-Brüder waren«, wendet sie ein. »In Marlisses, Beatrice' und Abigails Fällen gab es alle möglichen Details, die nicht ins Bild passten.«

»Hat denen nicht allen ein Schnürsenkel gefehlt?«, vergewissert sich Tamara.

Raven nickt. »Und alle sind an Kopfverletzungen gestorben. Trotzdem war die Polizei sich nicht hundertprozentig sicher. Es gab ja auch keine DNA-Spuren. Dabei hatten Monty und Kendall nicht mal Alibis, aber aus irgendeinem Grund konnte man ihnen wohl nichts nachweisen.«

»Und es erwähnt auch nie jemand, dass die drei sich kein bisschen ähnlich sahen«, führt Julia an. »Oder dass sie zu komplett unterschiedlichen Tageszeiten getötet wurden.«

Raven nickt wieder und ein kleines, trauriges Lächeln stiehlt sich auf ihr Gesicht. »Gut, dass ich mir wochenlang jede noch so winzige Einzelheit der Fälle eingeprägt habe, was?«

Tamara nimmt sie impulsiv in den Arm. »Du hast halt nach

Antworten gesucht, Rave. Wir dachten schließlich alle, Shira wäre tot.«

»Und außerdem hast du recht«, beruhigt Julia sie. »Mila geht's gut, ganz sicher. Wie du schon sagst, bestimmt hat sie Pfeiffersches Drüsenfieber.«

»Genau«, bekräftigt Tamara, als wolle sie eher sich selbst überzeugen.

»Ich muss mal«, flüstert Raven und steht auf. Im Gehen wischt sie sich mit der Hand über die Wange.

»Oh Mann. Hätte ich bloß nicht Shira erwähnt.« Julia schüttelt den Kopf.

»Ja, aber …« Tamara guckt sich um und beugt sich dann zu Julia vor. »Was ist, wenn Mila wirklich vermisst wird? Eigentlich hätte sie gestern Abend arbeiten müssen, aber sie ist nicht gekommen. Ich hab ihr noch geschrieben, wo sie steckt, aber meine Nachricht wurde offenbar gar nicht zugestellt.«

Ich erstarre. Genau wie meine.

»Eine unserer Mitarbeiterinnen hat dann bei ihrer Mom angerufen, sie aber nicht erreicht«, fährt Tamara fort. »Und da hat der Wachmann das mit dem Notruf erzählt. Er meinte, Mila könnte doch die vermisste Läuferin sein. Aber es hat ja die ganze Nacht wie aus Eimern geschüttet – wer weiß, ob die Polizei da überhaupt irgendwas finden konnte.«

»Hab ich was verpasst?« Ellie ist plötzlich aufgetaucht. Ihr offenes Haar ist zerzaust und sie wirkt blass, ihre Haut fast durchscheinend im Neonlicht der Cafeteria. Sie stellt ihr Tablett gegenüber von mir ab.

»Sie überlegen, wo Mila sein könnte«, bringe ich sie auf den neusten Stand.

»Oh.«

»Tamara hat was von einer vermissten Läuferin im Wald erzählt.« Ich verdrehe die Augen, versuche im Stillen, mir einzureden, dass Mila ganz sicher nicht verschwunden ist. Deadwater ist Vergangenheit. Wie hoch stehen denn die Chancen, dass so ein Psychokiller tatsächlich eines Tages zurückkommt? Das ergibt doch alles keinen Sinn. »Absurd, oder?«

Ellie nickt nachdrücklich. »Total.«

»Hast du was von ihr gehört?«

»Nee.« Ellie reißt eine Tüte Salzbrezeln auf und schüttet ein paar davon auf ihr Tablett. Sie hat lauter rote Flecken im Gesicht, wie immer, wenn sie nervös ist oder sich irgendwie unwohl fühlt. Dann wirft sie einen Blick auf ihr Handy und reißt die Augen auf. »Mist, ich muss los. Spanischnachhilfe.« Sie packt ihre Sachen ein und stürzt durch die Schwingtüren davon. Zurück bleiben nur die Brezelkrümel, die wohl mal wieder ich wegräumen darf. War ja klar.

Den Rest der Mittagspause beiße ich mir auf die Zunge und lausche einfach nur den anderen. Doch je öfter Milas Name fällt, desto unruhiger werde ich. Schließlich hole ich mein Handy raus und tippe eine weitere Nachricht an sie.

Wenn du das hier liest, kannst du dann bitte mal antworten?? An der Schule gehen schon lauter Gerüchte um. Können wir reden??

Ich warte darauf, dass die Nachricht als empfangen markiert wird, aber sie hängt erneut in der Luft.

Fünf Minuten, bevor der Unterricht wieder losgeht, verlasse ich die Cafeteria und biege nach links in den Sportflur ab, auf der Suche nach dem Coach. Vielleicht hat er ja eine Ahnung, wo Mila ist. In seinen Freistunden arbeitet er normalerweise Trainingspläne aus oder guckt sich Videos vergangener Wettkämpfe an. Nach der Sache mit Allison letztes Jahr, als es eine Zeit lang richtig schlimm für mich in der Schule war, hat er mir erlaubt, meine Mittagspausen bei ihm im Büro zu verbringen. Er hat kaum mit mir geredet, sondern mich einfach in Ruhe gelassen. Das war seine Art, mir zu versichern, dass sich schon alles wieder einrenken würde. Zumindest habe ich mir das so zurechtgelegt. In Wahrheit wollte er wahrscheinlich einfach nur sicherstellen, dass der Star seiner Mannschaft nicht vorzeitig abspringt.

Ich gehe an den Büros der Feldhockey-, Lacrosse- und Volleyballtrainer vorbei und bleibe vor dem des Coachs stehen. Die Tür ist zu und drinnen brennt kein Licht. *Mist*. Gerade als ich trotzdem klopfen will, höre ich hinter mir Sneakersohlen über den gefliesten Boden quietschen.

»Bist du Stella Steckler?«, ruft jemand.

Ich drehe mich zu einer hochgewachsenen Frau um. Ihr mittellanges dunkles Haar ist zu einem niedrigen Pferdeschwanz gebunden, und unter der Cabanjacke, die sie sich um die Schultern gehängt hat, trägt sie eine blaue Krankenhauskluft. Ihre Wangenknochen sind so hoch und rund wie Milas, und auch ihre Nase sieht aus wie ihre, mit einer kleinen Kerbe an der Wurzel.

»Mrs Keene?«, frage ich zurück.

Die Frau nickt, ohne zu lächeln, und verschränkt krampfhaft die Hände. »Nenn mich gerne Shawna«, sagt sie. »Ich wollte eigentlich zu Coach Gary. Ist er nicht da?«

Ich schüttele den Kopf.

»Du *bist* doch Stella, oder?« Sie mustert mich neugierig. »Mila hat mir von dir erzählt. Sie meinte, du wärst ziemlich seltsam. Das ist ein Kompliment, versprochen. Mila mag alles, was seltsam ist.«

Ich schnaube. »Schätze, da hat sie recht.«

Milas Mom nickt und hebt den Blick zur Decke. Ihre Augen sind groß und müde. »Hast du Mila in den letzten Tagen gesehen?«, will sie wissen. »Oder mit ihr geredet?«

»Nein«, antworte ich. Mein Magen verknotet sich.

»Sie war seit gestern nicht mehr zu Hause«, erzählt Shawna. Ich merke, wie sehr sie sich bemüht, sich zusammenzureißen, aber ihre zitternden Hände verraten sie. »Sie hat mir gestern Morgen noch geschrieben, dass sie laufen geht, aber ich hatte Nachtschicht, darum haben wir uns vor der Schule nicht mehr gesehen. Dann haben abends die aus dem Ellacoya Resort auf den Anrufbeantworter gesprochen, weil sie nicht zur Arbeit erschienen ist. Als ich heute früh aus dem Krankenhaus kam und das erfahren habe, habe ich zuerst gehofft, sie wäre wieder da, aber …« Shawna verstummt.

»Sie haben gar nichts mehr von ihr gehört?«, hake ich nach.

»Nein. Und dann hat mir Mrs Tannenbaum Bescheid gegeben, dass Mila schon den zweiten Tag nicht zur Schule gekommen ist. Da habe ich sofort die Polizei angerufen.« Ihre Stimme wird immer lauter und eindringlicher. »Aber dieser Detective Parker meinte bloß, ich soll mir keine Sorgen machen und erst mal abwarten, sie käme schon wieder nach Hause. So was käme bei Mädchen in dem Alter schließlich öfter vor.«

War ja klar, dass der Fall bei Parker landen würde. Oh Mann, jetzt ist Mila schon ein *Fall*. Parker ist für alles zuständig, was mit Minderjährigen zu tun hat, ganz egal, worum es geht und was für Vorurteile er uns gegenüber hat. Aber so ist das nun mal in einer derart kleinen Stadt mit einer noch kleineren Polizeidienststelle. Man kennt sich und weiß alles übereinander – auch und gerade die unschönen Details.

»Dabei ist meine Mila doch gar nicht so«, jammert Shawna. »Sie würde nie so lange wegbleiben. Außerdem hab ich zu Hause ihr Portemonnaie gefunden. Das würde sie ja nicht einfach dalassen.«

Mein Herz rast. *Wo bist du, Mila?* »Was ist denn mit ihrem Dad? Oder Naomi?«

»Naomi hab ich schon kontaktiert, die hat sie nicht gesehen. Und ihr Dad? Vergiss es. Der hängt wahrscheinlich gerade zugedröhnt auf einem monströsen Ledersessel in irgendeinem Country Club.« Sie streicht sich eine Haarsträhne hinters Ohr. »Tut mir leid. So was sollte ich wohl nicht sagen.«

Ich zucke mit den Schultern. »Hab schon Schlimmeres gehört. Und gesehen.«

Shawna mustert mich verständnisvoll, und ich frage mich, wie viel Mila ihr erzählt haben mag. Ob ihre Mutter weiß, wie vertraut mir das Thema ist. »Na, jedenfalls hab ich Thomas angerufen und er ist nicht rangegangen. Was bei ihm nichts Außergewöhnliches ist.«

Ich muss wieder an den merkwürdigen Kommentar unter Naomis Instagram-Post denken. **Komm nach Hause, Mila. Komm zurück zu mir.**

»Alle reden immer davon, wie sicher Edgewater jetzt ist«, sagt Shawna. »Aber was, wenn das gar nicht stimmt? Wenn jemand sich meine Tochter geholt hat?«

Könnte Mila wirklich die nächste Schlagzeile werden? Unmöglich.

Shawna stößt geräuschvoll den Atem aus. »Die Mädchen wurden alle ermordet«, fährt sie fort. »Gut, außer dieser Shira. Aber jeder weiß schließlich, wie sie damals mit dem Fall von Marlisse Williams umgegangen sind.« Shawna zieht eine verächtliche Grimasse. »Ist ja wohl kaum ein Zufall, dass die Sache mit ihr erst ernst genommen wurde, nachdem ein weißes Mädchen verschwunden war. Meine Tochter ist halbe Puerto Ricanerin. Ob die Polizei für sie alle Hebel in Bewegung setzen würde?« Shawna schnalzt mit der Zunge. Sie redet, als wäre ich gar nicht hier, als wolle sie einfach nur ihre schlimmsten Befürchtungen loswerden, in der Hoffnung, dass diese laut ausgesprochen einfach zu abwegig klingen, um wahr zu sein. Nur leider klingt, was sie sagt, kein bisschen abwegig. Sondern als könnte es durchaus der Realität entsprechen.

»Sie taucht bestimmt wieder auf«, versuche ich, sie zu beruhigen. »Das muss sie einfach.«

Shawna verschränkt die Arme. »Detective Parker hat mich vor dir gewarnt.«

Ich zucke zusammen. Natürlich.

Mehr sagt Shawna nicht, stattdessen guckt sie an mir vorbei den Flur runter, und ich frage mich, was sie wohl gerade denkt. Ob sie mich als Verdächtige in Betracht zieht oder gerade im Kopf die Zeitspannen durchgeht, die uns allen in Bezug auf vermisste Mädchen eingebläut worden sind. Wer kennt sie nicht, die Statistiken aus dem Fernsehen und den True-Crime-Podcasts? Die ersten vierundzwanzig Stunden sind die wichtigsten. Auch innerhalb von zweiundsiebzig Stunden stehen die Chancen noch einigermaßen gut, die Person zu finden. Danach … reine Glückssache. Seit Milas Verschwinden ist schon ein Tag vergangen. Und es hat geregnet.

Shawna checkt ihr Handy. »Ich muss los. Meine Schwester kommt aus New York her. Wenn du oder der Rest der Mannschaft irgendwas hört, ruft mich sofort an, okay?«

Sie wartet meine Antwort gar nicht ab, sondern macht direkt kehrt und eilt Richtung Parkplatz.

Ich lehne mich an die kalte Betonziegelwand und rutsche daran runter, bis ich auf dem Boden sitze. Mir schwirrt der Kopf. Wo ist Mila, was ist passiert, und was wird Parker sich diesmal Neues einfallen lassen, um mich in die Scheiße zu reiten? Erinnerungen an letztes Jahr flackern in mir auf. Das Geräusch des brechenden Knochens. Eine Krankenwagensirene, die von den Bergen widerhallt, unterwegs, um Allison Tarley zu retten. Parkers Geruch nach Minze und Tabak, als er auf der Polizeiwache mir gegenüber Platz nimmt, die pure Abneigung in seinem Blick.

Aber das ist vorbei, Vergangenheit. Unser aller Leben ist weitergegangen – nur damit jetzt die nächste Katastrophe über uns hereinbricht. Was, wenn Mila in Schwierigkeiten ist? Wenn sie sich verletzt hat? Ich lasse den Hinterkopf gegen die Wand sacken und versuche, meinen Atem zu beruhigen. Erst da merke ich, dass ich weine.

ELLIE

AM MITTWOCH WIRD es richtig heftig. Der Coach hat eine Team-Versammlung noch vor der Schule einberufen. **Morgen, 06:50 Uhr** hat er spätnachts in einer Rundmail geschrieben. **Anwesenheit ist Pflicht.**

Stella und ich sind die Ersten. Der Coach sieht ziemlich angeschlagen aus. Seine fast immer geröteten Wangen haben einen gräulichen Ton angenommen und auf seiner Oberlippe steht Schweiß.

»Geht's Ihnen gut?«, erkundige ich mich.

Er wischt sich mit dem Frotteeschweißband an seinem Handgelenk übers Gesicht. »Natürlich«, blafft er. »Was soll die Frage?«

Ich gucke Stella an, doch die starrt nur Richtung Tür. Kerzengerade sitzt sie da und beobachtet, wie der Rest der Mannschaft eintrudelt.

Früher konnte ich ihr mit einem einzigen Blick mitteilen, was ich denke. Als Kinder, als wir uns auch körperlich noch näher waren – sei es nun beim Kuscheln oder beim Raufen –, hatten wir so was wie eine Geheimsprache. Dazu waren keine Worte nötig, keine Laute, nichts, was die Aufmerksamkeit anderer auf sich zog. Wir kommunizierten ausschließlich über Blicke und Gesten. Geballte Fäuste. An einer hochgezogenen Augenbraue konnte ich ablesen, wie es Stella ging, ob sie wütend oder hungrig war oder ob sie wollte, dass ich Mom eine Notlüge auftischte, damit wir um langweilige Hausbesichtigungen oder

Klavierstunden herumkamen. Und umgekehrt funktionierte es genauso. Wenn ich mir auf die Wange biss und einen schiefen Schmollmund zog, bedeutete das: *Lass uns hier abhauen.*

»Jetzt sind es schon zwei Tage.« Tamara setzt sich auf einen Platz in meiner Nähe. »Wenn alles in Ordnung wäre, hätte Mila inzwischen auf jeden Fall geschrieben.« Sie trägt ein Sweatshirt mit dem Ellacoya-Logo und ihrem Nachnamen auf dem Rücken, »JOHNSON«. Die verteilen die Johnsons jedes Jahr bei der Weihnachtsfeier an ihre Mitarbeitenden. Für Mila ist dieses Jahr sicher auch eins vorgesehen. Sobald der Gedanke mir durch den Kopf zuckt, fängt mein Puls an zu rasen.

»Meine Mom sagt, gestern Abend musste das ganze Schulpersonal länger bleiben. Detective Parker war hier.« Ravens Augen sind weit aufgerissen, ihre Haut noch blasser als sonst. Dabei ist sie sowieso schon fast durchsichtig.

Ich ziehe scharf die Luft ein und trete gegen Stellas Stuhl vor mir.

»Was?«, faucht sie, und ihre Zähne sind regelrecht gebleckt, als sie sich zu mir umdreht.

Julia, Tamara und Raven starren uns an, darum kann ich Stella jetzt nicht wegen Parker warnen. Wenn er in den Fall involviert ist, dann muss meine Schwester sich warm anziehen. Er war es, der sich letztes Jahr wegen Allison Tarley mit Stella *auseinandergesetzt* hat.

»Ach, schon gut«, murmele ich.

»Echt erwachsen«, erwidert sie gedämpft.

»Blöde Kuh.«

»Alles okay bei euch?« Raven lehnt sich so eifrig zu uns rüber, dass ihr roter Pferdeschwanz schwingt.

»Mhm«, erwidere ich. Warum können Stella und ich nicht immer noch unsere Gedanken lesen? Warum können wir einander nicht immer noch so nahe sein?

»Sollen sie sich doch zerfleischen, Rave«, schnaubt Julia und winkt ab. »Wen interessiert's?«

Der Coach räuspert sich, und kurz darauf geht die Tür auf und Mrs Pérez kommt rein, gefolgt von einem großen, kräftigen Mann. Sein Gesicht ist gerötet und er hat einen so ausgeprägten Stiernacken, dass es wirkt, als könnte er jeden Moment seinen Hemdkragen sprengen. Ich würde ihn überall wiedererkennen. Seine Bewegungen wirken entschlossen, zielstrebig, so als sollte man sich mit ihm besser nicht anlegen. Und genau das hat er mir damals, als er mich wegen Stella befragt hat, auch unmissverständlich verklickert.

Meine Schwester hält die Luft an und ich beuge mich zu ihr vor. Selbst wenn sie eine blöde Kuh ist, hat sie es nicht verdient, von diesem Typen kalt erwischt zu werden, der ihr schon einmal das Leben zur Hölle gemacht hat. Parker lässt den Blick durch den Raum schweifen und verharrt dabei eine Winzigkeit länger bei uns als nötig.

Mrs Pérez ergreift das Wort. »Ihr fragt euch sicher, warum wir euch heute so früh hierhergebeten haben«, sagt sie. Ihre langen Haare sind streng zurückgesteckt, und sie trägt ein unauffälliges beiges Kleid, obwohl sie normalerweise leuchtende Farben liebt. »Einigen von euch ist vermutlich schon aufgefallen, dass Mila Keene diese Woche nicht in der Schule war.«

Gemurmel erhebt sich im Raum.

»Was wir euch jetzt erzählen, ist noch nicht für die Öffentlichkeit bestimmt«, fährt die Pérez etwas lauter fort. »Darum bitten wir euch, die Information für euch zu behalten, bis wir die Erlaubnis haben, auch den Rest der Schule darüber zu unterrichten.«

Ha, viel Glück dabei.

Mrs Pérez räuspert sich. »Mila Keene gilt offiziell als vermisst.«

Ich klammere mich an meinen Tisch, auf der Suche nach Halt. Aus dem Augenwinkel sehe ich Noah ungläubig den Kopf schütteln.

»Wir setzen euch nur darüber in Kenntnis, weil ihr Milas Teammitglieder seid«, erklärt Parker mit gedämpfter Stimme. »Wir haben nämlich Grund zu der Annahme, dass Mila laufen war, als sie verschwunden ist.«

Der Mund des Coachs ist zu einer dünnen Linie zusammengepresst, und seine Fingerknöchel werden weiß, so fest hält er sein Klemmbrett. Ich weiß, dass er gerade in Gedanken die Saison durchspielt – erst die Regional-, dann die Staatsmeisterschaft. Dass er an die Sponsoren denkt. Eine verschwundene Läuferin könnte seine Pläne komplett zunichtemachen – und eine verschwundene *Mila* jegliche Chancen auf einen Sieg.

»Ihre Mutter sagt, zum letzten Mal von ihr gehört hat sie …« Parker zieht einen schmalen schwarzen Notizblock aus der Tasche. »… Montagmorgen um kurz vor sechs, als Mila zu ihrer üblichen Laufrunde aufgebrochen ist. Und von der ist sie offenbar nicht zurückgekommen.« Er räuspert sich. »Im Moment deutet noch nichts darauf hin, dass Milas Verschwinden in irgendeiner Verbindung zu den früheren Fällen steht. Wir hatten ja schon öfter mit vermissten Mädchen und Ausreißerinnen zu tun. Öfter als nötig, möchte ich mal behaupten«, fügt Parker gehässig hinzu. Jetzt richtet sich sein Blick auf Raven und Mitleid überkommt mich. Niemand spricht aus, was wir alle denken. *Sie haben den Mörder nie gefasst, Detective.*

»Seid auf jeden Fall vorsichtig, wenn ihr da draußen im Wald unterwegs seid«, redet Parker weiter. »Noch haben wir keine Ahnung, womit wir es hier zu tun haben.«

Einhelliges Nicken um mich. Die Deadwater-Fälle sind uns allen nur zu deutlich im Gedächtnis. Natürlich kenne ich längst nicht so viele Details wie Raven, sondern habe mir bloß mal eine ziemlich reißerische Doku angeguckt, in der die Familien selbst kaum zu Wort kamen, und außerdem ein paar Folgen eines True-Crime-Podcasts gehört, in denen die Reporter hauptsächlich sich selbst in den Mittelpunkt gestellt haben, nicht die Opfer. Dadurch weiß ich immerhin, dass der Mörder vermutlich den Oak Tower Trail ausgewählt hat, weil es dort keinen Handyempfang gibt, und dass Marlisse, Beatrice und Abigail jeweils ein Schnürsenkel fehlte. Und ich weiß, dass man in Edgewater als Mädchen ewig lange nicht allein nach draußen durfte.

Jahr für Jahr wurde uns eingeschärft, dass eine Joggingrunde, egal, wie fit und stark wir uns dadurch fühlen, in Wahrheit gefährlich ist und uns angreifbar macht. Aber wir laufen trotzdem. Weil wir nicht anders können.

Wir laufen. Obwohl uns klar ist, welche Gefahren es birgt. Uns ist klar, wer wir sind und warum jemand uns attackieren könnte. Aber das hält uns nicht auf.

»Wir zählen auf eure Mitarbeit«, fordert Parker jetzt. »Wenn ihr irgendwas gesehen oder gehört habt oder wenn ihr jemanden kennt, der Mila möglicherweise hätte schaden wollen, dann müssen wir das erfahren. Mir ist bewusst, dass sie noch nicht lange hier wohnt, aber sie gehört schließlich seit sechs Wochen zu eurem Team. Das ist genug Zeit, um Beziehungen aufzubauen und Freundschaften zu knüpfen.«

Der Coach räuspert sich und tritt von einem Fuß auf den anderen.

»Aber auch genug Zeit, um sich an die Spitze zu kämpfen und sich Feinde zu machen«, fährt Parker fort, während sein Blick eine Sekunde zu lange auf Stella verharrt. »Ich werde heute den ganzen Tag hier an der Schule sein, im Büro von Mrs Tannenbaum. Dort findet ihr mich, wenn euch etwas einfällt, von dem ihr denkt, es könnte nützlich sein. Egal, was.« Er lässt seine Knöchel knacken und das Geräusch hallt durch den Raum.

»Das klingt jetzt sicher alles ziemlich beunruhigend«, übernimmt nun wieder Mrs Pérez. »Und wahrscheinlich habt ihr auch eine Menge Fragen. Meine Tür steht euch jederzeit offen, genauso wie die vom Coach. Stimmt's?«

Der Coach nickt und brummelt bejahend.

»Wir sind alle für euch da und werden nichts unversucht lassen, um Mila zu finden«, schließt Mrs Pérez. »Gibt es sonst noch etwas, Detective?«

Parker stellt sich breitbeinig hin und schiebt das Kinn vor. »Fürs Erste wär's das«, antwortet er.

Die beiden wenden sich zum Gehen und schließen leise die Tür hinter sich. Sobald sie weg sind, beginnen alle, aufgebracht durcheinanderzureden und Ideen zu äußern, die gefährlich an Verschwörungstheorien grenzen.

»Alter, die ist tot, das ist doch wohl klar«, verkündet Bader. Er fährt sich durch sein hellblondes Haar und verzieht den Mund zu einem makabren Lächeln, bei dem man die Lücke zwischen seinen Schneidezähnen sieht. »Hab mal gelesen, dass man ziemlich am Arsch ist, wenn man über Nacht im Wald festsitzt. Und dann hat's ja auch noch geregnet.«

Am liebsten würde ich ihm eine reinhauen.

»Nee. Dafür ist die doch viel zu scharf«, wendet Noahs Kumpel Matt ein. »Wer immer sie sich geschnappt hat, würde sie am Leben lassen, zumindest für 'ne Weile.«

»Ihr Scheißperversen!«, faucht Julia.

»Wie wär's mal mit ein bisschen Pietät, ihr Schweine?« Tamara versetzt Noah einen Stoß mit dem Ellbogen, als könnte der seine Freunde im Zaum halten.

Noah guckt erst Tamara an, dann mich und dann wieder seine Kumpels. »Das hier ist kein Spaß, Leute«, sagt er leise, die Augen ernst und schmal.

Sein Tonfall trifft mich mit voller Wucht. Seine Stimme klingt so sanft, dass mir der Kopf schwirrt und ich mir unwillkürlich die Hand auf den Bauch presse. Wenn er doch nur so mit mir geredet hätte, als meine ganze Welt aus den Fugen geraten war. Als ein Zellbündel in mir heranwuchs.

Plötzlich dreht Stella sich zu mir um, ihr Gesicht eine Maske der Angst. Sie packt mein Handgelenk und drückt so fest zu, dass es wehtut. Wahrscheinlich bekomme ich einen blauen Fleck an der Stelle, aber das interessiert mich nicht. Diesmal nicht. Denn ich verstehe sofort, was die Wehmut und die Angst in ihren Augen bedeuten. Mit einem Mal ist es wieder wie früher, und wir kommunizieren auf einer Ebene, in einer anderen Dimension, zu der niemand sonst Zugang hat. Ich sehe sie und sie sieht mich.

Stella lässt meine Hand los, aber nicht meinen Blick, und ich könnte schwören, dass ihre Unterlippe zittert, nur für eine Sekunde. Ich weiß, was sie fragen will, aber ich weiß nicht, was ich antworten soll. Denn plötzlich beginnt sich der Raum um mich zu drehen und ich falle und dann … dann wird alles schwarz.

In der Mittagspause ist mein Ohnmachtsanfall *der* Witz des Tages. Das Sahnehäubchen auf der Horrorgeschichte, die selbstverständlich schon an der ganzen Schule rumgegangen ist.

»Und dann ist Ellie Steckler aus den Latschen gekippt!«, höre ich ein Mädchen auf dem Flur vor dem Matheraum krähen. »Schon klar, erst mal alle Aufmerksamkeit auf sich selber ziehen! Gibt ja auch nichts Wichtigeres gerade!« Sie und ihre Freundin prusten los, ohne mich zu bemerken. Vor ein paar Monaten hätte es so was noch nicht gegeben. Da hätten die beiden mitleidig den Kopf schiefgelegt und sich bei mir erkundigt, ob alles in Ordnung ist. Und vor ein paar Monaten wäre auch noch Bethany an meiner Seite gewesen und hätte alle zusammengefaltet, die mir irgendwie blöd kamen.

Wenn ich Bethany noch hätte, wäre nichts von alldem passiert. Wenn ich nur jemanden zum Reden hätte …

Ich knalle meine Spindtür zu und lehne die Stirn an das kühle Metall. *Reiß dich zusammen. Ruhig atmen.* Dann richte ich mich wieder auf und drehe mich um, starre auf die Flut von Schülern, die an mir vorbeiströmt. Manche gucken mich kurz an und gleich wieder weg.

Plötzlich entdecke ich Noah in der Menge, der mich jedoch ignoriert und schnell vorbeihastet.

»Noah!«, rufe ich. »Warte mal.«

Es klingelt zur nächsten Stunde und alle sind auf dem Weg in ihre Klassen. Eine Sekunde lang scheint es, als würde Noah einfach weiterlaufen, aber dann macht er doch kehrt und kommt mit frustrierter Miene auf mich zu. »Was?«, knurrt er durch zusammengebissene Zähne.

Ich erschrecke über seinen Tonfall, warum auch immer. Schließlich ist mir klar, wie die Dinge zwischen uns stehen. Aber auch das hält mich nicht davon ab zu sagen: »Du, wir müssen reden.«

»Reden? Ist das dein Ernst, Ellie? Hast du etwa noch nicht genug geredet, über uns und *dein* Geheimnis? Meinst du nicht, langsam reicht's?«

Am liebsten würde ich mich schreiend auf ihn stürzen, die Finger in seine Haut krallen und ihm die Augen auskratzen. So müsste es nicht sein zwischen uns, das ist es nur seinetwegen. Doch bevor ich noch etwas sagen kann, dreht Noah sich wieder um und geht.

Sei stark, schärfe ich mir ein. *Er hat keine Macht über dich.*

Darauf konzentriere ich mich den ganzen Weg zur Cafeteria. Das Team ist schon an unserem gewohnten Tisch versammelt und alle scheinen Tamara zuzuhören.

Ich quetsche mich neben Raven, die nachdenklich die Stirn runzelt.

»Was ist los?«, frage ich.

»Tam hat zusammen mit Milas Mom für morgen ein Suchkommando organisiert«, flüstert sie. »Shawna macht sich Sorgen, dass Parker und seine Leute sich nicht genug Mühe geben, weil sie die Fälle damals ja auch nicht gelöst haben.«

Meine Kehle fühlt sich plötzlich rau an, und ich spitze die Ohren, um Tamaras Plan mitzubekommen.

»Ich dachte mir, morgen könnten wir erst mal rund um den See suchen«, erklärt sie gerade. Sie deutet auf den Block vor sich, auf den sie eine Karte gemalt hat, und tippt mit ihrem Stift auf den riesigen Gebäudekomplex nördlich des Wassers. Das Ellacoya Resort. »Treffpunkt ist um neun am Haupthaus. Es gibt Kaffee und Bagels, also bringt ruhig Hunger mit. Mrs Keene weiß Bescheid, aber natürlich ist das alles gerade ein bisschen viel für sie, darum lasst sie am besten möglichst in Ruhe, okay?«

Alles um mich nickt. Raven schlingt die Arme um ihren Oberkörper und murmelt etwas Zustimmendes.

»Hat sonst noch jemand irgendwelche Ideen?« Tamara guckt erwartungsvoll hoch und verzieht dann unzufrieden das Gesicht, als ihr Blick auf Stella fällt. Ich hatte meine Schwester noch gar nicht auf der anderen Seite des Tischs bemerkt, jetzt jedoch verdreht sie die Augen und schüttelt den Kopf.

»War ja klar, dass die ›Sterile Stella‹ aus der Reihe tanzt. Was denn nun schon wieder?«, faucht Julia.

Stella zuckt nicht mal zusammen. »Ich kapiere bloß nicht, was das alles soll. Als würden wir wirklich was finden. Oder meint ihr im Ernst, da liegen haufenweise Beweise rum?« Sie stößt ein Schnauben aus. »Das ist doch sinnlos.«

Ich ziehe leise die Luft durch die Zähne und wünschte, ich könnte im Erdboden versinken. Verzweifelt versuche ich, Stella zu signalisieren, dass sie verdammt noch mal die Klappe halten und gefälligst nicht so viel Aufmerksamkeit auf sich – auf *uns* – lenken soll, aber sie lässt nicht locker.

Tamara setzt sich kerzengerade auf. Ich kann regelrecht spüren, wie ihr Rückgrat sich versteift. »Was genau ist denn sinnlos daran, dass wir Mila finden wollen?«

Stella zuckt mit den Schultern. »Ich meine ja nur, weil –«

»Sie ist *verschwunden«,* unterbricht Tamara sie vehement. »Macht dir das etwa gar nichts aus? Ich dachte, ihr zwei seid befreundet.«

Ich habe das Gefühl, direkt wieder in Ohnmacht zu fallen. War ja klar, dass so was passieren würde. *Mensch, Stella. Lass es doch einfach gut sein.* Meine Schwester zieht ein finsteres Gesicht, doch bevor sie etwas erwidern kann, platze ich hervor: »Natürlich macht ihr das was aus. Wir suchen beide mit. Gar keine Frage.«

Alle gucken mich an, und Tamaras Kopf ruckt so abrupt herum, dass ihre Braids fliegen.

»Okay«, brummt sie.

Ich wage es nicht, Noah anzusehen, aber ich spüre seinen Blick auf mir. Stella gehe ich für den Rest der Mittagspause und des Schultages aus dem Weg. Erst nach der letzten Stunde fühle ich mich einigermaßen gewappnet für ihre Wut.

Doch sie schweigt, als ich auf dem Schulparkplatz zu ihr ins Auto steige. »Na, was ist?«, frage ich mit leicht schriller Stimme. »Jetzt schrei mich schon an, los.«

»Ich hab keine Ahnung, was du von mir willst«, erwidert Stella.

»Ach komm. Als wärst du nicht stinksauer wegen der Sache in der Mittagspause.«

Stella dreht den Zündschlüssel und fährt rückwärts aus der Parklücke. »Was soll ich dazu denn noch sagen?«

Aber ich weiß, was Sache ist. Das hier ist einer von Stellas Psychotricks – sie versucht, mich in Sicherheit zu wiegen, als würde ich es nicht auf den ersten Blick erkennen, wenn sie kurz vor dem Ausbruch steht. Als hätten sechzehn Jahre mit meiner Schwester mich nichts gelehrt, mich nicht mit einem sechsten Sinn für jeden ihrer Schachzüge ausgestattet.

»Hör mal, ich weiß, du glaubst nicht daran, dass Mila tatsächlich verschwunden ist, aber wir müssen auf jeden Fall bei dieser Suche mitmachen. Wir dürfen ihnen keinen Grund geben, dich so ins Fadenkreuz zu nehmen wie letztes Jahr«, beschwöre ich sie, eine Million mögliche Folgen unseres Handelns im Kopf.

Stella schlägt mit der flachen Hand aufs Lenkrad. »Du denkst echt immer, du hättest als Einzige den Durchblick, Ellie«, erwidert sie leise und beugt sich zu mir rüber. »Dabei steckst du so tief in deinem eigenen ›Bethany fehlt mir so‹-Drama, dass du darüber kaum was anderes mitkriegst. Zum Beispiel glaube ich sehr wohl, dass Mila verschwunden ist. Und dass Parker mit dem Fall betraut ist, macht mir eine Scheißangst.« Sie atmet geräuschvoll durch die Nase aus. »Aber du interessierst dich halt nur für dich, verdammt.«

Es ist, als hätte sie mir ein Messer zwischen die Rippen gerammt. Wir waren doch immer auf derselben Seite, selbst als wir noch klein und fies zueinander waren, in der chaotischen Zeit nach den dunklen Jahren, als Mom wieder zu Hause war und Dad verzweifelt versuchte, die Familie mit Tiefkühlkost und Limonade zusammenzuhalten.

Damals hat Mom uns überall mit hingeschleppt, um den

Anschein von Normalität zu wahren. Zur Bank, zur Post, zum Bäcker. Oft ließ sie uns draußen warten, direkt vor der Tür, damit sie uns im Blick hatte, und für gewöhnlich dauerte es kaum ein paar Minuten, bis Stella mich am Zopf zog. Oder ich ihr einen Ellbogenstoß versetzte. Mehr war nicht nötig, damit wir uns hemmungslos aufeinander stürzten, uns hauend und kneifend auf dem Boden wälzten und uns die zarte Kinderhaut auf dem Beton aufschürften, bis all die blinde Wut aus uns raus und in den Gehweg gesickert war. Manchmal starrten uns junge Mütter oder Väter an, die vorbeiliefen und sich vermutlich fragten, ob die niedlichen Babys in ihren Kinderwagen sich irgendwann auch in solche Monster verwandeln würden.

Zu dem Zeitpunkt hatte die Welt uns noch nicht eingetrichtert, dass man als kleines Mädchen nicht mit den Fäusten kämpft, sondern mit Worten. Dass man sich nicht wehrt – nach allem, was passiert ist, eine umso lächerlichere Vorstellung.

Wenn Mom mit ihrem Einkauf fertig war oder jemand sie über den Ringkampf vor der Tür informiert hatte, kam sie nach draußen gestürzt und zerrte uns auseinander. Schimpfen brachte nichts, wie sie schnell rausfand. Wir gehorchten ihr sowieso nicht. Das war die Strafe dafür, dass sie uns im Stich gelassen hatte, erklärte Stella mir irgendwann. Am Ende trennten wir uns mit einer ausgerissenen Haarsträhne oder einem Stofffetzen in der Faust. Einem Kratzer am Arm. Einer Prellung am Schienbein. Wir knurrten und geiferten, bis wir uns von selbst beruhigten, und dann hüpften wir wieder Händchen haltend durchs Haus, als wäre überhaupt nichts gewesen. Als wäre das normal unter Schwestern.

Und es stimmt ja auch. So sind Schwestern eben. Brutal und zärtlich und blutrünstig zugleich.

STELLA

AM SAMSTAGMORGEN FAHREN Ellie und ich schweigend hoch zum Ellacoya Resort. Draußen ist es frisch, aber sonnig, fast, als wäre es Frühling und nicht Herbst. Ich muss an das einzige Mal denken, als Ellie gegen mich gewonnen hat. Die Johnsons hatten die ganze Stadt zum Grillen eingeladen, um den ersten Michelin-Stern ihres Restaurants zu feiern. Auf der Wiese vor dem Hotel gab es riesige, saftige Burger vom Weiderind, gigantische Schüsseln Nudelsalat und mit Agavensirup gesüßtes Limettenwasser. Am Rand des Tischs türmten sich die preisgekrönten Buttermilchbrötchen der Johnson Tavern, dazu gab es Marmelade oder Erdbeeren mit Sahne.

Es war ein traumhaft schönes Maiwochenende, an dem nur eine sanfte Brise wehte. Aber vor gerade mal sechs Monaten hatte Mom ihren Rückfall gehabt und ich war immer noch wütend auf die ganze Welt.

Bethany war aus irgendeinem Grund nicht da, und Ellie, die keine Lust auf ihre miesepetrige Schwester hatte, hielt sich von mir fern, bis Mom schließlich entnervt und mit zittriger Stimme anordnete: »Geh mit deiner Schwester spielen, Ellie.«

Ellie verschränkte die Arme und starrte trotzig runter auf ihren mit Essen vollgehäuften Pappteller. »Aber ich will nicht mit Stella spielen! Die ist langweilig!«, schrie sie so laut, dass alle anderen Kinder es hörten. Na toll. Wer würde sich jetzt noch mit mir abgeben, wenn selbst meine eigene Schwester nicht dazu zu bewegen war?

Mom beugte sich noch weiter über den Picknicktisch und musterte Ellie streng.

»Ellie, so was darfst du nicht sagen«, wies sie sie zurecht. »Ihr müsst zusammenhalten. Ihr seid schließlich Schwestern.« Mom rieb sich die Schläfen und sah sich nach Dad um. Ich entdeckte ihn neben einem zum Kühlbehälter umfunktionierten Kanu, wo er auf irgendwelche Gäste von außerhalb einredete und vermutlich versuchte, ihnen ein Haus aufzuschwatzen. *Das mit Deadwater ist lange vorbei,* erklärte er wahrscheinlich gerade. *Schauen Sie doch nur, wie schön es hier jetzt ist.*

»Ich bin nicht langweilig«, sagte ich gedämpft zu Ellie.

»Ach nein?«, erwiderte sie skeptisch.

»Wie wär's mit einem Wettrennen?« Ich sah mich nach einer freien Fläche auf der großen Wiese um. »Da drüben vielleicht.« Ich deutete auf ein Volleyballnetz in der Nähe der Ferienhäuschen. »Das ist die Startlinie, von da bis zum See.«

Ein verschmitztes Lächeln breitete sich auf Ellies Gesicht aus. »Abgemacht.« Mein Herz wurde schlagartig leichter und zum ersten Mal seit Langem verspürte ich etwas wie Hoffnung. Ellie sprang so eifrig von der Picknickbank auf, dass ihr glänzender Pferdeschwanz nur so peitschte, und wir huschten zum Volleyballnetz.

»Auf die Plätze!«, rief Ellie. »Fertig! Los!«

Gemeinsam sprinteten wir über die Wiese auf das klare, glitzernde Wasser zu. Ein paar der anderen Kinder unterbrachen ihr Spiel, um uns zuzusehen, und meine Brust schien jeden Moment explodieren zu wollen. Ich liebte das Gefühl, wie mir der Wind durchs Haar fuhr, den gleichmäßigen Rhythmus meiner Füße auf dem Boden. Das hier war alles, wofür ich bestimmt war, alles … was ich wollte.

Ich sah mich nach Ellie um. Sie lag nur ein kleines Stück zurück, wirkte aber trotzdem am Boden zerstört, so als könnte sie es nicht fassen, dass sie gegen mich verlieren würde. Als wäre sie todunglücklich darüber, ausgerechnet mich zur Schwester zu haben.

Also wurde ich langsamer. Nicht viel, gerade genug, damit sie eine Chance hatte und den Sieg wittern konnte. Ihre Augen weiteten sich, und sie gab noch einmal alles, als ihr klar wurde, dass sie mich möglicherweise doch noch einholen konnte. Kurz darauf war sie mit mir gleichauf, und als wir die Ziellinie erreichten, übertrat sie sie als Erste, um Haaresbreite.

»Ha!«, stieß sie hervor und hüpfte auf und ab, kaum außer Atem. »Ich hab gewonnen! Und dabei bist du älter als ich!«

Ich bemühte mich, mitzuspielen und den Teil von mir zu unterdrücken, der Ellie am liebsten geschubst und ihr ein Büschel Haare ausgerissen hätte. »Ja, hast du super gemacht«, sagte ich leise.

Ellie rannte eine Ehrenrunde um die ganze Wiese und berichtete jedem, der ihr zuhörte, von ihrem Triumph. Innerlich brodelte ich vor Wut, aber ich wusste, dass Mom sauer sein würde, wenn ich jetzt eine Szene machte und eine Rauferei mit Ellie anfing. Und ich wollte nicht, dass Mom sauer wurde. Ich wollte nicht, dass Mom wieder trank oder wochenlang verschwand. Ich wollte, dass Mom zu mir hielt, dass sie mich liebhatte. Also ging ich runter ans Seeufer, suchte mir einen schönen glänzenden, flachen Kiesel und warf ihn ins Wasser. Dann suchte ich mir den nächsten und warf auch den, fester diesmal. So machte ich weiter, immer weiter, während ich den Steinen stets dieselben Worte hinterherzischte.

Nie wieder lasse ich Ellie gewinnen.

Jetzt überqueren wir zusammen dieselbe Wiese vor dem Ellacoya Resort. Wir tragen Leggings und weite Fleecejacken mit unserem Mannschaftslogo und sind bereit, uns einem der Suchtrupps anzuschließen.

Das Gras ist noch feucht und Nebel liegt über dem See wie eine Decke. Dafür ist der Himmel klar und erstrahlt in einer Mischung aus Blau und Gold. Alles wirkt so friedlich wie auf einem der »Hudson River School«-Gemälde, die Mila so liebt. Wenn ich Tamara wäre, würde ich nie hier wegziehen. Ich kann verstehen, warum die Leute fünfhundert Dollar für eine Übernachtung in diesem Hotel hinlegen.

»Wow«, sagt Ellie leise. »Sieht ja aus, als wäre die ganze Stadt hier.« Als ich ihrem Blick links am Restaurant vorbei folge, entdecke ich die gesamte Cross-Mannschaft und Dutzende anderer Schüler, Leute, die bis vor Kurzem noch nicht mal Milas Namen kannten. Auch Reporter sind vor Ort, gut zu erkennen an ihrem rastlosen Blick, immer auf der Lauer nach der nächsten Sensation. Im Lauf der Jahre haben wir ziemlich enge Bekanntschaft mit diesem Menschenschlag geschlossen. Damals, als wir alle noch darauf vertrauten, dass die Polizei Monty und Kendall Fitzwater dingfest machen und Gerechtigkeit für Marlisse, Beatrice und Abigail erwirken würde, war nahezu das gesamte Starlight Motel von Reportern belegt. Bei Shiras Verschwinden waren sie ebenfalls zur Stelle. Und auch jetzt stehen sie wieder da, Laptoptaschen über den Schultern, Diktiergeräte im Anschlag, Handys am Ohr, und warten begierig auf das nächste Kapitel in den Chroniken von Deadwater.

Ich halte Ausschau nach Milas Mom mit ihren dunklen Haaren und der sorgenvollen Miene und entdecke sie schließlich ganz hinten bei Coach Gary und Detective Parker. Mein Magen verkrampft sich.

Jetzt tritt Shawna nach vorn und steigt auf eine Holzpalette. Sie räuspert sich und schließt kurz die Augen. Ihre Haut wirkt fahl und ihre Hände zittern. Mein Magen rebelliert immer mehr. *Mila, wo bist du?*

»Hallo, zusammen«, beginnt Shawna leise, unsicher. »Ich

kenne nicht viele von Ihnen, aber ich bin unendlich froh, dass Sie alle hier sind.« Sie streicht sich die Haare hinter die Ohren und hebt den Kopf Richtung Sonne. »Und meine Tochter Mila ist auch froh. Ich sage bewusst ›ist‹, weil ich nämlich überzeugt bin, dass sie noch lebt. Ich bin überzeugt, dass sie irgendwo auf uns wartet.« Ihre Stimme versagt, woraufhin eine andere Frau, die ihr zum Verwechseln ähnlich sieht, aus der Menge nach vorn tritt. Sie trägt ausgeblichene Jeans, einen verwaschenen Pullover und Wanderstiefel. Shawna reicht ihr die Hand, und die Frau steigt zu ihr hoch, sodass sie schließlich Schulter an Schulter dastehen. Es ist offensichtlich, dass die beiden Schwestern sind.

Shawna nickt kurz und redet weiter. »Ich möchte der Familie Johnson dafür danken, dass sie uns heute Morgen hier empfangen und uns erlauben, das Gelände abzusuchen.« Sie wendet sich Mr und Mrs Johnson zu, die ein Stück abseits stehen. Beide tragen Ellacoya-Westen und halten einander an den Händen.

»Wir sind füreinander da in dieser Stadt«, sagt Mr Johnson in seinem ruhigen Bariton.

Shawna lächelt schwach und steigt mit wackeligen Beinen von der Palette.

Mr Johnson räuspert sich. »Detective Parker wird jetzt alle in Gruppen aufteilen und ihnen verschiedene Gebiete zuweisen«, erklärt er. »Jeder bekommt eine Trillerpfeife und wer etwas findet – egal was, jeder noch so kleine Hinweis zählt –, kann Parker damit auf sich aufmerksam machen. Der Detective wird die ganze Zeit auf dem Gelände sein.«

Parker nickt knapp und beginnt gleich darauf, den Leuten Plastikpfeifen an dünnen Bändchen auszuhändigen. Eine davon landet auch bei mir. Das Ding sieht aus wie ein Kinderspielzeug, nicht wie etwas, das potenziell Leben retten könnte.

»Bitte helfen Sie mir, mein kleines Mädchen zu finden und sicher nach Hause zu holen«, fleht Shawna und stützt sich dabei auf ihre Schwester. Unwillkürlich gucke ich zu Ellie rüber und stelle mir uns beide, ein paar Jahre älter, in derselben Situation vor. Wie ich sie tröste, sie nach Kräften unterstütze und uns wieder auf festen Boden manövriere, egal, was passiert ist. Denn so und nicht anders würde es laufen.

Parker übernimmt den Platz auf der Palette und fängt an, Instruktionen zu blaffen. Er arrangiert uns in Vierergrüppchen und klingt dabei ziemlich ähnlich wie sein Sohn Calvin, wenn er damals Dehnübungen angesagt hat. Ellie und ich bekommen Raven und Julia aufgehalst, die daraufhin die Arme verschränken wie zwei beleidigte kleine Soldatinnen.

Dann läuft der Detective von einem Team zum anderen und verteilt laminierte Kartenausschnitte, als würden nicht sowieso alle das Gebiet in- und auswendig kennen. Als wären wir nicht jahrelang hier über Wurzeln gesprungen und durchs Gestrüpp gestapft und hätten uns unsere eigenen Pfade gesucht. Bei uns angekommen drückt er die Karte Julia in die Hand und vermeidet jeglichen Blickkontakt mit Ellie und mir.

»Ihr nehmt euch das Ufer hinter den Ferienhäuschen vor, am Bootsanleger«, ordnet er mit seiner monotonen Stimme an. »Fächert euch in einer Reihe auf und lauft das Areal dreimal ab, dann kommt ihr wieder her und lasst euch ein neues Gebiet zuteilen.«

Parker geht weiter zum nächsten Trupp und Julia und Raven wenden sich uns zu.

»Na los«, kommandiert Julia und geht mit Raven voraus, allerdings nicht so weit, als dass wir ihr unzufriedenes Gemurmel nicht hören könnten. »Mann, ich glaub's nicht, dass der uns gestecklert hat.«

Ellie neben mir zuckt zusammen und setzt sich dann ebenfalls in Bewegung. Ich stoße sie mit der Schulter an, in der Hoffnung, dass sie versteht, was ich ihr sagen will: *Scheiß auf die.*

»Hier.« Julia bleibt hinter dem letzten Ferienhäuschen stehen. Ein kühler Wind ist aufgekommen und sie schlingt die Arme um den Oberkörper und zieht ihre Fleecejacke fester zu. Wenn Mila wirklich allein hier draußen war, wird sie die Kälte auf keinen Fall überlebt haben. Schon gar nicht nachts. »Ihr habt's ja mitgekriegt. Wir teilen uns auf und laufen runter bis ans Ufer.«

»Wonach suchen wir denn eigentlich genau?«, will Raven wissen.

Ich unterdrücke den Drang loszulachen. Sehr gute Frage. Das hat uns nämlich niemand gesagt.

Julias Mund klappt auf und schließt sich wieder. »Äh, Indizien?«

»Indizien?«, pruste ich. »Wer bist du, Miss Marple?«

Julia presst die Lippen zusammen und ihre Augen werden schmal. »Hast du vielleicht 'ne bessere Idee?« Sie ist permanent auf Streit aus, selbst komplett ohne Publikum. Wahrscheinlich will sie später nur behaupten können, sie hätte den Steckler-Schwestern gezeigt, wo der Hammer hängt. »Seht zu, dass ihr irgendwas findet, was beweist, dass sie tatsächlich *verschwunden* ist – und nicht bloß auf eine kleine Spritztour gegangen, ohne ihrer Mom Bescheid zu sagen.«

Raven verzieht gequält das Gesicht, aber Julia merkt nichts davon. Die beiden gehen los und starren dabei konzentriert ins Gras.

»Oh Mann, wer Julia zur Freundin hat, braucht echt keine Feinde mehr«, merke ich an.

Ellie stößt ihr Kleinmädchenkichern aus, das früher regelmäßig mein Herz erweicht hat. Heute erinnert es mich hauptsächlich daran, wie selten es mir noch gelingt, sie zum Lachen zu bringen.

Julia wirft mir über die Schulter einen bösen Blick zu. Langsam nähern die beiden sich dem Wasser und müssen den Kajaks ausweichen, die die Hotelgäste auf dem feuchten Sand haben liegen lassen.

»Ich fasse es nicht, dass ihr zwei das anscheinend lustig findet«, kommentiert sie laut genug, dass der Suchtrupp neben uns es hört. Köpfe werden gewendet, Augenbrauen gehoben. »Und dann auch noch vor Raven. Ihr seid echt so was von herzlos.«

Ellie vergeht das Lächeln und ihre Unterlippe fängt an zu beben. »Tut mir leid«, flüstert sie.

»Komm«, sage ich. »Wir gehen mal bei den Kanus gucken.« Ellie folgt mir und sucht dabei weiter das Ufer ab. Die Boote sind auf einem Gestell übereinandergestapelt und ich werfe einen Blick dahinter. Nichts. Natürlich nicht. Dann nehme ich mir die Paddel vor, die an einem Querbalken aufgehängt sind, und schiebe sie auseinander. Wieder nichts. Wie lange soll ich wohl noch so tun, als ergäbe das hier irgendeinen Sinn?

Ich bedeute Ellie weiterzugehen und wir halten aufs Wasser zu. Der Boden hier ist schlammig und meine Sneakers sinken leicht ein. Hinter uns höre ich Julia und Raven besorgt flüstern, aber ich ignoriere sie und trete zu Ellie, die vor einem Strauch hockt und ins Dickicht späht.

»Na, schon ’nen Schatz gefunden?«, frage ich nur halb im Scherz. Bevor Ellie antworten kann, ertönt ein Keuchen beim Kanugestell, das wir gerade erst abgesucht haben.

»Was ist?«, ruft Ellie verängstigt.

Raven ist kreideweiß im Gesicht. Ihr Mund steht offen und sie dreht sich so hektisch von einer Seite zur anderen, dass ihr Haar hin und her fliegt. Sie hält ein Handy hoch. Es steckt in einer leuchtend roten Schutzhülle und selbst von hier aus sehe ich den langen Riss, der sich über das Display zieht. Es ist Milas.

Julia eilt zu Raven. »Nicht bewegen!«, kreischt sie. Dann setzt sie die Trillerpfeife an die Lippen und bläst mit aller Kraft hinein. Der schrille Ton hallt über den See und das ganze Gelände und schreckt die Vögel auf.

»Wir haben was!«, schreit Julia.

Überall werden Rufe laut und von allen Seiten nähern sich schmatzende Schritte.

»Was denn?«, fragt jemand.

»Milas Handy«, verkündet Raven mit bebender Stimme.

Parker drängelt sich zu den beiden durch. Ich versuche, seine Miene zu lesen, aber sie ist völlig ausdruckslos. Er holt lediglich eine klobige Kamera aus der Tasche und macht ein Foto von dem Handy. »Wo habt ihr das gefunden?«

Raven nickt in Richtung des Kanugestells. »Da. Auf dem Boden unter den Paddeln, darum war es noch ziemlich trocken. Aber der Akku ist leer.«

Julia fährt zu mir herum. »Stella, wieso hast du das denn nicht gesehen? Du warst doch kurz vor uns hier!«

Parker mustert mich fragend. Er wirkt geradezu entzückt.

Neinneinneinneinnein. Meine Kehle ist trocken und rau und ich finde keine Antwort.

Parker schießt weitere Fotos, dann zieht er einen Plastikbeutel aus der Tasche und bedeutet Raven, das Handy hineinfallen zu lassen. Raven gehorcht, sie hat schon immer gerne Regeln befolgt.

Parker verschließt den Beutel und steckt ihn ein. »Du müsstest mir noch ein paar Fragen dazu beantworten«, sagt er dann zu Raven. »Vielleicht drüben im Haupthaus?«

Sie nickt beflissen. »Ganz wie Sie wollen«, erwidert sie.

Parker winkt ein paar seiner Kollegen heran. »Alle anderen

bitte zurückbleiben. Das hier ist ab sofort ein möglicher Tatort.«

Raven nickt wieder und zockelt los Richtung Haupthaus. Alle machen ihr Platz. Parker läuft hinterher, doch bevor die beiden die Wiese erreichen, dreht er sich noch mal um und sieht mich an. »Stella«, sagt er. »Mit dir möchte ich auch noch reden. Und zwar bald. Ich melde mich.«

Ich versuche, mir nichts anmerken zu lassen, aber ich spüre Dutzende von Blicken auf mir. Spüre ihre Fragen, ihr Erstaunen, ihr Misstrauen.

Hat Stella Steckler etwas mit Milas Verschwinden zu tun?

ELLIE

DIE ANKÜNDIGUNG KOMMT, kurz nachdem Raven und Julia Milas Handy gefunden haben. Das ganze Cross-Team hat sich in der Hotellounge versammelt, wo auf wuchtigen Holztischen Tassen mit heißem Kakao auf uns warten, mit denen wir uns in die üppig gepolsterten Sessel sinken lassen. Tamara geht mit einem Tablett Marshmallows und zierlichen Silberlöffeln herum.

Ich war früher immer gerne hier. Für mich steht das Resort für so was wie eine Idealversion von Edgewater. Die Wand an der Treppe ist mit altmodischen Schneeschuhen dekoriert und hinter der Bar hängen gekreuzte Holz-Ski. Neben den Sofas und Sesseln stehen Körbe mit flauschigen Wolldecken und auch die Erker laden mit frisch aufgeschüttelten Kissen zum Sitzen ein. Auf einem Regal stapeln sich Brettspiele. Alles wirkt so authentisch gemütlich, dass man das Gefühl hat, in einem echten Wohnzimmer zu sitzen, statt in einem hergerichteten Raum für Gäste, die bereit sind, ein paar Tausend Dollar für den Aufenthalt in einer Schein-Bergidylle hinzulegen. Ellacoya ist wie ein Versprechen, das tatsächlich eingehalten wird.

Jetzt marschiert Parker rein und blafft: »Ruhe! Wir haben Besuch.« Kurz darauf tritt Creed Dickerson, der Bürgermeister, durch die große Flügeltür. Er ist ein schmaler, drahtiger Typ, wie immer gekleidet in dreckige Wanderschuhe, Cargohose und eine dunkelbaue Fleecejacke, die eindeutig schon bessere Tage gesehen hat. Sein weißer Bart ist ungepflegt und seine Haare stehen wild in alle Richtungen ab.

»Mr Dickerson kennt ihr ja alle«, fährt Parker mit seiner dröhnenden Stimme fort. »Er hat euch was mitzuteilen, was wir direkt im Anschluss auch dem Rest der Stadt verkünden werden. Herr Bürgermeister?«

»Ja, hallo zusammen. Edgewaters schnelle Truppe, freut mich, euch zu sehen«, begrüßt der Bürgermeister uns, die Hände hinter dem Rücken verschränkt. »Natürlich würde ich mir wünschen, die Umstände wären anders, aber so ist es nun mal. Solange wir Miss Keene nicht gefunden haben, sind wir leider gezwungen, eine alte Regel wieder in Kraft zu setzen. Ab sofort ist es allen jungen Frauen untersagt, allein auf den Wanderwegen laufen zu gehen. Und von Sonnenuntergang bis Sonnenaufgang lasst ihr es bitte ganz sein, auch in Begleitung.«

Leises Gemurmel erfüllt den Raum und Wut steigt in mir auf. Diese Regel stammt aus der Zeit nach den Mordfällen, als die Leute sich nicht mal mehr auf den Bauernmarkt getraut haben. Aber dass nun wieder die Mädchen die Leidtragenden sind, dass ausschließlich *wir* unser Verhalten ändern sollen, ist echt das Letzte. Ich spähe rüber zu Noah und seinen Kumpels, die allesamt desinteressiert auf den Boden oder ins Leere starren. Das hier betrifft sie nicht. Hat es noch nie.

Mr Dickerson tritt von einem Fuß auf den anderen und seine wasserabweisende Hose raschelt. »Irgendwelche Fragen dazu?« Sein Lächeln macht deutlich, dass er dafür gar keine Zeit hat – oder wohl vielmehr keine Lust, uns Rede und Antwort zu stehen. Er will lediglich, dass wir die Klappe halten und zuhören.

»Ist das nicht ein bisschen sexistisch?«, beschwert sich Julia. »Dass nur die Mädchen nicht mehr alleine laufen dürfen?«

»Es sind nun mal nicht die Jungen, die beim Joggen verschwinden, Miss Heller«, erwidert Dickerson. »Und wir müssen auf Nummer sicher gehen.«

Julia verzieht unzufrieden das Gesicht. Doch sie weiß, beim Thema vermisste Mädchen ist Widerspruch zwecklos in dieser Stadt.

Als wir in die Pubertät kamen, musste ich lernen, dass Laufen nicht unbedingt Freiheit bedeutet – von wegen, Wind im Haar und Feuer in den Lungen. Die Leute fingen an, mich mit anderen Augen zu betrachten. Mich anzustarren, wenn ich durch die Stadt joggte. Anfangs fragte ich mich noch, woran das lag. Ob mein Sport-BH nicht so gut stützte, wie er sollte. Ob mein verschwitztes Oberteil auf eine Art an mir klebte, die irgendwas suggerierte, dessen ich mir nicht bewusst war. Damals wurde mir bewusst, dass es immer wir Mädchen waren, die auf uns aufpassen mussten. Mädchen, die laufen gingen. Mädchen, die ihre Zeiten verbessern wollten. Mädchen auf der Suche nach diesem berauschenden Gefühl, wenn die Beine einen meilenweit getragen haben. Mädchen, die einfach mal rausmussten, die etwas spüren wollten, wozu man im Stillsitzen keinen Zugang hat. Mädchen in Bewegung.

Der Bürgermeister guckt auf die Uhr und dann wieder hoch. »Gut, ich muss jetzt auch weiter. Kleiner Abstecher in die Elks Lodge. Passt auf euch auf.« Damit verschwindet er und lässt uns in verblüfftem Schweigen zurück.

Irgendwie hatte ich erwartet, dass der Coach sich für uns einsetzen würde. Oder uns zumindest ein *Hört nicht auf ihn* zuflüstern, sobald Dickerson weg wäre. Stattdessen aber sammelt er bloß seine Sachen zusammen und starrt uns regelrecht wütend an. Er hat dunkle Ringe unter den Augen.

»Man hat mich angewiesen, das Training am Montag ausfallen zu lassen«, sagt er. »Aber ich erwarte trotzdem, dass ihr nicht auf der faulen Haut liegt. Geht in den Kraftraum, macht Bauch- und Dehnübungen. Von mir aus auch bei euch im Wohnzimmer, ist mir ganz egal. Hauptsache, ihr bleibt drinnen. Und am Dienstag will ich eure Visagen wieder auf dem Platz sehen. Das hier ändert rein gar nichts.«

Ich merke, wie Stella sich neben mir versteift. Sie weiß genauso gut wie ich, dass der Coach sich irrt. Das hier ändert alles.

Ich schrecke zitternd aus dem Schlaf hoch, die Finger in meine durchgeschwitzte Bettdecke gekrallt. Meine Zähne sind zusammengebissen, und es dauert einen Moment, bis ich wieder Luft kriege. Bis mir klar wird, dass meine Nachtangst zurück ist. Ich sehe nur verschwommen und kneife die Augen zu. *Atmen,* ermahne ich mich selbst. *Ein, aus.* Aber meine Lungen tun weh. Ich versuche, mich zu beruhigen und den Dämon abzuschütteln, der mir auf den Fersen war.

Entschlossen drehe ich mich auf die Seite und starre aus dem Fenster in die tintenschwarze Nacht, durchsetzt von hellen Sternenpünktchen. Derselbe Ausblick wie im Sommer, als ich auf Noahs Signal gewartet habe, ein winziges Steinchen, das gegen die Scheibe prallte. Das totale Klischee, aber es funktionierte nun mal. Und immer, egal, ob es in der Nacht zum Mittwoch passierte, wenn ich früh für meine Schicht am See aufstehen musste, oder in der zum Samstag, wenn ich ausschlafen durfte, flatterte ein Schwarm Schmetterlinge in meinem Bauch umher. Ich war wie der Pawlowsche Hund – Noah rief und ich kam angerannt.

Beim ersten Mal, Ende Juni, hatte ich das Geräusch noch falsch eingeordnet, es für einen Zweig gehalten. Aber dann flog der zweite Stein und die Sache wurde eindeutiger. Ich kletterte aus dem Bett, ging zum Fenster und spähte runter in den Garten. Dort stand Noah in einem dunklen Hoodie, neben ihm im Gras lag sein BMX-Rad. Er winkte.

Es war leicht, das Rankspalier an der Hauswand bis zu meinem Fenster hochzuklettern, aber ich gab Noah zu verstehen, dass ich runterkommen würde. Schnell zog ich mir ein Sweatshirt über, band mir ein Halstuch um und schlich auf Zehenspitzen die Treppe runter und durch die Schiebetür an der Hausseite. Sobald ich draußen war, rang Noah mich spielerisch zu Boden. Er küsste mich auf den Hals und fuhr mit seinen kühlen Händen über meinen Bauch.

»Pssst!« Ich konnte kaum das Lachen unterdrücken. »Meine Eltern!«

»Wollen wir eine Runde drehen?« Noahs Augen funkelten.

Kurz darauf waren wir unterwegs zum Sweetwater Lake. Ich stand auf den Fußrasten an Noahs Hinterrad und hielt mich an seinen Schultern fest, atmete seinen Duft ein, versuchte, ihn zu absorbieren, um diesen Moment nie wieder zu vergessen.

Am See angelangt, sperrte Noah das Eingangstor auf – als Leiter des Rettungsschwimmerteams hatte er einen Schlüssel. Er breitete eine Decke auf dem Sand aus und wir warteten zusammen auf den Sonnenaufgang. Noah holte einen zerfledderten Lyrikband aus dem Rucksack und las mir daraus vor. »Das Geheul« von Allen Ginsberg. Ich war mir nicht ganz sicher, was ich von dem Gedicht halten sollte, aber mir gefiel die Art, wie Noah es vortrug, und dass er überhaupt Gedichte las. Mir gefiel, dass er mich immer wieder überraschte. Ich schloss die Augen und zog die Knie an die Brust, während er voller Inbrunst den Text rezitierte. Als ich die Augen wieder öffnete, war der Himmel bläulich-violett und schien direkt dem stillen See zu entströmen, friedlich und warm. Am liebsten hätte ich jede Sekunde in mir konserviert, um mich bis in alle Ewigkeit daran zu erinnern, was für ein Gefühl es war, geliebt zu werden, vergöttert, begehrt.

»Es ist einfach perfekt«, sagte Noah leise und schlang den Arm um mich. »Du bist perfekt.« Er klappte das Buch zu und legte es beiseite. Dann beugte er sich vor und küsste mich, so fordernd, dass mir sofort klar war, was passieren würde. Die Sache zwischen uns lief schon seit einer Weile, und das hier war der natürliche, der offensichtliche nächste Schritt. Und ich wollte es genauso. So sehr.

Dann ging alles ganz schnell. Seine rauen Finger strichen über meinen Bauch und ich erschauderte. »Ich hab das noch nie gemacht«, flüsterte ich an seiner Halsbeuge, während unsere nackte Haut aneinanderklebte wie Gummi.

»Ich weiß«, sagte er. »Keine Sorge.« Er drängte zwischen meine Beine und schob sich in mich, ohne irgendetwas zwischen uns.

»Was ist mit –«, fing ich an. Ich wollte, dass er ein Kondom benutzte. Wusste, dass wir eins brauchten.

Doch Noah lächelte bloß und gab mir einen Kuss. »So ist es viel schöner«, sagte er. »Ich passe einfach auf.«

Natürlich hätte ich protestieren, darauf bestehen müssen, aber das tat ich nicht. Ich hielt einfach den Mund. Sein Blick wanderte von meinem Gesicht zu meiner Brust und weiter nach unten, wo er in mir verschwand. Dann schloss er die Augen, bis er die Ziellinie erreichte.

Seine Armmuskeln spannten sich an und sein Oberkörper bäumte sich auf. Anfangs hatte es ein kleines bisschen wehgetan, doch nach dem ersten Schreck spürte ich rein gar nichts mehr. Keinen ekstatischen Rausch, kein brennendes Verlangen. Es gab kein Blut, keine bahnbrechende Veränderung, kein Erwachen. Wir waren einfach nur zwei Knochensäcke, die sich miteinander verknäuelten, klebrig vor Schweiß.

»Wow«, stieß er keuchend hervor, als er sich schließlich von mir herunterrollte. »Wow.« Während die Sonne über den Horizont stieg, schöpfte er langsam wieder Atem.

»Mhm«, erwiderte ich und zog die Picknickdecke über mich.

Ich fand die Vorstellung schon immer absurd, meine Jungfräulichkeit zu »verlieren«, als wäre sie mir irgendwie zwischen die Sofapolster gerutscht. Als wäre das etwas, was jemand mir wegnehmen konnte. Als ich in die Pubertät kam, habe ich mir oft ausgemalt, mit wem es mal passieren würde und wie – in einem Bett zwischen seidenen Laken oder vielleicht in einem mit Lichterketten dekorierten Zelt beim Camping. Aber dann lernte ich die Realität kennen, die viel weniger interessant oder romantisch ist, sondern ganz schön nüchtern – Haut und Körperflüssigkeiten und seltsame Geräusche. Menschlich eben.

Da war nichts als Noah, muskulös, verschwitzt, und das Glibberzeug zwischen meinen Beinen. Ich wischte es mit meinem Halstuch weg und knüllte den Stoff in der Faust zusammen. Noah zog mich an sich und küsste mich auf die Stirn, die Wangen, die Nase, das Kinn. Er strich mir durchs Haar, während ich gegen den Schlaf ankämpfte. Später, als er mich zu Hause absetzte, merkte ich, dass es zwischen meinen Beinen immer noch feucht war. Und erst da begriff ich: Er hatte nicht aufgepasst.

So viel von diesem Sommer habe ich mit Warten verbracht, mit der Hoffnung auf Steinchen, die gegen mein Fenster prallten und mich zu einem Abenteuer einluden. Nie habe *ich* an *sein* Fenster geklopft. Ich dachte, das wäre gar nicht erlaubt. Ich dachte, das läge gar nicht in meiner Macht.

Aber nachdem wir bei dem Arzt in Newburgh gewesen waren, kam Noah nicht mehr. Zu der Zeit fing ich an, meine Laufrunden auf den frühen Morgen zu verlegen, in die Stunden, die fast noch zur Nacht gehören.

Mittlerweile verstehe ich, warum Stella immer nur vor Sonnenaufgang läuft. Da ist alles noch so frisch und neu und gleichzeitig ein kleines bisschen unheimlich. Die Luft ist kühl, fast beißend, und unverbraucht. Und wenn die Sonne am Seeufer über den Horizont blinzelt, schnürt sich mir jedes Mal die Kehle zu und meine Augen werden feucht. Es ist so wunderschön, dass es wehtut.

Mein Wecker zeigt 4:05 Uhr an und ich gebe den Gedanken an Schlaf vollständig auf. Heute Morgen ist irgendwas anders. Heute Morgen bin ich trotzig. Heute pfeife ich auf das, was Bürgermeister Dickerson und Detective Parker gesagt haben. Ich werde nicht aufhören zu laufen. Das ist das Einzige, was mir noch geblieben ist.

Ich wälze mich aus dem Bett. Ohne Licht anzumachen, taste ich nach einer Jogginghose und einem Sweatshirt, ziehe mich an und schleiche auf Zehenspitzen die Treppe runter zur Hintertür, die am weitesten vom Schlafzimmer meiner Eltern entfernt ist.

Draußen ist es so kalt, als wäre es über Nacht Winter geworden. Bis zum Mittag wird es sich sicher noch ein wenig aufwärmen, aber jetzt, zu dieser frühen Stunde, ist die Luft wie pures Eis.

Nach mehreren Tagen ohne Training fühlen sich meine Muskeln verspannt und vernachlässigt an, also laufe ich ganz langsam los, durch den Garten und die Straße runter Richtung Stadtmitte, während mir die ganze Zeit Mr Dickersons Worte durch den Kopf spuken. *Es sind nun mal nicht die Jungen, die beim Joggen verschwinden.*

In der Stadt ist alles ruhig. Bei uns gibt es keine Geschäfte, die rund um die Uhr geöffnet haben, weder die Apotheke vom alten Ned, einem Edgewater-Urgestein, noch die Tankstelle, deren Neonschild noch aus den Siebzigern stammt. Die Brooklyner Touristen posten davon ständig Fotos bei Instagram.

Ich laufe vorbei am Diner, wo um fünf Uhr die Lichter angehen und die ersten Farmer bewirtet werden, dann vorbei am Bioweinladen, der von einer Truppe schnurrbärtiger Hipster betrieben wird. Vorbei an der Seifenmanufaktur, der Käsehandlung und der auf Sauerteig- und Roggenbrotsorten spezialisierten Bäckerei. Alles liegt noch im Dunkeln. Hier stehen nicht mal Straßenlaternen, nur der Mond leuchtet. Wenn es bewölkt ist, sieht man kaum die Hand vor Augen. Kein Wunder, dass Edgewater bei Mördern so beliebt ist.

Am Ende der Hauptstraße werde ich schneller und biege nach links ab, bergauf zum Lieferanteneingang des Ellacoya Resorts. Dort endet der Schotterweg und nur noch ein schmaler Pfad windet sich um den See.

Ich laufe der aufgehenden Sonne entgegen. Zuerst verfärbt sich der Himmel zu einem Ton irgendwo zwischen Milchigviolett und Staubblau. Alles wirkt wie verzaubert, aber trotzdem denke ich ein bisschen wehmütig an die Sterne, die vor wenigen Minuten noch über mir gefunkelt haben. Das Wasser erkenne ich nur an seiner reflektierenden Oberfläche, die sich glitzernd und schimmernd vor mir ausbreitet. Der See ist ruhig, und das Geräusch der winzigen Wellen, die ans Ufer schwappen, versetzt mich zurück in all die Nächte zuvor, die ich allein hier war, nur ich und meine Haut, meine Muskeln und mein Herzschlag. All die Nächte, in denen ich vergessen konnte, was ich getan habe, in denen ich einfach nur sein konnte.

Gefürchtet habe ich mich auf diesen Runden noch nie, obwohl uns andauernd eingetrichtert wird, dass das angebracht wäre. Was mir vielmehr Angst macht, sind Menschen. Diejenigen, die einen von Kopf bis Fuß mustern. Hier draußen im Dunkeln, in der Nacht, kann ich einfach mit dem Unterholz verschmelzen.

Aber dann schweifen meine Gedanken zu Mila. Sie hatte nie die Gelegenheit, diesen Ort wirklich kennenzulernen. Nicht so wie ich. Was würde sie jetzt sagen, wenn sie bei mir wäre? Daran will ich lieber nicht denken. Ich laufe noch schneller, versuche, sie loszuwerden, und nehme die Kurve Richtung Bootsanleger.

Plötzlich knackt irgendwo ein Zweig. Ich stolpere und lande auf allen vieren in einem trockenen Laubhaufen. Keuchend blicke ich mich um, beinahe in der Erwartung, Mila auf mich zurennen zu sehen. Doch da ist niemand. Nur der Wind und das sanft gewellte Wasser. Ich stemme mich wieder hoch und versuche, mein rasendes Herz zu beruhigen. Im Gebüsch raschelt es und für einen Sekundenbruchteil bekomme ich keine Luft. Was, wenn der Mörder doch zurückgekehrt ist?

Aber ich weiß, dass das nicht sein kann.

Blinzelnd schüttele ich den Kopf und laufe weiter, folge dem Pfad bergauf, weg vom Resort, weg vom Wald. Mein Atem geht flach und unstet, als ich den Weg zurück durch die Stadt nehme, wo im Diner gerade einer der Köche das Licht einschaltet und die Grillplatte anfeuert. Ich biege nach rechts ab und entscheide mich für den Umweg über die Schule.

Der Himmel ist mittlerweile leuchtend orangegelb – ein neuer Tag bricht an.

Plötzlich höre ich Stimmen. Zuerst ganz leise, aber zischend, abgehackt und scharf.

Mein Puls hämmert mir in den Ohren, und ich werde langsamer, als ich den Parkplatz der Edgewater High erreiche. Ich verschränke die Hände hinter dem Kopf, spüre, wie mir der

Schweiß über die Haut rinnt, wie mir das feuchte Sweatshirt am Rücken klebt. Panik steigt in mir auf.

Der Parkplatz ist voller Busse, sicher ein halbes Dutzend, mit Satellitenschüsseln auf den Dächern. Davor Frauen in schicken Bleistiftröcken oder Seidenhosen, mit rot geschminkten Lippen und sorgfältig geföhntem Haar. Sie halten Mikrofone oder Tablets in den Händen. Überall stehen bullige Männer in Anzügen und mit Headsets herum. Und Kameras. So viele Kameras. Alle bereit, uns zu filmen, wenn wir in ein paar Stunden zur Schule kommen.

Ich gehe näher ran und lausche angestrengt, um zu verstehen, worüber sie reden, wie sie uns beschreiben – den perfekten Hintergrund zu ihrer brandaktuellen Story.

Ein Stück abseits übt eine Frau mit honigblondem Haar ihren Text ein. Sie wickelt sich einen Schal um den Hals und schließt die Augen.

»Hier ist Gertie Adler von Kanal Zwölf. Ich befinde mich vor der Highschool der kleinen Stadt Edgewater, wo erneut ein junges Mädchen während seiner morgendlichen Laufrunde verschwunden ist«, verkündet sie mit sorgenvollem Blick. »Viele von Ihnen werden sich sicher daran erinnern, dass vor knapp zehn Jahren drei vielversprechende Nachwuchs-Crossläuferinnen in Edgewater ermordet wurden. Die Polizei ging damals davon aus, dass es sich um ein und denselben Täter handelte, aber die Fälle sind bis heute ungelöst. Was natürlich die Frage aufwirft: Ist der Killer zurückgekehrt? Treibt in dieser wunderschönen Bergidylle womöglich ein Serienmörder sein Unwesen?« Ihre Stimme klingt leicht schrill. »Und warum immer wieder Edgewater – oder Deadwater, wie es damals genannt wurde? Was hat diese Stadt an sich, dass sie offenbar Menschen anzieht, die wehrlosen jungen Frauen etwas antun wollen?«

Wut ergreift mich und ich balle die Fäuste. Am liebsten würde ich mich auf diese Tante stürzen, sie zu Boden reißen und ihr die Wahrheit ins Ohr zischen.

Wir sind nicht wehrlos, verdammt noch mal.

STELLA

AM MONTAGMORGEN SCHREIT alles in mir nach einer anständigen Trainingseinheit. Die letzte normale mit dem Coach und der gesamten Mannschaft ist schon fast eine Woche her, und ich spüre, wie meine Muskeln rebellieren, wie sie immer schwächer werden. Doch als ich die Reporterinnen auf ihrem Fleckchen braunem Gras auf der anderen Straßenseite sehe – knapp außerhalb des Schulgeländes –, ist mir sofort klar, dass daraus auch diese Woche nichts werden wird.

Mrs Pérez scheint gerade dabei zu sein, ihnen die Hölle heißzumachen, wovon sich eine besonders vorwitzige Frau mit mausbrauner Hochsteckfrisur jedoch nicht beeindrucken lässt. »Raven Tannenbaum!«, ruft sie. »Glaubst du, Mila ist weggelaufen, so wie deine Schwester?« Raven blinzelt, sagt jedoch nichts, sondern versteckt sich bloß hinter ihrem roten Haarvorhang und legt einen Schritt zu.

»Stella Steckler!«, schreit ein pickelgesichtiger Mann mit blonden Locken. »Was war das für ein Gefühl, beim ersten Wettkampf der Saison gegen Mila zu verlieren?«

Ich knirsche mit den Zähnen, aber Ellie schließt fest die Hand um meinen Ellbogen. Eine Mahnung, ja nicht darauf einzugehen.

»Na und, dann habe ich eben gegen sie verloren«, brummele ich gedämpft. »Das hat ja wohl überhaupt nichts zu bedeuten.«

Ellie nickt ernst, aber ihr Unbehagen ist ihr deutlich anzumerken. Sie hat tiefe Ringe unter den Augen und lässt die

Schultern hängen, als wäre sie völlig erschöpft von dem ganzen Geschehen. »Die wollen dich als Monster darstellen«, flüstert sie.

Dasselbe hat sie auch letztes Jahr gesagt, als ich von der Polizeiwache nach Hause kam, nachdem Parker mich stundenlang in einem kalten, kargen Vernehmungsraum festgehalten und über den Vorfall mit Allison Tarley gelöchert hatte. Immer wieder hat er mich die schrecklichsten fünf Sekunden meines Lebens Revue passieren lassen und mich dabei analysiert, als wäre ich ein wissenschaftliches Versuchsobjekt.

»Du bist ehrgeizig, Stella«, erklärte er damals mit seiner ruhigen, tiefen Stimme. »Das wissen wir ja schon seit Jahren. Du schreckst vor nichts zurück, wenn es darum geht, zu gewinnen, die Beste zu sein, andere auf der Strecke zu lassen. Stimmt's?« In dem Moment war er seinem Sohn Calvin so ähnlich wie noch nie: tough, breitschultrig, gut aussehend, großspurig.

Das war der Punkt, an dem ich mich komplett in mich zurückzog und aufhörte zu reden. Von der Wahrheit würde ich ihn sowieso nicht überzeugen können, so viel stand fest. Mein Schweigen half jedoch auch nicht, wie sich später zeigen sollte. Wie konnte mein Instinkt mich bloß derart trügen?

»Die wollen dich als Monster darstellen«, sagte Ellie also damals. Wir hatten beide nasse Haare vom Duschen und sie lümmelte am Fußende meines Betts. »Da solltest du wenigstens so tun, als wärst du keins.«

Jetzt, auf dem Schulflur, werden um mich Spindtüren zugeschlagen. Alles scheint so langsam abzulaufen, als würden wir durch zähen Sirup waten. Furcht und Sorge blubbern unter der Oberfläche, und alle sehen einander mit weit aufgerissenen Augen an, wie um zu fragen: *Schon wieder?*

Zur Zeit der Morde waren wir noch in der Grundschule und

bei Shiras Verschwinden in der Junior Highschool. Aber ich erinnere mich noch ganz genau, wie damals selbst die Lehrer zusammenzuckten, wenn der Wind ein Fenster aufstieß, wie früh man als Mädchen abends zu Hause sein musste, wie unsere Eltern Riegel an den Türen installierten.

Als wir Ellies Klasse erreichen, stupst sie mich mit dem Ellbogen an und wirft mir einen eindringlichen Blick zu – ihren »Tu nichts, was du bereuen könntest«-Blick, der für Situationen reserviert ist, in denen ich kurz vor dem Ausrasten bin. Dabei ist das gar nicht so. Heute nicht.

Nach letztem Jahr machen mir ein paar Reporter bestimmt keine Angst.

Während ich allein weiter den Flur runtergehe, sehe ich aus dem Augenwinkel etwas Blaues aufblitzen, einmal, zweimal, und dann hundertfach. Alles ist mit Flyern zugepflastert: das Schwarze Brett, die Wände, selbst der Boden liegt voll davon. Ich bleibe stehen und hebe einen der Zettel auf, fühle das dicke Papier zwischen den Fingern.

SPENDENLAUF FÜR MILA KEENE
5 KM UM DEN SPORTPLATZ
DIENSTAG
15:00 UHR
TEILNAHME 15 $
ALLE EINNAHMEN WERDEN FÜR DIE SUCHE
NACH MILA KEENE AUFGEWENDET
GESPONSERT VOM EGDEWATER-CROSSLAUF-TEAM

Mein Mund klappt auf und mein Gesicht fühlt sich plötzlich heiß an. Schon klar, dass sie es gut meinen, aber was ist denn mit dem Training? Ausgerechnet jetzt, wo die Regionalmeisterschaft naht und wir sowieso schon jede Menge Zeit verloren haben. Will außer mir denn niemand gewinnen? Doch. Mila hätte es gewollt. Ich mache auf dem Absatz kehrt und renne zurück durch die Flure zum Büro des Coachs. Seine Tür steht offen und er wühlt in einem Stapel Papiere.

»Stella«, begrüßt er mich wenig erfreut. Er wirkt hektisch und ist unrasiert. »Was gibt's?«

Ich halte den Flyer hoch und öffne den Mund. Doch der Coach hebt die Hand.

»Kein Wort.«

»Aber –«, fange ich an.

»Aber was?« Er klingt müde und genervt, als wäre er die ganze Nacht wach gewesen oder würde momentan nur von Kaffee und Energieriegeln leben, was beides durchaus vorstellbar wäre. »Setz dich.«

Gehorsam lasse ich mich auf den Plastikstuhl ihm gegenüber fallen, verschränke jedoch trotzig die Arme vor der Brust.

»Uns ist jetzt schon fast eine Woche Training durch die Lappen gegangen«, beschwere ich mich. »Wenn das so weitergeht, sind wir bis zur Regionalmeisterschaft alle komplett eingerostet.« Doch wir wissen beide, dass ich mir nicht um uns *alle* Sorgen mache. Sondern nur um mich.

»Hör mal zu, Stella. Das ist nicht so einfach nach der Geschichte letztes Jahr. Parker hat dich immer noch auf dem Kieker, darum wär's wirklich besser für dich, wenn du jetzt einfach mal 'ne Weile den Ball flachhältst.« Der Coach beugt sich vor. »Ich muss dich ja wohl kaum daran erinnern, dass deine Chancen auf ein Stipendium mittlerweile fast bei null stehen. Du bist jetzt in der elften Klasse. Da treffen die Scouts ihre endgültigen Entscheidungen. Du kannst von Glück reden, wenn sie dich überhaupt noch mal in Betracht ziehen. Oder hast du das etwa vergessen?«

Ich kämpfe gegen das Brennen in meinen Augen, das Kratzen in meiner Kehle an und nicke wortlos. Als ob ich das je vergessen könnte.

»Das Letzte, was wir gebrauchen können, ist, dass du dich durch irgendwas verdächtig machst oder sonst wie auffällig verhältst«, fährt er fort. »Du musst jetzt vor allem beweisen, dass du teamfähig bist. Und darum will ich, dass du die Suche nach Mila unterstützt, ohne zu viel Interesse an dem Fall zu bekunden. Verstanden?«

Natürlich verstehe ich das. Ich will Mila schließlich selbst finden, damit wir endlich zusammen über das alles lachen und einander wieder zu Höchstleistungen antreiben können. Doch wenn ich auch nur versuche, irgendwas davon auszusprechen, fange ich an zu weinen, das weiß ich. »Aber wenn das Training morgen schon wieder für diesen *Spendenlauf* draufgeht, wie sollen wir unsere Leistung denn jemals verbessern? Wie soll *ich* dann die Regionalmeisterschaft gewinnen, um denen zu zeigen, dass ich zu gut bin, um ignoriert zu werden?«

Der Coach hebt die Arme über den Kopf und streckt sich. »Was weiß ich? Tob dich im Kraftraum aus, stell dich aufs Laufband. Das hier ist nun mal wichtiger als Training, Stella.« Einen Moment lang lässt er seine Worte wirken, ehe er sich wieder vorbeugt und die Stimme dämpft, als wolle er mir ein Geheimnis verraten. »Milas Dad scheint komplett von der Bildfläche verschwunden zu sein«, sagt er. »Darum muss ihre Mom jetzt ganz allein das Honorar für einen Privatdetektiv aufbringen, obwohl der Typ angeblich Geld hat wie Heu. Sie traut Parker und seinen Leuten nicht. Und darum erwarte ich, dass du morgen brav da erscheinst und keine Szene machst. Okay?«

»Na schön.«

»Gut. Du kannst den Lauf ja als Trainingseinheit nutzen. Arbeite an deiner Zeit, zieh dein Ding durch und bau keinen Mist.«

»Okay, danke, Coach.« Ich nehme meine Tasche und will gehen.

»Ach, und Stella?«

»Ja?«

»Ich weiß, so was ist nicht unbedingt dein Ding, aber dir würde kein Zacken aus der Krone brechen, wenn du mal ein paar Emotionen zeigst.«

»Emotionen?«

»Na, Gefühle und so ’n Kram.« Er grinst, als hätte er gerade den Witz des Jahrhunderts gerissen, wird jedoch in der nächsten Sekunde wieder ernst. »Immerhin wird ein Mädchen vermisst.«

Wieder knirsche ich mit den Zähnen. Am liebsten würde ich ihn zu Boden schubsen und ihm die Betroffenheit aus dem Gesicht schlagen. Der Coach hat keine Ahnung, wovon er da gerade redet, und ich weiß nicht, wie ich es ihm erklären soll. Also lasse ich es bleiben.

Die Flyer scheinen mich den ganzen restlichen Tag zu verfolgen. Sowohl in Geschichte als auch in Französisch sehe ich sie auf sämtlichen Tischen liegen. Und auch, als ich vor der dritten Stunde zu meinem Spind gehe, um die Bücher, die ich nicht mehr brauche, wegzubringen, fällt mein Blick ständig auf blaues Papier. Es kostet mich alles, was ich an Selbstbeherrschung aufbringen kann, nicht jeden einzelnen davon in Fetzen zu reißen.

»Hi, Stella.«

Als ich hochgucke, lehnt Tamara am Spind neben meinem, einen Stapel Zettel an die Brust gedrückt.

Ich murmele eine Begrüßung und drehe an meinem Zahlenschloss.

»Ich wollte fragen, ob wir morgen bei dem Spendenlauf auf dich zählen können«, erkundigt sie sich.

Ich bin drauf und dran, ihr irgendeine bissige, sarkastische Antwort zu geben, doch als ich ihr in die Augen sehe, lese ich Angst darin. Nervös wickelt sie sich einen ihrer Braids um den Finger.

»Ich bin dabei«, erwidere ich freundlicher als geplant.

»Ich weiß, dass uns dadurch schon wieder eine Trainingseinheit flöten geht, aber …«

Schulterzuckend plappere ich nach, was kurz zuvor der Coach zu mir gesagt hat. »Das hier ist nun mal wichtiger als Training.« Tamaras gequälter Gesichtsausdruck ist die beste Bestätigung dafür, dass er recht hat, und bringt etwas in mir zum Schmelzen. »Danke, dass du das alles organisiert hast«, füge ich hinzu. »Der Coach hat mir erzählt, dass von Milas Dad so gar nichts kommt.«

»Ja, ist echt übel. Wäre einfach schön, wenn wir Shawna wenigstens ein bisschen unterstützen könnten.«

»Finde ich auch.« Ich öffne meinen Spind und will nach meinem Physikbuch greifen. Doch bevor ich die Finger um den dicken Buchrücken schließen kann, fällt mir etwas entgegen und klatscht auf den Boden.

Ich bücke mich danach und im nächsten Moment bleibt mir fast das Herz stehen. Das ist Milas Schülerinnenausweis. Die Ränder sind braun verdreckt und ihr Gesicht auf dem Foto ist fast komplett unter einem Schlammspritzer verschwunden. *Wie kommt der denn hier rein?* Hastig hebe ich ihn auf und bete, dass Tamara nichts mitgekriegt hat, dass sie keine Fragen stellt. Ich stopfe den Ausweis zurück in meinen Spind und knalle die Tür zu. Doch als ich Tamara ansehe, sind ihre

Augen vor Entsetzen geweitet. Und jetzt kommen auch noch Noah, Julia und Raven den Flur runter auf uns zu.

»Ich muss los«, stoße ich hervor und renne los Richtung Sporthalle, dem einzigen Ort, wo ich allein die Mittagspause verbringen und einfach nur in Ruhe nachdenken kann. Wie ist Milas schlammverschmierter Ausweis in meinem Spind gelandet? Wer hat ihn mir untergejubelt? Zum ersten Mal seit Milas Verschwinden erscheint es mir, als ob hier tatsächlich irgendwas nicht mit rechten Dingen zugeht. Und wer auch immer dahintersteckt, will die Sache mir in die Schuhe schieben.

In Physik zähle ich die Sekunden auf der Uhr über der Tür mit, bis die Stunde endlich vorbei ist. Sobald es klingelt, mache ich mich auf den Weg zurück zu meinem Spind. Doch dort wartet schon Mrs Pérez, die Arme verschränkt, und neben ihr steht Detective Parker. Beide starren auf den Spind, als würde er unter ihren unnachgiebigen Blicken von allein aufspringen.

Kurz überlege ich, was wohl passieren würde, wenn ich einfach losrenne. Aber der Flur ist vollkommen überfüllt und ich würde es auf keinen Fall zum Ausgang schaffen, ohne ein paar Neuntklässler umzunieten.

»Stella Steckler«, ruft die Pérez, als sie mich sieht. Es wird ganz still auf dem Flur. »Kommst du bitte mal her?«

Ich halte die Luft an und gehe auf meinen Spind zu, voller Angst vor dem, was sich darin befindet.

»Wir haben Grund zu der Annahme, dass sich in deinem Spind wichtige Beweisstücke befinden, Stella«, erklärt Parker kühl, ruhig. »Tu uns doch den Gefallen und sperr ihn mal auf. Sonst müssten wir den Generalschlüssel holen.«

Ich weiß nicht, was ich machen soll. Hitze durchflutet mich und ich balle die Fäuste. Um uns hat sich schon eine Zuschauermenge versammelt. Alle flüstern hinter vorgehaltener Hand und recken die Hälse.

»Alle anderen bitte weitergehen. Ihr habt doch jetzt sicher Unterricht«, ruft Mrs Pérez, aber niemand hört auf sie.

Ich sehe Noah, Tamara, Raven und Julia am Ende des Flurs stehen und neugierig zu uns rüberstarren. Wer von ihnen hat mich verpfiffen?

Mir bleibt keine Wahl. Mit zitternden Fingern stelle ich meine Zahlenkombination ein. Die Tür öffnet sich, und ich trete mit angehaltenem Atem zurück und warte, während die beiden nach Milas Ausweis suchen oder was mir sonst noch untergeschoben wurde.

Sekunden vergehen, aber nichts passiert. Niemand keucht schockiert auf, stößt einen Fluch aus oder hält triumphierend die gesuchte Plastikkarte hoch. Schließlich knallt Parker die Tür wieder zu. »Nichts von Interesse«, befindet er. »War wohl ein falscher Tipp.«

Wie jetzt? Parker und Mrs Pérez verschwinden Richtung Büro und scheuchen unterwegs alle in ihre Klassen.

Sobald der Flur leer ist, reiße ich meinen Spind wieder auf und wühle selbst nach dem Ausweis. Nichts. Ratlos trete ich einen Schritt zurück.

Plötzlich sehe ich Ellies dunklen Schopf auf mich zukommen. Sie tritt dicht neben mich und flüstert mir ins Ohr: »Ich hab mich drum gekümmert.«

»Was?«, zische ich.

Doch in dem Moment klingelt es und Ellie verschwindet zu ihrer nächsten Stunde.

»Ellie!«, versuche ich, sie aufzuhalten, damit sie mir erklärt, was zum Teufel hier eigentlich los ist. Aber sie geht einfach weiter und dreht sich nicht um.

STELLA

FÜR DIE NÄCHSTEN vierundzwanzig Stunden gibt es in der ganzen Schule kein anderes Thema als den Spendenlauf. Sämtliche Wände sind mit Milas Klassenfoto zutapeziert, dem gleichen Foto wie auf ihrem Schülerinnenausweis. Ihrem *schlammverschmierten* und nun *verschwundenen* Schülerinnenausweis. Der in meinem Spind war – und dann plötzlich nicht mehr. Ich versuche, das seltsame Gefühl abzuschütteln, das mich seitdem fest im Griff hat, und hole meine Laufschuhe aus der Sporttasche. Um mich drängt sich der Rest des Teams, schlüpft aus Jeans und Fleecejacken und stattdessen in Trikots.

»Hier.« Tamara hält mir ein lila Band hin.

»Was soll ich damit?«, frage ich.

Julia, die hinter Tamara steht, verdreht die Augen. »Mein Gott, dir umbinden«, stöhnt sie. »Um den Zopf, ums Handgelenk, was weiß ich? Meinetwegen auch als Schlinge um den Hals.«

»Die tragen wir alle«, steuert Raven bei und knüpft sich ihres als Schleife um den dünnen Pferdeschwanz. »Lila ist Milas Lieblingsfarbe.«

»Woher weißt du das denn?« Wut staut sich in mir auf. Ich bin mir immer noch nicht sicher, wer von ihnen Mrs Pérez von dem Ausweis in meinem Spind erzählt hat, aber Ravens knallroten Wangen nach ist sie die heißeste Kandidatin.

Raven zuckt mit den Schultern und huscht davon. Das Band ist aus dickem, glänzendem Stoff und an den Enden, wo Tamara es mit der Schere abgeschnitten haben muss, ein bisschen ausgefranst. Eigentlich will ich nicht bei so einer heuchlerischen Blödsinnsgeste mitmachen, aber dann muss ich an die Worte vom Coach denken: *Keine Szene.* Also nehme ich meine Haare zu einem niedrigen Pferdeschwanz zusammen und knote das Band darum. Die Enden kitzeln mich im Nacken und ich weiß schon jetzt, wie sehr mir das beim Laufen auf den Keks gehen wird.

»Dann mal los!«, ruft Tamara. »Für Mila!« Der Rest des Teams folgt ihr nach draußen und ich bleibe allein mit dem Geruch nach abgestandenem Schweiß in der Stille zurück. Letztere hält allerdings nur so lange an, bis Ellie in die Umkleide gestürzt kommt und beinahe eine der Holzbänke umwirft, als sie sich darauf plumpsen lässt.

»Nett, dass du dich auch noch blicken lässt«, ätze ich.

Ellie fängt hastig an, sich umzuziehen. »Leck mich doch«, faucht sie, ohne mich anzusehen.

»Was ist denn los?«, frage ich. Aber Ellie antwortet nicht. Gedämpft sage ich: »Hey, wegen dieser Sache mit dem Ausweis –«

»Lass gut sein«, knurrt Ellie, noch immer mit gesenktem Kopf, und zieht ihre Socke hoch.

»Woher wusstest du davon?«, will ich wissen. »Hast du was damit zu tun?«

Ellie steht auf und streckt einen Arm quer über die Brust, um ihn zu dehnen. »Raven hat den Ausweis bei dir gesehen und alles gleich in der ganzen Schule rumgetratscht«, berichtet sie. »Und ich dachte mir, die Gelegenheit, dich bei irgendwas zu erwischen, lässt Parker sich mit Sicherheit nicht durch die Lappen gehen. Ich kenne ja deine Zahlenkombi, also habe ich mich darum gekümmert. Das war's.«

»Aber –« Ich will ihr erklären, dass ich nichts mit Milas

Verschwinden zu tun habe, dass ich genauso verwirrt bin wie alle anderen.

Ellie hebt abwehrend die Hände. »Mehr gibt's da gar nicht zu bereden, Stella. Ich stehe hinter dir, bedingungslos. Genau wie du hinter mir.« Sie beißt sich auf die Unterlippe. »Du und ich gegen den Rest der Welt, stimmt's?«

»Stimmt«, sage ich sanfter.

»Na komm«, fordert sie mich auf. »Gehen wir.«

Ich weiß nicht, was ich erwartet hatte, aber der Trubel auf dem Sportplatz lässt mich wie angewurzelt stehen bleiben. Die Tribünen sind voller Schüler und Lehrer, die Schilder mit Aufschriften wie »HOLT MILA NACH HAUSE« und »FINDET MILA KEENE« hochhalten. Davor hat sich die Marschkapelle in Formation gebracht und trägt heute einheitliche lila T-Shirts mit dem Aufdruck »MILA, WIR VERMISSEN DICH«. Die Rasenfläche in der Mitte, wo sich normalerweise die auswärtige Mannschaft für den Wettkampf bereit macht, ist voller Presseleute mit Kameras, Mikrofonen und Aufnahmegeräten. Und überall starrt mir Milas Gesicht von immer demselben Klassenfoto entgegen, lächelnd, als wäre alles in Ordnung. Dabei kennen diese ganzen Menschen sie überhaupt nicht. Keiner von denen weiß das von ihrem Dad oder dass sie sich für Kunstgeschichte interessiert. Ich wette, denen ist noch nicht mal das Gänseblümchentattoo an ihrem Handgelenk aufgefallen oder dass in ihr derselbe kompromisslose Ehrgeiz lodert wie in mir.

»Wow«, haucht Ellie.

»Aber echt.«

Doch als ich ihrem Blick folge, sehe ich, dass sie nicht die Presse oder die Marschkapelle meint. Stattdessen starrt sie auf die erste Reihe der Tribüne, wo sechs Scouts mit ihren Klemmbrettern und Baseballkappen sitzen.

»Was wollen die denn hier?« Ellie dreht sich zu mir um. »Wusstest du das?«

Meine Kehle ist plötzlich rau. »Nein«, krächze ich.

Einer der Scouts, der Typ aus Yale, der schon beim ersten Wettkampf der Saison war, entdeckt mich und stößt seinen Nebenmann an. Kurz darauf sind alle Blicke auf uns gerichtet, die Steckler-Schwestern.

»Unglaublich«, schimpft Ellie. »Ich dachte, das hier ist eine Wohltätigkeitsveranstaltung.«

Jetzt erkenne ich auch den Scout von der Georgetown und fange an, mich mental in Wettkampfstimmung zu bringen. Mein Atem wird ruhig und rhythmisch. Der Nebel in meinem Kopf beginnt sich zu lichten.

Ich folge Ellie zum Coach, der bereits die anderen zusammengerufen hat. Er ist umringt von der ersten Mannschaft, aber auch ein paar aus dem Juniorenteam sind dabei, sowie jede Menge Leute, die sich einfach nur wegen Mila für den Lauf angemeldet haben.

Ein Stück weiter entdecke ich Detective Parker auf der Tribüne, der mit verschränkten Armen dasitzt. Ich bemühe mich, ihn zu ignorieren. Heute darf ich mich nicht von ihm ablenken lassen, nicht wenn die Scouts hier sind.

Auf dem Platz neben ihm hockt Shawna Keene, deren Schwester gerade ans Mikrofon tritt, um ein paar Worte zu sagen. Sie spricht ruhig und selbstbewusst darüber, wie sehr Mila das Laufen liebt, und berichtet, dass ihr altes Team in Connecticut heute ebenfalls einen Spendenlauf für sie abhält. Nach ungefähr einer Minute holt sie tief Luft und schließt die Augen. Als sie sie wieder öffnet, lässt sie den Blick über die Menge schweifen und umklammert mit beiden Händen das Mikro.

»Holt unser Mädchen nach Hause«, bittet sie. »Holt Mila nach Hause.«

Meine Brust zieht sich zusammen, und ich fange an, auf der Stelle zu hüpfen, um warm zu bleiben und einen kühlen Kopf zu bewahren. Ich denke an Mila, frage mich, wo sie sein mag. Was sie gerade macht, denn irgendwas *muss* sie schließlich machen. Sie *muss* einfach noch am Leben sein. *Was würde sie tun, wenn sie jetzt hier wäre?,* überlege ich. Und die Antwort ist klar: Sie würde versuchen zu gewinnen.

Jetzt tritt Mrs Pérez zu Shawnas Schwester ans Mikrofon. »Es freut mich, verkünden zu dürfen, dass wir bereits viertausend Dollar für die Suche nach Mila eingenommen haben!« Auf den Tribünen bricht Jubel aus und Milas Mom lächelt schwach. »Aber es darf selbstverständlich noch bis heute Abend weitergespendet werden.« Mrs Pérez hebt eine Trillerpfeife. »Und jetzt kommen wir erst mal zum wichtigsten Programmpunkt. Alle Teilnehmerinnen und Teilnehmer auf die Plätze, bitte!« Der riesige Pulk schiebt sich Richtung Startlinie und ich dränge mich möglichst weit bis zur Innenbahn durch. Mein Herzschlag beruhigt sich und ich schließe für eine Sekunde die Augen. »Fertig!«, ruft die Pérez jetzt. »Los!«

Das lasse ich mir nicht zweimal sagen. Ich bin schon eine Million Mal um diesen Platz gerannt, kenne jede Unebenheit, jeden Riss im Boden so genau wie meine eigenen Beine, meine Muskeln, mein Herz. Sobald ich mich in Bewegung setze, verblasst alles andere um mich. Der Jubel verklingt. Ich bin wie in einem dunklen Loch, ringe nach Luft und um meinen Platz in der Menge. Aber ich kann nichts und niemanden sehen. Hier gibt es nur mich.

Erste Runde geschafft, dann die zweite, und in der dritten wüsste ich nicht mal mehr zu sagen, wen ich bereits überholt habe, wer mir gefährlich werden könnte. Einige der Teilnehmenden spazieren einfach gemütlich über die Bahn. Eltern und Verwandte, Leute aus der Theater-AG, die ganz *freiwillig* hier sind, um etwas Gutes zu tun. In Wahrheit wollen sie sich wahrscheinlich bloß vor den Hausaufgaben drücken. Ich dagegen sprinte weiter, treibe mich unermüdlich an, und alle diese Fremden, die mir nichts bedeuten, springen zur Seite, wenn ich komme. Sie hören mich schon von Weitem und spüren den Luftzug, wenn ich vorbeipresche. Ich bin der Wind, ich bin die Geschwindigkeit und ich bin eins mit der Strecke.

Dann geht es in die sechste und letzte Runde, und ich weiß, ich kann sie meistern. Ich kann noch mal richtig aufdrehen, meine Zeit verbessern und diesen ganzen Scouts zeigen: *Ich bin Stella Steckler und ich bin ein Star*.

Das Ziel rückt immer näher, und meine Lungen stehen in Flammen, aber kein Schmerz der Welt kann mich jetzt noch aufhalten. Und dann habe ich es geschafft und verlangsame meinen Lauf, um meine Muskeln zu schonen, um meinen Sieg zu genießen. Ich lege den Kopf in den Nacken, sehe hoch in den klaren blauen Himmel und denke an Mila. Wenn sie heute hier wäre, hätte sie mit mir Schritt gehalten. Sie wäre neben mir über die Ziellinie gelaufen.

Dann werfe ich einen Blick auf die Uhr, um meine Zeit zu checken. Wow. Ich habe meinen PR nicht nur geknackt, sondern regelrecht dem Erdboden gleichgemacht. Fast breche ich in Tränen aus, so gut, so frei, so lebendig fühle ich mich. Zumindest ein Lächeln kann ich mir nicht verkneifen, das breite Grinsen, das bei mir für Medaillen und gebrochene Rekorde reserviert ist. Doch als ich zum Coach rübersehe, ist sein Gesicht seltsam verzerrt. Aufgebracht winkt er mich zu sich.

»Das war meine beste Zeit überhaupt«, keuche ich, noch immer leicht außer Atem, und spähe rüber zu den Scouts, neugierig auf ihre Reaktion. Die lassen sich jedoch nichts anmerken, sondern halten den Blick auf ihre Notizen gesenkt.

»Ich hatte doch gesagt, keine Szene, Stella«, knurrt der Coach.

»Was?«

»Du bist die Einzige, die ernsthaft gerannt ist«, zischt er. »Guck doch mal.« Er deutet auf den Platz, wo alle, Tamara und Noah und der Rest unseres Teams mit eingeschlossen, einfach nur … locker dahinjoggen. Und mich anstarren. Und miteinander tuscheln.

»Aber …«, fange ich an, »… die Scouts.«

»Die sind aus Respekt für Mila hier, Stella«, flüstert er. »Nicht, um irgendwen zu beurteilen.«

»Aber Sie haben doch selbst gesagt, ich muss meinen PR brechen, damit die Scouts mich wieder beachten.« Die unbändige Freude, die mich noch vor ein paar Sekunden erfüllt hat, weicht Scham, durchmischt von Adrenalin und Angst und außerdem Empörung darüber, wie unfair das alles ist. Wie unfair es ist, dass Mila nicht hier sein kann. Wie unfair es ist, dass ich weder meinen Körper noch meinen Geist unter Kontrolle zu haben scheine.

»Geh einfach«, sagt der Coach harsch. »Geh. Ist besser so.«

Der Schweiß auf meinem Rücken erkaltet und im ersten Moment will ich protestieren. Aber dann sehe ich Parker und Milas Mom auf der Tribüne sitzen, schweigend, fassungslos. Beide starren mich an, wenn auch mit vollkommen unterschiedlichen Gesichtsausdrücken. Shawnas Mund steht offen, und ihre Augen, traurig und fragend, erinnern an zwei tiefe Teiche. Parker dagegen hat die Brauen zusammengezogen und mustert mich, als würde er mich gern auseinandernehmen und wieder zusammensetzen, wie ein Gerät, dessen Funktionsweise er nicht versteht. Ich muss an Ellies Worte denken.

Die wollen dich als Monster darstellen.

Ich glaube, dabei habe ich ihnen gerade wunderbar in die Hände gespielt.

Ich wende mich Richtung Umkleiden und weiche den Blicken der anderen aus. Als ich jedoch am Rest des Teams vorbeikomme, höre ich hinter mir laut und deutlich Julias Stimme. »Stella hat auf jeden Fall was damit zu tun. Das war mir von Anfang an klar. Nach der Sache mit Allison Tarley wissen wir ja wohl alle, wozu sie in der Lage ist.«

Sie erntet verhaltenes Gelächter und kochende Wut steigt in mir auf. Ich darf nicht zulassen, dass so was wie letztes Jahr noch einmal passiert. Aber verteidigen muss ich mich trotzdem. Sonst tut es ja niemand. Doch gerade, als ich loslaufen will, kommt mir Ellie zuvor und schneidet mir den Weg ab. »Was hast du da gerade gesagt?«, blafft sie Julia an.

»Entspann dich, war nur ein Witz«, erwidert Julia. »Deine Schwester benimmt sich halt mal wieder wie der letzte Freak, aber das ist ja nichts Neues.«

Ellie baut sich drohend vor Julia auf. »Jetzt pass mal ganz genau auf, Julia, ich hab nämlich einen gut gemeinten Rat für dich: Halt. Deine. Schnauze.«

Julia weicht einen Schritt zurück und prallt gegen Tamara, die Ellie erstaunt, beinahe bewundernd, mustert. Raven steht verdattert daneben.

»Oh Mann, Ellie«, höhnt Julia. »Du hast in letzter Zeit aber auch einen ganz schönen Hau weg. Willst wohl Stella nacheifern, was?«

Ein Lächeln breitet sich auf Ellies Gesicht aus. »Vielleicht wäre das gar keine schlechte Idee.«

Julias Mund klappt auf und sie dreht sich zu ihren Freundinnen um. »Habt ihr das gerade gehört? Was …« Den Rest bekomme ich nicht mehr mit. Denn Ellie kehrt jetzt mit hocherhobenem Kopf und entschlossener Miene den anderen den

Rücken zu. Ohne sich vom gaffenden Publikum auf der Tribüne beeindrucken zu lassen, läuft sie zu mir und legt mir den Arm um die Schultern. »Komm, wir gehen«, flüstert sie mir ins Ohr.

Ausnahmsweise höre ich auf meine kleine Schwester und richte den Blick fest auf die schwere Metalltür vor uns. Aber ich spüre, wie Ellies Herz hämmert und ihre Finger auf meiner Schulter zittern. Endlich in der Umkleide, endlich allein, bleiben wir stehen. Ich gucke ihr fragend ins Gesicht und sie tut dasselbe bei mir. Mit einem Mal ist es wieder wie damals, als wir noch klein waren. Ich sehe sie und sie sieht mich. Ich höre sie und sie hört mich. Und ich weiß, was wir beide denken.

Ich beschütze dich.

Bei mir sind deine Geheimnisse sicher.

ELLIE

ICH KANN GAR nicht mehr sagen, ab wann Stella und ich uns auseinandergelebt haben, ab wann wir unterschiedliche Interessen entwickelt haben, bis wir an irgendeinem Punkt umschwenkten und uns auf dem Sportplatz wiederbegegneten. Das liegt daran, dass ich kaum Erinnerungen an *vorher* habe, die Zeit, als Mom »krank« war, wie Grandma es gern ausgedrückt hat. Die Zeit, als Dad zu depressiv und durch den Wind war, um uns auch nur Rührei zu braten. Damals musste Stella die komplette Last allein schultern und hat in unserem gemeinsamen Zimmer im Wohnwagen mit mir gespielt, um mich abzulenken. Sie ist gerade mal vierzehn Monate älter und konnte gar nicht so viel mehr als ich, aber sie hat einfach gemacht. Sie hat mir vorgelesen, auch wenn sie die Bücher dabei falsch rum hielt und sich in Wahrheit selbst eine Geschichte ausdachte. Sie hat mit mir Bilder auf die Rückseiten alter Rechnungen gemalt, die wir in der Küche fanden.

Ich erinnere mich viel mehr an *nachher*. Daran, wie Mom als völlig neuer Mensch zurückkam, frisch frisiert und hübsch gekleidet, mit rosiger Haut und einem aufrichtigen Lächeln im Gesicht. Daran, wie gut sie damals roch, irgendwie nach Holz und Vanille. Wie Dad den Plan entwickelte, gemeinsam Häuser zu verkaufen und uns ein neues Leben aufzubauen. Ich erinnere mich daran, wie ich an unserem Resopaltisch saß und applaudierte, als die beiden ihre Maklerlizenzen bekamen, und an das Stück Backmischungskuchen, das es zur Feier des Tages gab. Ich war so stolz, dass sie endlich so waren wie andere Eltern, so *normal.* Stella dagegen machte das alles wütend. Wütend, dass ich glücklich war und sie es nicht sein konnte. Wütend auf Mom und Dad. Wütend auf die Welt.

Ausgerechnet da fing Mom an, uns Klamotten im Partnerlook anzuziehen. Blümchenkleider mit Knopfleiste. Gemütliche Jeanslatzhosen und leuchtend bunte Baseballkappen für einen Ausflug in die Stadt. Wir hatten alles in zweifacher Ausführung. Die gleichen Wanderstiefel. Die gleichen Badeanzüge. Die gleichen Rucksäcke. Doch das änderte sich, als sich zeigte, dass Stella gut in etwas war. Dass sie *schnell* war.

Ich glaube, es war im Sommer, bevor ich in die zweite Klasse kam. Stella schaffte es ins Ferienfußballteam, ich nicht. Mom tröstete mich damit, dass Stella nun mal älter und aus meinem Jahrgang überhaupt nur ein einziges Mädchen ausgewählt worden sei. Trotzdem war ich am Boden zerstört. Hauptsächlich weil Mom und Dad mich zu allen von Stellas Spielen mitschleiften, sogar bis nach Westchester. Da saß ich also am Spielfeldrand mit meinem Müsliriegel und meinem Erstlesebuch und musste Stella dabei zusehen, wie sie sich amüsierte.

Dabei war sie nicht mal besonders gut im Fußball. Sie schoss immer viel zu fest, sodass der Ball ständig ins Aus ging. Und mit ihren Teamkameradinnen, anderen Mädchen aus benachbarten Schulen, verstand sie sich auch nicht besonders gut. Mädchen mit Schleifchen in ihrem glatten, glänzenden Haar. Mädchen, die im Bus Disneysongs sangen und Regenwürmer vom Platz retteten. Mädchen, die einander Ketten aus Löwenzahn und Grashalmen flochten. Stella interessierte sich nicht für so was. Sie wollte einfach nur gewinnen. Stark sein. *Schnell.*

Ihr damaliger Trainer war der Erste, der es bemerkte. Nach

einem Heimspiel nahm er Mom und Dad beiseite. Ich konnte nicht hören, worüber sie redeten, aber ihren Gesichtern nach zu schließen war es etwas Gutes. Kurz danach war Stella beim Fußball ab- und beim Hudson Valley Jugendlaufclub angemeldet. Plötzlich kam sie mit schicken Markenlaufschuhen nach Hause. Mit weichen, aerodynamischen Shirts.

Als ich einmal über meine Uraltsneakers meckerte, beugte Mom sich zu mir runter und sah mir in die Augen. »Bist du etwa eifersüchtig auf deine große Schwester, Schätzchen?«

Ihre Worte trafen mich tief. War ich wirklich eifersüchtig? Stella hatte schon lange keine Lust mehr, mit mir zu basteln oder Karten zu spielen. Stattdessen warf sie meine Legotürme um oder schnitt meinen Puppen die Haare ab, um dann wieder draußen im Garten zu toben. Ich ging ihr aus dem Weg. Las ein Dutzend Bücher im Monat. Lernte Bethany kennen. Ich hatte mein eigenes Leben. Warum hätte ich eifersüchtig sein sollen?

Aber vielleicht war ich es trotzdem. Auf die viele Aufmerksamkeit, die sie bekam, weil sie gut in etwas war und so oft gewann. Auf die Siegertrophäen, die sie jeden Samstag mit nach Hause brachte. Auf die Schlammspritzer an ihren weißen Meshshorts und diese regelrecht elektrische Energie, die sie in den letzten Sekunden eines Wettkampfs zu durchströmen schien. Darauf, wie konzentriert sich ihre Augen verengten, sobald die Ziellinie in Sicht war.

Also sagte ich zu Mom: »Ich will auch laufen.« Sie stieß den Seufzer einer Erwachsenen aus, die keine Zeit hatte, sich mit den neusten Flausen ihres Kindes zu befassen, aber ein paar Tage später war ich ebenfalls Mitglied im Laufclub.

Bald wurde auch ich immer besser. Ich bekam neue Schuhe und ultraleichte Shirts, mit denen man praktisch flog. Ich gewann Trophäen. Und ich war schnell. Nicht so schnell wie Stella. Aber fast.

Nur ein einziges Mal habe ich sie geschlagen. Damals waren wir noch in der Grundschule und sind am Ellacoya Resort um die Wette gerannt, einfach so. Aber im Grunde war auch das schon mehr als nur Spaß für mich. Stella einzuholen, war eine Notwendigkeit. Überlebenswichtig.

Heute spielt das alles natürlich keine Rolle mehr. Ich habe gelernt, allein voranzukommen.

Am Tag nach dem Spendenlauf findet endlich mal wieder ein normales Training statt. In der Umkleide herrscht eine stille, gedrückte Atmosphäre, als ich ankomme. Alle schlüpfen in ihre Spandex-Klamotten, und manche Mädchen kramen sogar Fleecestirnbänder und Handschuhe aus ihren Taschen, obwohl noch nicht mal Halloween vorbei ist. Ich versuche meistens, bis November durchzuhalten, bevor ich mich dicker anziehe. Sonst ist man im Dezember nämlich richtig am Arsch. Ich lehne mich an meinen Spind und mache die Augen zu, zähle bis zehn, dann bis zwanzig. Bemühe mich, in der Realität zu bleiben, mit beiden Füßen fest auf dem Boden, nicht die Nerven zu verlieren.

Einzig Julia kann mal wieder nicht die Klappe halten. Ihre Stimme hebt sich schrill von der Geräuschkulisse aus klappernden Spindtüren und quietschenden Schuhsohlen ab.

»Ist wahrscheinlich echt das Beste, wieder da rauszugehen. Ein bisschen Normalität«, sagt sie. »Wir können ja auch nicht ewig nur rumsitzen. Und Mila würde wollen, dass wir wieder laufen, auf jeden Fall. Oder was denkt ihr?«

Raven neben ihr nickt. Sie ist so blass, dass ihre vielen Sommersprossen umso deutlicher hervortreten. Schweigend bindet sie sich ihr lila Band ins Haar.

»Auf jeden Fall ist es eine gute Ablenkung«, befindet Tamara, doch aus ihrem Blick spricht Sorge.

»Nur diese Presseleute sind echt die reinsten Geier. Meint ihr, die warten schon wieder auf uns?« Julia zieht einen Schmollmund vor dem Spiegel und trägt eine neue Schicht Lipgloss auf.

»Das hättest du wohl gern«, platzt es zu meiner eigenen Überraschung aus mir heraus.

Julia fährt so abrupt herum, dass ihr blonder Pferdeschwanz hin und her schwingt. »Bitte was?«

»Ach komm. Wozu schminkst du dich denn sonst gerade?«

Julia funkelt mich an und verschränkt die Arme. »Pass lieber auf, was du sagst, Mini-Steckler«, giftet sie. »Die Leute kriegen nämlich langsam spitz, was du für eine bist. Wenn der Deadwater-Killer nicht zurück ist, werden sich alle auf dich und deine durchgeknallte Schwester einschießen.« Julia kommt auf mich zu, bis ich mit dem Rücken an den Spind gepresst dastehe. Ich spüre das harte, kalte Metall durch mein langärmliges Shirt. »Parker ruft uns gerade der Reihe nach ins Büro von Mrs Pérez und fragt uns aus. Er will wissen, was normalerweise so passiert, wenn sich jemand mit den Steckler-Schwestern einlässt. Hattest du das etwa noch nicht mitgekriegt?«

Meine Kehle wird trocken und meine Finger fangen an zu kribbeln. Ich könnte ihr einen Stoß versetzen. So fest, dass sie hinfällt. Sich den Schädel an einer der Bänke einschlägt. Doch ich balle die Fäuste, um ruhig zu bleiben, und mache einen Schritt zur Seite, weg von ihr. In meinen Augen brennen Tränen.

»Ist nur noch eine Frage der Zeit, bis sie euch zwei in die Mangel nehmen.« Julia schnaubt und scheint dann kurz zu überlegen. »Sag mal, wo warst du eigentlich an dem Morgen neulich, Ellie? Als Mila verschwunden ist?«

Mittlerweile hat sich das ganze Team um uns versammelt,

und es fühlt sich an, als bohrten die Blicke der anderen Löcher in meine Haut. Angst steigt in mir auf, aber da erscheint Stella, fertig umgezogen und bereit fürs Training. Sie lässt ihre Tasche geräuschvoll zu Boden plumpsen.

»Zu Hause war sie«, beantwortet sie Julias Frage. »Wir haben zusammen trainiert. Also halt gefälligst die Klappe.«

Julia schenkt ihr ein fieses Grinsen. »Als würde ich *dir* irgendwas glauben«, erwidert sie. »Aber egal. Ich gehe jetzt da raus.«

Die Gruppe löst sich auf und alle folgen Julia nach draußen auf den Sportplatz, wo sich bereits die Jungen um den Coach versammelt haben.

Auch Stella will sich in Bewegung setzen, aber ich halte sie am Arm zurück. Ich würde gern etwas sagen, finde jedoch keine Worte, nichts. Ihre dunklen Augen mustern mich prüfend.

Stella macht sich los und streicht ihren krausen Pferdeschwanz glatt. »Du würdest dasselbe für mich tun«, raunt sie.

Was weißt du?, will ich sie fragen, doch Stella hat sich schon abgewandt und joggt zum Rest der Mannschaft. Ich folge ihr etwas langsamer, aber meine Beine sind wie aus Beton und mir klingeln die Ohren, als hätte mir jemand einen Kinnhaken versetzt.

»Wir üben heute Sprints, Ellie«, blafft der Coach, als ich mich nähere. Seine Erschöpfung scheint verflogen, stattdessen klingt seine Stimme abweisend, emotionslos. Er gibt sich merklich Mühe, alles normal wirken zu lassen. Als könnten wir dadurch vergessen, was passiert ist.

Denn natürlich können wir das nicht. Nicht solange Dutzende von Reportern uns beobachten. Sie stehen so nah wie möglich, ohne das Schulgelände zu betreten, Aufnahmegeräte und Kameras im Anschlag.

Schnell husche ich zu den anderen und stelle mich mit ihnen zum Hundert-Meter-Lauf auf. Ich gehe in Startposition und kurz darauf jage ich die ziegelrote Bahn hinunter.

Der Coach joggt am Rand mit und brüllt uns zu, alles zu geben, jetzt nicht schlappzumachen. Er presst sich sein Klemmbrett an die breite Brust und legt den Kopf in den Nacken, als finde er dort Antworten oder warte auf Erlösung. Es dauert nicht lange, bis mein Herz hämmert wie wild und mir sämtliche Muskeln wehtun.

Ich bin außer Übung. Nicht ganz in Form. Das merke ich. Also reiße ich mich noch mal umso mehr zusammen, als ich mich erneut hinkauere und die Fingerspitzen auf den Boden setze, bevor es in die entgegengesetzte Richtung geht. Es fühlt sich gut an, dieses Brennen, mit dem mein Körper gegen die Strapazen protestiert, die ich ihm zumute. Ich denke an Mila. Daran wie die Muskeln an ihrem Rücken hervortraten, wenn sie sich Schritt um Schritt abrang.

»Ich muss euch ja wohl nicht daran erinnern, dass die Regionalmeisterschaft bevorsteht«, ruft der Coach. »Wenn wir auch nur die geringste Chance auf einen Sieg haben wollen, auf ein einigermaßen anständiges Ergebnis, dann müsst ihr schon ein bisschen mehr Gas geben.«

Wieder sprinte ich los in die andere Richtung. Die Regionalmeisterschaft. Meine Chance, es weit, weit von hier weg zu schaffen. Irgendwohin, wo weder Noah noch Mila eine Rolle spielen und ich nicht in Stellas Schatten stehen muss. Mit einem Mal erscheint mir nichts anderes wichtiger.

Aber wir wissen schließlich alle, was die Regionalmeisterschaft bedeutet. Dort hat Stella ihr Stipendium für die Georgetown ergattert. Nach dem Wettkampf ist der Scout ihr zum Parkplatz gefolgt. Der Coach hat mich gebeten, kurz zu warten und den beiden ein bisschen Zeit zu lassen, sodass ich nur von Weitem sah, wie der blau gekleidete Typ ihr die Hand schüttelte und begeistert auf die Schulter klopfte. Stella fing an zu strahlen und ihr ganzer Körper wirkte auf einmal so entspannt wie seit Ewigkeiten nicht mehr.

Als wir anschließend ins Auto stiegen, um uns auf den Heimweg zu machen, fragte Mom mit hochgezogenen Augenbrauen: »Und?«

Stella, die auf dem Beifahrersitz saß, nickte. »Ich bin drin.«

Mom schlug sich die Hände vors Gesicht und ihre Schultern bebten. »Stella«, flüsterte sie. Als sie die Hände wieder sinken ließ, sahen wir, dass sie weinte, so stolz war sie, so erleichtert. »Du hast es geschafft.«

Keine von uns ahnte, dass Stellas Triumph nur wenig mehr als einen Monat anhalten würde. Dass er ihr aus den Händen gerissen werden würde, bevor sie sich auch nur ein T-Shirt mit dem Georgetown-Logo bestellen konnte.

Diesmal hätte bei der Regionalmeisterschaft ich an der Reihe sein sollen. Ich hätte die Scouts beeindrucken sollen.

Und auch für Mila wäre es die Chance gewesen, sich endgültig ihr Stipendium zu sichern.

Das ist der Gedanke, der meine Beine so schwer werden lässt, dass ich fast zu Boden gehe.

»Dranbleiben, Ellie!«, schreit der Coach.

Ich schleppe mich dahin, aber meine Gedanken beginnen, immer mehr abzuschweifen und das *Wenn-dann*-Spiel zu spielen. *Wenn ich heute zweihundert Squats mache, dann breche ich meinen PR um zehn Sekunden. Wenn ich in der Nacht vor der Regionalmeisterschaft nicht mindestens acht Stunden und drei Minuten schlafe, dann verliere ich. Wenn Mila morgen nach Hause kommt, dann gestehe ich alles, was mit Noah war. Wenn …*

Immer mehr Regeln fallen mir ein, aber dann entdecke ich den Mann, der aus der Schule auf uns zumarschiert. In seinem dunklen Anzug mit dem Mantel darüber wirkt er nicht wie ein Schulmitarbeiter. Hier tragen alle Fleecejacken und Trekkingschuhe. Erst als er näher kommt, erkenne ich sein Gesicht und sehe die silberne Dienstmarke in der untergehenden Sonne glänzen. Detective Parker.

Ich laufe weiter, wende den Blick jedoch nicht ab, als er am Wasserspender stehen bleibt und den Coach zu sich winkt. Die beiden unterhalten sich und nach ein paar Sekunden klatscht der Coach sich sein Klemmbrett gegen den Oberschenkel. Er zieht eine Grimasse, nickt jedoch und wendet sich dann wieder uns zu. Gerade überquert Stella als Erste von uns die Ziellinie, wird langsamer und stemmt die Hände in die Hüften. Dann guckt sie hoch und bemerkt den Coach mit Parker.

Der Coach hebt die Hand. Stella setzt sich wieder in Bewegung, sichtlich genervt davon, beim Training gestört zu werden. Das erkenne ich an ihrer Haltung, ihrem stapfenden Gang. Sie will weiterlaufen. Sie ist noch nicht fertig.

Doch als sie bei Parker ankommt, wandelt sich ihre Körpersprache. Sie richtet sich kerzengerade auf, steht reglos und schweigend da, während Parkers Mund sich unauffällig bewegt. Nun werden auch die Reporter auf das Geschehen aufmerksam und wenden simultan die Köpfe, um der Szene zu folgen. Nach ein paar Sekunden tätschelt der Coach Stella die Schulter und sie geht zusammen mit Parker zurück zur Schule – nein, zum Parkplatz. Parker öffnet die hintere Tür seines schwarzen Dienstwagens und bedeutet Stella einzusteigen. Dann nimmt er auf dem Fahrersitz Platz und die beiden rasen davon.

ELLIE

»WAS IST PASSIERT?«, schreie ich und stürme, ohne meine dreckigen Schuhe auszuziehen oder meine Sporttasche abzulegen, ins Haus. Auf der Suche nach Stella, nach Mom oder Dad – irgendwem, der mir sagen kann, wohin Parker sie gebracht hat – haste ich durchs Erdgeschoss. Aber das Wohnzimmer ist leer, die Küche auch. Draußen ist es schon dunkel und normalerweise würde Mom um diese Zeit entweder gerade eine Imbisslieferung vom Tofu Garden auspacken oder ein paar Hähnchenbrustfilets in den Ofen schieben. Wenn alles in Ordnung wäre, würde Dad im Büro der beiden sitzen und das Haus mit beruhigendem Tastaturgeklapper füllen. Stella würde im Keller Gewichte stemmen und ich mir irgendeine trashige Realityserie reinziehen. Aber nichts ist in Ordnung.

Kein Lüftchen regt sich, und auf der Küchenarbeitsplatte liegt ein Salatkopf mit einem Messer daneben, als könnte jeden Moment jemand zurückkommen. Ich umklammere so fest mein Handy, dass die Kanten sich mir regelrecht in die Handfläche graben. Niemand hat auf meine Nachrichten geantwortet oder zurückgerufen.

Ich setze mich auf einen der Hocker an der Küchentheke und ein eisiger Schauder läuft mir über den Rücken. Ich hasse es, allein zu sein. Das war schon immer so. Darum habe ich mich auch so an Bethany geklammert, als Stella mit dem Laufen angefangen hat. Und dann an Noah, als Bethany weggezogen ist.

In dem Moment fallen mir die Reporter wieder ein. Sie haben alle mitbekommen, wie Stella mit Parker geredet hat. Ich schalte den Fernseher ein und zappe mich hektisch bis zu unserem Lokalsender durch. Doch da steht bloß irgendeine blonde Frau vor der alten Mosterei und erzählt irgendwas über Apfelkuchen, während sie die unterschiedlichen Vorzüge der Sorten Honeycrisp und Gala erläutert. Nicht gerade die Art von knallhartem Investigativjournalismus, nach der ich suche.

Ich öffne Twitter auf meinem Handy und tippe mit zitternden Fingern Mila Keene ein, voller Angst vor dem Ergebnis. Als Allererstes erscheint ihr Gesicht. Ihr hübsches, lächelndes Gesicht. Alle benutzen dasselbe Bild, das Siegerfoto von dem Wettkampf, den sie gewonnen hat. Rote Wangen. Breites Grinsen. Mein Herz pocht wie verrückt, aber ich schiebe die Erinnerung beiseite, zusammen mit der Trauer, der Scham, und suche weiter.

Nach einer Weile Scrollen finde ich endlich die Tweets einer Reporterin. Trish Rollins. Ihrem Profilbild zufolge ist sie noch ziemlich jung. Der erste Post stammt von Viertel vor sechs, was schon ein paar Stunden her ist.

EILMELDUNG: Polizei von Edgewater befragt 17-jähriges Mitglied des Crosslauf-Teams zum Fall #MilaKeene.

Der nächste:

Die Läuferin, deren Name aufgrund ihrer Minderjährigkeit nicht genannt werden darf, soll #MilaKeene vor deren Verschwinden Drohnachrichten geschickt haben. Über den genauen Inhalt ist noch nichts bekannt.

Sie hat dem Post ein Foto hinzugefügt. Es ist von weit weg aufgenommen und leicht verwackelt, als wäre die Person mit der Kamera gerannt. Stellas Gesicht ist nicht zu sehen, aber ich erkenne ihr dunkles, krauses Haar, als sie geduckt ins Auto steigt, eine Hand fest um den Rand der Tür geklammert.

Es ist immer noch still und dunkel im Haus, als ich endlich die Tür aufgehen höre. Niemand sagt ein Wort, aber ich kann Schritte ausmachen, die sich in verschiedene Richtungen bewegen. Moms und Dads zu ihrem Schlafzimmer, Stellas die Treppe hoch. Ich werfe einen Blick auf meine Handyuhr. Fast Mitternacht. Stella tappt ins Bad und dreht die Dusche auf. Ich warte, bis sie fertig ist, und dann noch ein paar Minuten länger, bevor ich zu ihr rüberschleiche und leise klopfe.

Sie antwortet nicht, aber ich sehe Licht unter der Tür durchscheinen. Zögerlich öffne ich sie einen Spalt. Stella hockt im Schneidersitz auf dem Bett. Ihre Haare sind nass und sie trägt ein übergroßes T-Shirt mit der Aufschrift »RUN LIKE HELL«.

»Ach hallo«, sagt sie. Ihr Gesicht ist völlig ausdruckslos, ihr Blick abwesend.

»›Ach hallo‹?«, wiederhole ich. »Willst du mich verarschen?« Ich stürze auf sie zu und schlinge die Arme um sie. Sie fühlt sich so fremd an, nichts als Muskeln und Knochen, angespannt und unnachgiebig. Aber ich drücke sie nur noch fester an mich, denn wie oft umarmen wir uns schon?

Stella schiebt mich weg. »Lass mich, Ellie.«

Ich atme ein letztes Mal den sauberen Duft ihres Haars ein, bevor ich ihrer Forderung nachkomme und mich auf die gelbe Tagesdecke setze. »Was war denn los?«, frage ich.

»Hast du doch bestimmt sowieso schon in den Medien gesehen.« Sie zuckt mit den Schultern, als wäre das alles kein bisschen überraschend, keine große Sache.

»Was wollten die denn von dir wissen? Und was hast du gesagt?«

Stella verzieht das Gesicht und mit einem Mal sieht sie so müde aus, so fix und fertig, wie ich sie noch nie erlebt habe.

»Sie denken, dass ich was mit der Sache zu tun habe«, antwortet sie. »Aber das kann man ihnen nach letztem Jahr wohl kaum übelnehmen. Und nach diesen verdammten Nachrichten.«

»Was sind das eigentlich für Nachrichten?«

Sie presst die Lippen aufeinander und zögert einen Moment. Dann fischt sie ihr Handy unter der Decke hervor, öffnet einen Chat und wirft es mir zu.

Georgetown? Ist das dein Ernst?

Ich fass es nicht, dass du mir so in den Rücken fällst, Mila.

Ich hab dir vertraut. Und du hast mich verraten.

Ich dachte, du wärst nicht so wie die anderen. Aber du bist ganz genauso.

Du wirst dir noch wünschen, du wärst nicht so egoistisch gewesen.

Ein Teil meiner Gedanken muss mir am Gesicht abzulesen sein, denn als Stella mich anguckt, klappt ihr Mund auf. »Ich hab Mila nichts getan. Wirklich nicht. Nur damit das klar ist.«

Meine Kehle ist wie zugeschnürt. Natürlich hat Stella nichts damit zu tun. Das weiß ich selbst. Sie schnieft, ein rauer, erstickt klingender Laut. Sie macht das nicht, um Mitleid zu erregen. Sondern aus Trauer. Aus Angst.

»Alles wird wieder gut, Stella.« Wir wissen beide, dass das gelogen ist, aber was soll ich sonst sagen?

Stella legt den Kopf in den Nacken. Ihre weißen Zimmerwände sind kahl, bis auf eine Reihe von alten Wettkampf-Startnummern, die sie über dem Bett aufgehängt hat. Der Mond scheint durchs Fenster und taucht ihr Gesicht in goldenen Schein. Stella wirkt so klein und zerbrechlich, ganz anders als das Mädchen, das letztes Jahr die Staatsmeisterschaft gewonnen hat, das Mädchen, dessen Wut wie ein tosender Ozean ist und das einen Panzer aus Stacheldraht trägt. So sieht meine Schwester also aus, wenn ihr die Superkräfte genommen werden.

Stella schließt die Augen und versucht, einen Schauder zu unterdrücken. Trotzdem zucken ihre Schultern. Als sie die Augen wieder öffnet, dreht sie mir den Kopf zu. »Und, willst du mir jetzt vielleicht mal die Wahrheit sagen? Wo warst du an dem Morgen, als Mila verschwunden ist?«

Es klingt nicht nach einer Anschuldigung, aber ich werde trotzdem stocksteif. Mein Mund ist trocken und meine Hände sind klamm. Die einzige Frage, die ich nicht beantworten will. Die Frage, die alles, wofür wir uns so angestrengt haben, zunichtemachen könnte.

»Ich hab dir den Rücken gedeckt«, ruft sie mir in Erinnerung. »Vor dem Training in der Umkleide, da hab ich behauptet, wir hätten zusammen trainiert. Und Parker hab ich dasselbe erzählt.« Sie mustert mich prüfend. »Wo warst du?«

Ich durchforste mein Hirn nach der Wahrheit – zumindest irgendeinem Fetzen davon, den ich ihr anbieten kann. »Bei Noah«, gestehe ich schließlich leise.

Stella verzieht verwirrt das Gesicht. »Was? Wieso?«

»Ich hatte was mit ihm«, gestehe ich. »Schon seit dem Sommer, hinter Tamaras Rücken. Wir haben ja gemeinsam am See gearbeitet und da ist es … einfach so gekommen.«

»Bah, Ellie.«

Ich muss lachen. Eine stellahaftere Reaktion kann ich mir gar nicht vorstellen. *Bah.*

»Und an dem Morgen wart ihr zusammen im Bett, oder was?«

Ich schüttele den Kopf. »Ich hab mit ihm Schluss gemacht. Im Sommer ist was passiert.« Stella schweigt, wartet. Die Worte liegen mir tonnenschwer auf der Zunge, und mein Magen zieht sich zusammen, während ich den Mut sammele, sie auszusprechen. »Ich bin schwanger geworden und hatte eine Abtreibung«, stoße ich hervor.

Stella macht große Augen. Sie greift nach meiner Hand und umschließt sie fest mit ihrer. Mein Herz reißt auf, und ich frage mich, warum ich ihr nicht viel früher davon erzählt habe, warum mir nicht damals im August schon klar war, dass sie für mich da sein würde, dass sie die einzige Person ist, die mich weder dafür verurteilen noch verpfeifen würde. Wenn ich das getan hätte, wäre vielleicht nichts von alldem passiert.

»Mir geht's wieder gut«, lüge ich mit zitternder Stimme. »Aber irgendwie hat sich dadurch alles verändert. Ich hab bloß ein bisschen gebraucht, um mich dazu durchzuringen, mit ihm Schluss zu machen, verstehst du? Tja, jetzt weißt du's.«

Stella beugt sich vor und nimmt mich in den Arm. Ihr nasses Haar ist kalt an meiner nackten Haut, aber ich lasse sie nicht los.

»Okay«, flüstert Stella dicht neben mir. »Alles okay.«

Doch wir wissen beide, dass es nicht so ist. Ein Mädchen wird vermisst und Stella läuft mit einer Zielscheibe auf dem Rücken durch die Gegend. Aber heute, nur für diese eine Nacht, tun wir so, als wäre es wahr. Alles okay.

STELLA

NACHRICHTEN VERBREITEN SICH schnell hier bei uns in den Bergen, wo der Gerichtsmediziner auch Wildblumen auf dem Bauernmarkt verkauft und die Frau von der Spurensicherung im Nebenjob Pilateskurse gibt. Los geht es mit ein bisschen Getuschel im Sportladen der Hellers oder zwischen den Pflanzenreihen in der Gärtnerei. Kaum merklich, bloß ein leiser Wind, der durch die Stadt weht. Aber der kann schnell zum Sturm anwachsen, der durch Wohnzimmer und Umkleiden fegt und alles als Tageslicht bringt: Die Polizei verdächtigt Stella Steckler.

So steht es jedenfalls auf der Titelseite des »Edgewater Eagle«, wenn auch ohne Namensnennung. Die Zeitung liegt mit der Vorderseite nach unten auf der Küchentheke, und als ich sie umdrehe, schreit mich die Schlagzeile förmlich an: »LÄUFERIN IM VERMISSTENFALL KEENE BEFRAGT«. Meine Geschichte, verflochten mit Milas. In dem Artikel kommt auch der Vorfall von letztem Jahr zur Sprache sowie die Tatsache, dass die Verdächtige – ich – »Probleme mit Aggressionsbewältigung« hat und Mila »Drohnachrichten« geschickt haben soll. Diese verdammten Nachrichten, nur weil mich mal kurz die Wut gepackt hat. Selbst ich erkenne, wie schlecht sie mich jetzt dastehen lassen. Klar darf die Presse keine Namen von Minderjährigen nennen, aber es weiß ja sowieso jeder, um wen es geht.

Auch die alten Mordfälle werden noch mal aufgewärmt –

drei Läuferinnen, tot aufgefunden am Oak Tower Trail, nachdem sie tagelang vermisst wurden. Dass der Mörder nichts am Tatort zurückgelassen, aber je einen Schnürsenkel mitgenommen hat. Dass womöglich bis heute ein Verrückter auf freiem Fuß ist.

Ganz am Ende wird auch noch Shira erwähnt: »Die Polizei schließt jedoch die Möglichkeit nicht aus, dass Keene einfach von zu Hause ausgerissen ist. ›Vor fünf Jahren haben wir wochenlang nach Shira Tannenbaum gesucht‹, so Detective Parker. ›Vielleicht kehrt Miss Keene ja auch von selbst zurück.‹« Ich kann sein abfälliges Lächeln regelrecht vor mir sehen, als wüsste er ganz genau, was Mila für ein Mensch ist.

So sauer noch immer alle auf Shira sind, ich wünschte wirklich, Mila hätte dasselbe getan wie sie. Wünschte, sie wäre einfach abgehauen, um eine Woche bei ihrer besten Freundin Naomi zu verbringen oder um vor der Regionalmeisterschaft einen klaren Kopf zu bekommen. Doch die Chancen, dass Mila wiederkommt – oder lebendig gefunden wird –, schrumpfen mit jedem Tag.

»Gib das her.« Mom eilt aus dem Büro und reißt mir die Zeitung aus der Hand.

»Ist ja nicht so, als wäre das ein Geheimnis«, brumme ich.

Sie wirft die Zeitung ins Altpapier und schaltet anschließend den Mixer ein, dessen Kreischen die Küche erfüllt.

»Hier.« Als der Lärm schließlich abklingt, schüttet Mom die grüne Flüssigkeit in ein Glas und schiebt es zu mir rüber. »Wir können ja wenigstens so tun, als wäre alles normal.«

»Danke.« Ich setze mich auf einen Barhocker und mustere Mom zum ersten Mal seit einer ganzen Weile genauer. Ihre Haare sind zerzaust und am Ansatz leicht fettig, und sie hat ihr übliches Outfit aus Stoffhose und Bluse gegen ein weites Baumwoll-T-Shirt und Jeans eingetauscht. Die Haut um ihre

Augen wirkt knittrig und ihre Mundwinkel hängen nach unten. Ich frage mich, wie nah sie dem Abgrund schon wieder ist. Wie weit ich sie getrieben habe.

Genauso war es, nachdem Allison Tarley und ihr Trainer Anzeige gegen mich erstattet hatten. Damals hatte ich auch die Sorge, dass sie rückfällig werden könnte, dass sie beschließen könnte, all den Ärger mit ihrer schwierigen Tochter in Alkohol zu ertränken. Aber sie hat durchgehalten. Ich hoffe, dass es ihr auch diesmal gelingt.

»Ich habe ihr nichts getan«, beteuere ich. »Mila. Das glaubst du mir doch, oder?«

Mom stößt die Luft aus und blickt zur Decke. Sie zögert eine Sekunde zu lange und mein Herz zieht sich zusammen. »Natürlich, Stella. Das ist alles bloß ein Missverständnis. Was sonst? Bestimmt taucht Mila bald wieder auf.«

Bevor sie weiterreden kann, klingelt ihr Handy. Sie zieht es aus der Tasche und ich sehe klar und deutlich Mrs Pérez' Namen auf dem Display. Mom dreht sich von mir weg.

»Lauren, hi!« Ihre Stimme klingt jetzt fröhlicher – purer Selbsterhaltungstrieb. Genauso hört sie sich an, wenn sie auf unentschlossene Kunden einredet, die sich nicht entscheiden können, ob sie ihr sauer verdientes Geld wirklich in einen Zweitwohnsitz in einer Stadt stecken wollen, die noch wenige Jahre zuvor als Deadwater bekannt war.

»Jaja, ich dachte mir schon, dass Sie anrufen würden.« Ich spitze die Ohren, neugierig, was Mrs Pérez zu der Sache zu sagen hat, aber Mom verschwindet in ihrem Büro. »Natürlich, das verstehe ich …« Sie macht die Tür hinter sich zu.

»Wer ist das?« Ellie lässt ihre Tasche auf den Boden fallen und setzt sich auf den Hocker neben mir.

»Die Schule.« Ich trinke einen Schluck von meinem Smoothie, der kühl meine Kehle hinunterrinnt.

»Gehst du denn heute hin?«, will sie wissen.

Ich weiß nicht, was schlimmer ist. Mich auf den Schulfluren den eisigen Blicken der anderen auszusetzen, das Wissen, dass alle mich für ein Monster halten, oder zu Hause zu bleiben und ihnen die Bestätigung dafür zu liefern, dass ich etwas zu verbergen habe.

Ellie knibbelt an ihren sowieso schon rissigen Lippen und schnipst einen weißen Hautfetzen zu Boden. Sie ist nervös, scheint regelrecht unter Strom zu stehen. Wie gerne würde ich ihr versichern, dass alles wieder gut wird. Sie beschützen, wie es sich für eine große Schwester gehört. Ich werde das Gefühl einfach nicht los, dass ich sie diesen Sommer im Stich gelassen habe, dass sie ausgerechnet in einem Moment, in dem sie dringend Unterstützung gebraucht hätte, komplett auf sich allein gestellt war.

Mom kommt aus dem Büro zurück, ihr Handy an die Brust gedrückt. »Du gehst heute zur Schule, Stella«, verkündet sie. »Lauren meinte, du solltest lieber zu Hause bleiben, aber ich konnte sie überzeugen, dass es so am besten für dich ist. Du bist ja schließlich nicht *verhaftet* worden. Außerdem steht die Regionalmeisterschaft an, da darfst du nicht schon wieder das Training verpassen. Ihr beide nicht.« Sie setzt ein künstliches Lächeln auf.

An der Schule jedoch weicht meine ruhige Benommenheit schierer Panik. Die Blicke sind noch schlimmer als letztes Jahr, und keiner versucht auch nur, so zu tun, als würde er nicht über mich reden, wenn ich auf dem Flur vorbeikomme. Ich gebe mir Mühe, die Kommentare zu ignorieren, aber trotz allem schnappe ich das eine oder andere auf.

»Ich hab gehört, sie hat ihr in ihren Nachrichten damit gedroht, sie umzubringen.«

»Die würde echt alles tun, um zu gewinnen.«

»Mila wollte einfach nur ihre Freundin sein.«

»Die hätten sie schon beim letzten Mal wegsperren sollen.«

Mir klingeln die Ohren und ich balle die Fäuste. Am liebsten würde ich losschreien, dass ich es nicht war. Dass ich an dem Morgen wirklich zu Hause trainiert habe – und dass Mila mir fehlt. Verdammt, ich will doch selbst einfach nur wissen, was mit ihr passiert ist. Das ist das Schlimmste an der Sache, diese Ungewissheit. Aber wenn ich jetzt ausraste, würde das alles nur noch schlimmer machen. Mir ist klar, wie die anderen reagieren würden. Und zwar, weil ich es schon mal genauso erlebt habe.

Es war nach dem offiziellen Saisonende im Dezember, beim letzten Wettkampf des Jahres, der nur noch zum Spaß stattfand. Eine Gelegenheit für die Trainer aus dem gesamten County, den Scouts noch mal ihre besten Leute unter die Nase zu halten, wie besonders saftige Leckerbissen.

Der Coach meinte immer, das wäre genau der richtige Abschluss, bevor die Mannschaft im Winterschlaf versank und sich im Frühling wieder siegeshungrig an die Arbeit machen konnte. Mir ging diese Fleischbeschau trotzdem immer gegen den Strich. Wie die Trainer die Köpfe zusammensteckten und darüber fachsimpelten, wer am besten in Form ist, wer dem Druck des Collegesports gewachsen sein wird, wer beim letzten Trainingslauf in den Wald gekotzt hat. Als wären wir nichts als Geldmaschinen, wertvolles Zuchtvieh, das sie jetzt an den Meistbietenden verschacherten, um ihre Erfolgsstatistik in die Höhe zu treiben. Dabei geht es kein bisschen um uns. Sondern nur um sie.

Es war kalt, selbst für Dezember, und ich hüpfte auf und ab, um warm zu bleiben, meine Noise-Cancelling-Kopfhörer fest auf den Ohren. Unser Rennen fing erst in zehn Minuten an, aber ich wollte meine Muskeln nicht auskühlen lassen. In dem Moment fiel mein Blick auf den Coach aus Langston, der berüchtigt dafür war, dass er seine Leute regelmäßig vor allen anderen runterputzte. Die Zähne gefletscht, deutete er wütend mit seinem Stummelfinger auf eins der Mädchen aus seinem Team, Allison Tarley. Sie war in der Elften und bei der Staatsmeisterschaft Vierte geworden, obwohl sie locker den zweiten Platz hätte schaffen können, wenn sie ihre Bestzeit gelaufen wäre. Viele der guten Colleges hatten ein Auge auf sie geworfen, aber es ging das Gerücht um, dass ihr Coach noch mehr mit ihr vorhatte, dass er sie drängte, am Elitetrainingsprogramm von Nike teilzunehmen und Profi zu werden. Ihre Unterlippe bebte und sie hielt den Kopf gesenkt, als er sich vor ihr aufbaute und ihr aus nächster Nähe ins Gesicht brüllte. Allison wirkte irgendwie kleiner, als ich sie von der Staatsmeisterschaft in Erinnerung hatte. Zerbrechlich, regelrecht ausgezehrt. Ein seltsames Gefühl befiel mich und ich schüttelte mich unwillkürlich, um es loszuwerden.

Ellie neben mir ließ irgendeinen Kommentar ab und ich nahm die Kopfhörer runter.

»Der Typ ist echt so ein Arschloch«, zischte sie.

Ich nickte, guckte dabei jedoch verstohlen zu Coach Gary rüber. Denn der hatte in der Vergangenheit schon ganz ähnliche Aktionen abgezogen, bei Raven oder Lilly Adams, die seiner Meinung nach ihr Potenzial nicht ausschöpften.

Kurz darauf wurde die erste Mannschaft aufgerufen. Ich ging in Startposition, und als der Pfiff ertönte, ließ ich meine Muskeln den Rest erledigen und mich von ihnen an die Spitze katapultieren. An das Rennen selbst erinnere ich mich kaum noch, daran, wie es dazu kam, dass ich am Ende Schulter an Schulter mit Allison durchs Dickicht pflügte. Denn das, was ganz am Schluss passierte, hat sich mir unauslöschlich ins Hirn eingebrannt und alles andere verdrängt. Als die Ziellinie schon in Sicht war, sagte Allison etwas, so leise, dass nur ich es hören konnte.

»Ich hasse das alles. Ich hasse es so sehr.«

Ich blinzelte verwirrt, aber ich wusste, dass ich nur aus dem Tritt geraten und mir meine Zeit versauen würde, wenn ich mich ihr jetzt zuwandte. Also rannte ich weiter, blieb in Bewegung, fokussiert auf den Sieg.

Sie fuhr fort. »Bitte, du musst was unternehmen, bevor wir zur Lichtung kommen«, flehte sie. »Tu mir weh. Mach irgendwas, damit ich nicht mehr laufen kann. Ich muss raus aus diesem Scheiß.«

»Was?«, keuchte ich.

Ich war schockiert über ihre Bitte, die eine Mischung aus Schmerz und Wut, aber auch Verständnis in mir auslöste. Ich dachte an ihren Coach und daran, wie einige von uns einfach nur einen überwältigenden Drang zum Laufen verspüren, so selbstverständlich wie atmen, während andere jeden einzelnen Wettkampf fürchten.

»Komm schon«, drängte sie. »Bitte.« Doch Allison wurde nicht langsamer, genauso wenig wie ich.

Ich starrte stur geradeaus, konzentrierte mich nur auf mich und meine Zeit.

»Stella«, ächzte sie. »Ich brauche dich. Ich erzähle hinterher auch allen, es war ein Unfall.«

In ihrer Stimme lag eine solche Verzweiflung, dass der Schmerz auf mich überzugehen schien, mir durch die Adern schoss und in den Ohren dröhnte. Das Gefühl war mir nur zu vertraut, schließlich befiel es mich selbst oft genug. Hektisch wägte ich meine Möglichkeiten ab, überlegte, was ich tun, was ich sagen sollte.

Doch es spielte ohnehin keine Rolle. Allisons Entschluss stand fest. Kurz bevor wir die Lichtung erreichten, knapp hundert Meter von der Ziellinie entfernt, biss sie die Zähne zusammen und warf sich mir mit voller Wucht in den Weg. Ich versuchte, sie abzuwehren, größeren Schaden zu verhindern, doch sie blieb mitten in der Bewegung mit dem Fuß an einer Wurzel hängen und krachte zu Boden. Das Knacken war so laut, dass sich die Härchen an meinen Armen aufstellten.

Ein schriller Schmerzensschrei ertönte und ich stolperte allein ins Ziel.

Wer hätte ahnen können, dass Allisons Knochen so spröde waren, dass sie sich direkt das Schlüsselbein brechen würde? Dass sie mit Blaulicht ins Krankenhaus gebracht werden müsste? Wer hätte ahnen können, dass sie ihr Versprechen nicht halten und am Ende mir die Schuld geben würde? Dass ihr Coach sie dazu drängen würde, mich wegen Körperverletzung anzuzeigen?

Ein paar Tage danach bestellte Parker mich zu einem Vernehmungsmarathon auf die Polizeiwache. Doch als ich ihm allein in dem kleinen, eiskalten Zimmer gegenübersaß, wurde mir schnell klar, dass Parker über mehr reden wollte als Allison Tarley.

»Du hast eine eindeutige Neigung zur Aggression, Stella«, befand er, die Hände fein säuberlich auf dem Tisch zwischen uns gefaltet.

Ich antwortete nicht, sondern konzentrierte mich stattdessen auf einen Wasserfleck an der Decke, während ich darauf wartete, dass meine Eltern mit der Anwältin kamen.

»Schon auffällig, wie oft du in solche Geschichten verwickelt wirst, meinst du nicht?«, fuhr er fort. »Letztes Jahr hättest du meinem Sohn beinahe die komplette Zukunft ruiniert. Wir hatten Glück, dass sie ihn in Michigan trotzdem genommen haben. Seine Sportlerkarriere ist natürlich am Ende, aber wenigstens kann er seinen Abschluss machen.« Bösartig grinste er mich an, offensichtlich darauf aus, mir eine Reaktion zu entlocken.

»Was hast du zu deiner Verteidigung vorzubringen, Stella Steckler? Warum musst du permanent deine Konkurrenz sabotieren?«

Ich öffnete den Mund, um zu protestieren, die Wahrheit zu sagen, aber dann fiel mir wieder ein, wie das beim letzten Mal ausgegangen war, bei Calvin. Alle würden sowieso wieder mich bezichtigen. Also schwieg ich, bis endlich Mum und Dad reingestürmt kamen.

»Wir gehen«, bestimmte Dad, eine Pflichtverteidigerin an seiner Seite.

Am Ende ließ Allison die Anklage fallen, aber ich musste eine offizielle Entschuldigung an sie und ihren Coach verfassen. Mrs Pérez suspendierte mich für eine Woche von der Schule und ich verlor meinen Stipendiumsplatz an der Georgetown. Die Anordnung, dass ich den Sommer in Breakbridge verbringen sollte, kam im Frühjahr.

Allisons tragischer Fall wurde von den Medien gnadenlos ausgeschlachtet und ich als gewalttätiges Monster dargestellt. Natürlich war es für sie leichter gewesen, mir die Schuld an ihrem Sturz zu geben, als sich der Wut ihres cholerischen Coachs zu stellen. Und von da an war ich ein mustergültiges Beispiel für das, was passieren kann, wenn wir Mädchen zu viel Ehrgeiz entwickeln, wenn wir zu viel wollen.

In gewisser Weise hatte die Sache sogar ihr Gutes. Allisons Bruch verheilte schnell und sie fand irgendwann den Mut, mit dem Laufen aufzuhören. Ich wiederum erkannte, wie tough ich sein kann und dass das Leben nicht endet, selbst wenn alles verloren scheint. Ich erkannte, dass ich eine Kämpferin bin. Unzerstörbar.

Aber im Großen und Ganzen war es natürlich trotzdem eine

Katastrophe. Nachdem Parker kapiert hatte, dass er mich für Allisons Sturz nicht drankriegen konnte, trieb er sich ständig an der Edgewater High herum. Er guckte uns beim Training zu und kam alle paar Tage vorbei, um *nach dem Rechten zu sehen*. Nie redete er ein Wort mit mir, sondern beobachtete mich bloß vom Rand des Sportplatzes, wo er, die Hände hinter dem Rücken verschränkt, rastlos auf und ab tigerte.

»Dieser Mann ist so was von kleinlich und verbittert«, schimpfte Mom, als er mal wieder an einem ganz normalen Mittwochabend an unserem Haus vorbeifuhr. »Kann er nicht langsam mal über die Sache mit seinem Sohn wegkommen und dich in Ruhe lassen? Warum glaubt er denn, er hätte das Recht, dich dermaßen zu quälen?«

Ich zuckte mit den Schultern. »Keine Ahnung.«

Aber das stimmte nicht. Denn bevor meine Eltern bei der ersten Befragung auf der Polizeiwache eingetroffen waren, hatte Parker mich mit seinen dunklen, bedrohlichen Augen fixiert und geknurrt: »Ihr Mädchen seid alle gleich.«

Damals habe ich nichts gesagt, aber mir war sofort klar, was er meinte. *Ihr Mädchen*. Ehrgeizige Mädchen. Zielstrebige Mädchen. Mädchen, die genug Willenskraft und Durchsetzungsvermögen besitzen, um Dinge zu zerstören, Menschen Schaden zuzufügen, Welten zum Untergang zu bringen. Mädchen, die sich wehren, wenn sie unfair behandelt werden. Mädchen, die den Mund aufmachen und bessere Bedingungen fordern. Mädchen, die sich nicht in die üblichen Schubladen stecken lassen.

In Breakbridge gab es einige davon. Mädchen, die schrien und um sich traten und sich beim Training abrackerten, bis ihre Muskeln hart wie Stahl wurden. Mädchen, die mit Stolz und stoischen Gesichtern die Schmerzen ertrugen, die Eisbäder und die langen Minuten im Wandsitz. Es waren Mädchen wie Shira Tannenbaum und Allison Tarley, die vor nichts zurückschreckten, um einem Leben zu entkommen, das sich wie ein Käfig anfühlte.

Parker hatte in seinem Beruf schon mit jeder Menge Leid zu tun gehabt – mit jeder Menge Tod und Ungewissheit. Und auch mit Mädchen wie uns. Er hatte erlebt, wie wir unsere Fehler wieder und wieder begingen, wie wir uns auf Schwächere stürzten und unsere Krallen einsetzten, bis Blut floss. Und er hatte auch erlebt, warum wir das taten: um zu überleben.

Ich war einfach bloß die Erste, die seine Familie bedrohte, die die Zukunft seines Sohns in Gefahr brachte – egal, ob Calvin selbst daran schuld war. In seinen Augen waren Mädchen wie ich verantwortlich für die Unzulänglichkeiten seines Sohns.

ELLIE

AUS DEM AUGENWINKEL halte ich nach Stella Ausschau, aber je weiter die Mittagspause voranschreitet, desto sicherer bin ich mir, dass sie nicht auftaucht. Trotzdem schicke ich ihr noch eine Nachricht, schon die fünfte innerhalb einer Stunde.

Wo bist du??? Ich kann zum Essen zu dir kommen, sag mir einfach, wohin.

Sie antwortet nicht und ich bleibe allein an unserem Ende des Cross-Tischs sitzen, beide Plätze neben mir frei. Der Rest des Teams ist weiter Richtung Noah und Bader gerutscht. Sie unterhalten sich gedämpft, aber ein paar Gesprächsfetzen schnappe ich trotzdem auf. Es geht um Mila, um Stella und um das, was ihr zuzutrauen ist.

»Ich hab gehört, Parker hat sie sechs Stunden lang verhört«, berichtet Julia.

Sie mustert prüfend ihre Handflächen und knibbelt an ein paar Flecken getrockneter roter Farbe, vermutlich Überbleibsel aus dem Kunstunterricht.

»Mich würd echt gar nichts wundern«, sagt Bader. »Die kann krass aggressiv sein. Wetten, sie hat Mila ermordet und irgendwo im Wald verscharrt, nur weil sie es gewagt hat, mit dem Typen von der Georgetown zu reden?«

Ich werfe Noah einen Blick zu und frage mich, ob er Stella wohl verteidigen wird, ob er überhaupt mal den Mund aufmacht. Doch er zuckt nur mit den Schultern und starrt in seine Chipstüte. »Keine Ahnung, Alter.«

Ich blinzele meine Tränen weg und kämpfe gegen das Kratzen in meiner Kehle an.

»Es heißt ja, Parker hat noch eine andere Spur gefunden«, meldet sich Tamara zu Wort. »Hat wohl was mit Milas Dad zu tun.«

»Scheiße, das ist ja wie im Fernsehen«, grummelt Bader in seinen Hamburger. »Als Nächstes behaupten sie wahrscheinlich, Kendall Fitzwater ist zurück.«

Das kann ich mir nicht länger anhören. Hastig raffe ich meine Sachen zusammen, als ich plötzlich merke, dass jemand hinter mir steht.

»Hey.« Es ist Raven. Ihre nackten, sommersprossigen Arme hängen schlaff runter. »Alles okay?«, erkundigt sie sich.

Julia wirft uns einen giftigen Blick zu, was Raven jedoch nicht zu kümmern scheint. »Mir geht's gut«, antworte ich.

Raven streicht sich eine rote Haarsträhne hinters Ohr. »Ich wollte nur sagen«, beginnt sie zögernd, »nur weil mit deiner Schwester was nicht stimmt, gilt das noch lange nicht für dich. Und ich muss es schließlich wissen.«

Mir klappt die Kinnlade runter. War das etwa nett gemeint? Soll mir das die Sache irgendwie erleichtern? Ich springe so abrupt auf, dass sich um mich Köpfe wenden und es schlagartig still wird, was mich nur noch mehr in Rage versetzt.

Ich weiß, was sie alle denken. Sie wollen sehen, ob Mini-Steckler auch eine Mini-*Stella* ist, ob die düsteren Hitzkopf-Gene wirklich so stark sind, wie es den Anschein hat. Aber ich lasse mir nichts anmerken. Ich lasse sie nicht gewinnen.

Ich trete auf Raven zu, die daraufhin rote Wangen kriegt und zurückweicht, schüchtern wie eh und je.

Ich beuge mich so dicht zu ihr vor, dass meine Stirn beinahe an ihre stößt, und zische durch zusammengebissene Zähne: »Du kannst mich mal, Raven.«

Dann stürme ich zur Tür und weiter Richtung Naturwissenschaftsflügel. Keuchend ringe ich nach Luft, nach Freiheit. Dann werfe ich noch einen Blick auf mein Handy, um zu checken, ob Stella mittlerweile geantwortet hat, doch es herrscht nach wie vor absolute Funkstille. Ich beschließe, es an ihrem Spind zu versuchen, und biege am Ende des Flurs rechts ab. Genau davor hat sich eine Horde Schüler versammelt und mir wird flau im Magen. *Mist.*

»Platz da.« Auf das Übelste gefasst, rempele ich ein paar der Neuntklässler beiseite. Trotzdem schnappe ich nach Luft, als ich Stellas Spind endlich sehen kann. Ein einziges Wort in triefender roter Farbe ist quer über das Metall geschmiert: »MONSTER«. Ringsherum kleben Zeitungsausschnitte von letztem Jahr. Es sind die über Allison Tarley.

Mit Tränen in den Augen stürze ich auf den Spind zu und reiße die Zettel herunter, bis zum letzten Fetzen. Ich knülle das Papier zusammen und schleudere es zu Boden. Hinter mir erklingt gedämpftes, nervöses Gelächter, aber das interessiert mich nicht. Ich weiß nur, dass ich Stella beschützen, sie vor alldem abschirmen muss. Fieberhaft reibe ich über die Farbe, wodurch sie allerdings nur verschmiert und noch mehr wie Blut aussieht. Mir wird schlecht.

Ich wirbele zu den Gaffern herum. »Was glotzt ihr so?«, schreie ich sie an. »Haut ab!« Feixend zerstreut sich die Menge und alle begeben sich auf den Weg in den Unterricht. Als sie weg sind, entdecke ich Stella, die auf der anderen Seite des Flurs in einem Türrahmen lehnt. Mit versteinerter Miene tritt sie auf mich zu.

»Stella …«, fange ich an.

»Ich bin Schlimmeres gewohnt«, unterbricht sie mich. »Mach dir keinen Kopf deswegen.«

In dem Moment fallen mir die roten Farbflecken an Julias Händen wieder ein. »Das war Julia«, fauche ich. »Wir müssen es jemandem sagen.«

Stella schürzt die Lippen. »Das Letzte, was ich will, ist irgendwen verpetzen. Und jetzt komm, wasch dir erst mal das Gesicht.«

Das nächste Mal begegne ich Stella erst wieder nach Schulschluss beim Training. Der Wind hat aufgefrischt und peitscht mir meinen Pferdeschwanz ins Gesicht, als ich mich umdrehe und sie aus der Umkleide kommen sehe. Sie hat die Augen zusammengekniffen und wirkt entschlossen.

»Alles in Ordnung?«, flüstere ich.

»Klar.« Dann räuspert sie sich. »Alle mal hierher, zum Dehnen.«

Ein paar der Mädchen starren sie mit offenem Mund an, als könnten sie es nicht fassen, dass Stella Steckler trotz allem die Mannschaftskapitänin raushängen lassen will.

Julia macht ein gedämpftes Würgegeräusch und Raven zieht eine Grimasse. Dennoch tun sie alle wie geheißen. Tamara sagt kein Wort.

Fast erwarte ich, dass Stella eine feurige Ansprache parat hat und erklärt, dass sie unschuldig ist und die anderen sich ihr gegenüber absolut beschissen verhalten, ein richtiges Donnerwetter eben. Aber offenbar lässt sie heute lieber Taten sprechen und sagt mit ruhiger Stimme die Übungen an, als wäre das hier eine ganz normale Trainingseinheit.

Coach Gary guckt vom Spielfeldrand zu, massiert sich hin und wieder die Schläfen und tritt von einem Fuß auf den anderen. Sobald der Mann was anderes machen soll, als derbe

Befehle zu blaffen, ist er offenbar heillos überfordert. Ich frage mich, ob Parker und Mrs Pérez ihn angewiesen haben, sich zurückzuhalten und abzuwarten, während Stella sich selbst immer tiefer in die Scheiße reitet.

»Okay, heute ist Intervalltraining dran«, verkündet Stella voller Vorfreude. »Am Samstag ist die Regionalmeisterschaft, und ich hab keine Ahnung, wie gut ihr alle in Form seid. Also lasst uns ordentlich Gas geben!«

Die Mädchen wechseln verstohlene Blicke, sichtlich irritiert darüber, dass dieses *Monster* ihnen doch tatsächlich vorschreiben will, was sie zu tun haben. Ich jedoch springe sofort auf und folge Stella zur Laufbahn, um den ersten Kilometer in Angriff zu nehmen. Sie schenkt mir ein kleines Lächeln, und ich weiß, sie ist gespannt auf die Reaktion der anderen, darauf, ob sie genug Mumm haben, sich zu widersetzen, oder ob sie wie Stella selbst dankbar für die Ablenkung sind. Ob sie gewinnen wollen.

»Das ist doch wohl nicht wahr«, schimpft Julia. »Coach!«, ruft sie aufgebracht winkend. »Coach Gary!«

Der Coach sieht hoch und setzt sich widerwillig in Bewegung.

»Was macht Stella überhaupt noch hier? Von *der* lasse ich mir bestimmt keine Anweisungen geben«, beschwert sie sich.

Der Coach schleudert sein Klemmbrett zu Boden. »Und ob du das tust«, erwidert er, gefährlich nah an seinem gewohnten Gebrüll. »Und zwar, weil ich es dir sage. Weil ihr als Team zusammenzuhalten habt, verdammt noch mal. Weil eine von euch *vermisst* wird. Und weil dieses Wochenende ein wichtiger Wettkampf ansteht, auch wenn die meisten von euch das anscheinend vergessen haben. Muss ich euch allen Ernstes daran erinnern, dass das eure Chance ist, euch für die Staatsmeisterschaft zu qualifizieren? Und zwar nicht bloß jede für sich, sondern ihr alle, als Team. Ist euch das etwa egal? Soll ich euch mal verraten, wem es nicht egal wäre? Mila.«

Julia wird bleich und starrt runter auf ihre Füße. Raven neben ihr reißt die Augen auf und kaut auf der Unterlippe.

»Also, ich an eurer Stelle würde jetzt lieber tun, was Stella sagt, und mir ordentlich den Arsch aufreißen.« Betretenes Schweigen stellt sich ein. »Was wollt ihr denn von mir hören?«, fährt der Coach fort. »Dass ihr es für Mila tun sollt, weil sie selbst schließlich nicht dabei sein kann? Ich bitte euch. Ihr seid allesamt jung und egoistisch, und wisst ihr was? Das ist vollkommen okay. Darum tut es gefälligst für euch selbst, damit ihr es eines Tages hier wegschafft. Findet einen Weg raus aus Edgewater. Den wird euch nämlich kein anderer eröffnen.«

Niemand sagt etwas, aber ich weiß, dass Julia bereits ein bissiger Kommentar auf der Zunge liegt. Schließlich räuspert sich Tamara. »Der Coach hat recht«, befindet sie. »Strengen wir uns diese Woche noch mal richtig an. Und dann gewinnen wir am Samstag.«

»Okay?«, fragt der Coach.

»Okay«, antwortet das Team.

»Intervalltraining«, ruft Stella. »Los geht's.«

Wir begeben uns in Startposition, und als der Coach in seine Trillerpfeife bläst, rennen wir, als gäbe es kein Morgen.

STELLA

ALS ES AN der Tür klingelt, krampft mein Magen sich zusammen.

»Stella, machst du mal auf?«, ruft Mom aus dem Büro.

Ich verkneife mir ein genervtes Stöhnen und schlurfe zur Tür, während ich im Geiste eine Liste mit Sachen erstelle, die ich heute Morgen noch erledigen muss, bevor wir zur Regionalmeisterschaft aufbrechen. *Smoothie mixen. Glückssweatshirt raussuchen. Kopfhörer aufladen.*

Ich öffne schwungvoll die Tür, in der Erwartung, dass einer von Moms Kunden oder der Postbote davorsteht. Doch als ich sehe, wer es wirklich ist, weiche ich unwillkürlich einen Schritt zurück.

»Coach.«

»Kann ich kurz reinkommen?«, fragt er.

Ich trete beiseite.

»Wer ist denn da, Stella?«

»Hallo, Carla«, sagt der Coach und steckt den Kopf in Moms Büro.

»Gary!« Sie springt auf. »Was ist denn los? Irgendwas nicht in Ordnung? Der Bus zur Regionalmeisterschaft fährt doch erst in einer Stunde ab.« Verwundert guckt sie auf die Uhr.

»Nein, nein.« Er macht eine abwiegelnde Geste. »Ich wollte mich nur mal mit Stella unterhalten, wenn das okay ist?«

»Ach so. Natürlich.« Mom blinzelt argwöhnisch, und ich weiß, dass wir beide dasselbe denken. Dass Mrs Pérez den

Coach womöglich doch gebeten hat, mich bei diesem Wettkampf nicht aufzustellen. »Machen Sie nur.« Mom verschwindet wieder in ihrem Büro, lässt jedoch die Tür offen, damit sie mithören kann.

Der Coach geht voran in die Küche und lehnt sich an die Theke.

»Bitte lassen Sie mich antreten.« Die Worte purzeln mir aus dem Mund, bevor ich sie zurückhalten kann. »Ich will unbedingt dabei sein.«

Er runzelt die Stirn. »Natürlich trittst du an, sei nicht albern.«

Erleichterung durchflutet mich und mir fällt wieder ein, dass auch dem Coach nichts wichtiger ist, als zu gewinnen.

»Ich wollte bloß mit dir über die Scouts reden«, fängt er an. »Die werden heute alle wieder vor Ort sein. Und wie du dir vorstellen kannst, sind sie momentan nicht gerade deine größten Fans, nach der Sache beim Spendenlauf und allem, was so in den Medien berichtet worden ist.«

Ich öffne den Mund, um mich zu verteidigen, aber der Coach hebt die Hand.

»Mir ist natürlich klar, dass du es nicht warst. Diese blöden Nachrichten beweisen gar nichts. Gut, du bist ehrgeizig, aber doch nicht … was auch immer gerade über dich behauptet wird. Leider ändert das aber nichts daran, was die Leute denken. Dessen musst du dir absolut bewusst sein. Und darum musst du jetzt ganz besonders darauf achten, dich sportlich und fair zu geben. Ruhig zu bleiben und dich zurückzuhalten. Mach einfach dein Rennen und kümmere dich nicht um irgendwen sonst, okay?«

»Okay.«

»Stella, du bist die beste Läuferin im ganzen Team. Die beste überhaupt, seit ich diesen Job mache. Lass nicht zu, dass dir irgendwer diese Chance vermasselt. Da draußen bist du auf dich allein gestellt, egal, was ich so über Teamwork daherfasele, kapiert?«

Ich nicke. Das ist mir schon seit Langem klar, seit Calvin Parker mir die Gehirnerschütterung verpasst hat, seit Lilly Adams den Coach darüber angelogen hat, was an dem Tag wirklich passiert ist, seit Allison Tarley versucht hat, mir die Schuld für ihren Schlüsselbeinbruch in die Schuhe zu schieben. »Kapiert.«

»Gut.« Er strafft die Schultern, und sein Trainingsanzug raschelt, als er zu Tür geht. »Dann holen wir uns heute Gold.«

Ellie und ich sitzen eng zusammengequetscht im Bus, der jetzt auf den Parkplatz der Tremont High einbiegt. Tremont ist eine dieser Nachbarstädte, in denen alle extrem outdoormäßig drauf sind, sogar noch mehr als in Edgewater. Die Kinder hier sind quasi auf Waldpfaden groß geworden, haben von klein auf jeden Felsen erklommen und auf nichts als ein paar Brettern Bäche und Flüsse überquert. Die Cross-Strecke in Tremont ist berüchtigt für ihre vielen knorrigen Wurzeln und steilen Anstiege, also definitiv nichts für Amateure. Der Schulsportverband erlaubt noch nicht mal, dass die Juniorenteams hier laufen.

Nachdem wir unsere Plätze auf der Bank eingenommen haben, lasse ich den Blick über die Tribünen schweifen. In der ersten Reihe sitzen wie immer die Scouts in ihren Fleecejacken und Windbreakern, trinken Kaffee aus Thermobechern und essen Apfeldonuts. Gut gelaunt vergleichen sie die Statistiken der Läufer und Läuferinnen, die sie bereits rekrutiert haben.

In einem Paralleluniversum würde ich jetzt ganz entspannt mit dem Typen von der Georgetown quatschen, der mir letztes

Jahr am Telefon mitgeteilt hat, dass es mit dem Stipendium leider doch nichts würde. *Tut mir wirklich leid, aber mir sind da die Hände gebunden. Vielleicht gehst du einfach zu ein paar Probetrainings an anderen Unis, wenn sich der Aufruhr wieder ein bisschen gelegt hat?*

Stattdessen starrt er nun durch mich hindurch auf den nächsten Jahrgang potenzieller Talente. Sein Blick landet auf Ellie, die sich neben mir dehnt, und er klickt auf seinen Kugelschreiber, um sich eine Notiz zu machen.

Ich stupse meine Schwester an. »Hast du gesehen?«, frage ich. »Der Typ von der Georgetown beobachtet dich.«

Ellies Augenbrauen rucken hoch. »Echt?«

»Mhm. Hat sich gerade was zu dir aufgeschrieben.«

Ihre Wangen werden rot, und sie gibt sich sichtlich Mühe, nicht zur Tribüne zu gucken. »Oh Mann.« Verlegen knibbelt sie an ihrer Unterlippe.

Der Coach bedeutet uns, dass es bald losgeht, also zerren wir uns hastig unsere Sweatshirts über den Kopf und schleudern unsere Jogginghosen beiseite. Meine Startnummer ist fest an mein Top geheftet, und ich hüpfe ein paarmal auf der Stelle, als der beißende Wind mir um die nackten Knöchel weht. Alles andere versuche ich, so gut wie möglich auszublenden. Die Scouts, die Mädchen, die sich neben mir unter Einsatz ihrer Ellbogen Platz verschaffen und meine nagenden Gedanken. Daran, dass Mila jetzt auch hier sein sollte, dass wir noch immer nicht wissen, wo sie ist – oder wer daran die Schuld trägt.

Daran, dass alle glauben, ich hätte etwas mit ihrem Verschwinden zu tun.

Aber damit kann ich mich jetzt nicht befassen.

Wir stellen uns auf, und als der Pfiff ertönt, schießen alle los. Selbst die Mädchen, die sonst viel langsamer sind als ich, legen die ersten hundert Meter bergauf ein Wahnsinnstempo hin. Wie blöd kann man eigentlich sein und sich dermaßen überschätzen? Wenn sie jetzt so rasen, schaffen sie niemals die zweite Hälfte. Ich dagegen halte mich in der Mitte des Felds, teile mir meine Kraft sorgfältig ein und hoffe, die anderen damit in falscher Sicherheit zu wiegen.

Und siehe da, auf der Kuppe des ersten Hügels machen auch schon ein paar Mädchen schlapp. Sie sind der tückischen Tremont-Strecke voll auf den Leim gegangen. Tja, hätten sie mal mehr trainiert – oder wären zumindest Longshot gelaufen. Ich verziehe das Gesicht bei der Erinnerung daran, wie Mila und ich dort allein um die Wette gerannt sind. Sie sollte jetzt wirklich hier sein.

Auf dem Weg nach unten schüttele ich den Gedanken ab und drehe leicht den Kopf auf der Suche nach den anderen kobaltblauen Trikots. Tamara ist direkt hinter mir, Raven schnauft ein Stück seitlich vor sich hin. Und nach Ellie brauche ich mich gar nicht erst umzusehen. Ich spüre, wie sie zu mir aufholt, bis wir schließlich im Gleichschritt nebeneinander her traben.

Früher habe ich es gehasst, wenn Ellie versucht hat, meinen Laufstil nachzuahmen, als wäre sie eine Stella-Imitatorin. Aber nachdem ich ein paarmal gegen Mila angetreten bin, wünsche ich mir sogar, dass meine Schwester mich pusht, mich mitzieht. Wir sehen einander nicht an, doch als der Trail wieder anzusteigen beginnt, entfernen wir uns allmählich vom Feld, immer weiter und weiter, bis wir irgendwann allein sind. Nur wir und die frische Luft um uns, der Himmel über uns, die Bäume vor uns. Mein Herz rast, und ich weiß, wir werden gewinnen. Eine von uns wird gewinnen.

Die Ziellinie kommt in Sicht, und ich höre die Menge jubeln, als wir die Lichtung erreichen. Sämtliche Scouts sind aufgestanden und schirmen ihre Augen mit den Händen ab, um uns besser sehen zu können. Die anderen sind mittlerweile so weit abgeschlagen, dass ich sie nicht mehr höre, nicht mehr spüre, nicht mal mehr kenne.

Alles, was ich wahrnehme, ist Ellies gleichmäßiger Atem, das Knirschen unserer Spikes auf dem Boden, der Wind, der uns entgegenschlägt.

Jetzt oder nie. Ich gebe noch mal alles und renne, renne, renne, während in meinem Kopf eine leise Stimme erklingt. *Du bist eine Naturgewalt.* Mila.

Mit letzter Anstrengung hechte ich über die Ziellinie, knapp gefolgt von Ellie.

ELLIE

IN DEN LETZTEN Sekunden schwingt Stellas Zopf so dicht vor mir, dass ich ihn am liebsten packen und sie daran zu Boden reißen würde. Und dann, nachdem ich mich mit letzter Kraft über die Ziellinie gequält habe, dringt zu mir durch, was gerade passiert ist.

Stella hat gewonnen.

Sie wusste, dass die Scouts gekommen sind, um *mich* zu beobachten. Und trotzdem hat sie gewonnen.

Stella gewinnt eben immer.

STELLA

ICH LASSE MICH zu Boden fallen und vergrabe den Kopf in den Händen, versuche, Milas Stimme zurückzuholen. Sie soll noch mal mit mir reden, mir sagen, was ihr zugestoßen ist. Doch das tut sie nicht. Sie ist fort.

Ellie steht vor mir, die Hände in die Hüften gestemmt. Ihr Schatten fällt auf mich, und als ich den Blick hebe, sehe ich die Wut in ihren Augen.

Zähneknirschend streckt sie mir die Hand hin.

»Sei bescheiden. Mach bloß keine Szene jetzt«, zischt sie.

Ich greife zu und lasse mich hochziehen.

ELLIE

ICH ZIEHE STELLA in die wohl heuchlerischste Umarmung meines gesamten Lebens.

Zuerst versteift sie sich, aber dann schlingt auch sie fest die Arme um mich.

Das Ganze dauert nicht länger als eine Sekunde, aber als ich einen verstohlenen Blick zu den Scouts rüberwerfe, sehe ich sie alle schweigend auf ihren Klemmbrettern herumkritzeln, während der Kaffee in ihren Bechern kalt wird.

Der Coach kommt angelaufen und gibt jeder von uns einen begeisterten Klaps auf den Rücken.

»Stecklers, das war der Hammer!«, ruft er. »Ihr habt euren PR gebrochen! Alle beide!«

Stella reißt die Augen auf. »Im Ernst?«

Am liebsten würde ich ihr eine knallen. Natürlich haben wir das. So schnell wie heute war sie noch nie. Und ich auch nicht. Es macht mich wahnsinnig, wie sehr wir einander zu Höchstleistungen antreiben.

Der Coach nennt uns unsere Zeiten, und ich glaube kurz, mich verhört zu haben. Aber dann wiederholt er die Zahlen und reibt sich zufrieden die Hände.

Wow. Dass wir *so* gut waren, hätte ich nun auch nicht gedacht. »Damit sollten wir uns wohl für die Staatsmeisterschaft qualifiziert haben«, sage ich.

»Die Staatsmeisterschaft?«, wiederholt der Coach ungläubig. »Damit solltet ihr jeden einzelnen Scout hier von euch überzeugt haben. Damit steht euch verdammt noch mal alles offen.«

STELLA

DER COACH SAGT irgendwas, aber ich verstehe ihn kaum über dem Pulsieren in meinem Kopf. *Mila. Mila. Mila.* Nur die Zeit bekomme ich mit. Die fantastische Zeit, die alles verändern könnte.

Mila, denke ich. *Diese Zeit sollte deine sein.*

ELLIE

DER COACH HATTE recht. Kaum dass wir zu Hause sind, kommen die ersten E-Mails. Doch sie sind ausnahmslos für mich. Niemanden scheint zu interessieren, dass Stella das Rennen gewonnen hat. Alle sehen nur die Zehntklässlerin, die noch zwei Saisons Zeit hat, um sich weiter zu steigern. Ein frisches junges Gesicht, jemanden, den sie formen können. Sie wissen, dass ich meinen PR noch verbessern könnte, und im Gegensatz zu Stella haften mir keine Dramen an.

Wir sollten uns mal unterhalten! schreibt der Coach aus Michigan.

Du hast eine strahlende Karriere als Läuferin vor dir prophezeit mir die Frau von der Villanova University.

Mom schickt mich erst unter die Dusche, bevor ich alles lesen darf, und dann setzen wir uns zusammen ins Wohnzimmer. Mir schwirrt der Kopf, als ich beginne, mir meine Zukunft auszumalen, irgendwo weit, weit weg, wo mich niemand kennt, wo niemand weiß, was passiert ist.

»Mensch, ist das spannend«, freut sich Mom und beißt in ein Stück dunkle Schokolade. »Stella, komm doch mal gucken!«

Meine Wangen werden heiß und am liebsten würde ich Mom für ihre Achtlosigkeit einen Stoß in die Rippen verpassen. Natürlich will Stella nicht *gucken kommen*. Wir wissen beide, dass das heute ihre letzte Chance auf ein Stipendium war. Wenn irgendein Scout bereit wäre, das Risiko einzugehen, das sie darstellt, dann wüssten wir mittlerweile Bescheid. Aber niemand will sie, so viel steht fest.

Stella stößt ein Grunzen aus und fängt unter lautem Geklapper an, Küchenschränke zu öffnen und Töpfe und Pfannen auf den Herd zu knallen, um das Abendessen zuzubereiten.

»Mach dir nichts draus«, flüstert Mom. »Sie fängt sich schon wieder.«

Aber ich weiß, dass sie das nicht wird. Als mein Blick zurück zu Stella wandert, sind ihre Augen schmal und ihre Fäuste so fest geballt, dass es wehtun muss. Ich wende mich wieder meinem Laptop zu. In den letzten paar Minuten sind noch mehr Mails eingetrudelt, und ich klicke mich durch Nachrichten einer kleinen Privathochschule in Minnesota, eines Colleges in Washington und irgendeiner Uni in Boston, von der ich noch nie gehört habe.

Aber dann zieht Mom plötzlich scharf den Atem ein und zeigt auf die oberste Mail in meinem Posteingang. Sie ist von der Georgetown.

Scheiße.

Ich lasse den Kopf gegen die Sofalehne sacken und versuche, mich an all die Motivationsreden zu erinnern, die wir über die Jahre zu hören bekommen haben. Die galten zwar hauptsächlich Stella, aber ich war immer dabei, irgendwo im Hintergrund. Die Reserveschwester, die Sicherungskopie.

Jeder Coach, den wir je gehabt haben, hat uns eingebläut, die Highschool sei unsere einzige Chance. Eine kurze Zeitspanne, die unsere ganze Zukunft bestimmen kann.

Nur leider haben sie uns nie erklärt, wie wir mit dem Druck klarkommen sollen, innerhalb so weniger Jahre die Weichen für unser gesamtes Leben zu stellen. Eigentlich müsste man auf der Highschool schon mal vorgewarnt werden, müsste irgendjemand einem verstohlen zuraunen:

Besser wird's nicht.

Aber wie sollten wir da noch genug Selbstvertrauen entwickeln, um irgendwann unsere Ziele zu erreichen, um die hohen Erwartungen, die in uns gesetzt werden, zu erfüllen?

Und gleichzeitig will die Welt uns Mädchen kleinhalten. Sie treibt uns unseren eigenen Willen aus, unsere Freude, unsere Neugier, und ersetzt sie durch Verachtung, Zynismus und das Bedürfnis, sich brav in vorgefertigte Schubladen sortieren zu lassen. Das musste ich schon früh lernen, in der Grundschule, als die anderen Kinder Stella »Angeberin« nannten, weil sie sich im Unterricht so oft meldete, oder die Jungs sich beschwerten, ich würde sie rumkommandieren, als ich versuchte, einen Lesekreis anzuleiten. Als Stella und ich die Mütter der anderen Kinder im Jugendlaufclub sagen hörten: »Dass diese Steckler-Schwestern sich aber auch immer so hervortun müssen.«

So redete man über uns, während die Jungs schreiend und beißend, hauend und tretend ihr Regiment über den Spielplatz verteidigten. Die Welt hat nichts übrig für Mädchen, die zu viel Raum einnehmen, die verlangen, dass man ihnen zuhört, die *sich hervortun.*

Und doch gibt es diese winzigen, flüchtigen Momente, zum Beispiel, wenn ich allein am Sweetwater Lake entlangsprinte. Diese Momente, in denen ich eine ganz bestimmte Kraft in mir spüre. Eine Dringlichkeit. So ein glitzerndes, schimmerndes Gefühl, das uns alle immer dann erfasst, wenn wir es am wenigsten erwarten. Diese Momente, in denen ich ganz sicher weiß: *Das war noch nicht alles. Das Beste kommt noch.*

Später, als Mom und Dad im Bett sind und auch Stella, ohne Gute Nacht zu sagen, nach oben verschwunden ist, schleiche ich den Flur runter, um zu sehen, ob bei ihr noch Licht brennt.

»Stella?«, frage ich leise, die Stirn an ihre Tür gelehnt.

»Was?«

»Darf ich reinkommen?«

»Nein«, antwortet sie, aber ich mache es trotzdem.

Sie sitzt ans Kopfteil ihres Betts gelehnt und hat ein dickes Buch auf dem Schoß.

»Was liest du?«, frage ich.

»Nichts«, murmelt sie, aber dann hebt sie das Buch an, damit ich den Umschlag sehen kann: »Die vergessenen Malerinnen der Hudson River School«.

»Ist das für Kunst?«, erkundige ich mich.

»Mila steht total auf die«, erklärt sie leise und irgendwie abwesend. »Und ich dachte, ich gucke mal, was an denen so toll ist.«

»Ah.« Wir schweigen eine Weile, und mir wird klar, dass wir noch gar nicht richtig über Mila gesprochen haben. Über die aufkeimende Freundschaft zwischen Stella und ihr – was für meine Schwester alles andere als selbstverständlich ist – und wie schrecklich es sein muss, dass nun ausgerechnet sie als Verdächtige abgestempelt wird. Aber ich weiß, wenn ich jetzt den Mund aufmache, breche ich zusammen und die Wahrheit kommt ans Licht.

Allein bei der Vorstellung schießen mir heiße Tränen in die Augen, und mit einem Mal will ich mich einfach nur an sie kuscheln und ihre sehnigen Arme um mich spüren, wie damals, als sie mich vom Schlafwandeln zurück ins Bett geholt oder mich die Nachtangst überwältigt hat. Ich ziehe die Decke zurück, schiebe die Beine darunter und lege den Kopf in Stellas Schoß. Beinahe rechne ich damit, dass sie zurückzuckt oder mich wegschubst. Aber das tut sie nicht. Stattdessen streichelt sie mir übers Haar.

Ich schließe die Augen und gestatte mir einen winzigen Moment lang, mich frei zu fühlen und alles zu vergessen. Doch ich weiß, dass es nicht so bleiben kann.

»Ich hab eine Mail von der Georgetown gekriegt«, sage ich schließlich.

Stella antwortet nicht, aber ihre Hand erstarrt.

»Ich will da aber gar nicht hin.« Das ist die Wahrheit. Die Georgetown ist einfach zu nah an allem, zu sehr mit Stella verbunden. Ich will etwas, was mir allein gehört.

Stella schweigt und mein Magen zieht sich zusammen.

»Hör mal, ist ja nicht so, als würde sich keine Uni für dich interessieren«, versuche ich, die richtigen Worte zu finden. »Irgendwo wirst du ganz sicher angenommen, erst recht nach dem Wettkampf heute.«

Stella löst sich aus ihrer Starre. Sie greift wieder nach ihrem Buch und dreht sich so abrupt weg, dass mein Kopf unsanft auf dem Kissen landet.

»Wir können doch über alles reden«, sage ich. »Unis und Stipendien und so. Wir sind Schwestern.« Doch noch während ich es ausspreche, wird mir klar, was für eine hohle Phrase das ist. Es gibt so vieles, worüber wir nicht reden können.

Das ist auch Stella klar. »Und warum haben wir dann so viele Geheimnisse voreinander?«

STELLA

MITTEN IN DER Nacht schrecke ich hoch. Irgendetwas stimmt nicht. Ich spüre es in meinen Muskeln, die so verkrampft sind, als hätten sie es darauf angelegt, mich aus dem Schlaf zu reißen, und halte mir die Wade. Die Schmerzen sind beinahe unerträglich. Ich strecke das Bein und drehe mich auf die Seite, um aus dem Fenster zu sehen. Der Mond ist eine hauchdünne Sichel.

Aber dann nehme ich aus dem Augenwinkel eine Bewegung wahr. Ein T-Shirt, weiß vor dem dunklen Himmel, dunkles Haar, das im Wind flattert. Mir wird flau im Magen. Nicht schon wieder. Nicht jetzt.

Ich werfe die Decke beiseite und haste nach unten. Um mir ein Sweatshirt zu schnappen oder Schuhe anzuziehen, ist keine Zeit. Das weiß ich schon, seit wir klein waren, als Ellies Nachtangst am schlimmsten war. Mom war in der Entzugsklinik und Ellie wechselte zunächst von Bettnässen zu markerschütterndem Gebrüll im Schlaf und ging schließlich zum Schlafwandeln über. Einmal landete sie im Kräutergarten des Wohnwagens nebenan, was wir nur mitbekamen, weil sie stolperte und mitten zwischen die Blumentöpfe plumpste, um zwei Uhr morgens.

Ich war immer diejenige, die sie fand, die sie zurückholte und den Rest der Nacht, eingehüllt in meine dicke Decke, in meinem Bett verbringen ließ, die Fäuste gegen meinen Rücken gepresst.

Ich trete aus der Seitentür und lasse den Blick durch den Garten schweifen. Und da ist sie, den Kopf in den Nacken gelegt, zieht sie ihre wackeligen Kreise auf dem Rasen. Ich eile auf sie zu und rutsche mit meinen nackten Füßen fast auf dem taufeuchten Gras aus, während ich mir in Erinnerung rufe, wie man Schlafwandelnde am besten zurück ins Bett bringt. Bloß nicht wecken, hieß es immer in den alten Internetartikeln, stattdessen sollte man die Leute lieber behutsam in die richtige Richtung bugsieren. Was damals auch ziemlich zuverlässig funktioniert hat. Also lege ich Ellie sanft die Hand ins Kreuz und schiebe sie zurück zum Haus. Doch da fängt sie plötzlich an zu reden.

»Es tut mir leid«, sagt Ellie mit fester, lauter Stimme. »Keine Angst, ich komme. Ich komme dich holen.«

Erschrocken zucke ich zusammen und im nächsten Moment wird mir das Herz schwer. Ich war so mit meinen eigenen Sorgen über Milas Verschwinden beschäftigt, dass mir gar nicht aufgefallen ist, wie schlecht es auch Ellie damit geht. Wie einsam sie sich fühlen muss.

In meiner Kehle bildet sich ein Kloß, und gerade, als ich nach der Türklinke greifen will, öffnen sich flatternd Ellies Augen.

»Stella?«, murmelt sie. »Was?«

»Schhhh«, mache ich. »Schon gut, Ellie. Wir gehen jetzt zurück ins Bett.«

Ellie guckt sich um, nervös und unsicher, geht jedoch gehorsam mit. »Kann ich heute bei dir schlafen?«, fragt sie.

Ich nicke und führe sie nach oben in mein Zimmer, wo sie sofort unter die Decke kriecht. Dann lege ich mich neben sie und warte darauf, dass ihr Atem gleichmäßiger wird, ihre Muskeln sich entspannen. »Du und ich gegen den Rest der Welt, Ellie«, flüstere ich. »Du und ich.«

Als wir am nächsten Morgen in die Schule kommen, knistert über uns der Lautsprecher. »Achtung, eine Durchsage an alle«, verkündet Ravens Mutter aus dem Sekretariat mit ihrer Kieksstimme. »Die erste Stunde fällt heute aus. Bitte begebt euch stattdessen zu einer Schulversammlung in die Sporthalle. Die Teilnahme ist verpflichtend.«

Alles setzt sich in Bewegung und auch ich laufe los und lasse mich von der Menge den Flur runterschwemmen. Ich will mich zu Ellie umdrehen und sie fragen, was sie davon hält, doch sie ist nicht mehr neben mir. Verwundert suche ich das Meer von Menschen nach ihren langen dunklen Haaren ab, aber sie ist nirgends zu sehen. Also gehe ich allein weiter.

In der Sporthalle flirrt die Luft vor aufgewirbeltem Staub, als so viele Schüler auf einmal die Tribüne stürmen, und es sind kaum noch Plätze frei. Am Ende hocke ich mich ganz an den Rand einer Reihe mit Leuten aus der Marschkapelle und ignoriere deren unverhohlene Blicke.

Ich verrenke mir weiter den Hals, in der vergeblichen Hoffnung, Ellie unter den Nachzüglern zu entdecken, als mit einem Mal alles still wird. Mrs Pérez und Detective Parker sind reingekommen und treten an das Mikrofon, das auf der Mittellinie des Basketballfelds aufgebaut worden ist. Mrs Pérez räuspert sich, was eine kreischende Rückkopplung zufolge hat. Sie lächelt entschuldigend.

»Ich wünschte, es gäbe einen anderen Anlass für diese Versammlung«, beginnt sie leise, sachlich. »Aber zu meiner tiefen Erschütterung muss ich euch mitteilen, dass heute Morgen Mila Keenes Leiche gefunden wurde.«

Die Leute um mich schnappen nach Luft und ich sehe plötzlich nur noch verschwommen. Ich muss mich verhört haben. Mrs Pérez' Stimme klingt seltsam in meinen Ohren – verzerrt und abgehackt –, als sie weiterredet.

»Detective Parker und sein Team führen ihre Ermittlungen fort, um herauszufinden, was genau dieser wundervollen, klugen jungen Frau zugestoßen ist. Bis dahin möchte ich euch versichern, dass wir alle hier an der Edgewater High für euch da sind und immer ein offenes Ohr für euch haben. Der Unterricht fällt heute aus. Bitte spendet einander Trost, zieht euch nicht zurück in dieser schweren Zeit, und vor allem habt keine Scheu, euch Hilfe zu suchen.«

Geflüster erhebt sich und leises Schluchzen erfüllt die Halle. Aber ich weine nicht, kann nicht, *will* nicht weinen. Das kann doch alles nur ein schrecklicher Irrtum sein. Mila ist am Leben, *muss* es einfach sein. Ihr Lachen war zu ansteckend, zu fröhlich, als dass es nun nie wieder jemand hören würde. Ich hatte nicht mal mehr die Gelegenheit, ihr zu sagen, dass es mir leidtut. Kann sie nicht mehr bitten, mir mehr von der traurigen Musik vorzuspielen, die sie so mochte, ihr nicht mehr erzählen, was ich alles über Susie M. Barstow gelesen habe. Ich habe sie nie wirklich an mich herangelassen.

Jetzt tritt Detective Parker ans Mikrofon.

»Wie eure Direktorin ja bereits erwähnt hat, laufen unsere Ermittlungen weiter, und dabei ist eure Mithilfe wichtiger denn je«, sagt er. »Wenn ihr also irgendetwas darüber wisst, wo Mila sich zuletzt aufgehalten hat, oder einen Verdacht habt, wer ihr möglicherweise hätte schaden wollen, dann setzt uns bitte darüber in Kenntnis. Ihr findet mich in Mrs Pérez' Büro. Und keine Sorge, jeder Hinweis wird absolut anonym behandelt.«

Parker hält kurz inne und verschränkt die Hände. »Außerdem muss ich euch dringend dazu ermahnen, vorsichtig zu sein, weitaus vorsichtiger, als ihr es in den letzten Jahren wart.« Wieder wird es mucksmäuschenstill und niemand scheint auch nur zu atmen. »Noch ist die Möglichkeit nicht ausgeschlossen, dass Mila Keenes Tod in Zusammenhang mit den früheren Mordfällen steht.«

Jemand keucht auf, und Mrs Pérez blickt zu Boden, während Parker weiterredet. »Also noch mal: Solltet ihr irgendwelche Informationen haben, die uns weiterhelfen könnten, dann meldet euch bitte bei mir.«

Eine Sekunde lang herrscht Schweigen. Mein Herz schlägt mir bis zum Hals, und ich habe keine Ahnung, wie ich das eben Gehörte verarbeiten soll. Dann heben sich ein paar Hände. Von ganz hinten fragt jemand mit viel zu schriller Stimme: »Heißt das, Mila wurde auch am Oak Tower Trail gefunden?« Ein Klingeln erfüllt meine Ohren.

Mrs Pérez wirft Parker einen warnenden Blick zu, bevor er antworten kann. »Dazu können wir euch im Moment noch keine Auskunft geben.«

»Ist sie wie die anderen gestorben?«, will jemand anderes wissen. »Hat ihr ein Schnürsenkel gefehlt?«

»Wie gesagt, die Details kann ich derzeit noch nicht veröffentlichen.«

Mrs Pérez nickt ihm zu und die beiden verschwinden, wahrscheinlich in ihr Büro, um dort auf meine Mitschüler zu warten, diese sensationslüsterne Meute, die rein gar nichts über Mila wusste. Diesen Haufen von Unbeteiligten, die in Gedanken vermutlich schon ihren nächsten Post formulieren, darüber, wie gern sie Mila hatten und wie sehr sie ihnen jetzt fehlt. Die es gar nicht abwarten können, öffentlich um Mila und ihr junges, vergeudetes Talent zu trauern. Wie die Aasgeier lauern sie auf jeden Informationsfetzen, der ihnen Gesprächsstoff für die nächste Thanksgiving-Feier mit der Verwandtschaft liefern könnte oder einen Anlass, um in ihren Collegebewerbungen ordentlich auf die Tränendrüse zu drücken. Auch wenn sie es nie zugeben würden, sind sie stolz darauf, im berüchtigten

Deadwater zu wohnen, und werden sich wahrscheinlich bis an ihr Lebensende damit wichtigmachen. Selbst diejenigen, die sich nicht mal an Marlisse, Beatrice und Abigail erinnern, werden Sachen sagen wie *Diese ermordeten Läuferinnen? Ja, das war in meiner Heimatstadt. Nicht zu fassen, oder? Das hätte genauso gut ich sein können.*

Nein, hättest du nicht. Es hätte nicht einfach jede sein können.

Denn etwas an der ganzen Sache kommt mir faul vor. Es ergibt einfach keinen Sinn. Warum sollte Milas Tod etwas mit den alten Fällen zu tun haben? Warum sollte der Mörder jahrelang abtauchen, nur um jetzt plötzlich zurückzukehren und sich Mila zu holen? Das ist doch Quatsch. Irgendjemand wollte Mila loswerden. Irgendjemand konnte es nicht ertragen, wie sie Edgewater auf den Kopf gestellt hat. Irgendjemand wollte ihr schaden, wollte sie töten. Aber wer?

Nachdem die Nachricht bekannt gegeben wurde, ist auf den Fluren die Hölle los. Die Leute drängen sich zusammen, lehnen an den Spinden, weinen einander die Schultern nass, spielen oscarreif die Rolle der trauernden Freundin. Andere tuscheln miteinander, während sie fieberhaft durch ihre Handys scrollen, gierig auf die neusten Hinweise oder Tweets über Mila. Ich kann nichts tun, außer einen Fuß vor den anderen zu setzen, denn wenn ich anhalte, und sei es auch nur für den Bruchteil einer Sekunde … weiß ich nicht, ob ich je wieder weitergehen könnte.

Ich gehe am Cafeteriaeingang vorbei zum Sportflur und biege dann nach rechts ab, wo die Naturwissenschaftsräume liegen. Am liebsten würde ich rennen, so schnell und so weit mich meine Beine tragen, bis ich zusammenbreche und mir das Herz aus der Brust schießt, rot, schmerzend und hämmernd. Aber ich weiß, wenn ich jetzt verschwinde, wenn ich auch nur einen Schritt aus dem Gebäude mache, wird das die neueste Sensation. *Stella ist abgehauen. Krass, oder? Die muss doch wirklich was zu verbergen haben. Herzloses Miststück. Monster.*

Letzteres haben sie mir schon auf den Spind geschmiert, mit einer Farbe, die aussah wie Blut. Aber so was bin ich mittlerweile gewohnt. Ich habe mir einen harten Panzer zugelegt.

Ich lehne mich an eine Vitrine voller Sportpokale, um kurz durchzuatmen und einen Moment die Augen zu schließen. Aber ich kann an nichts anderes denken als Mila. An ihr verschmitztes, freundliches Lächeln. Ihre Augen, die mich genau so gesehen haben, wie ich bin, genau so, wie ich sein möchte. Und trotzdem habe ich mich dagegen gesträubt.

»Stella.« Tamara kommt auf mich zu, einen Stapel Bücher in den Armen. Ihre Augen sind gerötet, ihr Blick matt.

»Hi«, sage ich argwöhnisch.

»Wir wollten uns mit ein paar Leuten im Resort treffen, einfach nur, um ein bisschen zusammen zu sein und zu reden. Unsere eigene kleine Selbsthilfegruppe sozusagen. Komm doch auch.« Ihre Stimme bricht leicht und sie streicht sich einen ihrer Braids hinters Ohr. »Wir fahren jedenfalls bald«, fügt sie dann hinzu und mustert unsere schluchzenden Mitschüler. »Hier halte ich's echt nicht länger aus. Mila hätte sich schlappgelacht über diese ganzen Heuchler.«

Da hat sie wohl recht.

»Okay. Ich komme gern mit«, sage ich. »Warum bist du eigentlich so nett zu mir?«, frage ich dann nach kurzem Überlegen. »Nachdem ich so arschig wegen dieser Suchaktion war, und nach der Sache beim Spendenlauf …«

Tamara mustert mich unverwandt. »Stimmt, du warst wirklich arschig. Aber das kann ich nachvollziehen. Mir fehlt sie genauso sehr wie dir.« Sie senkt die Stimme. »Und außerdem würde ich hier auch keinem mehr trauen, wenn jemand versucht hätte, mir die Sache anzuhängen, indem er mir Milas Ausweis in den Spind schmuggelt.«

Abrupt hebe ich den Kopf. »Du glaubst auch, dass jemand mir was anhängen will?«

Tamara zuckt mit den Schultern. »Mein Bauchgefühl irrt sich fast nie, und diesmal sagt es mir, dass du nichts mit Milas Verschwinden zu tun hast. Ich hab selbst schon mal fiese Nachrichten verschickt, weißt du? Und ich glaube, alle, die dich für die Täterin halten, sind bloß auf der Suche nach einer einfachen Erklärung, damit wir nicht wieder zu Deadwater werden.«

»Also hast gar nicht du Mrs Pérez von dem Ausweis erzählt?«

Sie schüttelt den Kopf.

»Tamara!«, ruft Julia, die in ein paar Metern Entfernung mit Raven wartet.

»Ich muss los«, sagt Tamara. »Bis gleich bei uns.«

Mein Herz klopft wie verrückt, und ich habe das Gefühl, mich bewegen zu müssen, wenn ich nicht den Verstand verlieren will. So unauffällig wie möglich schleiche ich mich raus und deponiere meinen Rucksack im Auto. Es sind nur ungefähr sechs Kilometer von hier bis zum Ellacoya Resort, aber wenn ich den Umweg am See entlang und über die Bootsanlegestelle nehme, kann ich locker zehn rausschlagen. Dann komme ich zwar knallrot und verschwitzt bei den anderen an und jeder sieht, dass ich gegen Bürgermeister Dickersons Laufverbot verstoßen habe, aber wen interessiert das noch? Mir platzt gleich das Hirn. Ich muss jetzt einfach laufen, muss mir einen klaren Kopf verschaffen.

Hinter der Sporthalle trabe ich los und nehme den Pfad in

den Wald. Im Schatten der Baumkronen werde ich sofort ruhiger, als würde mit jedem Schritt eine Last von mir abfallen. Das Laub leuchtet in Rot, Orange und Gelb und knistert unter meinen Füßen. Auch mein Atem wird allmählich gleichmäßiger, während ich über Wurzeln, Äste und ganze Miniaturlandschaften aus Moos springe. Hier fühle ich mich zu Hause. Ich denke nicht mehr an Mila. Ich denke an gar nichts mehr.

Meine Armbanduhr vibriert, um mir den Anbruch des fünften Kilometers zu signalisieren, als ich mit einem Mal ein Rascheln im Unterholz höre. Zu laut für einen Hirsch, zu leise für einen Bären. Aber genau passend für Menschenfüße. Dann durchbricht etwas die Stille.

»Du musst dich zusammenreißen.«

Ich werde langsamer, meine Glieder plötzlich schwer wie Blei. Die Stimme kommt von rechts, männlich und tief. Barsch und resolut. Aber vor allem: vertraut. Es ist Noah. Ich spähe zwischen den Bäumen hindurch, kann jedoch nichts erkennen. Er verstummt und ich höre es erneut rascheln.

Schnell laufe ich ein Stück weiter bergauf, um einen besseren Überblick zu bekommen.

»Du kapierst überhaupt nichts. Von Anfang an nicht. Hier geht's nicht um dich.«

Ich bleibe so abrupt stehen, als würden meine Füße am Boden festkleben. Diese Stimme würde ich überall erkennen. Ellie.

Ich kauere mich hin und schiebe ein paar Zweige beiseite. Ellie lehnt an einem Baum, das Gesicht in die entgegengesetzte Richtung gewandt. Ihr Hals hebt sich blass vor dem bunten Laub ab und ihr langes dunkles Haar scheint übergangslos mit dem Stamm zu verschmelzen. Noah steht links von ihr und versetzt gerade dem Strauch vor ihm einen Fußtritt. Seine Haare sind zerzaust. Jetzt schleudert er wütend seinen

Rucksack auf den Boden, und ich presse mir die Hand vor den Mund, um keinen erschrockenen Laut von mir zu geben.

»Hör mal«, sagt er. »Du machst da ein viel zu großes Drama draus. Alles ist in Ordnung. Niemand weiß von uns.«

»Gar nichts ist in Ordnung«, erwidert sie. Sie klingt ängstlich und genauso resigniert wie sonst mir gegenüber, wenn ich meine Podcasts im Auto laufen lasse oder bestimme, was es zum Abendessen geben soll. Als wollte sie sich nicht streiten, hätte keine Energie dazu. Als wüsste sie, dass sie diese Debatte sowieso nicht gewinnen kann. »Ich hab das Lügen einfach so satt«, seufzt sie.

Ich richte mich wieder auf und mache einen Schritt zur Seite, um besser sehen zu können. Dabei knackt ein trockener Zweig unter meinem Fuß und Ellie dreht den Kopf in meine Richtung. »Was war das?«, fragt sie panisch.

»Gar nichts, Babe«, stöhnt Noah. »Du bist bloß paranoid.«

Ellie fährt wieder zu ihm herum und deutet anklagend mit dem Zeigefinger auf ihn. »Nenn mich nicht *Babe*«, faucht sie.

Mir kommt jeden Moment das Frühstück wieder hoch. Am liebsten würde ich runter auf die Lichtung sprinten und Noah von ihr wegschubsen, ihn anschreien, sie verdammt noch mal in Ruhe zu lassen, nach allem, was sie seinetwegen durchstehen musste. Aber irgendwas hält mich davon ab. Was, wenn Ellie mich angelogen und gar nicht mit ihm Schluss gemacht hat? Führt man so ein Gespräch wirklich mit seinem Ex? Was, wenn die beiden noch zusammen sind? Das würde ich nicht ertragen, zusätzlich zu allem anderen.

Ich muss hier weg, muss diese Szene aus meinem Gedächtnis verbannen. Mich zurück auf den Pfad zu schleichen, hat keinen Zweck, also renne ich einfach direkt los, renne denselben Weg wie immer, zur Straße, vorbei an Bäumen und

Büschen und schließlich zum Bootsanleger, wo Milas Handy gefunden wurde.

Das Kanugestell ist immer noch mit Polizeiflatterband abgesperrt, ein gelbes X über den Paddeln.

Ich schlage einen weiten Bogen darum und versuche, nicht hinzustarren, während ich mir von Neuem den Kopf darüber zerbreche, wie Milas Handy dort gelandet sein mag. Dann renne ich zur Seitentür des Hauptgebäudes, wo es zur Damentoilette geht. Sobald ich drinnen bin, falle ich auf die Knie und übergebe mich in die Kloschüssel.

Nach ein paar Minuten, gerade als ich mich so gut wie möglich wiederhergerichtet habe, klopft es an der Tür.

»Stella, bist du dadrin?«, ruft Tamara.

»Moment noch«, antworte ich. »Ich bin von der Schule hergejoggt. Will mir nur kurz das Gesicht waschen.«

»Klar«, sagt sie, macht jedoch keine Anstalten, sich zu verziehen, sodass ich mich wohl oder übel gezwungen sehe, die Tür zu öffnen. »Wir sind drüben in der Lounge«, erklärt sie.

Bemüht, ruhig zu atmen, folge ich Tamara bis zu dem Raum, in dem der Bürgermeister uns neulich noch gewarnt hat, nicht alleine laufen zu gehen. Etwa ein Dutzend Mitglieder des Cross-Teams haben es sich auf den plüschigen Sofas und Sesseln bequem gemacht. Im Kamin flackert ein Feuer und auf dem Holztisch liegt ein halb fertiges Puzzle.

»Wir haben gerade darüber geredet, wie anpassungsfähig Mila war«, bemerkt Julia leicht affektiert. »Sie hat sich so schnell eingelebt.«

Ich beiße mir auf die Zunge und nicke nur stumm.

Überraschenderweise ist es Tamara, die ein Schnauben ausstößt. »Na klar, Jules.«

Julia wird rot und sagt nichts mehr. Auch die anderen steuern nach und nach irgendwelches banales Zeug über Mila bei, wie klug und lustig sie doch war, wie schnell und wie nett. Ein Mädchen aus der Zehnten erzählt, wie Mila ihr beim Training mal mit ihren Spikes geholfen hat, als wäre das das großartigste, bedeutungsvollste Ereignis aller Zeiten.

Je mehr Unsinn sie reden, desto schlimmer krampft sich mein Magen zusammen. Mein Brustkorb wird immer enger, und ich verknote die Finger, zwinge mich, still sitzen zu bleiben. Nur ja keine Szene zu machen.

Nach einer Weile wendet sich Raven mir zu. »Was ist mit dir, Stella?«, fragt sie betont mitleidig und legt den Kopf schief. »Hast du auch eine Geschichte, die du mit uns teilen willst?«

Ich kneife die Augen zu, versuche, die anderen auszublenden und mich an Milas Lächeln zu erinnern, an unser Gespräch über unsere Eltern und unseren Ehrgeiz zu gewinnen. Wie es war, jemanden kennenzulernen, der mich vielleicht endlich verstehen würde.

»Ich habe noch nie jemanden wie sie getroffen«, sage ich. Mehr bringe ich zuerst nicht raus.

»Wie originell.« Julia verdreht die Augen.

Doch ich ignoriere sie und fahre fort. »Ich bin noch nie mit jemandem wie ihr zusammen gelaufen. Sie war so entschlossen. Und gleichzeitig so locker. Ein ganz normales Training mit ihr war so intensiv wie die ganze Regionalmeisterschaft.«

Die Atmosphäre im Raum ist angespannt, und ich frage mich, ob ich gerade einen schweren Fehler begehe, ob ich den anderen nur noch mehr Munition gegen mich liefere, die Bestätigung für all das, was sie ohnehin glauben wollen. Aber ich rede trotzdem weiter, einfach weil ich Milas Talent würdigen will. »Sie war besser als ich«, gebe ich schließlich zu. »Und dadurch hat sie mich besser gemacht. Uns alle.«

»Ach, und deswegen hast du ihr geschrieben und gedroht, sie umzubringen?«, giftet Julia.

Ich schiebe meinen Stuhl zurück und stehe auf. »Du hast keine Ahnung, wovon du redest.«

Julia entgegnet nichts, sie wirkt beinahe eingeschüchtert, und alle anderen warten gebannt darauf, welche von uns den nächsten Schritt macht. Während Julia mich weiter schweigend anfunkelt, räuspert sich schließlich Bader in seiner Ecke.

»Hat zufällig noch irgendwer die Schnauze voll davon, über unsere Gefühle zu reden?«, fragt er.

Die Anspannung verpufft und alle lachen. Jemand klopft ihm auf die Schulter.

»Meine Eltern arbeiten heute den ganzen Abend auf der Bowlingbahn«, fügt Bader hinzu. »Party bei mir!«,

Julia springt auf. »Ich gehe Bier kaufen.« Ruckzuck leert sich der Raum, bis nur noch Tamara und ich übrig sind.

Sie fängt an, die Wolldecken zu falten, und legt sie zurück in die Körbe. Dann kniet sie sich vor den riesigen Couchtisch und fegt mit einem Arm die Puzzleteile in ihre Schachtel.

Ich weiß nicht, ob es an ihren geröteten Augen liegt oder daran, dass sie so hektisch atmet, als könnte sie jeden Moment in Tränen ausbrechen, aber auch ich habe schon wieder einen Kloß im Hals. »Warte«, sage ich und schnappe mir ein paar Kissen, die unsere Teammitglieder auf dem Boden liegen gelassen haben. »Ich helfe dir.«

»Danke«, murmelt Tamara, ohne mich anzusehen.

»Echt das Allerletzte, oder?« Ich suche nach den richtigen Worten. »Dass die jetzt alle so tun, als wäre Mila ihre beste Freundin gewesen.«

Tamara guckt mich an. »Interessanterweise bist du die Erste, der das aufzufallen scheint«, bemerkt sie.

»Die sind bloß scharf auf die Story«, erwidere ich. »Die

wollen darüber tratschen, dass wir plötzlich wieder zu Deadwater geworden sind. Und darüber vergessen sie komplett, dass Mila ein Mensch war und jemand ihr etwas Schreckliches angetan hat.« Ich schüttele den Kopf und schlucke. *Nicht weinen jetzt*, beschwöre ich mich. *Nicht vor Tamara.*

Doch Tamara kann ich nichts vormachen. »Du musst nicht die ganze Zeit die Toughe markieren, Stella.«

Ich straffe die Schultern und antworte nicht.

»Und ich auch nicht.« Sie lacht. »Oder doch, ich vielleicht schon.«

»Was? Wieso das denn?«, frage ich, und dann blubbert es aus mir hervor wie ein Wasserschwall. »Deine Eltern beten dich an und du bist in der ganzen Schule beliebt. Kann sein, dass du nicht die Allerschnellste bist, aber ansonsten hast du doch … einfach alles.«

Erst als ich ihr amüsiertes Gesicht sehe, merke ich selbst, wie albern das klingen muss. Was ahne ich denn schon von ihrem Leben als eine der wenigen PoCs in der Stadt? Wahrscheinlich habe ich, eins der weißen Mädchen aus dem Team, es ihr sogar noch unbeabsichtigt schwerer gemacht.

»Tut mir leid«, sage ich leise. »Das war bescheuert.«

»Du würdest das nicht verstehen«, erklärt Tamara. »Aber weißt du, wer es verstanden hat? Mila.« Sie setzt sich auf die Couch und lehnt den Kopf in die Polster. »War echt schön, mal so jemanden zu haben. Wir mussten gar nicht darüber reden. Klar hat jede von uns ihre eigenen Erfahrungen gemacht, aber sie wusste zum Beispiel sofort, warum es mich so getroffen hat, als der Coach mir beim Training gesagt hat, ich soll nicht immer so *wütend* werden. Angry Black Woman lässt grüßen. Ich musste es nicht mal ansprechen, sie ist ganz von alleine zu mir gekommen und hat mich getröstet. Das wäre Raven und Julia nie eingefallen.«

Mir klappt der Mund auf und ich lasse mich neben sie sinken. Ich habe Tamara noch nie etwas Schlechtes über ihre Freundinnen sagen hören.

Tamara lacht. »Was? Dachtest du etwa echt, die beiden wären meine absoluten Lieblingsmenschen auf der ganzen Welt?« Sie zuckt mit den Schultern. »Jede von uns muss sich nun mal irgendwie über Wasser halten. Das weißt du wahrscheinlich am besten von allen. Mila hat hier einfach frischen Wind reingebracht. Wir haben viel übers Laufen geredet und über Kunst«, erzählt sie. »Sie war so schön … unkompliziert.« Vielleicht kannte Tamara Mila sogar besser als ich. Offenbar bin ich nicht die Einzige, die sich von ihr verstanden gefühlt hat.

»Es klang immer, als hätte ihr Leben in Connecticut ganz ähnlich ausgesehen wie meins«, fährt Tamara fort. »Sie war nie so wirklich zufrieden mit ihrem Freundeskreis, wusste aber nicht, wie sie was daran ändern sollte. Und sie hatte oft das Gefühl, nicht dazuzugehören. Aber wenigstens hatte sie Naomi. Eine richtig gute Freundin. Mehr als ich, immerhin.«

Bei der Erwähnung von Naomi stutze ich – Milas beste Freundin aus Hadbury. Tamara wirft mir einen Seitenblick zu. »Und jetzt heule ich mich ausgerechnet bei Stella Steckler darüber aus«, fügt sie hinzu.

Ein Lächeln schiebt sich über mein Gesicht. Ziemlich verrückte Situation, da muss ich ihr recht geben.

»Tut mir leid … das alles«, sage ich. »Ich war nicht …« Ich zögere. »Ich bin einfach … Schätze, es fällt mir einfach schwer, anderen zu vertrauen.«

Tamara nickt, und wir schweigen eine Weile, bis ein Brummen die Stille durchschneidet. Tamara zieht ihr Handy aus der Tasche. Ihr ganzer Körper versteift sich, als sie einen Blick auf das Display wirft. »Vollidiot«, stößt sie gedämpft hervor.

»Alles okay?«, frage ich.

»Noah«, erklärt sie. »Ich hab ihn den ganzen Tag noch nicht gesehen. Anscheinend war er im Fitnessstudio pumpen, dabei weiß er ganz genau, dass ich ihn gebraucht hätte. Ich hab ihm bestimmt fünfzigmal geschrieben.«

Von wegen Fitnessstudio. Ich könnte ihr genau sagen, wo er wirklich war und mit wem und was ich dabei belauscht habe. Im letzten Moment halte ich mich davon ab. Die Worte liegen mir auf der Zunge – ich kann sie schmecken, salzig und machtvoll. Aber dann denke ich an Ellie, daran, wie sie an dem Baum lehnte, zitternd vor Kälte, und an die Verletztheit in ihrer Stimme. Meine kleine Schwester, allein mit diesem Fremdgeh-Arschloch. Nein. Zuerst muss ich mit ihr reden. Ich kann sie nicht dermaßen verraten. Blut ist nun mal dicker als Wasser.

Tamara steckt ihr Handy zurück in die Tasche. »Du glaubst nicht, dass der Mörder wieder da ist, oder?«

Da fällt mir ein, was Mrs Pérez und Detective Parker heute in der Schule gesagt haben. Es klang stark danach, dass auch Mila am Oak Tower gefunden wurde, genau wie die anderen. Aber die Vorstellung, dass Mila das Opfer eines Serientäters geworden sein soll, erscheint mir einfach zu absurd.

»Irgendwie passt das alles nicht zusammen«, überlege ich. »Warum hätte Kendall Fitzwater oder wer auch immer sonst nach all der Zeit zurückkommen und sich ausgerechnet Mila rauspicken sollen? Das ist bloß die bequemste Erklärung. Damit werden nämlich alle, die hier wohnen und Mila kannten, für unschuldig erklärt.«

Tamara lehnt sich verschwörerisch zu mir rüber. »Naomi hat eine Theorie.«

»Du hast mit Naomi gesprochen?«

Tamara nickt. »Ein paarmal, seit Mila verschwunden ist.

Shawna hat mir ihre Nummer gegeben. War echt schön, mit jemandem zu reden, der Mila gekannt hat – also, *richtig* gekannt. Die beiden waren seit dem Kindergarten beste Freundinnen.«

»Mhm«, mache ich leise.

»Sie denkt, Milas Dad könnte vielleicht damit zu tun haben. Ziemlich krass, oder?«

Plötzlich fällt mir der Kommentar wieder ein, den ich vor ein paar Wochen auf Naomis Instagram-Profil gesehen habe. **Komm nach Hause, Mila. Komm zurück zu mir.** Das passt doch zu einem Vater, der sich verzweifelt nach seiner Tochter sehnt. Und dann war da noch dieser Anruf, den ich mitgehört habe und bei dem Mila ihm gesagt hat, dass er nicht einfach herkommen kann.

»Du solltest auch mal mit ihr reden«, fährt Tamara fort. »Mit Naomi, meine ich. Könnte ganz tröstlich sein. Dir irgendwie helfen.« Wieder holt sie ihr Handy raus. »Ich schicke dir ihre Nummer.«

Mein Handy gibt ein leises Pling von sich und in meinem Herzen erhebt sich ein Summen.

»Vielleicht hast du recht«, sage ich und stemme mich hoch.

Tamara nickt und steht ebenfalls auf. Sie sieht mir unverwandt in die Augen. »Meinst du, wir stehen das durch? Crossläuferinnen in Edgewater zu sein, mit dem ganzen Scheiß, den das mit sich bringt?«

Ich denke kurz nach, aber im Grunde weiß ich, dass es nur eine Antwort darauf gibt. »Uns bleibt keine andere Wahl.«

Als ich schließlich nach draußen trete, schlägt mir kalter Wind ins Gesicht. Am liebsten würde ich den ganzen Weg bis nach Hause rennen, stattdessen aber schlurfe ich langsam vor mich hin, während ich auf mein Handy starre und überlege, was ich Naomi schreiben könnte.

Würde sie überhaupt antworten? Und wäre es das Risiko wert? Was, wenn sie mit meiner Nachricht zur Polizei geht? Oder mir schreibt, ich könnte sie mal? Aber ich brauche nun mal Antworten. Ich muss rausfinden, was mit Mila passiert ist, und meine Unschuld beweisen. Und vielleicht kann Naomi mir dabei helfen. Was bleibt mir also anderes übrig?

Ich hole tief Luft und tippe drauflos, offen und direkt.

Hallo, hier ist Stella Steckler. Wir kennen uns nicht, aber vielleicht hast du in der Zeitung von mir gelesen oder die Polizei hat meinen Namen erwähnt. Trotz allem, was die vielleicht gesagt haben, war ich Milas Freundin, und ich würde mich echt gerne mit jemandem unterhalten, der Mila besser gekannt hat als ich selbst. Meinst du, wir könnten uns mal treffen?

Mit geschlossenen Augen tippe ich auf Senden.

STELLA

MOM VERSUCHT, MICH davon zu überzeugen, nicht zur Beerdigung zu gehen. Sie fürchtet, es könnte Gerede geben, als würden die Leute sich nicht sowieso schon über alles, was ich tue oder lasse, das Maul zerreißen. Ellie dagegen meint, es wäre viel auffälliger, *nicht* hinzugehen, weswegen ich jetzt dasselbe kratzige schwarze Kleid trage wie beim Herbstempfang, wie damals, als Mila und ich in ihrem Auto gesessen und Fleetwood Mac gehört haben.

Wir erreichen die alte Kirche neben dem Eisenwarenladen im letzten Moment, bevor die Türen geschlossen werden, und stellen uns ganz hinten an die Wand. Es gibt sowieso nur noch Stehplätze. Die Sitzreihen sind mit anderen Edgewater-Schülern gefüllt, Leuten, die Mila höchstens als das tote Mädchen von den Postern kennen. Jetzt starren sie uns an, ein weiteres Highlight aus ihrer seltsamen Heimatstadt.

Weiter vorne sehe ich Tamara, Raven und Julia mit Noah und seinen Bros sowie den Coach und ein paar Leute aus der Juniorenmannschaft. Und in der ersten Reihe entdecke ich Milas Mutter Shawna, angespannt, die Schultern bis zu den Ohren hochgezogen. Ihre Schwester, die neben ihr sitzt, hat den Arm um sie gelegt, als wäre das das Einzige, was Shawna noch aufrechterhält. Ich suche nach Naomi. Von ihrem Instagram-Profil müsste ich sie eigentlich erkennen, aber in der Kirche ist es so schummrig, dass ich sie nicht ausmachen kann.

Der Priester tritt an die Kanzel und fängt an zu predigen,

leiert seine traditionellen Gebete runter und philosophiert über den Unterschied zwischen Himmel und Hölle, richtig und falsch. Irgendwie geht es dabei kaum um Mila und seine Worte klingen kein bisschen traurig oder auch nur tröstlich. Er scheint einfach bloß seinen Job zu machen, eine Beerdigung von vielen in seiner Laufbahn. Ein Mädchen, das viel zu früh gestorben ist? Stinknormaler Sonntag. Dann aber hält er inne und guckt runter zu Shawna.

»Milas Mutter hat eine von Milas besten Freundinnen, Naomi, gebeten, ein paar Worte zu sagen«, verkündet er.

Und tatsächlich, da sitzt sie, in der zweiten Reihe, direkt hinter Milas Mutter. Sie trägt einen schwarzen Seidenhaarreif im kurzen schwarzen Haar und ein knielanges schwarzes Spitzenkleid mit langen Ärmeln. Es raschelt leise, als sie nach vorne geht. Sie steigt die Stufen zur Kanzel hoch und hebt den Kopf. Ihre Unterlippe zittert ein wenig, aber sie bringt dennoch ein Lächeln zustande.

»Mila hätte sich gefreut, euch alle zu sehen«, spricht Naomi ins Mikrofon. »Sie hätte es toll gefunden, wie viele von euch an sie denken. Sie war immer jemand, der Leute zusammengebracht hat, ob im Cross-Team oder im Klassenzimmer. Sie wollte stets, dass alle zufrieden sind.«

Ihre Stimme bricht ein wenig. »Ich kann gar nicht in Worte fassen, wie tieftraurig es mich macht, dass wir heute hier sind und sie es nicht ist. Mila und ich waren seit dem Kindergarten beste Freundinnen. Schon damals hat sie so viel Liebe gegeben, aus vollem Herzen. Sie hat Stunden bei mir zu Hause verbracht, mit meiner Mom Kimchi zubereitet oder meinem kleinen Bruder bei den Mathehausaufgaben geholfen. Kein Wunder, dass er sie immer lieber hatte als mich. Mila und ich haben jeden Tag telefoniert, nachdem sie hierher gezogen war. Und beim letzten Mal, an dem Abend, bevor sie verschwunden ist, hat sie etwas gesagt, was ich nie vergessen werde.« Naomi reckt kurz das Kinn vor und presst sich die Hand auf den Mund, blinzelt die Tränen weg. »Sie meinte: ›Langsam habe ich das Gefühl, Edgewater wird zu meinem Zuhause. Vielleicht wird ja doch noch alles gut.‹« Ihr Blick wandert zu Milas Mutter, und ich sehe selbst von hier hinten, wie ihre Schultern beben.

Naomi strafft den Rücken und hebt den Zettel, den sie schon die ganze Zeit in der Hand hält. »Ich will mit einem weiteren Zitat von Mila enden. Das hier hat sie mir letztes Jahr nach dem Training in den Spind geschmuggelt.« Naomi schließt die Augen und sagt die Worte aus dem Gedächtnis auf.

»›Mir wird immer klarer, wie kurz das Leben ist. Aber ich glaube, solange ich lieben kann und geliebt werde, macht es mir nichts aus.‹«

Zustimmendes Gemurmel erfüllt die Kirche, und ich fühle mich plötzlich nackt, wie ausgeweidet und zum Festschmaus serviert. Es ist, als wäre auf einen Schlag meine ganze Welt ausradiert worden. Als Naomi die Augen wieder öffnet, könnte ich schwören, dass sie mich direkt ansieht, ganz hinten, über Hunderte anderer Trauernder hinweg. Auch als sie schließlich von der Kanzel steigt, wendet sie den Blick nicht ab, sondern lässt ihn fest mit meinem verschränkt, bis sie zurück an ihrem Platz ist.

Nach dem Gottesdienst drängen sich alle unter dem Pavillon, der auf dem Rasen hinter der Kirche aufgestellt worden ist, knabbern Cracker und trinken warmen Apfelpunsch in der kühlen Herbstluft. Alles ist voller Schüler aus Edgewater und Hadbury, so viele Leute, die ich nicht kenne. Naomi, in eine dicke Daunenjacke gehüllt, steht ein Stück abseits und nascht Gurkensticks von einer Gemüseplatte. Sie wirkt erschöpft.

Hastig schiebe ich mich durch die Menge, bis ich hinter ihr angekommen bin. »Hi«, sage ich. »Ich bin –«

Naomi dreht sich um. »Ich weiß, wer du bist«, sagt sie völlig unbeeindruckt. »Stella Steckler. Ich kenne dich von Fotos.« Sie wirft einen Blick über die Schulter, als wolle sie nicht mit mir gesehen werden. Als hätte sie Angst, dabei erwischt zu werden, wie sie sich mit dem Feind verbündet.

»Warum hast du denn gar nicht auf meine Nachricht geantwortet?« Meine Verzweiflung ist mir deutlich anzuhören.

»Hier können wir nicht reden. Treffen wir uns in einer Stunde. Weißt du was, wo wir hinkönnen?«

»Das Diner auf der Main Street«, schlage ich vor. »Da gehen immer nur die alten Farmer hin. In der Nische ganz hinten sieht uns keiner.«

Sie nickt, macht auf dem Absatz kehrt und verschwindet in der Menge.

Sobald wie möglich verlasse ich die Beerdigung, um uns die Nische im Diner zu sichern. Dort angekommen, bestelle ich einen Eistee, und schlürfe ihn nachdenklich. Die Eiswürfel schlagen klappernd an meine Zähne. Mein Herz wummert so laut und schnell, als wolle es meinen Brustkorb sprengen. Das Diner ist leer bis auf ein paar Farmarbeiter, die jeden Tag nach der Schicht hier ihr Chili essen. Ich liebe diesen Laden. Als ich letztes Jahr von der Schule suspendiert war, bin ich andauernd hergekommen. Hier hat niemand gefragt, warum ich Allison so was angetan habe. Was für ein Gefühl es war, einem anderen Menschen Schaden zuzufügen. Niemand hat Beschimpfungen wie »Irre« oder »Monster« geflüstert, wenn ich meinen Chicken-Caesar-Wrap mit Riffel-Pommes gegessen habe. Stattdessen haben alle mich ignoriert und in Frieden gelassen, und das war genau das, was ich wollte.

Nach einer Weile klingelt das Türglöckchen und ich spähe

aus der Nische. Naomi steht im Eingang und guckt sich suchend um. Ich winke kurz und sie eilt auf mich zu.

»Mann, war das ein Albtraum«, stöhnt sie, während sie sich hinsetzt und aus ihrer Jacke schält. Sie zieht sich den Haarreif vom Kopf, schüttelt ihre kurzen Haare aus und fährt sich mit den Fingern durch den Pony.

»Deine Ansprache war sehr schön«, sage ich, aber es klingt so formell und krampfig, als wäre ich eine alte Frau. Oder eine Fremde, was wohl auch stimmt.

Naomi schnaubt. »Mila hatte recht, was dich angeht.«

»Inwiefern?«

»Sie meinte, du wärst ziemlich seltsam und ich würde dich sofort sympathisch finden. Mila mochte seltsame Leute. Darum waren wir wahrscheinlich auch beste Freundinnen.«

Meine Wangen werden heiß, während Naomi die Kellnerin herwinkt. Ihre Fingernägel sind in lauter verschiedenen Lilatönen lackiert, Milas Lieblingsfarbe. Sie bestellt Mozzarella-Sticks und eine Cola light. »Ich liebe solche Diner«, sagt sie, als die Kellnerin zurück hinter der Theke verschwindet.

Mir ist klar, dass die passende Antwort darauf *Ich auch* lauten müsste, aber mir lastet jetzt etwas anderes auf der Seele. »Also, warum hast du nicht auf meine Nachricht geantwortet?«

Naomi lehnt sich zurück an das Lederpolster und guckt zur Decke, als versuche sie zu entscheiden, welche Version der Wahrheit sie mir erzählen soll. »Ich war einfach noch nicht bereit, mit dir zu reden.«

»Und jetzt bist du's?«

Naomi zuckt mit den Schultern und lässt den Blick zur Kuchenvitrine neben der Kasse wandern. »Wir wünschen uns doch alle Antworten, oder? Und mir kommt's nicht vor, als würden Parker und sein Team da so richtig viel auf die

Reihe kriegen. Shawna ist immer noch auf der Suche nach einem Privatdetektiv – ich meine, kein Wunder, das hier ist schließlich die Stadt der ungelösten Mordfälle, was?« Naomi grinst bitter. »Ist natürlich Blödsinn, ich weiß. Ich hab das Gefühl, die haben die Ermittlungen damals einfach in den Sand gesetzt und die Morde dann ganz bequem als nicht aufklärbar hingestellt.« Sie legt den Kopf schief und mustert mich so eindringlich, dass ihr dunkler Blick sich regelrecht in meinen Schädel zu bohren scheint. »Hast du Mila was getan?«

»Nein.« Ich schüttele den Kopf. »Ehrlich nicht.«

»Eigentlich hab ich keinen Grund, dir zu glauben.«

Womit sie absolut recht hat.

»Aber ich tue es trotzdem. Weil ich merke, dass du genauso fertig bist wie ich – und zwar wegen Mila, nicht weil du dir Sorgen um dich selbst machst.«

Erleichterung durchströmt mich und ich entspanne mich ein bisschen. Ich weiß selbst nicht genau, warum, aber aus irgendeinem Grund ist es mir wichtig, was Naomi über mich denkt. Ich will, dass sie mich mag und auf meiner Seite ist.

»Hast du eine eigene Theorie?« Sie beugt sich vor und ich kann ihr Vanilleshampoo riechen. »Also an dieser Serienkillergeschichte wird doch wohl nichts dran sein, oder?«

»Kann ich mir beim besten Willen nicht vorstellen. Also klar, die Möglichkeit besteht natürlich, aber das ergibt doch alles keinen Sinn.«

Naomi nickt langsam.

»Glaubst du, ihr Dad hat was mit der Sache zu tun?«, frage ich schließlich. »Ich war mal dabei, als Mila mit ihm telefoniert hat. Klang nicht gut.«

»Ah.« Sie verschränkt die Arme. Dabei rutscht ihr Ärmel ein Stückchen hoch und ich sehe das zierliche Tattoo an ihrem

Handgelenk, die gleiche Gänseblümchenkette wie bei Mila. »Wie viel hat sie dir denn von ihm erzählt?«

»Dass er krank ist. Tablettenabhängig. Dass sie und ihre Mom hergezogen sind, um noch mal neu anzufangen, ohne ihn.« Ich erinnere mich an Milas gequältes, trauriges Gesicht. An ihre Entschlossenheit, das alles hinter sich zu lassen. Naomi hat irgendwas an sich, das in mir den Wunsch auslöst, ihr auch meine Geschichte anzuvertrauen. Vielleicht liegt es daran, wie konstant sie meinen Blick erwidert oder dass sie mich ansieht, als wären wir ein Team, Verbündete. »Meine Mom ist trockene Alkoholikerin«, erkläre ich. »Das Thema hat uns also beide beschäftigt.«

Wieder nickt Naomi. »Gut«, sagt sie. »Mila hat sich immer Freunde gewünscht, die wirklich nachvollziehen können, was sie durchmacht. In der Hinsicht hab ich einfach nicht viel zu bieten. Meine Eltern haben keine Laster. Das Einzige, was man ihnen vorwerfen könnte, ist, dass sie eine Weile gebraucht haben, bis sie damit klargekommen sind, dass ihre Tochter lesbisch ist.« Sie lächelt und mir fällt das Grübchen in ihrer linken Wange auf. Und wie zart ihre Finger sind, als sie ihr Strohhalmpapierchen darum wickelt. Mit einem Mal will ich alles über sie wissen. Naomi zuckt mit den Schultern. »Aber auch das waren eigentlich bloß ein paar Wochen. Mittlerweile sitzt meine Mom im Planungskomitee für die Pride-Parade in unserer Stadt.« Sie lacht, als könne sie dazu noch so einige Anekdoten zum Besten geben. Doch ich dränge sie nicht dazu. »Ehrlich gesagt glaube ich, Mila hat ihr damals ein bisschen auf die Sprünge geholfen. So war sie einfach, weißt du?«

Ich nicke. Ich mag Mila nicht gut gekannt haben, aber den Eindruck hatte ich auch.

»Okay«, Naomi wischt sich mit den Handballen über die Augen, »aber du hattest ja nach Milas Dad gefragt. Tja, als

Shawna ihm eröffnet hat, dass sie die Scheidung wollte, ist er ausgetickt. Hat das komplette Haus verwüstet.« Naomi streicht sich dic Haare hinter die Ohren. »Er war total high. Gar nicht er selbst. Am Ende hatten die Wände Löcher und überall lagen zerbrochene Stühle. Alles voller Glasscherben. Mila hat mich an dem Abend schluchzend angerufen. Zwar hat ihr Dad ihrer Mom und ihr nichts getan, aber die beiden sind trotzdem sofort zu ihrer Tante geflüchtet. Und dann sind sie nie mehr zurückgegangen. Ich glaube, das war das letzte Mal, dass sie ihn gesehen hat.«

»Puh.« Da hat Mila mir anscheinend nur eine sehr abgemilderte Version der Geschichte anvertraut. Meine Brust zieht sich zusammen beim Gedanken daran, was für Sorgen sie gehabt haben muss, was für Ängste ausgestanden.

»Ihre Mom ist echt super. Ein richtiger Fels in der Brandung. Sie hat innerhalb von nur ein paar Wochen ihren Umzug nach Edgewater in die Wege geleitet, weit genug weg von Milas Dad, aber immer noch nah genug, dass ihre Tante sie besuchen konnte. Trotzdem hat es Mila fertiggemacht, ihren Dad im Stich lassen zu müssen, als er so dringend Hilfe gebraucht hätte.«

»Hast du sie denn in letzter Zeit mal gesehen?«, erkundige ich mich.

Die Kellnerin stellt wortlos Naomis Essen auf den Tisch und verschwindet wieder.

Naomi lächelt und tunkt einen Mozzarella-Stick in ein Schälchen mit Tomatensoße. »Wir haben ganz oft videogechattet. Da konnten wir über alles reden. Ich hab sie mit den neuesten Dramen aus Hadbury versorgt. Sie war wie eine Schwester für mich.« Sie deutet mit ihrem Mozzarella-Stick auf mich. »Du hast eine Schwester, oder?«

Ich nicke. »Ellie.«

»Ja. Sie wusste, dass ihr zwei eine komplizierte Beziehung habt. Aber sie mochte euch beide. ›Stella die Schreckliche ist gar nicht so schrecklich‹, hat sie mal gesagt.« Naomi bricht das frittierte Käsestäbchen entzwei und Dampf steigt ihr ins Gesicht.

Ich beiße mir auf die Wange. Mila hat mich so gesehen, wie ich bin. Von Anfang an. Und ich habe ihr Freundschaftsangebot abgeschmettert.

»Sie hat sich echt mies gefühlt wegen dieses Treffens mit dem Georgetown-Scout.«

Ich schüttele den Kopf, suche nach den richtigen Worten. »Ich wollte nicht …«

»Ich kapiere das schon«, fällt Naomi mir ins Wort. »Du bist halt ehrgeizig.«

Was meinen unbändigen Drang zu gewinnen nicht mal ansatzweise beschreibt. Aber zuzustimmen ist leichter – genau, das ist alles, ganz normaler Ehrgeiz. »Okay, hart war es schon«, gestehe ich mit zitternder Stimme. »Ich hab mich diese Saison so abgemüht und das war meine letzte Chance. Es … Ich musste einfach alles geben, was ich hatte, und das wusste Mila. Oder zumindest dachte ich das.«

Naomi lehnt sich wieder zurück und verschränkt die Arme. »Ich hab das nie so ganz verstanden. Euch Geschwindigkeitsfreaks, die das Laufen so wahnsinnig ernst nehmen und sich für kaum was anderes interessieren. Ich laufe einfach nur, um meine Angstzustände in den Griff zu kriegen. Ein bisschen Endorphine zu tanken. Aber du und Mila, ihr wart echt wie besessen.«

»Ja, das Laufen ist mein Leben.«

»Schätze, das ist wie bei mir mit der Modell-UNO«, überlegt Naomi. »Ich bin dieses Jahr Polen, und wenn jemand versuchen würde, mir das wegzunehmen – tja, sagen wir, das würde nicht gut ausgehen.« Sie reißt mit den Zähnen einen Bissen von ihrem Mozzarella-Stick ab, um zu demonstrieren, was ihrer Konkurrenz dann blühen würde. Doch sie schafft es nicht, dabei ernst zu bleiben, und im nächsten Moment prusten wir los vor Lachen.

Ich bin regelrecht schockiert über diesen Laut aus meiner Kehle. Meine Mundwinkel, die sich nach oben verziehen. Vielleicht liegt es an Naomis entwaffnender Art. An ihrem Rosa-Lipgloss-Lächeln, von dem ich gar nicht genug bekomme, oder daran, wie sie immer wieder mit dem Daumen über das Tattoo an ihrem Handgelenk streicht, als wäre es ein echtes Armband. Zum ersten Mal seit Milas Tod fühle ich mich ein bisschen leichter.

Aber dann fällt mir wieder ein, dass sie meine Frage noch gar nicht beantwortet hat. »Meinst du denn, es könnte sein? Dass Milas Dad ihr was angetan hat?«

Naomi guckt an die Decke. »Vielleicht.«

»Das klingt ziemlich nach Ja.«

Sie kramt ihr Handy aus der Tasche, tippt ein bisschen darauf herum und hält es mir dann hin, sodass ich eine Schlagzeile aus der Lokalzeitung von Hadbury lesen kann: »IMMER WIEDER LÄRMBESCHWERDEN IN DER ROLLINGTON LANE«.

»Da haben die Keenes gewohnt«, erklärt sie. »Thomas wird zwar nicht namentlich erwähnt, aber alle wussten, dass es da um ihn geht.«

Ich überfliege den Artikel, der auf Anfang dieses Jahres datiert ist. Ein paar Schlüsselwörter springen mir direkt ins Auge. »Wiederholte Ruhestörung«, »ängstliche Anwohner«, »ständige Anrufe besorgter Passanten«. Anscheinend hat es sogar Anzeigen gegeben.

»Mila war am Boden zerstört, als der Artikel rauskam«,

sagt Naomi. »Muss schrecklich gewesen sein, so was zu lesen.«

»Sag mal, war er eigentlich gar nicht bei der Beerdigung?«, frage ich.

»Pass auf, jetzt wird's erst richtig interessant.« Naomi beugt sich vor und stützt die Ellbogen auf den Tisch. »Ich hab gehört, die Polizei hat sein Haus verlassen vorgefunden, als sie ihn über die Sache in Kenntnis setzen wollten. Komplett leer. Er ist umgezogen und niemand hat es mitgekriegt.«

»Was?«, frage ich ungläubig. »Wieso wusste ich davon denn nichts?«

Naomi zuckt mit den Schultern. »Seine Eltern, also Milas Großeltern, gehören zu den oberen Zehntausend von Connecticut. Tessie und Daniel Keene. Die Familie lebt schon seit Ewigkeiten in Greenwich. Als Mila und ihre Mom ihren Dad verlassen haben, haben die Großeltern jeglichen Kontakt zu ihnen abgebrochen, aber ich bin mir sicher, dass sie einen Weg gefunden haben, die Geschichte schön unter den Teppich zu kehren. Die beiden waren heute auch nicht hier. Shawna meint, wahrscheinlich aus schlechtem Gewissen. Absoluter Blödsinn, wenn du mich fragst. Und wo Thomas ist, ist immer noch unklar. Geht's noch verdächtiger?«

»Kaum«, stimme ich zu.

Naomi schnappt sich den nächsten Mozzarella-Stick und bricht ihn durch. Ein glänzender Käsefaden spannt sich zwischen den beiden Hälften. Sie mustert mich mit liebenswürdigem, mitfühlendem Blick. »Ich weiß, dass du es nicht warst«, sagt sie dann und wickelt sich den Käse um den Finger. »Aber hoffentlich wissen alle anderen es auch.«

STELLA

MILAS DAD ZU finden, dürfte doch nicht allzu schwer sein, dachte ich mir. Kleine Google-Suche. Mal kurz im Telefonbuch nachgeschlagen. Aber Naomi hatte recht – Thomas Keene ist komplett von der Bildfläche verschwunden. Es gibt einen alten LinkedIn-Account, in dem er sich als »Geschäftsmann« bezeichnet, das gesichtslose Instagram-Profil, von dem der mittlerweile gelöschte Kommentar stammte, und eine Handvoll Fotos von einem Klassentreffen vor ein paar Jahren. Der Mann ist ein Phantom.

Ich schließe den Laptop und tappe unruhig gegen das Fußteil meines Betts, während mir die verschiedensten Szenarien durch den Kopf gehen, eins grausiger als das andere. Die Morgensonne lugt schon durchs Fenster, und das heißt, mir bleibt nicht mehr lange, bis ich losmuss zur Schule.

Gerade als ich schon aufgeben und meinen Rucksack packen will, kommt mir eine Idee. Naomi hat gesagt, die Polizei hätte Thomas' Haus verlassen vorgefunden, aber wenn seine Familie so schweinereich sein soll, gibt es da sicher noch mehr Immobilien. Ferienhäuser oder so was. Ich klappe den Laptop wieder auf und öffne eine von Mom und Dads Maklerdatenbanken. Meine Gedanken überschlagen sich, während ich den Namen »Keene« und das ungefähre Alter von Milas Großeltern eingebe und die Suche auf Connecticut beschränke. Innerhalb weniger Sekunden erscheinen mehrere Einträge. Ein Apartmentgebäude in Stamford, das sie sich wahrscheinlich als Kapitalanlage angeschafft haben, eine Villa in Greenwich – vermutlich der Familienstammsitz – und noch ein paar weitere Häuser, die seit den Neunzigern im Besitz der Keenes sind. Doch als ich das Ganze nach »Neueste zuerst« sortiere, fängt mein Herz an zu klopfen.

Denn als Erstes erscheint nun eine brandneue Immobilie, vor gerade mal einem Monat von Tessie und Daniel Keene, Milas Großeltern, in bar erworben. Ich kopiere die Adresse, gebe sie ins Google-Suchfeld ein und halte die Luft an, während die Seite lädt. Die Satellitenansicht zeigt ein Waldgrundstück in den Berkshires, ganz oben im nordwestlichsten Zipfel von Connecticut an der Grenze zu New York und Massachusetts. Keine anderthalb Stunden von hier aus.

Mich juckt es in den Fingern, etwas zu unternehmen. Ich könnte Detective Parker anrufen und ihn bitten, dem Anwesen einen Besuch abzustatten. Aber was, wenn ich mir damit am Ende nur selbst schade? Gut möglich, dass Parker, der sowieso schon versucht, mir das Ganze in die Schuhe zu schieben, es verdächtig findet, wenn ich mit meinem Fund zu ihm komme, so als wollte ich die Ermittlungen um jeden Preis von mir weglenken.

Mir bleibt nur eine Option. Ich schnappe mir mein Handy und schreibe Naomi. Dann, ohne auf ihre Antwort zu warten, renne ich mit meiner Jacke in der Hand die Treppe runter.

»Bis später, Stella!«, ruft Mom mir hinterher, als ich schon fast aus der Tür bin. »Hab einen schönen Tag in der Schule!« Ich winke und laufe zum Auto. Aber ich fahre nicht in die Schule. Sondern nach Connecticut.

»War mir nicht ganz sicher, ob du's ernst meinst.« Naomi sitzt auf der Motorhaube ihres klapprigen Toyota Corolla. Wieder trägt sie ihre Daunenjacke, dazu einen Karorock und schwarze Doc Martens mit dunkelgrünen Kniestrümpfen. Sie reibt sich die behandschuhten Hände, um die Kälte fernzuhalten, aber ihr Lächeln ist warm, als freue sie sich, mich zu sehen. »Hoffen wir, dass es sich auch lohnt. Ich musste mein Modell-UNO-Treffen dafür sausen lassen.«

»Ganz sicher«, verspreche ich und versuche, die Schmetterlinge zu ignorieren, die in meinem Bauch aufgeflattert sind. Wir befinden uns auf dem Parkplatz eines Bioladens, wo auf einer Tafel erntefrische Avocados angepriesen werden, als würden die bei uns hier wachsen. Der Treffpunkt liegt genau in der Mitte zwischen Hadbury, Edgewater und Thomas Keenes mutmaßlicher neuer Adresse. »Ich hab ihn gefunden«, sage ich. »Thomas Keene ist zu Hause.«

Naomi verdreht die Augen. »Äh, nee, ist er nicht. Das hat die Polizei doch letzte Woche überprüft, schon vergessen?«

Ich schüttele den Kopf. »Scheint, als wäre er umgezogen.« Ich ziehe den zerknitterten Zettel aus der Tasche, auf den ich seine Adresse gekritzelt habe. Naomi reißt die Augen auf. »Tessie und Daniel Keene haben vor einem Monat ein Haus gekauft«, erkläre ich. »Und komplett in bar bezahlt. Eher unwahrscheinlich, dass Thomas Keene das allein auf die Reihe gekriegt hat, meinst du nicht?«

»Krass.« Naomi holt ihr Handy raus und gibt die Adresse ein. »Das ist ja in den Berkshires.«

»Sagt dir das was? Sind sie da früher mal hingefahren oder so?«, will ich wissen.

»Als Mila noch klein war, hatten sie ein Ferienhaus in Litchfield County«, antwortet Naomi. »Einmal war ich sogar mit dort. Da gab es einen Pool und eine Terrasse mit einem riesigen gemauerten Grill. Ich weiß noch, dass Milas Dad damals versucht hat, ein Bulgogi nachzukochen, das er kurz vorher irgendwo in Manhattan gegessen hatte. Ich glaube, damit wollte er mich beeindrucken oder so. Besonders gut gelungen ist es ihm nicht – irgendwie war es viel zu süß –, aber ich fand's nett, dass er sich solche Mühe gegeben hat.« Naomis Augen werden feucht und sie beißt sich auf die Unterlippe. »Mila hat sich kaputtgelacht. Sie hat ein paar alte Hot Dogs aus der Tiefkühltruhe gekramt und die haben wir dann auf den Grill gelegt. An dem Wochenende hat ihr Dad uns beigebracht, wie man Glühwürmchen fängt und wie man Marshmallows röstet, ohne dass sie verbrennen. Ich glaube, das war das einzige Mal, dass ich ihn wirklich entspannt erlebt habe. Es war, als hätte er sich da oben richtig frei gefühlt.«

»Also hältst du es für möglich, dass er jetzt da wohnt?«

»Auf jeden Fall.«

»Wie wär's mit 'nem kleinen Ausflug?«, frage ich.

Naomi hüpft von der Motorhaube und reißt die Autotür auf. Sie grinst so breit, dass ihr Grübchen sichtbar wird.

»Aber ich fahre.«

Das Haus ist ein großer, eleganter Mid-Century-Bungalow mit klaren Linien und steht ein Stück zurückgesetzt auf einem Grundstück voller hoher Eichen, Farne und Trauerweiden. Die Front ist nahezu komplett verglast und ein Steinpfad führt zur Eingangstür.

Naomi biegt langsam in die Einfahrt ein. Der Kies knirscht unter unseren Reifen und sie stellt den Motor ab. Einen Moment sitzen wir schweigend da, als der volle Umfang unseres Vorhabens auf uns einstürzt.

»Und was machen wir jetzt? Einfach klingeln?«, fragt sie.

Das wäre vermutlich das Logischste. Was sonst? Doch plötzlich geht in der Küche Licht an und Naomi schnappt nach Luft.

»Er ist da«, flüstert sie.

Ich will aussteigen.

»Warte.« Naomi packt mich fest beim Arm. »Ich bin gerade echt ein bisschen nervös. Ich hab ihn nicht mehr gesehen, seit …« Sie verstummt und guckt wieder zum Haus. Drinnen ist niemand zu erkennen, keine schattenhafte Gestalt, kein Mann, der sich drohend hinter dem Fenster aufbaut, aber ich kann ihre Furcht förmlich spüren. Mit einem Mal ist ihre Stimme ganz leise und sie wirkt in Gedanken weit weg. »Er konnte wirklich fies werden, wenn er high war.« Naomi erschaudert und schließt die Augen. »Hab gerade etwas Bammel, tut mir leid.«

Mein Magen verkrampft sich vor Mitleid, vor Wut über das, was Mila und Naomi durchmachen mussten, was Mila zugestoßen ist … einfach alles.

Ich ergreife Naomis Hand. »Keine Sorge«, sage ich. »Zusammen schaffen wir das.«

Sie guckt mich überrascht an, drückt dann jedoch meine Hand zurück. »Ich bin so froh, dass du hier bist.« Ein leises Lächeln umspielt ihre Lippen.

Ich will etwas erwidern, aber ich bin einfach zu aufgeregt. Wenn Milas Dad ihr wirklich etwas angetan hat – wenn er dazu fähig war, sie kaltblütig zu ermorden –, was würde er dann erst mit uns machen? Zwei Mädchen, die versuchen, die Wahrheit rauszufinden?

Wieder wende ich mich dem Haus zu und diesmal sehe ich einen Mann in grauer Jogginghose und weißem T-Shirt in der Küche. Er ist schmal gebaut, mit hängenden Schultern und leicht schütterem, grau meliertem Haar. Ich hole tief Luft. »Na los.«

Ich stoße die Beifahrertür auf und marschiere mit festen Schritten los durch die Kälte. Wenn ich auch nur für einen kurzen Augenblick meine Angst zulasse, ist alles vorbei. Das muss auch Naomi bewusst sein, denn ich höre, wie sie hastig versucht, zu mir aufzuholen.

»Bereit?«, frage ich, als wir vor der Tür angekommen sind.

»Ja.« Naomi zieht wieder ihr Handy hervor und startet die Diktier-App.

Ich hebe die Faust, doch bevor ich klopfen kann, wird die Tür aufgerissen, und Thomas Keene steht vor uns. Er wirkt überrascht, erschrocken, und mustert uns mit hochgezogenen Augenbrauen.

»Naomi Lee.« Seine Stimme klingt belegt, als wäre er starker Raucher, und die Haut um seine Mundwinkel hängt schlaff herunter. »Ich hab mich schon gefragt, wann du hier auftauchen würdest.« Dann wandert sein Blick zu mir und er sieht mir direkt in die Augen. »Und du musst Stella Steckler sein.«

Ich öffne den Mund, um zu antworten, aber er hebt die Hand. »Kommt lieber rein.« Naomi starrt mich entgeistert an und ich schüttele verwirrt den Kopf. Dennoch folgen wir seiner Einladung und hinter uns fällt die Tür zu.

Thomas schlurft in seinen weißen Tennissocken über den edlen Holzboden ins Wohnzimmer, das einige Stufen tiefer liegt. Der Raum ist hell und offen, doch die Wände sind kahl. In einer Ecke vegetiert eine einsame Topfpflanze vor sich hin. Thomas lässt sich auf die braune Wildledercouch fallen, von der aus man einen guten Blick durch die bodentiefen Fenster hat, und streckt beide Arme auf der Rückenlehne aus. »Setzt euch«, sagt er mit einem Nicken in Richtung der passenden Sessel gegenüber. »Unterhalten wir uns ein bisschen.«

Naomi und ich nehmen Platz. Als sie sich jedoch in ihrem Sessel zurücklehnt und Thomas bloß schockiert anstarrt, wird mir klar, dass offenbar ich das Reden übernehmen muss. Ich bleibe ganz vorne auf der Sesselkante sitzen und stütze die

Ellbogen auf die Knie. »Woher wussten Sie, dass wir kommen würden?«

Thomas schenkt uns ein dünnes Lächeln. »Ich kenne dich schon dein ganzes Leben«, sagt er dann zu Naomi. »Es war nur eine Frage der Zeit, bis du dich auf die Suche nach Antworten machen würdest.«

Naomi starrt ihn immer noch mit offenem Mund an.

»Und von dir habe ich auch schon gehört, Stella. Du warst schließlich Milas größte Konkurrentin. Da dachte ich mir einfach, dass Naomi und du früher oder später zueinanderfinden würdet. Tja, sieht aus, als hätte ich recht gehabt.«

Die Selbstzufriedenheit in seiner Stimme weckt in mir den Drang zu schreien, und jede einzelne Glasscheibe in diesem Haus zu zertrümmern. »Warum verschanzen Sie sich hier? Die Polizei ist auf der Suche nach Ihnen, aber das dürfte Ihnen ja wohl klar sein.« Die Worte quellen mir aus dem Mund wie Erbrochenes – unmöglich, sie noch zurückzunehmen, um die Sache etwas strategischer aufzuziehen. Ich will einfach nur wissen, was los ist.

Thomas seufzt. Seine Miene wirkt erschöpft. »Ja.«

»Warum haben Sie sich bei niemandem gemeldet, als Ihre Tochter verschwunden ist?« Meine Stimme wird immer lauter, aber ich kann nichts dagegen tun, meine Wut bricht sich einfach Bahn. »Wo waren Sie, verdammt noch mal?«

Thomas lässt die Fingerknöchel knacken. Seine Hände sind schlank, mit gepflegten Nägeln, und sehen aus, als hätte er nie im Leben auch nur einen Schlag Arbeit damit verrichten müssen. Und wieso auch? Mit einem solchen Haus und einem Erbe, das er Mila vorenthalten hat, dürfte er schließlich keine finanziellen Sorgen haben.

»Hör mal, Stella«, wendet er sich nun in betont väterlichem Ton an mich, »du hast mit Sicherheit ziemlich viele schlimme

Geschichten über mich gehört. Dass ich meine Familie vernachlässigt habe, dass ich jähzornig bin und noch dazu ständig zugedröhnt.« Er reibt sich mit Daumen und Zeigefinger die Augen, als hätte er Kopfschmerzen. »Aber sie war meine Tochter. Mein einziges Kind. Dass Shawna mich verlassen hat, war genau der Weckruf, den ich brauchte.«

Naomi schießt aus ihrem Sessel hoch und ich sehe ihre geballten Fäuste zittern. »Aber Sie haben sie doch selbst dazu gebracht«, wirft sie ihm unter Tränen vor. »Sie haben behauptet, Sie würden sich Hilfe holen, aber das haben Sie nie gemacht. Und irgendwann hat Shawna es einfach nicht mehr ausgehalten. Mila hatte eine Riesenangst, dass Sie sich oder den beiden was antun könnten. Und jetzt sitzen Sie hier und spielen den trauernden Vater?« Naomi verschränkt die Arme. »So ein Blödsinn. Ich *weiß*, dass Sie was mit Milas Ermordung zu tun haben.« Die letzten Worte speit sie aus, als wären sie pures Gift.

Thomas steht auf und ringt die Hände. »Moment mal.« Er mustert Naomi ungläubig und seine Stimme wird schrill. »Du denkst, *ich* hätte Mila umgebracht?«

Naomi stapft in ihren Docs auf ihn zu. »Dann beweisen Sie doch, dass es nicht so ist«, zischt sie. Ihr Rücken ist kerzengerade und mit einem Mal wirkt sie kein bisschen verängstigt mehr. Sondern stark, wie jemand, der nichts zu verlieren hat. Ich verstehe, warum Mila sie so gemocht hat. Naomi hat ein ähnlich explosives Temperament wie ich, aber sie ist besser darin, es zum Guten einzusetzen.

Thomas lässt sich zurück auf die Couch fallen und vergräbt den Kopf in den Händen. »Ich war in einer Entzugsklinik«, erklärt er leise. »In Malibu.«

»Malibu?«, wiederhole ich.

Er nickt. »Nachdem Mila und Shawna gegangen sind, ist

mein ganzes Leben zusammengebrochen. Ich konnte nicht essen, nicht schlafen, hab mehr Tabletten geschluckt denn je. Mir ist klar, dass ich mir das selbst zuzuschreiben hatte, aber ich bin einfach immer tiefer in diese Spirale gerutscht und habe mich unendlich dafür geschämt. So eine Sucht ist eine Krankheit, versteht ihr? Ich konnte nicht damit aufhören.« Thomas schüttelt den Kopf, und seine Augen werden glasig, als könnte er jeden Moment in Tränen ausbrechen. Ich versuche, mich zu erinnern, wann ich das letzte Mal einen Mann habe weinen sehen, aber mir fällt nichts ein. Außer meinem Dad natürlich, der schon immer nah am Wasser gebaut war und bei jedem kitschigen Film zu heulen anfängt. Da ist er völlig schmerzfrei.

Aber einen fremden Mann in diesem Zustand zu sehen, ist noch mal eine ganz andere Hausnummer. Dennoch schiebe ich mein Unbehagen beiseite und fokussiere mich vollkommen auf die Antworten, wegen denen wir schließlich hier sind.

»Einmal wollte ich Mila besuchen. Es sollte eine Überraschung sein«, erzählt Thomas weiter. Wahrscheinlich war es das, worüber ich Mila am Telefon mit ihm habe reden hören, als wir zum Laufen verabredet waren. *Ich möchte dich nicht mehr sehen. Du kannst nicht unangemeldet hier aufkreuzen.* Mir läuft ein Schauder über den Rücken.

»Aber das hat in einem Fiasko geendet. Shawna und sie haben mich sofort rausgeschmissen, als ihnen aufging, dass ich noch nicht clean war. Danach wollte Mila nicht mal mehr mit mir reden. Das war der Tropfen, der das Fass zum Überlaufen gebracht hat.« Thomas sieht mich flehend an. »Ich hab einen alten Kumpel vom Squash angerufen, Jim, und ihn gebeten, alles zu arrangieren. Er hat mich für einen Monat nach Malibu geschickt. In eine von diesen Hardcore-Entzugskliniken, in denen man sich komplett von der Außenwelt isolieren muss. Psychotherapie, Entgiftung und Yoga. Kein WLAN, kein Handyempfang. Nicht mal Briefe durfte man da schreiben.«

»Geschätzter Kostenfaktor: hunderttausend Dollar«, murmelt Naomi vor sich hin.

Thomas schnaubt. »Fast, ja. Aber ich würde es jederzeit wieder tun. Danach war ich zu allem bereit, um meine Beziehung zu Mila und Shawna zu kitten. Ich hatte geplant, mich noch am selben Tag bei ihnen zu melden. Das war der Tag, an dem sie Mila gefunden haben.« Jetzt bricht Thomas endgültig in Tränen aus und sein Körper erbebt unter heftigen Schluchzern. Er krümmt sich vornüber und verknotet die Finger im Schoß. Irgendwann holt er tief Luft und redet weiter. »Ich war schon auf dem Weg zurück nach Hause und habe Shawna vom Flughafen aus angerufen. Sie ist nicht rangegangen, aber ich habe ihr eine Nachricht auf der Mailbox hinterlassen. Gleich nach der Landung habe ich es erfahren. Die Beerdigung hätte ich einfach nicht verkraftet. Ich muss so schon jeden Tag kämpfen, um nicht rückfällig zu werden, und mir war klar, wenn ich dahin gehe …« Er zuckt mit den Schultern und lässt sie dann wieder nach vorn fallen.

Eine Sekunde lang sagt niemand etwas, dann lehnt Thomas sich zur Seite und nimmt eine Marmorschatulle vom Beistelltisch. Er klappt den Deckel auf und kramt einen Moment darin herum. »Hier.« Er zieht ein Blatt Papier heraus. »Der Beweis. Als ich zurückgekommen bin, habe ich meine ganzen Reiseunterlagen hier reingetan.« Thomas schiebt uns den Zettel zu, und ich sehe sofort, dass es sich um die Rechnung für die Klinik in Malibu handelt. Sie bestätigt, dass er wochenlang dort war, die Zeit, in der Mila verschwunden ist, mit eingeschlossen.

»Also können Sie ihr wirklich nichts getan haben?«, frage

ich nachdenklich. Nach allem, was ich über diesen Typen gehört hatte, war er für mich zum absoluten Buhmann geworden. Aber jetzt, als er vor mir sitzt, so zerbrechlich und schüchtern, wirkt er einfach nur wie ein trauernder Vater, der nie die Gelegenheit hatte, sich mit seiner Tochter auszusprechen. Ein Mann, der vieles bereut.

Thomas antwortet nicht, aber das muss er auch gar nicht. Naomi steht von ihrem Sessel auf und setzt sich stattdessen neben ihn auf die Couch.

»Es tut mir so leid«, sagt sie leise. »Das muss unerträglich sein.«

Thomas stößt ein Wimmern aus und es ist einfach zu offen, zu verzweifelt, zu viel. Am liebsten würde ich wegrennen. Unter Tränen wendet er sich Naomi zu. »Ich bin derjenige, dem es leidtun sollte«, schnieft er. »Wenn ich nicht gewesen wäre …« Seine Stimme zittert. »Dann wäre das alles nicht passiert. Dann wäre Mila noch bei uns.«

Naomi muss selbst die Tränen unterdrücken. »Die Vergangenheit kann man nicht umschreiben«, entgegnet sie. »Nur die Wahrheit ans Licht bringen. Und darum müssen wir wenigstens rausfinden, wer Mila das angetan hat, und dafür sorgen, dass die Person ihre gerechte Strafe erhält.«

Ich weiß, dass sie recht hat und es nur gut meint, aber etwas stört mich trotzdem noch, ein winziges Detail, das keinen Sinn ergibt, nachdem Thomas gerade behauptet hat, er hätte in Malibu kein WLAN gehabt. Vielleicht hat er ja gelogen. Vielleicht hat er sich aus der Einrichtung weggeschlichen. Oder die Rechnung gefälscht.

Voller Unbehagen räuspere ich mich. Die beiden sehen auf, als wären sie überrascht, dass ich überhaupt noch hier bin. »Ich muss das jetzt einfach wissen«, stoße ich hervor. »Haben Sie diesen Kommentar unter Naomis Instagram-Post hinterlassen? ›Komm nach Hause, Mila. Komm zurück zu mir‹ stand da.«

Thomas wird rot und reibt sich den Nacken. »Äh …«

Naomi reißt die Augen auf.

»Das waren Sie?«, fragt sie fassungslos. »Das hatte ich total vergessen, dabei hat es mir echt Angst eingejagt.«

Thomas senkt den Blick. »Es ist mir wirklich peinlich«, murmelt er. »Aber ja, das war ich. Kurz nachdem Mila mir verboten hatte, nach Edgewater zu kommen.« Er starrt in seinen Schoß. »Ich … ich wollte einfach irgendwie zu ihr durchdringen.«

»Mit einem Gruselkommentar von einem Stalker-Account?«, erwidere ich womöglich eine Spur zu direkt.

Naomi muss sich das Lachen verkneifen, Thomas dagegen zuckt nicht mal zusammen. »Das war an dem Tag, bevor ich mich auf den Weg nach Malibu gemacht habe. Da ging es mir nicht besonders gut. Und ich dachte wohl einfach … ich weiß auch nicht«, gesteht er beschämt. »Nach ein paar Stunden ist mir dann aufgegangen, wie dumm das war, und ich habe den Kommentar gelöscht.«

Naomi sieht mich an, in ihrem Blick liegt Mitleid, und ich weiß, dass wir beide dasselbe denken. *Dieser Mann ist kein Mörder.*

»Wir müssen langsam wieder los«, erklärt Naomi Thomas. »Mila hätte Ihr neues Ich sicher gern kennengelernt«, bemerkt sie. »Und Shawna auch. Sie sollten Sie mal anrufen.«

Thomas fängt wieder an zu weinen und wischt sich mit seinem weißen T-Shirt das Gesicht ab.

Ich stehe auf und strecke ihm unbeholfen die Hand hin, weil ich nicht weiß, was ich sonst machen soll. Thomas jedoch zieht mich an sich, fest und eindringlich. Als er mich wieder loslässt, sind meine Knie wie Wackelpudding.

»Danke, dass ihr hier wart«, sagt er. »Es tut gut, an Mila zu denken. Über sie zu reden.«

Naomi nickt. »Finde ich auch.«

»Und jetzt«, fügt er dann hinzu, »lasst uns das Schwein finden, das ihr das angetan hat.«

ELLIE

FRÜHER HABE ICH Halloween geliebt. Da konnte man sein, wer immer man wollte. Superheldin. Politikerin. Popstar. Alles außer einer Steckler. Stella hat sich nie sonderlich dafür interessiert, ich dagegen habe jedes Jahr Monate im Voraus mit der Planung angefangen. Schon in der ersten Woche nach den Sommerferien stand Bethanys und mein Partnerkostüm. Einmal gingen wir als Arya und Sansa aus »Game of Thrones«. Einmal als Romy und Michele aus Bethanys gleichnamigem Lieblingsfilm. Das hat zwar niemand kapiert, was wir aber umso lustiger fanden.

Diesmal jedoch ist alles anders. Bürgermeister Dickerson hat die alljährliche Parade abgesagt, Süßigkeiten sammeln ist bloß bis Einbruch der Dunkelheit erlaubt, und sowieso reden alle nur davon, dass sich in der Stadt ein *Mörder* herumtreibt. Als ich am einunddreißigsten Oktober in die Schule komme, höre ich bei jedem Schritt irgendwen hinter vorgehaltener Hand Milas Namen flüstern. Ich bin nicht verkleidet, und dabei habe ich mir noch nie so sehr gewünscht, jemand anderes zu sein.

Eine Woche ist es jetzt her, dass sie Mila gefunden haben, und die Polizei ist immer noch keinen Schritt weiter. Allein beim Gedanken daran wird mir flau im Magen und mir schwirrt der Kopf. Ich knibbele an meinen trockenen Lippen und zucke zusammen, als ich Blut schmecke. *Mist.*

An meinem Spind angekommen, werfe ich einen verstohlenen Blick über die Schulter und sehe Detective Parker neben Mrs Pérez' Bürotür an der Wand lehnen. So geht das seit der Beerdigung. Ständig lauert er irgendwo.

»Hey.«

Beinahe kreische ich auf vor Schreck. Noah ist hinter mir aufgetaucht, den Rucksack über eine Schulter gehängt. Hier vor aller Augen neben ihm zu stehen, ist ein Gefühl, als wäre ich nackt. Als müsste jeder, der vorbeikommt, sofort die Wahrheit erkennen.

»Was ist?«, zische ich und stopfe mein Geschichtsbuch in meine Tasche.

»Wollte nur wissen, ob mit uns alles cool ist«, sagt er. »Nach … na ja, du weißt schon.«

»Alles cool?«, wiederhole ich. »So würde ich es nicht unbedingt nennen.« Ich knalle meinen Spind zu.

»Mann, Ell«, stöhnt er. »Kannst du dich nicht einfach mal locker machen? Tam ist auch total durch den Wind wegen Mila und den Ermittlungen, da kann ich echt nicht noch mehr Dramen gebrauchen. Okay?«

Seine Worte hängen zwischen uns in der Luft. Unsere Geheimnisse. Meine Nervenenden stehen in Flammen und ich spüre, wie Parker uns anstarrt.

»Ich gebe dieses Wochenende eine Halloweenparty«, verkündet Noah und tritt von einem Fuß auf den anderen.

»Wie hast du *das* denn durchgekriegt?«

»Hab's als 'ne Art Benefizveranstaltung aufgezogen«, erklärt er. »Der Eintritt kostet zehn Dollar, und das ganze Geld spende ich an Milas Mom, damit die endlich einen Privatdetektiv anheuern kann. Dickerson meinte, das ist in Ordnung.«

Meine Wangen werden heiß. »Bist du sicher, dass das eine gute Idee ist?«

Noah antwortet nicht.

»Tja, tu, was du nicht lassen kannst«, sage ich. »Aber mit mir brauchst du nicht zu rechnen.«

»Ach, komm schon. Wie sieht das denn aus, wenn du wegbleibst?« Er legt mir die Hand auf den Arm, und ich zucke zurück, ein Reflex, der mehreren Leuten um uns nicht entgeht. Parker macht einen Schritt in unsere Richtung. Ich darf nicht noch mehr Aufmerksamkeit auf mich lenken. Auf keinen Fall darf Parker mich befragen.

»Ich überleg's mir.« Schnell drehe ich mich um und gehe, bevor ich mich übergeben muss.

»Willst du nicht doch mit?«, frage ich Stella, als sie sich am Samstagabend bäuchlings auf mein Bett plumpsen lässt.

»Keine Chance.« Sie rümpft die Nase und schüttelt energisch den Kopf.

»Bitte«, drängele ich. »Lass mich da nicht alleine hingehen.« Mir ist klar, dass ich sie nicht umstimmen kann, aber Noahs Worte spuken mir immer noch durch den Kopf. *Wie sieht das denn aus, wenn du wegbleibst?*

»Vergiss es«, beharrt Stella. »Aber ich gucke gern zu, wie du das alberne Kostüm anziehst, das du dir dieses Jahr bestimmt wieder ausgedacht hast.«

Ich verdrehe die Augen und wühle in meiner Schminktasche, während ich mir das Hirn zermartere, wie ich es schaffen soll, zumindest ein bisschen festlich auszusehen. Das Ganze erscheint mir so pietätlos. Am Ende fische ich einen Tiegel zähflüssigen Silberglitter heraus und tupfe mir etwas davon auf die Lider.

Stella rollt sich auf den Rücken und stellt die Füße auf, sodass ihre Knie Richtung Decke zeigen. Sie greift nach ihrem Handy und fängt an, wie wild darauf einzutippen. Wer auch immer ihr geschrieben hat, bringt sie zum Lächeln, wenn auch nur kurz.

»Stella Steckler, *flirtest* du da etwa gerade mit jemandem?« Ich versuche, nach ihrem Handy zu grapschen.

Stella läuft knallrot an und schiebt sich das Handy unter den Hintern. »Bleib doch einfach auch hier«, wechselt sie das Thema. »Wir könnten einen Film gucken oder so.«

Ich weiche einen Schritt zurück. »Okay, jetzt wird's aber wirklich schräg.« Ich deute mit dem Zeigefinger auf sie. »Wann hast du mich denn bitte das letzte Mal gefragt, ob ich zu Hause bleiben und einen Film mit dir gucken will?«

Doch ihre gute Laune ist schon wieder verflogen. »Ach, ist ja auch egal.«

»Ich lasse mich da nur kurz blicken, drücke meine zehn Dollar ab und verschwinde wieder«, erkläre ich und ärgere mich selbst darüber, dass ich Noahs Drängen nachgebe. »Alles andere gäbe doch bloß noch mehr Gerede über die Steckler-Schwestern.« Ich wische mir ein paar verirrte Glitzerpartikel von den Wangen.

»Tja, einen Tod muss man wohl sterben«, erwidert sie und zuckt gleich darauf zusammen. »Sorry, blöder Spruch.«

»Saublöd.«

Sie mustert mein Spiegelbild. »Als was gehst du eigentlich?«

»Als Discokugel, was denn sonst?«

Sie zieht eine skeptische Grimasse.

»Ist halt ein Last-minute-Kostüm, okay?«

»Ruf an, wenn ich dich abholen soll«, bietet sie an, bevor sie aufsteht und verschwindet.

Mein Magen hat sich zu einem festen Knoten verkrampft, als ich allein auf der Party eintreffe. Ich muss jeden einzelnen Muskel in meinem Körper mobilisieren, um Noahs Haustür zu öffnen, und stelle dann fest, dass die ganze Schule hier ist.

Ein paar Zombiebräute wackeln auf der Tanzfläche mit den Hüften, während ein Werwolf mit einem Tablett Tequilashots rumgeht. In der Küche spielen ein paar »Mario Kart«-Figuren ein Trinkspiel, und außerdem sehe ich mehrere Katzen, eine Flasche Chilisoße und eine nicht näher identifizierbare Person, die offenbar als »sexy Ananas« verkleidet ist.

Die Musik ist so laut, dass förmlich die Wände vibrieren. Es ist, als hätten sämtliche Schüler der Edgewater High kurz vor der Explosion gestanden und sich vorgenommen, hier und heute all ihre aufgestaute Energie loszuwerden – getrieben durch die Angst vor den jüngsten Ereignissen, vor dem Unbekannten. Knisternde Spannung liegt in der Luft und das gesamte Erdgeschoss stinkt nach verschüttetem Bier. Ich kann kaum atmen, und mit einem Mal beschleicht mich das Gefühl, dass ich vielleicht wirklich besser zu Hause geblieben wäre.

Ich drängele mich durch bis zur Terrassentür. Draußen ist es empfindlich kalt, und ich wickele mich fester in meine Jeansjacke, bis das silberne Paillettentop darunter nicht mehr zu sehen ist. Die Bäume sind mit Lichterketten geschmückt und überall haben es sich Leute in Liegestühlen und auf dem Rasen bequem gemacht.

Ich war schon ein paarmal hier, im Sommer, als Noahs Eltern verreist waren. Darum weiß ich, wenn ich mich jetzt nach rechts drehe und hochgucke, sehe ich Noahs Fenster. Dahinter seine hellblaue Tapete und die Laufpokale auf ihrem Wandbord. Was man von hier unten nicht erkennen kann, sind die karierte Tagesdecke und die »Simpsons«-Figürchen auf seinem Nachttisch. Oder der knapp zwei Meter hohe Stapel Schmöker aus den Siebzigern, den das Bücherregal in der Ecke nicht mehr fasst.

Das alles hat sich mir diesen Sommer offenbart, der wahre Noah, der nie ohne ein Taschenbuch im Rucksack aus dem

Haus geht und über geradezu gruselig viel Trivialwissen über jeden Präsidenten verfügt, den unser Land je gehabt hat. Mittlerweile jedoch ist es, als würde dieser Teil von ihm gar nicht mehr existieren. Jetzt sehe ich in ihm nur noch den Macho, mit dem ich für immer aufs Schlimmste und Unwiderbringlichste verbunden sein werde. Den Fremden, der mein Leben rücksichtslos auf den Kopf gestellt hat.

»Ach hey«, ertönt hinter mir eine Stimme, und ich drehe mich zu Raven um, die gerade die Terrassentür hinter sich zuschiebt. Sie trägt leuchtend grünen Lidschatten und einen Bodysuit in derselben Farbe. Poison Ivy. »Wir hatten gar nicht damit gerechnet, dass du kommst.« Sie mustert mich von Kopf bis Fuß. »Als was gehst du denn?«

»Als Discokugel«, antworte ich resigniert.

»Ah«, sagt Raven. »Alles okay bei dir? Du wirkst in letzter Zeit beim Training so abgelenkt. Gestern war ja sogar *ich* schneller als du«, fügt sie mit einem kleinen Lächeln hinzu.

Ich starre sie ausdruckslos an und durchforste mein Hirn nach einer anderen Antwort als *Leck mich doch.* »Na ja, du weißt schon, die Sache mit Mila und alles …« Ich breche ab und Ravens Miene wird wieder ernst.

»Klar«, erwidert sie. »Echt schrecklich.« Sie trinkt einen großen Schluck aus dem Glas in ihrer Hand, das ihrer Grimasse nach zu urteilen mehr Alkohol enthält als alles andere. Ich verschränke die Arme und frage mich, was zum Teufel sie eigentlich von mir will. »Aber auf unsere Zeiten müssen wir trotzdem achten, meinst du nicht? Die Saison … läuft ja noch.« Wieder trinkt sie einen Schluck und ihr glasiger Blick sucht meinen. »Wer auch immer Mila umgebracht hat, muss gewusst haben, wie sehr das selbst die besten von uns Cross-Leuten aus dem Konzept bringen würde.«

Mein Magen macht einen Satz. »Was soll das hei–« Doch

Raven unterbricht mich und deutet auf eine alte Schaukel in der Gartenecke.

»Komm mit, die anderen sind da drüben.« Sie angelt ein Bier aus der Kühlbox hinter uns und drückt es mir in die Hand. Ich folge ihr, aber meine Füße sind schwer wie Backsteine.

»Na, guck mal einer an«, ätzt Bader. »Da kommt ja das kleinere Übel.«

Meine Wangen brennen, aber ich zwinge mich zu kontern. »Klappe, Bader. Du bist doch bloß neidisch, weil du andauernd Stellas und meinen Staub schlucken musst.«

Er verzieht das Gesicht und kippt den Rest seines Getränks runter.

»Ich bin nur hier, weil ich was für die Privatdetektiv-Kasse spenden wollte«, sage ich. Es klingt wie eine hohle Phrase. Ich schlucke, damit mir mein Abendessen nicht wieder hochkommt.

»Dazu konnte deine Schwester sich anscheinend nicht aufraffen«, murmelt Julia.

Ich weiß, dass ich Stella verteidigen müsste, aber ich bin hier eindeutig in der Unterzahl. Nichts, was ich sagen könnte, würde daran irgendwas ändern. Also halte ich den Mund, während sich das Gespräch um die Regionalmeisterschaft dreht, dann um die Staatsmeisterschaft, dann wieder um die Regionalmeisterschaft. Das ist alles so langweilig, so vorhersehbar. Die ganze Zeit über spüre ich, wie Noah versucht, meinen Blick aufzufangen, aber ich gehe nicht darauf ein und tue stattdessen so, als wäre ich restlos fasziniert von meiner Bierdose.

Plötzlich ertönt ein Krachen vom Haus. Tamara hat mit voller Wucht die Terrassentür hinter sich zugeschoben und umklammert aufgebracht ihr Handy. Sie ist als Diana Ross verkleidet, in voller Supremes-Bühnenmontur inklusive Aufblasmikro. Ihr Glitzerkleid schimmert im Mondlicht, als sie auf uns zugestürmt kommt. »Habt ihr das gesehen?« Sie hält uns ihr Handy entgegen.

»Was?«, will Julia wissen.

»Mila.« Schwer atmend guckt Tamara in die Runde, bis ihr Blick schließlich bei mir landet. »Parker hat gerade eine Pressekonferenz gegeben. Hier.«

Tamara tippt auf Play und das Video geht los. Parker erscheint auf dem Display und seine Stimme quäkt durch den kleinen Lautsprecher. Wir drängen uns dicht zusammen, um über der Musik und dem Gejohle von drinnen zu verstehen, was er sagt.

»Wir möchten Sie heute über einige neue Entwicklungen in Bezug auf das Verschwinden und den Tod von Mila Keene informieren. Was wir bereits wussten, ist, dass Mila ihr Zuhause am frühen Morgen des fünfzehnten Oktober verlassen hat, um ihre übliche Laufrunde um den Sweetwater Lake zu drehen. Bis vor Kurzem dachten wir allerdings, sie wäre dabei allein gewesen. Wie sich nun herausgestellt hat, trifft das nicht zu. Sie wurde von einer Freundin begleitet, höchstwahrscheinlich einer Teamkameradin aus der ersten Cross-Mannschaft der Edgewater High.«

Neben mir keucht jemand auf. Meine Hände werden taub und alles um mich beginnt, sich zu drehen. Ich sehe hoch und direkt in Noahs vor Entsetzen geweitete Augen.

»Noch können wir nicht sicher sein, um wen es sich dabei gehandelt hat, aber wir gehen bereits verschiedenen Spuren nach.«

Tamaras Hände zittern, während sie uns weiter das Handy hinhält. Die allgemeine Anspannung ist so deutlich spürbar, als wummere ein aufgebrachter Pulsschlag durch die Luft. Parker auf dem Display räuspert sich und fährt dann fort.

»Zudem haben wir uns dazu entschlossen, weitere Details

über Milas Tod herauszugeben. Wir hoffen, dass diejenigen unter Ihnen, die möglicherweise wichtige Hinweise haben, sich dadurch ermutigt fühlen, auf uns zuzukommen.« Er holt tief Luft. »Milas Leiche wurde am Oak Tower Trail gefunden, in einer tiefen, mit Laub und Zweigen abgedeckten Grube. Deswegen hat es so lange gedauert, bis sie entdeckt wurde. Sie trug eine schwarze Leggings, ein blaues, langärmliges Oberteil mit dem Aufdruck »Edgewater Crosslauf« und einen lilafarbenen Laufschuh der Marke Nike. Der zweite Schuh wurde in fünfzig Metern Entfernung gefunden und der Schnürsenkel fehlte.«

Wieder keucht jemand auf. Was für eine gruselige Gemeinsamkeit mit den alten Fällen.

»Der Gerichtsmediziner hat zwei gebrochene Rippen, einen verstauchten Knöchel und eine Kopfwunde bei Mila festgestellt«, fährt Parker fort. »Verletzungen, die sie sich allesamt vor ihrem Tod zugezogen hat. Letztere ist offenbar die Todesursache – stumpfe Gewalteinwirkung. Und das heißt, wir reden nun offiziell von einem Mordfall.«

Ich presse mir die Hand auf den Mund, um mich nicht zu übergeben, zu weinen oder zu schreien. Julia schluchzt leise auf.

»Aber auch wenn Miss Keenes Tod Parallelen zu den alten Fällen aufweist, gibt es keinen Grund zu der Annahme, dass es sich tatsächlich um den- oder dieselben Täter handelt«, sagt Parker. »Die meisten von Ihnen werden sich sicher daran erinnern, dass es in den Tagen nach Milas Verschwinden geregnet hat, was den Prozess der Spurensicherung erheblich erschwert. Daher möchten wir erneut an Sie, die Gemeinschaft, appellieren, umgehend mit uns Kontakt aufzunehmen, sollten Sie über irgendwelche Informationen verfügen. Mila war ein wunderbarer junger Mensch mit einer strahlenden Zukunft und ihr tragischer Tod wäre vermeidbar gewesen. Bitte helfen Sie uns, Gerechtigkeit für Mila zu erwirken, damit ihre Familie Frieden findet.«

Das Display wird dunkel und niemand spricht mehr ein Wort. Alle starren weiter auf Tamaras Handy, bis sie es schließlich in irgendeiner versteckten Tasche ihres Glitzerkleids verschwinden lässt und sich die Haare aus dem Gesicht streicht. Ich schlinge die Arme um meine Körpermitte, um mir selbst Halt zu geben, während ich zu verstehen versuche, was das alles zu bedeuten hat, was die Indizien verraten.

»Das ist ein Nachahmungstäter.« Julia schüttelt den Kopf. »Irgend so ein Monster, das uns weismachen will, der Serienmörder wäre zurück.« Sie sieht zu Boden und setzt gedämpft hinzu: »Wahrscheinlich Stella.«

»Was hast du gesagt?«, blaffe ich, doch Julia lässt sich nicht einschüchtern und starrt mich aus schmalen Augen an.

»Ich hab gesagt, es ist wahrscheinlich Stel–«

»Mann, Julia, das hilft jetzt auch keinem weiter«, schimpft Tamara.

Raven räuspert sich. »Klingt aber doch wirklich, als wäre der Killer wieder da. Ich meine, der fehlende Schnürsenkel. Der Oak Tower Trail. Stumpfe Gewalteinwirkung.« Sie zuckt mit den Schultern. »Andererseits … jeder hier kennt diese Fälle in- und auswendig. Würde mich nicht wundern, wenn irgendwer« – sie wirft mir einen verstohlenen Blick zu – »da ein bisschen Recherche betrieben hat und –«

»Stella war das nicht«, protestiere ich mit zitternder Stimme.

»Klar, dass du das behaupten musst, Ellie, sie ist halt deine Schwester. Aber diese Nachrichten«, zischt Julia, »die hat sie Mila nun mal wirklich geschickt. Sie ist die Einzige mit einem Motiv.«

»Halt die Klappe!«, schreie ich, was mich selbst am meisten überrascht. »Stella hat nichts damit zu tun. Sie war bei uns zu Hause im Keller, wie jeden Morgen. Wir haben zusammen trainiert«, wiederhole ich das, was Stella auch zu Parker gesagt hat. Die Lüge brennt wie Gift auf meiner Zunge.

Alle in der Runde starren mich an und ich würde am liebsten im Erdboden versinken.

»Ach ja?«, höhnt Julia.

Jetzt schaltet sich Bader ein. »Parker hat doch gesagt, dass irgendein Mädchen mit ihr laufen war und dass es Beweise dafür gibt, oder?«

Tamara nickt. »Ja, wer war das?«, fragt sie und guckt sich um. »Wer war an dem Morgen mit Mila laufen?«

Meine Zehen fangen an zu kribbeln und ich erschaudere. Niemand sagt etwas, und ich spüre Noahs Blick auf mir, als wolle er mich dazu herausfordern, den Mund aufzumachen.

»Klar, dass sich jetzt keine meldet«, schnaubt Julia. »Feiglinge. Aber die Wahrheit kommt schon noch ans Licht.«

Tamara nickt mit Tränen in den Augen. »Und dann sehen wir ja, wer versucht hat, sie zu vertuschen.«

STELLA

ICH SCHRECKE AUS dem Schlaf hoch, Schweiß steht mir auf der Stirn, und noch bevor ich die Augen aufschlage, fällt mir die Pressekonferenz von gestern wieder ein. Parkers feste Stimme. Sein durchdringender Blick. Mila hatte zwei gebrochene Rippen. Einen verstauchten Knöchel. Eine Kopfwunde. Parker hat gesagt, sie sei in einer Grube gefunden worden, auf dem verbotenen Trail oben am Oak Tower. Aber solche Verletzungen zieht man sich nicht einfach dadurch zu, dass man in eine Grube fällt und rauszuklettern versucht. Da muss etwas anderes passiert sein. Jemand war bei ihr. Jemand aus unserem Team.

Ich taste nach meinem Handy, und als ich die Nachricht von Naomi entdecke, fängt mein Herz an zu klopfen.

Ich fasse es nicht, nicht mal ansatzweise. Wie geht's dir?

Wow. Dass sie tatsächlich daran denkt, *mir* zu schreiben, trotz allem. Ich würde gern antworten. Oder sie anrufen und ihre Stimme hören. Aber sie hat die Nachricht um zwei Uhr nachts geschickt und jetzt ist es kurz vor fünf. Ich will sie nicht wecken.

Ich wälze mich auf die andere Seite und ziehe den Vorhang vor meinem Fenster zurück. Draußen ist es stockdunkel, aber ich muss jetzt einfach laufen gehen. Lautlos ziehe ich mich um und schlüpfe in meine Trainingsschuhe. Auf Zehenspitzen schleiche ich die Treppe runter und schiebe vorsichtig die Seitentür auf. Frostige Luft schlägt mir ins Gesicht. Aber sobald ich einen Fuß vor den anderen setze, werde ich klarer im Kopf.

Die dunkle, stille Stadt zieht an mir vorbei, ein verschwommener Mix aus Bäumen und Häusern, während der Himmel im Osten sich allmählich grau färbt. Bald erreiche ich das Zentrum, laufe an den Milchglasfenstern der Bibliothek und der kleinen Bowlingbahn vorbei, die Baders Eltern betreiben. Ich sehe über die hübschen Backsteingebäude hinweg Richtung Berge, und eine Sekunde lang habe ich das Gefühl, keine Luft zu bekommen, gefangen zu sein in diesem Käfig aus Gipfeln, die Edgewater von allen Seiten umringen. Dabei suchen die Leute hier doch gerade die Freiheit und die Weite, wollen aus ihrem Alltag davonlaufen. Aber ich laufe schon mein ganzes Leben und bin noch immer keinen Schritt von hier weggekommen.

Es wird langsam heller und ich beschleunige, als könnte ich schneller sein als das Licht. Aber alles, woran ich denken kann, ist Mila in ihrer Grube.

»Stella Steckler.«

Die Stimme ist laut und barsch, beinahe überrascht. Doch ich erkenne sie sofort und halte widerstrebend an.

Vor mir steht Detective Parker, direkt vor dem Eingang von Mo's Diner. Seine Khakihose ist zerknittert, der Reißverschluss seiner dünnen Daunenjacke bis zum Kinn zugezogen und er trägt eine Wollmütze. In einer Hand hält er einen Pappbecher mit Kaffee, in der anderen eine Aktenmappe. Wir sind die einzigen Menschen auf der Straße.

»Detective Parker«, sage ich. Die Hände in die Hüften gestemmt, versuche ich, meinen Atem zu beruhigen.

»Was machst du so früh hier? Du weißt doch, dass ihr im Moment nicht alleine laufen dürft.« Er wirkt besorgt, allerdings wohl weniger um meine Sicherheit, sondern vielmehr wegen der Informationen, die er gestern Abend enthüllt hat.

Ich antworte nicht.

Parker macht einen Schritt auf mich zu. »Keine Angst, ich verrat's keinem, aber wir zwei sollten uns vielleicht mal unterhalten, meinst du nicht?«

»Ich hab die Pressekonferenz gesehen.« Meine Stimme zittert.

Parker nickt. »Dann weißt du ja, dass Mila kurz vor ihrem Verschwinden Gesellschaft hatte. Anscheinend war sie mit jemandem aus dem Cross-Team laufen. Einem Mädchen. Einer Freundin.«

Mir ist klar, worauf er hinauswill, und ich rufe mir ins Gedächtnis, dass ich nichts zu verbergen habe.

»Wo warst du noch gleich an dem Morgen, Stella? An dem Morgen, als Mila Keene verschwunden ist?« Parker trinkt einen Schluck Kaffee und schürzt die Lippen.

Er kennt meine Antwort und daran wird sich auch nichts ändern. Die Frage hat er mir schon vor Wochen gestellt, als er mich nach dem Training vernommen hat. »Ich war zu Hause«, erkläre ich also erneut. »Im Keller, wie immer, beim Training. Hauptsächlich Hanteln.«

Parker nickt. »Stimmt ja, das hattest du erwähnt«, sagt er und schaut zum Diner. Drinnen brennt Licht, aber es ist niemand zu sehen außer Mo, der an der Theke die Salzstreuer auffüllt. Am liebsten würde ich wegrennen, doch ich stemme entschlossen die Füße in den Boden. »Könntest du das vielleicht noch mal etwas genauer ausführen, mit Zeitangaben?«

»Haben Sie sich das nicht irgendwo aufgeschrieben?«, erwidere ich entnervt.

Parkers Blick wird schmal. »Wär's dir etwa lieber, wenn ich dich noch mal vorlade? Das volle Programm, mit Anwälten und deinen Eltern? Soll ich in der Schule Bescheid sagen, Stella?«

Ich kann nicht einschätzen, ob er blufft, also kneife ich die Augen zu und versuche, mich an sämtliche Details zu erinnern, die ich ihm beim letzten Mal genannt habe. »Angefangen hab ich so gegen Viertel nach fünf«, beginne ich zögernd meinen Bericht. »Die Hantelübungen dauern so ungefähr zwanzig Minuten und danach hab ich noch ein Bauch-Workout angeschlossen.« Als Nächstes folgt der Teil, in dem ich lügen muss. »Dann ist Ellie runtergekommen und hat auch mitgemacht. Vor Viertel vor sechs kriegt man sie nicht aus dem Bett, es muss also irgendwann danach gewesen sein.«

»Mhm«, macht Parker und mustert mich aus seinen dunklen Augen. Er schweigt und mein Unbehagen wächst. »Dann hättest du tatsächlich ein Alibi«, räumt er ein. »*Vorausgesetzt,* du sagst die Wahrheit. Das Foto, das wir haben, ist von 6:07 Uhr.«

Ich unterdrücke ein Keuchen. »Was für ein Foto?«

Parker hebt die Augenbrauen und wippt auf den Fersen vor und zurück. Genauso sah er aus, als er mich wegen Allison Tarley befragt hat. So siegessicher.

»Eins, das wir auf Milas Handy entdeckt haben. Daher wissen wir auch, dass sie an dem Morgen nicht allein war.«

Milas Handy. Diese erste Suchaktion, bei der es gefunden wurde, erscheint mir ewig lange her.

»Darf ich das mal sehen?«, frage ich.

Parker lächelt schwach. »Nein.«

»Aber wenn Sie ein Foto haben, müssen Sie doch sagen können, wer bei ihr war.« Mir schwirrt zu sehr der Kopf, als dass ich dem Ganzen noch folgen könnte. Ich verstehe nicht, was er weiß, was für Informationen er hat.

Parker verzieht das Gesicht und stellt seinen Kaffee auf den Boden. Dann klappt er die Aktenmappe auf und blättert einen

Moment in den Papieren darin. Schließlich hält er inne. »Bei Allison Tarley bist du vielleicht noch mal davongekommen, Stella, aber das hier ist kein Spiel mehr. Das hier ist nicht wie bei Shira Tannenbaum. Ein Mädchen ist gestorben. Du bist wahrscheinlich noch zu jung, um wirklich zu begreifen, wie es bei den anderen Morden damals war, aber ich kann mich noch gut daran erinnern.« Seine Stimme hallt immer lauter durch die stille, kalte Straße. »Und ich werde nicht zulassen, dass dieses Verbrechen ungelöst bleibt. Ich werde kein neues Deadwater zulassen, nie wieder. Und darum muss jemand bezahlen für das, was Mila passiert ist. Verstehst du?«

Ich öffne den Mund, um mit *Ja* zu antworten, doch meine Kehle ist wie zugeschnürt. Mir ist klar, was er mir mitteilen will. Er würde Milas Tod so ziemlich jedem anhängen, wenn er auf diese Weise Edgewaters Ruf bewahren – und gleichzeitig seinen eigenen wiederherstellen – könnte. Und ich bin nun mal die einzige Verdächtige, die er hat. Aber ich weigere mich, den Kopf hinzuhalten. Diesmal nicht. Nicht noch einmal. Wortlos trete ich einen Schritt zurück.

Parker murmelt etwas vor sich hin. Er wirft einen Blick auf das Blatt Papier vor sich und sein Mund verzieht sich zu einem wissenden Grinsen. Dann streckt er mir das ausgedruckte Foto hin, direkt vors Gesicht.

Milas Lächeln erfüllt einen Großteil der Seite. Es ist ein Selfie vom Anfang des Trails, das erkenne ich an der Bergkette und dem Haupthaus des Ellacoya Resorts im Hintergrund. Der Himmel ist frühmorgendlich lilablau. Mila hat die Hand zum Peacezeichen gehoben und ihre Miene wirkt hoffnungsvoll.

Aber dann fällt mein Blick auf etwas in der linken oberen Ecke. Ein Hinterkopf. Gliedmaßen. Ein zweites Mädchen, das von Mila abgewandt steht, sodass man nur ihren Pferdeschwanz sieht. Ihren dunklen, gewellten Pferdeschwanz.

Glänzende Haare, aber ein bisschen kraus, vermutlich durch den Nebel. Ihre Schultern sind kantig und angespannt. Sie ist nur knapp mit im Bild und leicht unscharf. Aus jedem anderen Winkel wäre sie vermutlich komplett mit den dunklen Bäumen hinter ihr verschwommen. Aber in diesem Licht ist sie eindeutig zu identifizieren – zumindest für mich.

Es ist Ellie.

»Komm schon, als wärst das nicht ohne jeden Zweifel du«, drängt Parker.

Ich schüttele den Kopf und ringe um Worte. »Nein«, sage ich schließlich. »Das bin nicht ich.«

»Tja, und wer ist es dann?«

Schulterzuckend wende ich den Blick ab.

»Ist das alles?«

Mein Gesicht wird heiß und in dem Moment erfasst uns eine eisige Windbö. An den Geschäften werden die ersten Rollgitter hochgefahren, und ich weiß, ich muss schleunigst von hier verschwinden, bevor uns jemand sieht. Bevor die Stadt noch mehr Stoff zum Tratschen bekommt.

Wieder schüttele ich den Kopf und zische: »Das bin nicht ich.«

Parker mustert mich skeptisch, doch bevor er noch etwas erwidern kann, renne ich los – weg von ihm und dem Bild von Mila und Ellie. Ich renne, bis ich zurück in unserer Straße bin, die noch immer still und verschlafen daliegt. Hier und da gehen Verandaleuchten an und ich renne weiter bis in unseren Vorgarten. Dort, im taufeuchten Gras, bleibe ich stehen, verschränke die Hände im Nacken und starre hoch zu Ellies Fenster. *Was hast du getan, Ellie? Was verschweigst du mir?*

Verzweifelt suche ich nach Antworten. Doch es gibt keine. Ich weiß nur, dass ich mich irgendwie schützen muss. Die Leute werden so lange mit dem Finger auf *mich* zeigen, bis sie jemand anderen gefunden haben, dem sie die Schuld zuschieben können, jemand anderen, der ins Bild passt. Aber wenn dieser Jemand Ellie ist, dann muss ich einen Weg finden, auch sie zu schützen.

ELLIE

ALS DIE HAUSTÜR zuknallt, weiß ich, dass Stella wieder da ist. Sie rennt die alte, knarzende Treppe hoch, immer zwei Stufen auf einmal, und verschwindet in ihrem Zimmer. Der Artikel steht jetzt seit einer Stunde im Netz. Als ich ihn gesehen habe, wollte ich sofort mit ihr reden, aber ihr Zimmer war leer, und sie ging nicht an ihr Handy. Mein Magen macht einen Salto, als ich jetzt an ihre Tür klopfe.

»Stella?«, frage ich vorsichtig. »Darf ich reinkommen?«

Stella brummt irgendwas und ich gehe rein. Sie zieht sich gerade einen Kapuzenpulli über. Ihr Haar ist schweißnass.

»Wo warst du?«, verlange ich zu wissen.

»Draußen«, antwortet sie, ohne mich anzusehen. »Mach die Tür hinter dir zu. Wir müssen reden.«

Ich tue wie geheißen und drehe mich dann zu ihr um.

Stella mustert mich erwartungsvoll, wütend. Sie will etwas sagen, aber ich komme ihr zuvor. »Warte, ich muss dir was zeigen. Hier.« Ich werfe ihr mein Handy zu.

Stella fängt es auf und zieht die Augenbrauen hoch, als sie das Display sieht. »Was …«

»Lies einfach.«

Obwohl ich den Artikel schon kenne, setze ich mich neben sie und gucke ihr über die Schulter. Stellas Mund klappt auf, ganz leicht nur, während ihr Blick fieberhaft über den Text wandert.

Es hat einen Moment gedauert, bis ich den Blog erkannt

habe, aber als ich dann den Namen darunter sah, zog sich mein Herz zusammen.

Wie ich mir das Schlüsselbein gebrochen habe, um nicht weiter laufen zu müssen

Von Allison Tarley

Ich war immer das schnellste Mädchen von Langston, New York. Ich habe Rennen gewonnen, Pokale gesammelt und am Ende sogar ein Stipendium für eine erstklassige Uni eingefahren. Es hieß, ich könne Profi werden, hätte das Zeug zur Olympiasiegerin. Alles, was ich dafür tun müsse, sei härter arbeiten, schneller laufen, länger trainieren und leidenschaftlicher kämpfen. Klingt super, oder?

War es aber nicht.

Als ich zu Beginn der neunten Klasse mit dem Laufen anfing, war ich gesund und fit. Schon im Dezember desselben Schuljahrs konnte davon keine Rede mehr sein. Ich hatte innerhalb weniger Monate fast zehn Kilo abgenommen. Damals dachte ich noch, das wäre die Bestätigung dafür, dass ich alles richtig machte. Schließlich ernährte ich mich genau so, wie mein Coach es mir geraten hatte, obwohl sich mein Speiseplan dadurch hauptsächlich auf trockenes Hähnchenfilet und gedämpften Spinat beschränkte. Ich trainierte verbissener denn je, selbst wenn das bedeutete, dass meine Knochen brüchig wurden und meine Periode aussetzte.

Damals war mir noch nicht klar, dass nichts davon normal ist. Niemand auf der Welt, auch keine Sportlerin, sollte seinen Körper derart an seine Grenzen treiben. Aber genau das habe ich getan. Denn mein Coach hatte mir versichert, dass ich nur auf diese Weise richtig gut werden würde. Er meinte, keine Uni würde sich für eine fette Qualle interessieren, der man erst mal Disziplin einhämmern müsse. Was sie wollen, sind Maschinen. Mädchen, die nicht selbst denken. Mädchen, die einfach nur abliefern. Also wurde ich zu genau so einem Mädchen.

Ich versuchte, es mir nicht zu Herzen zu nehmen, wenn er mich mal wieder vor versammelter Mannschaft runtermachte. Wenn er mir einreden wollte, ich müsse genau darum mehr trainieren als die anderen, weil ich besser sei als sie, weil sie sowieso nie so gut sein würden wie ich. Ich versuchte, es mir nicht zu Herzen zu nehmen, als er mich nach einem Wettkampf im Bus mit einem Proteinriegel erwischte, ihn mir vor aller Augen aus der Hand riss und mich als verfressenes Schwein beschimpfte.

Aber als ich die Staatsmeisterschaft verlor, brach ich zusammen. Stella Steckler aus unserer Nachbarstadt Edgewater gewann und ich schaffte es nicht mal aufs Siegertreppchen. Heute verstehe ich das natürlich – mein Körper hat einfach gegen all das rebelliert, was ich ihm zugemutet hatte. Schon möglich, dass ich irgendwann mal echtes Potenzial hatte. Aber ganz sicher nicht mehr, nachdem ich Kilometer um Kilometer ohne anständige Nährstoffversorgung gelaufen war und von Angstzuständen und Depressionen geplagt wurde. Und dabei hatte ich nur auf meinen Coach gehört, der mich dabei hätte unterstützen sollen, erfolgreich zu sein und das Beste aus mir herauszuholen, aber stattdessen meine geistige und körperliche Gesundheit ruiniert hat.

Das war der Punkt, an dem mir klar wurde, dass ich aufhören wollte. Aber ich konnte nicht. Oder nein, das ist nicht ganz fair. Gekonnt hätte ich schon, ich hatte bloß zu viel Angst. Angst vor dem, was meine Eltern sagen würden, Angst davor, meine Identität als Läuferin aufzugeben, und nicht zuletzt Angst vor der Reaktion meines Coachs.

Darum habe ich beim letzten Wettkampf des Jahres, der noch nicht mal mehr in irgendeine Wertung einfloss, etwas Schreckliches getan. (Möglicherweise fängt es jetzt bei einigen von Ihnen an zu klingeln. Möglicherweise fragen Sie sich: »Allison Tarley, ist das nicht diese Läuferin aus den Catskills, die von einer wild gewordenen Konkurrentin angegriffen wurde?« Ja, die bin ich. Aber noch kennen Sie nicht die ganze Wahrheit.)

Damals, auf den letzten Metern des Rennens fand ich mich Kopf an Kopf mit Stella Steckler an der Spitze des Felds wieder. Aber ich wollte nicht gewinnen. Ich wollte einen Ausweg. Deshalb habe ich Stella gebeten, mir eine Verletzung zuzufügen. Ich wollte einen Grund, um nie wieder laufen zu müssen.

Doch Stella weigerte sich. Lief einfach weiter. Blieb konzentriert bei der Sache.

Also habe ich mich ihr in den Weg geworfen. Wir sind zusammengeprallt, ich bin gestürzt und dabei habe ich mir das Schlüsselbein gebrochen. Es war komplett eigenes Verschulden. Aber Stella wurde dafür verantwortlich gemacht und ich habe die Sache nicht richtiggestellt. Tatsächlich habe ich sogar Anzeige gegen sie erstattet, weil mein Coach es so wollte. Am Ende haben wir die Anklage zwar zurückgezogen, aber da war es natürlich längst zu spät. Stella hat das Stipendium für ihre Traumuni verloren und ich bin nur noch tiefer in meiner Depression versunken.

Heute, nach knapp einem Jahr Therapie, ist mir endlich klar, was ich damals eigentlich getan habe. Wie viel Schaden ich damit angerichtet habe.

Ich habe beschlossen, mit meiner Geschichte an die Öffentlichkeit zu gehen, weil ich hoffe, dadurch all den anderen Sportlerinnen und Sportlern eine Stimme zu geben, die es nicht wagen, sich gegen ihre Trainer aufzulehnen. Die nicht merken, dass eine Person, der sie bedingungslos vertrauen, ihre Träume zerstört.

Aber das ist nicht der einzige Grund. Vor Kurzem wurde eine begabte junge Läuferin tot in Edgewater aufgefunden, Mila Keene. Die Ermittler sprechen von Mord. Und sie verdächtigen Stella wegen der Sache mit mir letztes Jahr.

Ich kenne Stella nicht gut, aber ich weiß, dass sie nicht zur Gewalt neigt. Ich habe sie förmlich angefleht, mich zu schubsen, mir irgendeinen körperlichen Schaden zuzufügen, aber sie hat es nicht getan. Sie ist ehrgeizig, keine Frage. Eine echte Kämpfernatur. Aber sie ist keine Mörderin. Nur meinetwegen wird sie dazu abgestempelt, aber das ist falsch. Und ich kann bloß hoffen, dass auch die Menschen in Edgewater das erkennen.

Stella hat sich die Hand vor den Mund geschlagen und sieht zu mir hoch. »Sie hat die Wahrheit gestanden«, flüstert sie.

»Du hast mir nie erzählt, was damals wirklich passiert ist.« Die Worte bleiben mir im Hals stecken wie trockene Kreide.

Stella zuckt mit den Schultern. »Ich dachte, mir würde sowieso keiner glauben.«

»Ich hätte dir geglaubt«, protestiere ich. »Wirklich, Stella.«

»Das spielt jetzt auch keine Rolle mehr«, erwidert sie. »Mila ist tot, und wir wissen nicht, wer sie umgebracht hat. Oder?« Sie sieht mich an, fragend und resigniert zugleich.

Ich wünschte, ich könnte es ihr sagen, könnte mir einfach alles von der Seele reden und sie um Hilfe bitten. Aber ich schüttele nur stumm den Kopf.

STELLA

ICH HATTE GEHOFFT, Ellie würde mir endlich verraten, wo sie an jenem Morgen war. Ich hatte es so gehofft.

ELLIE

AM MONTAGMORGEN KOMME ich nicht aus dem Bett. Ich habe Bauch- und Kopfschmerzen und mir ist klar, dass das keine Grippe ist. Sondern pure Angst.

»Ellie, du bist spät dran!«, ruft Mom aus dem Flur. Kurz darauf reißt sie meine Zimmertür auf und mustert mich voller Sorge.

»Mir ist gar nicht gut, Mom«, antworte ich. »Ich glaube, ich bleibe lieber zu Hause.«

Mom tritt an mein Bett und legt mir ihre kühle Hand auf die Stirn. »Du bist tatsächlich ein bisschen warm. Ich sage Mrs Pérez Bescheid.«

Ich drehe mich auf die andere Seite und lausche auf die typischen Morgengeräusche meiner Familie. Dad klimpert mit seinem Schlüssel. Mom geht runter in die Küche und brät Rührei. Stella mixt sich einen Smoothie. Dann macht sie sich auf den Weg zur Schule, ohne sich auch nur zu verabschieden. Mir geht unser Gespräch von gestern nicht aus dem Kopf.

Mila ist tot, und wir wissen nicht, wer sie umgebracht hat. Oder?

Nach und nach wird es ruhig im Haus. Die letzten Türen schlagen zu, Motoren werden gestartet. Als ich allein bin, verliert die Zeit jegliche Bedeutung. Ich liege da und gucke aus dem Fenster, beobachte, wie die Sonne hinter Wolken verschwindet und wieder hervorkommt. Wie die Zweige der großen Eiche im Wind zittern und ein paar braune Blätter zu

Boden trudeln. Aber selbst diese Szenerie enthält noch zu viel Leichtigkeit, zu viel Leben. So viel Schönheit habe ich nicht verdient. Nicht, seit Mila tot ist.

Ich ziehe mir die Decke bis zum Kinn hoch und schließe die Augen. Mein ganzer Körper fühlt sich so taub an wie ein weich geklopftes Stück Fleisch.

Auf dem Nachttisch vibriert mein Handy, aber mir fehlt die Energie, um nachzugucken, wer mich aus diesem Albtraum zu wecken versucht. Ich wälze mich auf die andere Seite, starre an die Wand und grübele darüber nach, wie es jetzt weitergehen soll. Wie ich das alles überstehen soll.

Ein Klopfen an der Fensterscheibe. Zuerst denke ich, es ist ein Zweig. Aber als ich über die Schulter blicke, erkenne ich eine Hand. Eine große Hand, beinahe so groß wie mein Gesicht. Noah.

Jetzt erscheint sein Profil, als er vom Spalier auf das schräge Dach klettert. Doch bevor ich aufspringen und das Fenster verriegeln kann, hat er es schon hochgeschoben und steigt in mein Zimmer. »Da bist du ja.«

Ich will mich aufsetzen, aber meine Arme sind zu schwach, meine Gelenke fühlen sich richtig morsch an. Ich lasse mich gegen das Kopfteil meines Betts sinken. »Mann, siehst du beschissen aus«, bemerkt Noah.

Mein Mund ist trocken, aber ich will trotzdem etwas entgegnen, etwas, was ausnahmsweise mal wahr ist. »Liegt vielleicht daran, dass ich es nicht ertrage, wie Stella etwas angelastet wird, was *wir* Mila angetan haben.«

Noah wird aschfahl, bleibt jedoch stumm.

»Du warst nämlich auch dabei, falls du das vergessen haben solltest. Was glaubst du, was die Leute sagen, wenn es rauskommt? Glaubst du, dann hilft Mr Johnson dir noch mit Princeton?«

Noah tritt näher und baut sich über meinem Bett auf. »Schon gut«, raunt er. »Ich bin ja hier, um darüber zu reden. Damit wir uns einen Plan überlegen können.«

»Wir müssen zur Polizei.« Ich schüttele den Kopf und Tränen treten mir in die Augen. »So halte ich das einfach nicht mehr aus.« Ich schlage die Decke zurück und klettere auf der anderen Seite aus dem Bett, sodass es eine Barriere zwischen uns bildet.

»Kommt nicht infrage.« Noah fährt sich mit der Hand durchs Haar, und ich denke daran, wie gern ich immer die Hände darin vergraben habe, wie weich es sich zwischen meinen Fingern angefühlt hat. »Das würde alles kaputt machen.«

»Wir haben doch schon längst alles kaputt gemacht.«

Noah antwortet nicht, aber ich kann ihn regelrecht denken hören. Das Rattern der Rädchen in seinem Kopf, während er überlegt, wie er mich beschwichtigen, mich zum Schweigen bringen kann. Aber das lasse ich nicht zu. Nicht mehr.

»Du hast alles kaputt gemacht«, rede ich weiter, auch wenn mir die Worte fast die Kehle zuschnüren. »Wenn du mir nicht das Gefühl gegeben hättest, eine Abtreibung wäre etwas, wofür ich mich schämen muss, dann wäre das nämlich alles nicht passiert.« Tränen strömen mir über die Wangen und ich bin froh darüber. Ich will, dass Noah sieht, was das alles mit mir anrichtet, dass er die Wut zu spüren kriegt, die in mir brodelt, und begreift, dass es nicht so hätte kommen müssen. Ich fange an, auf und ab zu laufen. Die Holzdielen sind kalt und hart unter meinen Füßen.

»Babe –«, sagt er.

»Nenn mich nicht *Babe«,* fauche ich und fahre zu ihm herum. »Das Recht darauf hast du für immer verspielt. Spar dir das auf für Tamara, die du seit Monaten belügst. Weißt du was? Manchmal denke ich, es wäre besser gewesen, wenn ich *ihr* davon erzählt hätte, nicht Mila. Dann wüssten jetzt alle, was du wirklich für ein Arschloch bist.«

Noahs Fäuste sind geballt und mir fällt wieder ein, wie er ein Loch in die Wand geboxt hat, nachdem ich ihm von meiner Schwangerschaft erzählt habe.

»Oh Mann, Ellie«, stöhnt er. »Du hast echt kein Gespür dafür, wann das Maß voll ist, oder? Hätte ich mich bloß nie mit deiner verkorksten Familie eingelassen!«

»Tja, und hätte *ich* mich bloß nie mit einem Egoistenschwein eingelassen, das mich einfach nur ins Bett kriegen wollte!«

Es ist, als hätte ich einen unsichtbaren Schalter umgelegt. In Noahs Augen lodert dieselbe Wut auf wie damals in der Rettungsschwimmerhütte. Er greift nach meiner Nachttischlampe, und plötzlich geht alles so schnell, dass ich kaum reagieren kann, als er sie quer durch den Raum schleudert. Nach mir. Der Porzellanfuß trifft auf meinen Brustkorb und treibt mir die Luft aus den Lungen. Die Lampe fällt zu Boden und zersplittert. Kraftlos rutsche ich an der Wand runter und ringe verzweifelt um Atem.

»Scheiße«, zischt Noah. Er kommt auf mich zugestürzt, und ich weiß nicht, ob er mich retten oder töten will. Unter seinen Füßen knirschen die Scherben der Lampe und ich fühle mich gefangen, ausgeliefert. »Tut mir leid, Ellie. Das wollte ich nicht.«

Plötzlich höre ich Geräusche aus dem Erdgeschoss. »Ellie?« Stella. Noahs Kopf ruckt Richtung Tür, dann wieder zurück zu mir und er legt sich warnend den Finger auf die Lippen. Ich soll den Mund halten. *Wie immer.* »Was war das denn gerade?«, ruft Stella. »Alles okay? Ich hab mein Physikbuch vergessen. Hast du das zufällig irgendwo gesehen?«

Ich will schreien, will sie um Hilfe bitten, aber ich bin wie gelähmt, und vor meinen Augen tanzen dunkle Pünktchen. Verliere ich jetzt komplett die Kontrolle über mich? Verschanze ich mich bloß hinter Noahs Aggressivität, um mich von meinen eigenen Schuldgefühlen, meiner eigenen Rolle in dieser ganzen Angelegenheit reinzuwaschen? Immerhin bin ich seine Komplizin. Ich habe es verdient, bestraft zu werden und für Milas Tod zu bezahlen.

Aber dann eilen Schritte die Treppe hoch und nähern sich. Stella klopft kurz an und kommt rein.

»Ellie, was zum …?«

STELLA

DER REST DES Satzes erstirbt mir auf den Lippen, als ich Noah vor Ellie stehen sehe, die Arme nach ihr ausgestreckt, die Augen entsetzt aufgerissen. Ellie hat sich zu einer Kugel zusammengerollt und neben ihr liegen die Scherben ihrer Nachttischlampe.

»Stella.« Noah kommt auf mich zu, aber ich schiebe ihn instinktiv zur Seite und dränge mich zwischen ihn und meine Schwester.

»Verpiss dich und lass uns in Ruhe!«, schreie ich ihn an. Dann wende ich mich Ellie zu. »Alles in Ordnung?« Ich streiche ihr die Haare aus dem Gesicht. So habe ich sie noch nie gesehen. Die schiere Panik in ihrem Blick. Schließlich aber nickt sie, und ich nehme ihre Hand, um sie hochzuziehen. »Was auch immer hier gerade passiert ist, du haust jetzt besser ab, Noah«, bestimme ich und lasse all dem Zorn freien Lauf, von dem ich seit jeher wusste, dass er in mir steckt.

Noah hebt die Hände, wie um sich zu ergeben. »Tut mir leid«, sagt er. »Tut mir echt leid.« Und dann bricht er plötzlich in Tränen aus, schlägt sich die Hände vors Gesicht und lässt sich auf die Knie sinken. »Ich wollte nicht …«

Ellie hinter mir atmet schwer und packt mein Handgelenk.

»Stella«, keucht sie. »Du musst die Wahrheit erfahren.«

Noah krümmt sich schluchzend auf dem Boden zusammen, und mir ist klar, was Ellie mir sagen will. Ich wünsche mir, sie würde es nicht tun, wünsche mir, das alles würde einfach aufhören und wir könnten die Welt anhalten und die Zeit zurückdrehen, so weit, dass nichts von alldem je passiert ist und Mila noch lebt.

»Nein«, flüstere ich.

Und dann spricht Ellie aus, was ich schon die ganze Zeit über wusste.

»Wir haben Mila getötet.«

ELLIE

ES WAR NICHT so geplant. Eigentlich wollten wir einfach nur mit Mila reden, ihr verdeutlichen, was für Folgen es haben könnte, wenn sie irgendwem von der Abtreibung erzählte, ihr klarmachen, was auf dem Spiel stand. Sie davon überzeugen, den Mund zu halten.

Noah hatte vorgeschlagen, dass ich mich mit Mila zum Laufen verabrede und wir ihm dabei zufällig im Wald begegnen sollten. Es erschien mir sinnvoll. Die einfachste Lösung.

Das Ganze einzufädeln, war ein Kinderspiel. Sie fragte mich ja sowieso ständig, ob ich sie nicht mal begleiten wollte, und ich hatte nichts dagegen. Stella ging nie mit mir laufen, und von unseren anderen Teamkameradinnen konnte keine mit mir mithalten, höchstens Raven, aber mit ihr brachte es keinen Spaß, weil sie immer so laut schnaufte, dass ich mich kaum konzentrieren konnte.

Unter anderen Umständen hätte das Ganze der Beginn einer neuen Freundschaft sein können. Aber an diesem Tag ging alles schief.

Ich brach vor Sonnenaufgang auf, als draußen noch alles dunkel und taufeucht war, und holte Mila ab, die schon auf ihrer Veranda wartete. Ich schlug vor, den Oak Tower Trail zu nehmen. Das war Noahs Idee gewesen, damit uns niemand sah, und Mila zögerte keine Sekunde.

Ein Funkeln trat in ihre Augen und sie nickte begeistert. »Gruselig«, sagte sie. »Auf so was steh ich total. Tamara meinte, das Barpersonal geht nach der Schicht im Restaurant immer da oben kiffen.«

Ganz gemütlich trabten wir los zum Ellacoya Resort. Ich bekam zwar mit, dass Mila am Anfang des Trails ein Selfie schoss, während ich mich neben ihr dehnte, dachte aber, ich wäre nicht mit drauf. Das war mein erster Fehler.

»Bereit?« Ich schenkte ihr mein strahlendstes Lächeln, um meine Nervosität zu überspielen.

Mila nickte und rieb sich die Hände. »Kann losgehen.«

Wir liefen bergauf, unsere Beine noch steif von der frühmorgendlichen Kälte. Rechter Hand ging es zum Foxfire Point, wo man so ziemlich die schönste Aussicht von ganz Edgewater hat. Aber wenn wir uns links hielten, würden wir irgendwann hoch zum Oak Tower gelangen, wo wir auf Noah treffen würden. *Patsch, patsch,* machten unsere Sneakers auf dem Boden, als wir über trockenes Laub und verschlungene Wurzeln trabten.

Wir liefen schweigend nebeneinanderher, aber in meinem Kopf überschlugen sich die Gedanken. Wie sollte das alles vonstattengehen? Würde Noah es schaffen, Mila einzuschüchtern? Er hatte versprochen, sie nicht allzu schlimm zu bedrängen. Wir arbeiteten uns weiter den Hügel hinauf und machten einen Bogen um die halb von Gestrüpp überwucherte Grube. Kurz wunderte ich mich, dass sie nicht längst aufgefüllt worden war, aber dann fiel es mir wieder ein: Dieser Weg wurde nicht mehr gepflegt und durfte offiziell gar nicht begangen werden.

In dem Moment hörte ich Schritte. Noah umrundete die Hügelkuppe aus der anderen Richtung, und ich bemühte mich, ganz gleichmäßig weiterzulaufen und mir nichts anmerken zu lassen. Mila wandte sich mir fragend zu. »Ist das nicht –«, fing sie an.

»Ach hey«, begrüßte Noah uns lässig und nur ganz leicht außer Atem.

»Noah«, erwiderte Mila überrascht. »Was machst du denn hier?«

»Wir wollten bloß –«, sagte ich und wusste sofort, dass ich die falschen Worte gewählt hatte.

»Wir?«, wiederholte Mila verwirrt. »Ich dachte, zwischen euch wäre Schluss.«

»Na ja …«, stammelte ich.

»Echt jetzt, Ellie? Du hängst immer noch mit diesem Vollidioten rum?« Sie musterte Noah abschätzig. »Komm, lass uns abhauen.« Sie machte kehrt und bedeutete mir, ihr zu folgen, aber ich stand nur wie angewurzelt da. Ich hätte wissen sollen, dass sie auf meiner Seite sein würde. Oder zumindest auf der Seite, die sie für meine *hielt*. Unschlüssig sah ich Noah an. Sein Blick war eindringlich.

»Warte«, bat ich mit bebender Stimme.

Mila drehte sich wieder um und verschränkte die Arme, sichtlich genervt von der Situation.

»Wir wollten einfach nur mit dir reden«, erklärte Noah. »Das, was Ellie dir erzählt hat … wir wollten nur sichergehen, dass du es niemandem weitersagst. Okay?«

Mila zog die Augenbrauen hoch, als könnte sie es nicht fassen, dass er sie so was überhaupt fragen musste. Trotzig reckte sie das Kinn vor. »Tamara ist meine Freundin«, erwiderte sie. »Aber Ellie auch. Wenn mich jemand bittet, ein Geheimnis zu bewahren, dann mache ich das. Mir sind Vertrauen und Loyalität nämlich wichtig, im Gegensatz zu euch beiden, wie es scheint.« Sie warf mir einen enttäuschten Blick zu. »Aber ich finde, ihr solltet es Tamara gestehen«, fuhr Mila fort. »Das kann doch nur übel ausgehen.«

»Du hast keine Ahnung, wie es in dieser Stadt läuft.« Noah

klang frustriert, gehetzt. »Wir müssen uns hundertprozentig darauf verlassen können, dass du den Mund hältst.«

»Das klang jetzt fast nach einer Drohung, Noah«, zischte Mila durch zusammengebissene Zähne.

»Bitte, Mila«, flehte ich mit rauer Stimme und versuchte verzweifelt, die Tränen zu unterdrücken. »Es darf einfach keiner wissen. Das könnte Noah sämtliche Chancen auf Princeton ruinieren.« Ich plapperte nur das nach, was Noah mir eingebläut hatte, aber was sollte ich auch sonst tun?

Mila blinzelte. »Wie jetzt, darum geht's bei dem Ganzen? Mr Johnson soll dir helfen, in Princeton angenommen zu werden? Als gäbe es keine anderen Unis. Und bist du vielleicht schon mal auf die Idee gekommen, dass sie dich besser aus anderen Gründen da studieren lassen sollten als nur, weil der Dad deiner Freundin sich für dich starkgemacht hat?« Mila hob die Hände. »Wisst ihr was? Vielleicht wär's wirklich gut, wenn alle erfahren, was ihr zwei für Lügner seid.« Ihre Stimme klang schmerzerfüllt, unsicher. Sie sah mich traurig an. »Ich glaub's nicht, dass du mich so in die Falle gelockt hast, Ellie.« Dann drehte sie sich um und lief los.

Doch bevor sie die Bäume erreichte, setzte Noah ihr nach. Seine Schritte waren so viel länger als ihre. »Noah!«, rief ich. »Nicht!«

Zu spät. Noah prallte mit voller Wucht gegen Mila und versetzte ihr einen Stoß über den Rand der Grube, an der wir auf dem Herweg vorbeigekommen waren. Ich hörte einen erstickten Schrei durch den Wald hallen, dann lautes Rascheln, als sie durch das Gestrüpp stürzte, vorbei an Wurzeln und Steinen.

»Mila!«, schrie ich.

»Noah, hast du sie noch alle?«, brüllte sie zu uns rauf.

Ich rannte los und spähte nach unten. Mila saß mit schmutzverschmiertem Gesicht auf dem Boden und hielt sich den Fuß.

»Ellie, hilf mir!«, rief sie. »Ich glaube, ich hab mir den Knöchel verstaucht.«

Ich drehte mich zu Noah um und sah das gefährliche Lodern in seinen Augen, sein angstverzerrtes Gesicht. »Bist du verrückt geworden?«, fuhr ich ihn an.

»Ellie!«, drängte Mila. »Es tut echt weh. Kannst du bitte Hilfe holen?«

Klar, wollte ich ihr versichern, *mach ich*. Doch in der nächsten Sekunde presste Noah mir die Hand auf Mund und Nase und schnürte mir den Atem ab. »Nein«, fauchte er. »Wir müssen sie hierlassen.«

Ich wollte protestieren, doch ich bekam keine Luft. Verzweifelt fing ich an, mit den Fäusten auf ihn einzutrommeln, aber Noah packte sie beide mit der freien Hand und ich war gefangen.

»Babe, ich weiß, du willst jetzt gerne anständig sein, aber das geht nun mal nicht«, flüsterte er. »Noch nicht. Sie muss richtig Angst kriegen. Sie muss kapieren, was wir mit ihr machen, wenn sie irgendwem dein Geheimnis verrät.«

Meine Lungen begannen zu brennen. *Dein* Geheimnis. Als wäre das alles ganz allein mein Problem. Als fiele ihm überhaupt keine Rolle in dieser Geschichte zu, die zu meinem größten Trauma geführt hatte und mich bis heute quält. Als wäre er einfach bloß so nett, mir aus meinem Schlamassel zu helfen. Als wäre eine Abtreibung überhaupt das: ein Schlamassel. Trotzdem nickte ich. Ich wollte nur, dass er mich losließ.

»Wir kommen nach der Schule zurück«, versprach er. »Dann helfen wir ihr.«

Ich wollte antworten, dass das ja wohl der bescheuertste Plan aller Zeiten sei. Dass wir immer noch die Kurve kriegen könnten. Aber Noah verstärkte seinen Griff und schob mich rückwärts ein paar Schritte auf die Grube zu. Also nickte ich wieder und endlich ließ er mich los. Ich rang nach Luft und rieb mir die schmerzenden Handgelenke.

»Mila«, rief Noah runter. »Wir gehen jetzt.«

»Was?«, schrie sie. »Du verdammtes Schwein! Ist das dein Ernst?«

»Mila«, erklärte Noah so ruhig, als redete er mit einem trotzigen Kind. »Wir müssen sicher sein können, dass du niemandem von Ellie erzählst. Wenn du uns das versprichst, kommen wir nach der Schule wieder und helfen dir. Dann holen wir dich da raus.«

»Das ist doch echt nicht euer Ernst«, schnaubte sie, und kurz darauf hörte ich ein schmerzerfülltes Keuchen. »Ich rufe jetzt den Coach an.« Sie schien nach ihrem Handy zu kramen. »Ach Scheiße«, fluchte sie dann, leise und resigniert.

»Hier oben ist kein Empfang«, merkte Noah an. »Aber wie gesagt, wenn du versprichst, den Mund zu halten, kommen wir später wieder, und dann tun wir alle so, als wäre das hier nie passiert. Okay?«

Mila schwieg einen Moment, bevor sie antwortete. Ein einziges Wort: »Okay.«

Mir drehte sich der Magen um. Das hier war falsch, so falsch. Doch ich bekam keinen Ton heraus und stand da wie erstarrt.

Noah schüttelte mich an den Schultern. »Los«, raunte er mir zu. »Wir treffen uns nach dem Training wieder unten am Anfang des Trails. Dann überlegen wir uns was.«

Der Tag zog in einem Gewirr aus Unterricht und Training an mir vorbei. Doch als der Coach uns endlich entließ, regnete es in Strömen, und mein Herz hämmerte vor Angst. Wir mussten Mila jetzt wirklich da rausholen, sicher machte ihre Mom sich schon Sorgen. Außerdem würde sie sonst ihre Schicht im

Restaurant verpassen. Mal einen Tag die Schule zu schwänzen, ging vielleicht gerade noch durch, aber abends nicht nach Hause zu kommen, war etwas ganz anderes. Erst recht in dieser Stadt.

Komplett durchnässt, meinen Windbreaker fest um den Oberkörper gezogen, erreichte ich schließlich die Lichtung am Fuß des Oak Tower Trails. Auch Noah war nervös. Seine Augen waren geweitet und er wischte sich ständig übers Gesicht und ließ die Fingerknöchel knacken. »Na los«, sagte er. Er hatte ein Seil und Verbandszeug dabei, und ich merkte ihm an, dass er angestrengt darüber nachgrübelte, was er getan hatte, was *wir* getan hatten.

Schweigend machten wir uns an den Aufstieg. Der Matsch schmatzte unter unseren Schuhsohlen und es wurde langsam dunkel und noch dazu kalt. Ich sorgte mich, in welchem Zustand wir Mila vorfinden würden, was uns oben an der Grube erwartete. Nach einem knappen Kilometer konnten wir kaum noch etwas sehen und ich schaltete meine Handytaschenlampe ein. Leuchtete in die Bäume, den Himmel, das Unterholz.

»Da vorne ist es«, verkündete Noah.

»Mila«, rief ich. »Wir sind wieder da. Tut mir so leid. Wir holen dich jetzt da raus. Und dann bringen wir dich nach Hause.« Doch es kam keine Antwort.

Ich warf Noah einen Seitenblick zu. Sein Kiefer war verkrampft und er wirkte regelrecht panisch.

»Wo ist sie?«, stieß ich hervor. Das Herz schlug mir bis zum Hals.

»Mila!«, brüllte Noah.

Wir rannten los, bis an die Kante der Grube. Mit angehaltenem Atem leuchtete ich hinein.

Aber von Mila war keine Spur. Ich sah nichts als Laub, Gestrüpp und nassen schwarzen Schlamm. Sonst nichts. *Nichts.*

Nichts, was darauf hinwies, dass sich vor Kurzem noch ein Mensch in der Grube befunden hatte.

Außer … dem Blut. Eine dünne Spur, die sich an der Seitenwand emporzog, dunkel und glänzend, kaum auszumachen vor dem Schlamm.

»Mila!«, kreischte ich, aber noch immer keine Antwort. Ich schnappte nach Luft und wirbelte zu Noah herum, konnte ihm jedoch nicht in die Augen schauen, sondern wägte im Stillen unsere Möglichkeiten ab.

»Los«, sagte Noah knapp. »Lass uns gehen.«

»Nein! Irgendwo hier muss sie doch sein«, protestierte ich verzweifelt. »Wir müssen in die Grube klettern. Da vorne ist Blut, das hast du doch gesehen. Was, wenn sie da unten feststeckt?« Aber Noah packte meine Hand und zerrte mich Richtung Straße.

Ich weiß nicht, ob ich noch irgendwas gesagt habe, nur dass ich mich in Bewegung gesetzt habe. Dass ich Noah den Trail runter bis zum Bootsanleger gefolgt bin. Dass ich ständig stolperte und nur mit Mühe verhindern konnte, dass mir mein Mittagessen wieder hochkam. Tränen und Regen verschleierten mir die Sicht, während ich verzweifelt mit Noah Schritt zu halten versuchte. Ich blieb mit dem Fuß an einer Wurzel hängen, fiel hin, schluchzte laut auf. Noah fuhr herum und presste mir zum zweiten Mal an diesem Tag die Hand auf den Mund. Das Haar klebte ihm feucht in der Stirn und seine Augen waren gerötet. Als er mich wieder losließ, tat mein Gesicht weh, trotzdem lief ich ihm weiter hinterher, bis zu einer schmalen Nebenstraße auf der anderen Seite des Ellacoya Resorts.

»Noah«, wimmerte ich.

»Was, Ellie? Was?«

»Wir müssen jemanden anrufen«, bettelte ich leise, »die Polizei, den Coach, ihre Mom. Irgendwas müssen wir doch unternehmen. Vielleicht ist sie immer noch da unten. Oder irgendwo auf dem Trail. Sie ist verletzt.«

Noah raufte sich mit beiden Händen die Haare, als suchte er darin nach einer Antwort. »Nein«, erwiderte er. »Bestimmt ist sie einfach nur rausgeklettert und längst zu Hause. Meinst du nicht?«

»Davon hätten wir doch in der Schule schon gehört.«

»Dann ruf sie eben an.« Er hob entnervt die Hände. »Na los, mach.«

Mit zitternden Händen zog ich mein Handy aus der Tasche. »Mist«, schimpfte ich dann, »immer noch kein Empfang. Wir müssen zurück auf die Hauptstraße.« Ich rannte los und tippte dabei immer wieder auf Anrufen, in der Hoffnung, eine Verbindung zu bekommen. Endlich, nach fast einem Kilometer, tutete es. Ich hielt die Luft an und wartete auf Milas raue Stimme, die mich wütend anschrie. Aber stattdessen landete ich auf der Mailbox. Sofort versuchte ich es noch einmal. Wieder dasselbe.

Ich ließ das Handy sinken. »Was ist, wenn sie –«

»Sag es nicht«, blaffte Noah mich an und lief noch schneller. »Sprich es ja nicht aus.«

»Was ist, wenn sie da oben *gestorben* ist?«, rief ich ihm hinterher.

Noah wirbelte herum und deutete mit dem Finger auf mich. »Halt den Mund, Ellie«, zischte er. Die Worte durchschnitten die Luft wie Messer.

Ich stolperte rückwärts, als hätte er mir einen Fausthieb versetzt. Verzweifelt ließ ich mich auf die Knie sinken und versuchte zu begreifen, was geschehen war, während sich mir der Schotter schmerzhaft in die Knie grub und der Regen auf meinen Rücken prasselte.

»Sie ist nicht …« Noah schüttelte den Kopf. »Tut mir leid.«

Er wich ein Stück zurück. »Tut mir leid. Wir sollten …« Dann ging er neben mir in die Hocke. »Wir müssen los«, sagte er. »Ich muss los.«

Er richtete sich wieder auf, drehte sich kurz zum Trail, wo wir Mila zurückgelassen hatten, und dann zur anderen Seite, Richtung Stadt. Ich kniff die Augen zu, wünschte mir, das alles wäre bloß ein böser Traum, und als ich sie wieder aufmachte, war Noah verschwunden.

Taumelnd rappelte ich mich hoch und lief ein Stück die Straße runter zur Tankstelle – der mit dem alten Leuchtschild, dem billigen Bier und dem einzigen Münztelefon in der Stadt. Ich wusste, dass Noah unrecht hatte, dass wir etwas tun mussten, es jemandem sagen mussten. Ich wühlte in meiner Tasche nach einem Vierteldollar, griff zum Hörer und wählte in dem Wissen, dass man den Anruf nicht zu mir zurückverfolgen konnte.

»Notrufzentrale«, meldete sich eine Frau.

»Oben in den Bergen ist ein Mädchen«, stieß ich mühsam mit erstickter Stimme hervor. Ich klang gar nicht mehr wie ich selbst. »Eine Läuferin. Ich glaube, sie ist verletzt.«

»Können Sie mir sagen, wo genau die Verletzte sich befindet?«

»Sie war am Oak Tower. Aber jetzt ist sie weg. Ich weiß nicht, wo sie ist«, schluchzte ich in den Hörer. »Bitte helfen Sie ihr.« Verängstigt legte ich auf.

Als ich mit meinem Bericht fertig bin, ist Stella kreidebleich. Sie schlingt die Arme um den Oberkörper und flüstert: »Nein.« Dann starrt sie mich mit weit aufgerissenen Augen an. »Wie konntet ihr so was machen?«

Dazu kann ich nichts sagen. Mich nicht verteidigen, nichts erklären. Mein Blick wandert zu Noah, der bloß dasteht, die

Hände im Nacken verschränkt, als könne er es nicht fassen, dass er in diese Sache verwickelt worden ist, dass er sich mit den Steckler-Schwestern eingelassen hat. Als wäre nichts davon seine Schuld.

Stella fängt an, auf und ab zu tigern, und ich sehe ihr förmlich an, wie sie versucht, all die Puzzleteilchen zusammenzusetzen, all die Lügen in eine sinnvolle Reihenfolge zu bringen. »Also wusstet ihr, dass irgendwer Milas Handy am Resort finden würde?«

Mein Kopf ruckt hoch. »Nein. Ich hab keine Ahnung, wie das da gelandet ist.«

»Und was ist mit ihrem Schülerinnenausweis? Der aus meinem Spind gefallen ist? Du hast ihn zwar verschwinden lassen, bevor Parker ihn entdecken konnte, aber wie ist er überhaupt da reingekommen?«

Ich bin wie vom Donner gerührt. Den Ausweis hatte ich ganz vergessen. Ich habe damals gar nicht darüber nachgedacht, warum Stella den Ausweis hatte. Mir war nur klar, dass ich uns beide schützen musste. »Ich weiß nicht«, flüstere ich und schüttele den Kopf. »Ich weiß nicht, wie er da reingekommen ist, das schwöre ich dir.«

»Darauf konnte Naomi sich auch keinen Reim machen«, murmelt Stella.

»Naomi?«, hake ich nach. »Milas beste Freundin? Kennt ihr euch?«

Stella nickt und die Kluft zwischen uns wird wieder ein Stückchen breiter. Was haben wir noch alles voreinander geheim gehalten? Wie viel wissen wir immer noch nicht?

»Ich habe sie auf der Beerdigung kennengelernt«, erklärt sie. »Wir sind zusammen Milas Dad besuchen gefahren, um rauszufinden, ob er was mit der Sache zu tun hat. Aber er war zu der Zeit in einer Entzugsklinik in Malibu.« Sie zieht die

Stirn kraus. »Das Handy«, wiederholt sie dann. »Der Ausweis. Ich … Irgendwas stimmt da nicht.« Sie ergreift meine Hände. »Ellie«, ihre grauen Augen bohren sich tief in meine, »das sieht dir alles gar nicht ähnlich.«

Meine Unterlippe bebt. Stella irrt sich. Und ob mir das alles ähnlich sieht. Der Person, zu der ich geworden bin, ohne dass es jemandem aufgefallen ist.

»Irgendwas entgeht uns hier«, beharrt sie. »Ganz sicher.«

Doch da täuscht sie sich. Ich war schließlich dabei. Ich bin schuld, dass Mila gestorben ist. Ich habe nichts getan, um es zu verhindern.

Noah räuspert sich. »Du meinst also, Mila ist irgendwas zugestoßen, nachdem wir gegangen sind?«

Stella ignoriert ihn und guckt weiter mich an. »Sie ist da unten nicht verhungert. Nicht ertrunken. Nicht erstickt. Oder erfroren. Sie ist an einer Kopfwunde gestorben. Und außerdem wurde sie *in* der Grube gefunden, stimmt's? Das hat Parker auf der Pressekonferenz gesagt. Wie passt das alles zusammen? Als ihr sie zurückgelassen habt, hatte sie doch nur den verstauchten Knöchel, richtig?« Stellas Stimme überschlägt sich leicht, und ich merke, wie sehr sie sich zusammenreißen muss, um ruhig zu bleiben, um mich vor all dem zu schützen, was ich mir selbst eingebrockt habe.

Ich schließe die Augen und denke widerstrebend zurück an den Morgen, den ich so dringend vergessen wollte. An die eisige Luft. An Milas Stimme, die von den Bäumen widerhallte.

»Ich weiß es nicht«, hauche ich atemlos.

»Irgendwer muss nach euch da oben gewesen sein«, beschließt Stella. »Wie ist Milas Handy denn sonst am Bootsanleger vom Ellacoya Resort gelandet? Der ist kilometerweit entfernt von der Grube. Und was ist mit dem Schnürsenkel?«, fährt sie aufgebracht fort. »Parker meinte doch, einer von ihren Schnürsenkeln hätte gefehlt, genau wie in den alten Fällen.«

Schweigen breitet sich aus, und einen Moment lang stehen wir einfach nur da, stumm und unfähig zu begreifen, was passiert ist, was davon wir zu verantworten haben und was nicht.

»Vielleicht ist der Deadwater-Killer ja wirklich zurück«, überlegt Noah. »Vielleicht ist Kendall Fitzwater wieder in der Gegend und versteckt sich irgendwo im Wald. Kann doch sein, dass er Mila in der Grube gefunden und beschlossen hat, dass sie sein nächstes Opfer wird.«

Stellas Augen blitzen. »Na klar. Am selben Tag, als ihr Mila in den Wald gelockt habt, hat sich zufällig der Edgewater-Killer gedacht, das wäre doch der perfekte Zeitpunkt, um mal wieder in die Heimat zu reisen und eine Runde durch sein altes Revier zu drehen, wo er dann über Mila gestolpert ist und sie spontan ermordet hat?«

Ihre Worte hängen zwischen uns in der Luft.

»Möglich wär's immerhin«, murmelt Noah.

»Du bist echt dumm wie Brot«, schnaubt Stella.

In dem Moment vibriert Noahs Handy in seiner Tasche. Er holt es raus und wirft einen Blick auf das Display. »Tamara. Sie ist mit Julia und Raven im Resort und fragt, ob ich Zeit habe.«

»Wir kommen mit«, bestimmt Stella. »Irgendwer muss schließlich irgendwas wissen.«

Zitternd in meinem dünnen, übergroßen T-Shirt, sehe ich mich um. Neben meiner Zimmertür liegt noch immer die kaputte Lampe und mein Bettzeug ist auf dem Boden verstreut. Überall türmt sich schmutzige Wäsche und die Luft riecht abgestanden. Jetzt landet mein Blick auf Noah, der mir eben noch wehtun, der mich zum Schweigen bringen wollte – *schon wieder*. Aber ich empfinde nichts als Traurigkeit, nichts als

Mitleid mit diesem Jungen, von dem ich einmal dachte, ihn zu lieben und in ihm meinen Seelenverwandten gefunden zu haben. Ich denke an die Geheimnisse, die er mich zu bewahren gezwungen hat, all den Schmerz, den er mir nie zu verarbeiten geholfen hat. Und schließlich begreife ich, dass ich keine Angst mehr vor ihm habe. Ich habe vor niemandem Angst.

»Okay. Gehen wir.«

STELLA

WIR TUN DAS, worin wir am besten sind. Wir laufen. Und zwar so schnell, dass mir die Lungen brennen. Ellie ist etwas langsamer, stolpert ständig über ihre eigenen Füße und befühlt immer wieder ihren Brustkorb, als hätte sie dort Schmerzen. Noah setzt gleichmäßig einen Fuß vor den anderen, den Blick starr geradeaus gerichtet, konzentriert und distanziert. Ich hasse ihn. Für das, was er Mila angetan hat. Das, was er Ellie angetan hat. Aber im Moment müssen wir wohl oder übel zusammenhalten, ein merkwürdiges Trio auf der Suche nach der Wahrheit. Einfach nur absurd, wie alles zurzeit.

Am Hoteleingang bleibt Noah kurz stehen und guckt auf sein Handy, das voller Nachrichten von Tamara ist. »Sie sind unten beim Bootsanleger«, sagt er.

Ich nicke und folge ihm den Pfad zwischen den Ferienhütten und Tennisplätzen hinunter. Ellie, die wieder zu uns aufgeholt hat, wirkt angespannt, und ich ergreife ihre Hand und drücke sie fest. Sie drückt zurück.

Bald hören wir Stimmen vom Picknicktisch neben dem Kanugestell, das immer noch mit gelbem Flatterband abgesperrt ist, obwohl mittlerweile jeder weiß, dass Mila nicht hier ihre letzten Atemzüge getan hat.

Noah tritt als Erster aus dem Gebüsch.

»Na endlich!«, ruft Julia. »Hast du Bier mitgebracht? Tamara will nicht, dass wir welches aus der Bar klauen.«

Dann fällt ihr Blick auf Ellie und mich und sie zieht eine

Grimasse. Raven runzelt kaum merklich die Stirn und auch Tamara hebt überrascht die Augenbrauen.

»Was wollen die denn hier?«, meckert Julia.

Noah schweigt. Was soll er auch sagen? Dass Mila seinetwegen gestorben ist … oder vielleicht auch nicht? Dass wir wissen wollen, was sie wissen?

Ellie macht einen Schritt nach vorn und verschwendet keine Zeit mit Small Talk. »Ich bin das Mädchen, das an dem Morgen vor Milas Tod mit ihr laufen war«, verkündet sie mit klarer, fester Stimme.

Alle drei starren sie mit offenem Mund an.

Ellie nickt. »Und Noah war auch dabei.«

»Was?«, fragt Tamara.

»Es tut mir so leid, Tamara«, wendet sich Ellie mit Tränen in den Augen an sie. »Aber es wird Zeit, dass du die Wahrheit erfährst.« Sie guckt zu Noah rüber, der jedoch weiter stumm bleibt. »Noah und ich hatten über den Sommer was miteinander.«

Tamaras Gesicht bleibt ausdruckslos.

»Und dann ist was passiert«, redet Ellie weiter, merklich um Ruhe bemüht. »Ich bin schwanger geworden und habe abgetrieben.«

Tamara presst die Lippen zusammen und ihr ganzer Körper versteift sich.

»Ich hab Mila nach dem Schulball davon erzählt«, erklärt Ellie. »Und wir hatten Angst, dass es rauskommt, dass sie es dir sagt. Darum waren wir an dem Morgen da, um sie zu überzeugen, nichts zu verraten.«

Mit einem säuerlichen Geschmack im Mund starre ich meine Schwester an, verblüfft über ihren Mut zu diesem Geständnis.

Einen unbehaglichen Moment lang sagt niemand ein Wort.

Schließlich stößt Tamara geräuschvoll die Luft aus und fixiert Noah mit ihrem Blick. »Okay. Eine Riesenüberraschung ist das jetzt nicht.«

»Wie?«, fragt Ellie.

»Na ja, Noah hat nicht gerade das Zeug zum Geheimagenten«, erwidert sie. »Mir war die ganze Zeit klar, dass da irgendwas im Busch ist. Ich wollte es wohl nur nicht wahrhaben.« Tamaras Unterlippe zittert. »Aber du, Ellie? Im Ernst? Ich meine, gut, wir sind jetzt nicht direkt befreundet, aber … Oh Mann …« Sie wischt sich schniefend mit dem Ärmel über die Nase.

Ellie schluckt und versucht, die Tränen irgendwie noch zurückzuhalten. Am liebsten würde ich den Arm um sie legen, sie fest an mich ziehen und sie vor alldem abschirmen. Aber sie muss diese Sache jetzt zu Ende bringen. Muss sich anhören, wie sehr sie Tamara wehgetan hat. Muss zu spüren bekommen, dass ihr Handeln Konsequenzen hat. Genau wie wir alle irgendwann im Leben.

Noah verbirgt das Gesicht in den Händen, als könnte er dadurch der Tatsache entfliehen, dass sein Versteckspiel aufgeflogen ist. »Wieso hast du denn nichts gesagt, Tam?«

»Soll das ein Witz sein? Dann hättest du doch nur behauptet, ich wäre irre und würde mir das alles ausdenken«, gibt Tamara zurück. »Und außerdem hab ich sowieso damit gerechnet, dass zwischen uns spätestens dann Schluss ist, wenn du aufs College gehst. Ist ja wohl offensichtlich, dass du mich nur ausnutzt, um von den guten Beziehungen meines Dads zu profitieren.«

Noah scheint immer kleiner zu werden. Seine Schultern sind gekrümmt und er starrt zu Boden.

»Ja, du Arschloch«, redet Tamara weiter. »Das war nämlich auch nicht sonderlich schwer zu erkennen. Aber ich dachte mir, bis zum Schulabschluss noch mit dir zusammenzubleiben, ist das kleinere Übel, als ein Trennungsdrama anzuzetteln. Ich bin's ja gewohnt, dass man sich in dieser Stadt ständig verstellen muss, und darum hab ich mich lieber für eine einigermaßen erträgliche Zeit mit einer Lüge entschieden, als sie mir von dir und Bader zur Hölle machen zu lassen«, sagt sie. »Aber jetzt? Scheiß drauf. Umso besser, wenn ich mich mit dem Mist nicht mehr rumschlagen muss.«

»Ich hätte dir die Zeit doch nicht …«, will Noah protestieren.

»Und ob du das hättest«, schaltet Julia sich ein. »Mit so was wäre dein Riesenego doch gar nicht klargekommen.« Sie schnaubt. »Ihr seid echt das Letzte, alle beide.« Sie deutet auf Ellie und Noah. »Aber das erklärt immer noch nicht die Sache mit Mila.«

Einen Moment lang herrscht Schweigen, weil keiner von uns weiß, wie er den anderen erläutern soll, was passiert ist. Dann reißt Julia plötzlich die Augen auf. »Moment mal, soll das etwa heißen …?« Ihre Stimme zittert. »Habt *ihr* Mila umgebracht?«

»Nein«, sage ich, lauter als geplant. »Haben sie nicht. Da passt zu vieles einfach nicht zusammen.«

Ellie knibbelt an ihrer Unterlippe und lässt den Blick durch die Runde schweifen, voller Angst, dass wir uns womöglich doch geirrt haben.

»Blödsinn.« Julia steht auf und ihre Miene verhärtet sich. »Gib's einfach zu, du Lügnerin«, beschuldigt sie Ellie. »Ich rufe jetzt Detective Parker an.« Doch als Julia ihr Handy aus der Tasche zieht, mache ich einen Schritt auf sie zu und schlage es ihr aus der Hand.

»Nein«, sage ich wieder.

»Spinnst du?«, kreischt Julia. »Tam, ruf den Sicherheitsdienst.«

Tamara richtet sich kerzengerade auf und zupft an ihren Braids.

Sie sieht mich an und wir kommen zu einer wortlosen Übereinkunft. »Ich will das hören.«

Ellie holt tief Luft, wie um all ihre Kraft zusammenzunehmen. »Noah hat Mila in die Grube geschubst«, sagt sie und blickt Tamara dabei direkt in die Augen. »Er wollte ihr Angst einjagen und dadurch sicherstellen, dass du nie von uns erfährst. Sie hat sich den Knöchel verstaucht, und wir haben versprochen, wir würden sie nach der Schule abholen. Aber als wir dann zurückgekommen sind, war sie weg. Einfach nicht mehr da, nur eine Blutspur haben wir gefunden. Ich hab den Notruf gewählt, sobald wir wieder Empfang hatten. Das war der anonyme Hinweis. Aber dann hat Raven Milas Handy unten am Bootsanleger entdeckt.«

Ellie verstummt, und ich lege ihr die Hand auf die Schulter, um sie zum Weiterreden zu ermutigen. »Ich hab keine Ahnung, wie es da gelandet ist, und wieso Mila eine Kopfwunde und gebrochene Rippen hatte. Als wir sie in der Grube zurückgelassen haben, hatte sie nur den verstauchten Knöchel. Und dann dieser verschwundene Schnürsenkel –« Ihre Stimme bricht und eine Träne rollt ihr über die Wange.

»Das ist einfach unlogisch«, merke ich an. »Irgendjemand muss noch in der Nähe gewesen sein. Jemand, der Mila gefunden hat, nachdem Noah und Ellie gegangen sind.«

Einen Moment lang herrscht Schweigen. Tamara ist die Erste, die wieder etwas sagt. »Und was jetzt?«

Raven neben ihr hüstelt und steht auf. »Ich muss langsam nach Hause«, verkündet sie. »Meine Mom wartet schon.« Ohne irgendwem in die Augen zu sehen, zieht sie den Reißverschluss ihrer Jacke hoch.

»Moment noch.« Tamara hält sie am Ärmel fest. »Du hast

doch das Handy gefunden. Und mit Parker darüber geredet. Was glaubst du denn, was passiert ist?«

Raven reißt sich beinahe gewaltsam von ihr los. »Lass mich.« Ihre Stimme klingt erstickt. Ich muss plötzlich daran denken, wie sie mich angeguckt hat, als Milas Schülerinnenausweis aus meinem Spind gefallen ist. Fast, als hätte sie damit gerechnet.

»Was hast du denn auf einmal?« Tamara streckt erneut die Hand nach Raven aus.

»Nichts«, faucht Raven. Sie weicht noch immer unseren Blicken aus, und ihr rotblonder Pferdeschwanz schwingt wild hin und her, als sie von Tamara wegstolpert. »Ich muss einfach nach Hause.«

Jetzt macht auch Julia einen Schritt auf Raven zu. »Was ist denn los, Raven? Da kann man ja richtig Angst kriegen.«

Aber Raven wirbelt herum und rennt los.

Und da sehe ich es. Etwas Lilafarbenes, lang und dünn, das ihr aus der Tasche hängt.

»Raven!«, rufe ich, doch sie läuft weiter, ohne sich umzudrehen, ohne langsamer zu werden. Ellie keucht auf. Sie hat es auch bemerkt, und in der nächsten Sekunde nehmen wir die Verfolgung auf, den Hügel hoch zum Ellacoya-Hauptgebäude.

Ellie holt sie als Erste ein. Wie ein Knäuel aus verschlungenen Gliedmaßen und Fleecejacken gehen die beiden zu Boden. Raven kreischt auf, als ich nach Milas Schnürsenkel greife.

Hinter uns kommen Tamara, Julia und Noah angelaufen. »Halt sie fest!«, rufe ich Ellie zu. Doch Ellie greift sich mit schmerzverzerrtem Gesicht an den Brustkorb, während Raven immer wilder um sich schlägt und anfängt, sich aus ihrem Griff zu winden. Ravens Augen sind panisch aufgerissen, ihre Wangen tränenüberströmt. Sie ringt nach Luft, und es klingt, als würde sie gleichzeitig schreien und ersticken.

Endlich gelingt es mir, ihr den Schnürsenkel wegzuschnappen, und ich kippe rückwärts gegen Tamara.

»Was ist hier eigentlich los?«, will Julia wissen.

Ich hebe den Schnürsenkel, kann selbst kaum glauben, was ich da in der Hand halte.

»Verdammt«, haucht Tamara. Denn es besteht kein Zweifel daran, dass der Schnürsenkel Mila gehört hat. An dem Ende, das jetzt im Wind weht, sind Milas Initialen eingestickt. *MK.* »Wo hast du den her, Raven? Sag schon.«

Raven stößt einen markerschütternden Schrei aus, der mir in den Ohren gellt. Als ich mich zu ihr umdrehe, sehe ich gerade noch, wie sie Ellie von sich schubst, aufspringt und beinahe in derselben Bewegung Noah das Knie in den Schritt rammt. Noah geht mit einem tonlosen »Uff« zu Boden und Raven steht da und starrt uns an. Ihr Gesicht ist wutverzerrt und ihre Schultern heben und senken sich beim Atmen.

Julia weicht ein paar Schritte zurück, Entsetzen im Blick. Tamara schlägt sich die Hände vor den Mund, als fürchte sie, sich jeden Moment übergeben zu müssen.

»Raven«, sage ich. »Was hast du getan?«

RAVEN

WIE SIE MICH anstarren. Als wäre *ich* die Irre hier. Diejenige, die alles zerstört hat. Na schön, am Ende mag das vielleicht sogar stimmen, aber es hätte ja nicht so kommen müssen. Ich hatte nie vor, Mila zu töten. Zuerst waren es nur die Stecklers, die ich loswerden musste. Eine Oberschenkelfraktur für Stella und für Ellie eine ausgekugelte Schulter oder so. Darüber habe ich den ganzen Sommer nachgegrübelt, während ich in der Küche des Ellacoya Resorts an der Fritteuse geschuftet habe und jeden Tag in Fettgestank gehüllt heimgegangen bin.

Ich hatte schon geahnt, dass Stella fitter denn je aus diesem Camp nach Hause kommen würde und dass Ellies Rettungsschwimmerjob ihr Talent nur noch fördern würde. Gegen die beiden hatte ich keine Chance, das war mir gleich beim ersten Training nach den Ferien klar.

Aber als dann auch noch Mila auf der Bildfläche erschien, musste ich meinen Plan komplett über den Haufen werfen. Jetzt gab es schließlich schon drei Mädchen im Team, die besser waren als ich. Drei Mädchen, die es zu schlagen galt. Drei Hindernisse, die mir die Flucht aus Edgewater erschwerten, wo mich jeder nur als Shira Tannenbaums Schwester kannte. Die *brave* Schwester, die zwar längst nicht so schnell oder so interessant war, aber die zumindest niemals von zu Hause abhauen und eine polizeiliche Suchaktion nach einem Mädchen anzetteln würde, das gar nicht gefunden werden wollte. Damit musste ich leben, zumal Mom jetzt alle ihre Hoffnungen in mich setzte. Ich war die Letzte in der Familie, die es noch hier rausschaffen konnte, die noch irgendwas erreichen konnte. Doch dafür musste ich gewinnen und selbst das kriegte ich nicht auf die Reihe.

Es dauerte ein paar Wochen, aber nach dem Schulball kam mir endlich die zündende Idee. Mir war aufgefallen, dass Mila und Stella sich gut verstanden. Mila brachte Stella irgendwie dazu, sich ihr zu öffnen, was noch niemandem in Edgewater gelungen war. Stella wirkte glücklich. Sie lachte viel mehr. Aber sie war auch leicht abzulenken. Was dazu führte, dass sie beim ersten Wettkampf nicht ganz auf der Höhe war. Mila dagegen wurde immer besser und ließ Stella beim Training wieder und wieder hinter sich.

Und dann schnappte ich zufällig das Gespräch zwischen Mila und Ellie am Partybus auf. Ellies Geständnis, dass sie was mit Noah hatte und schwanger geworden war. Sie dachte, niemand wäre in der Nähe, aber ich war im perfekten Moment meine vergessene Handtasche holen gegangen.

Ich hätte es Tamara natürlich einfach selbst erzählen können, aber ich dachte mir, von Mila kommend, der Person, der Ellie ihr Geheimnis anvertraut hatte, würde das Ganze noch mehr Wirkung zeigen. Das war genau die richtige Munition, die ich brauchte, um Mila gegen die Stecklers auszuspielen. Dazu musste ich Mila nur mal allein erwischen und sie davon überzeugen, dass wir beide ohne die Schwestern besser dran wären. Ich dachte, wir hätten Ellie mit unserem Wissen über ihre Abtreibung dazu erpressen können, die Mannschaft zu verlassen, und anschließend hätte Mila dafür sorgen sollen, dass Stella bei den nächsten Wettkämpfen noch mehr durch den Wind gewesen wäre. Ich dachte, Mila hätte sicher nichts dagegen. Dachte, sie wäre genauso verzweifelt wie ich.

Das ist der Grund, warum ich an jenem Oktobertag im Morgengrauen auf Mila gewartet habe. Mittlerweile kannte ich ihren Tagesablauf und wusste, dass sie immer um sechs Uhr laufen ging. Sicherheitshalber war ich schon um viertel vor da und kurz darauf kam sie tatsächlich in ihren schicken lila Schuhen aus dem Haus. Wie ich diese Schuhe hasste, nachdem sie mir damals um genau dreizehn Sekunden durch die Lappen gegangen waren.

Ich wollte gerade nach Mila rufen, als ich Ellie den Gehsteig runter auf sie zujoggen sah.

»Bereit?«, fragte sie mit diesem nervtötenden Steckler-Grinsen.

Mila nickte und rieb sich die Hände. »Kann losgehen.«

Ich sah ihnen nach, als sie sich auf den Weg Richtung Ellacoya Resort machten. Und ich konnte nicht anders. Ich lief hinterher und lauschte, während sie plaudernd dahintrabten und Mila am Anfang des Trails ein Selfie schoss. Doch dann schlug Ellie seltsamerweise den Weg zum Oak Tower ein. Ich gab mir alle Mühe mitzuhalten, aber die beiden legten ein solches Tempo vor, dass ich bald nur noch ihren Geräuschen folgen konnte.

Hin und wieder perlte Gelächter zum Himmel und ich wurde immer wütender. Warum war für diese beiden alles so einfach? Fröhlich sein. Glücklich. Schnell.

Für mich war nichts davon jemals leicht. Und auch sonst nichts im Leben. Jedenfalls nicht, seit Dad Shiras Beispiel gefolgt ist und uns für seine neue Familie in Putnam County hat sitzen lassen, sodass Mom den mies bezahlten Job an der Schule annehmen musste. Seit wir aus unserem schönen großen Farmhaus in das Mini-Apartment über der Pizzeria ziehen mussten. Seit ich mir die Sachen aus dem Geschäft von Julias Eltern nicht mehr leisten kann und stattdessen in gebrauchtem Zeug aus dem Secondhandshop rumlaufen muss.

Damals in der Junior Highschool habe ich mir ein Bein ausgerissen, um in Tamaras Clique aufgenommen zu werden, im vollen Bewusstsein, dass ich beim geringsten Fehler direkt wieder rausfliegen würde. Also habe ich Julia bei Tests abschreiben, mich von ihr rumschubsen und wie den letzten Dreck behandeln lassen. Ich habe wie besessen trainiert, bin gesprintet und habe Gewichte gestemmt, nachdem alle anderen längst zu Hause waren, um mir einen Platz in der ersten Mannschaft zu sichern. Und jeden Tag musste ich kämpfen, um das alles nicht wieder zu verlieren.

Keuchend folgte ich also Mila und Ellie auf die Hügelkuppe, vorbei an der Grube. Aber dann hörte ich plötzlich eine andere Stimme, tiefer und gespielt lässig. »Ach hey.« Es war Noah.

»Noah«, sagte Mila überrascht. »Was machst du denn hier?«

»Wir wollten bloß –«, fing Ellie an, und da wusste ich, dass die beiden Mila hergelockt hatten. Ich kauerte mich auf den Boden. Zwar konnte ich ihre Gesichter nicht sehen, aber dafür ihre Hinterköpfe und Oberkörper. Ellies Schultern wirkten angespannt.

Ich hörte mir den Bockmist an, den Noah von sich gab. »Wir wollten nur sichergehen, dass du es niemandem weitersagst. Okay?«

Mila ließ sich nicht einschüchtern und ich war beeindruckt von ihrem Selbstbewusstsein. Sie war sauer. Sauer, dermaßen aus dem Hinterhalt überfallen zu werden, sauer, weil sie sich wie eine Statistin in dieser dämlichen Schmierenkomödie fühlte. Das merkte ich ihr an, weil es mir selbst meistens genauso ging.

Aber als Noah schließlich sagte: »Wir müssen uns hundertprozentig darauf verlassen können, dass du den Mund hältst«, wurde mir klar, dass sie keine Chance hatte.

»Wisst ihr was? Vielleicht wär's wirklich gut, wenn alle erfahren, was ihr zwei für Lügner seid«, fauchte Mila schließlich. »Ich glaub's nicht, dass du mich so in die Falle gelockt hast, Ellie.« Sie drehte sich um und lief los, aber Noah rannte ihr hinterher. Und dann versetzte er ihr einen so heftigen Stoß, dass sie in die Grube fiel, steil, steil nach unten.

Ellie und Noah schienen die Köpfe zusammenzustecken – ich konnte es nicht so richtig erkennen und auch nichts verstehen. Vorsichtig schob ich mich näher, um mehr rauszufinden. Schließlich erhob Noah die Stimme. »Mila«, rief er zu ihr runter. »Wir gehen jetzt.«

Irgendwann packte Noah Ellie, die sichtlich unter Schock stand, bei den Schultern und schüttelte sie unsanft. Schließlich nickte sie und ließ sich mitziehen, zurück Richtung Straße.

Ich weiß nicht, wie lange ich noch so dahockte, in jedem Fall war die Sonne schon halb aufgegangen, als ich ein gedämpftes Ächzen und unwirsches Gemurmel aus der Grube hörte. Mila versuchte, sich zu befreien.

Ich hastete auf die Kuppe und als ich an der Stelle stand, wo kurz zuvor noch Ellie und Noah gewesen waren, konnte ich einen Blick nach unten werfen. Dort saß Mila, ihr Gesicht und ihre Klamotten waren matschverschmiert und sie hielt sich den Knöchel. Über der Augenbraue hatte sie eine dunkle Schürfwunde.

»Raven?«, rief sie. »Bist du das?«

Ich erstarrte, und in dem Moment wurde mir klar, dass ich die Wahl hatte. Entweder ich machte kehrt und ließ Mila hier, bis Noah und Ellie zurückkamen. Dann läge alle Macht bei den beiden. Oder ich ergriff ausnahmsweise mal selbst die Initiative. Das hier war der perfekte Moment, um Mila davon zu überzeugen, Tamara alles zu erzählen – und davon, dass *sie* es tun musste. Damit wären höchstwahrscheinlich beide

Stecklers außer Gefecht und der Weg für mich endlich frei. Die Entscheidung war nicht schwer.

»Kannst du mir helfen?«, bat Mila. »Hast du gesehen, was die gemacht haben?« Ihre Stimme zitterte. »Hilf mir, Raven. Ich hab mir den Knöchel verstaucht, darum komme ich alleine nicht hier raus. Du musst mir helfen.«

»Warte«, sagte ich und schob mich seitlich vor bis an den Rand der Grube. »Bin gleich da.«

»Danke, oh Mann.« Mila klang ernsthaft verzweifelt. »Ich werfe dir schon mal meinen Schuh hoch, okay? Den musste ich ausziehen, weil mein Fuß so angeschwollen ist.«

Ein lilafarbener Sneaker kam angesegelt und landete neben mir. Er war geradezu absurd auffällig für eine ganz normale Joggingrunde. Eine Erinnerung an das, was Mila schon erreicht hatte – und ich nicht. Ich wollte diese Schuhe auch. Und wie ich sie wollte.

»Die ziehst du echt im Alltag an?«, fragte ich.

Mila lachte. »Ich weiß, ist ein bisschen albern. Aber sie erinnern mich einfach daran, warum ich überhaupt laufe. Wie hart ich für all das gearbeitet habe.« Ihre Stimme versagte kurz. »Verdammt, hoffentlich war's das jetzt nicht für diese Saison.«

Ich starrte runter auf den Schuh, dachte an all die Wettkämpfe, die ich verloren, all die Trophäen, die ich nicht mit nach Hause gebracht hatte. Noch vor ein paar Jahren war mir das Leben voller Möglichkeiten erschienen, so als könnte ich alles tun und sein, was ich nur wollte. Eine Gewinnerin. Aber nachdem Shira verschwunden war und ich erkennen musste, dass harte Arbeit sich nicht immer auszahlt, hatte ich begriffen, dass das nichts als ein kindischer Traum gewesen war.

»Ich bin so froh, dass du hier bist. Scheint ja wirklich zu stimmen, was alle sagen: Auf dich kann man sich verlassen«, seufzte Mila erleichtert und riss mich damit aus meinen Gedanken.

Auf dich kann man sich verlassen. Wie ich es hasste. Das sagten die Leute nämlich bloß, weil Shira sich als das komplette Gegenteil erwiesen hatte. Ich konnte mir den Luxus nicht leisten, flatterhaft, undurchschaubar oder auch nur spontan zu sein. Das hatte Shira mir alles genommen. Und jetzt hatten die Stecklers und Mila mir auch noch meinen einzigen Ausweg aus dieser Stadt verbaut. Aber vielleicht war ja doch noch nicht alles verloren.

Und dann ging alles ganz schnell. Mein Plan nahm Form an.

»Raven?«, fragte Mila. »Bist du noch da?«

»Ja«, antwortete ich heiser. Ich bemühte mich, die negativen Gedanken beiseitezuschieben und mich voll und ganz auf mein Vorhaben zu konzentrieren. Suchend sah ich mich um, bis ich einen Ast entdeckte, lang und schwer. Ich hievte ihn mir über die Schulter und zerrte ihn bis an den Rand der Grube. »Hier«, rief ich und schob ein Ende zu Mila runter. »Kannst du daran hochklettern?«

Ich hielt den Ast so ruhig wie möglich, während Mila sich daran nach oben zog.

»Geht's?«, rief ich.

Mila stöhnte vor Anstrengung. »Glaub schon.«

Sie kletterte weiter. Hatte es fast bis nach oben geschafft.

Doch da begann sich mein Griff zu lockern – wie von allein – und der Ast glitt aus meinen behandschuhten Händen.

»Raven!«, schrie Mila erschrocken und verwirrt, als sie zurück in die Grube stürzte.

Ich hörte, wie ihr Schädel auf einen großen flachen Stein prallte, ein hohles Knacken, das mein Blut in Eiswasser verwandelte. Plötzlich war alles ganz still und ich schlich auf Zehenspitzen an die Kante. Als ich nach unten spähte, sah ich sie mit gespreizten Gliedmaßen in der Grube liegen, in der Noah und Ellie sie zurückgelassen hatten wie ein Tier. Neben ihr lehnte der Ast, als wäre er völlig ohne menschliches Zutun dort gelandet.

»Mila«, flüsterte ich. Doch es kam keine Antwort. Die Vögel über mir schüttelten ihr Gefieder aus, und ich wusste, was gerade geschehen war, ließ sich nicht mehr rückgängig machen.

Ich sah mich um, suchte nach Hinweisen darauf, dass ich hier gewesen war. Da, etwas Rotes. Milas Handy, mit dem Display nach unten hing es im Gestrüpp am Grubenrand. Ich fischte danach – ich trug ja noch immer Handschuhe – und hob es auf, hauptsächlich aus Neugier.

Ein Stück weiter lag ihr Schuh und mir fiel noch etwas ein. Der Edgewater-Killer. Der hatte von jedem seiner Opfer einen Schnürsenkel behalten, wie ein krankes Andenken. Das war ja fast zu einfach. Wenn die Ermittler Mila fanden, würden sie entweder davon ausgehen, dass Kendall Fitzwater zurück war oder sie es mit irgendeinem gestörten Nachahmungstäter zu tun hatten. Auf mich würde jedenfalls niemand kommen. Stattdessen würde ich mit ein paar geschickt platzierten Indizien den Verdacht auf Ellie oder Stella lenken, und wenn die beiden Schwestern dann damit beschäftigt waren, ihre Unschuld zu beweisen, würde die Saison mir gehören.

Mir schwirrte der Kopf vor lauter Möglichkeiten. Vorsichtig zog ich den Schnürsenkel aus den Löchern und steckte ihn zusammen mit Milas Handy in die Tasche meiner Leggings. Und dann lief ich los.

Innerhalb einer Stunde saß ich auf dem Beifahrersitz von Julias SUV. Wir fuhren zur Schule und sangen bei einem alten Britney-Spears-Song mit, wie immer.

Mila war tot. Und nur ich kannte die Wahrheit. Zum ersten Mal seit Langem fühlte ich mich mächtig.

Am Anfang war es kinderleicht, meine Fallen zu stellen. Nachdem ich Milas Handy aufgeladen hatte, fand ich darauf die Nachrichten, die Stella belasten würden, und das Selfie mit Ellie im Hintergrund. Ich wusste, wenn ich das Handy bei der Suchaktion »fand«, würde es Detective Parker zu den Steck-lers führen.

Als Parker sich bei den Ermittlungen jedoch komplett auf Stella fixierte, half ich ein bisschen nach. Ich schob Milas schlammverschmierten Schülerinnenausweis, der in ihrer Handyhülle gesteckt hatte, in Stellas Spind und beobachtete, wie er rausfiel, als sie sich mit Tamara unterhielt. Anschließend musste ich bloß noch als besorgte Zeugin bei Mrs Pérez vorstellig werden.

Ich ging davon aus, dass alle annehmen würden, Stella hätte Mila getötet, um ihre schärfste Konkurrentin loszuwerden. Immerhin hatte sie im Jahr zuvor doch schon quasi dasselbe bei Allison Tarley versucht.

Als jedoch immer mehr Zeit verstrich, ohne dass eine Leiche gefunden wurde, wurde ich allmählich nervös. Was, wenn Mila doch irgendwie überlebt und sich nach Hause geschleppt hatte? Nein, unmöglich. Oder? Würde man mir doch noch auf die Schliche kommen? Zum Glück, so beruhigte ich mich, deutete nichts darauf hin, dass ich an der Grube gewesen war. Keine Beweise, keine Spuren, kein offensichtliches Motiv. Ich hatte das perfekte Verbrechen begangen, da war ich mir sicher.

Und dann entdeckten sie Mila. Begraben unter Zweigen, Laub und Schlamm nach dem Unwetter, das an jenem Tag über die Stadt gezogen war. Danach konzentrierten sich Parker und seine Handlanger nur noch mehr auf Stella.

Ich machte mir nie ernsthafte Sorgen, dass Ellie sich freiwillig stellen könnte, sondern verließ mich darauf, dass sie Stella die Rolle des Sündenbocks spielen lassen würde. Sie hatte einfach zu viel zu verlieren und die beiden schienen sich ohnehin nicht sonderlich nahezustehen. In jedem Fall ging es ihr mies genug, dass sie sich nicht mehr aufs Gewinnen fokussieren konnte.

Womit ich jedoch nicht gerechnet hatte, war das unsichtbare Band zwischen den beiden Schwestern. So was hat es zwischen Shira und mir nie gegeben. Wir hielten einander stets auf Distanz und vermieden jeden zu engen Kontakt. Ich dachte, ich könnte Stella und Ellie zugrunde richten, jede für sich. Ich dachte, ich könnte sie gegeneinander ausspielen. Doch da habe ich mich getäuscht.

Erst jetzt wird mir allmählich klar, wer mir wirklich hätte helfen können. An wen ich mich hätte wenden können. Aber ich habe sie getötet. Habe sie sterben lassen. Mila und ich waren vom selben Schlag. Zwei Mädchen, denen das Leben übel mitgespielt hatte und die verzweifelt versuchten, das Beste daraus zu machen. Wir hatten Träume. Wir hatten Ziele. Aber ich habe alles zerstört.

Was soll ich jetzt zu den Leuten sagen, die vor mir stehen und warten? Zu Tamara und Julia, die dachten, sie würden mich kennen. Zu Noah, diesem Arschloch, wegen dem überhaupt erst alles derart aus den Fugen geraten ist. Und zu Stella und Ellie, bei denen das ganze Übel seinen Anfang genommen hat und die meine Chancen, jemals aus diesem Drecksloch rauszukommen, wieder und wieder ruiniert haben.

Ich kann nichts sagen. Ich kann nur rennen.

ELLIE

ES WAR RAVEN. Die *nette,* langweilige Raven, die stets einen Hauch zu langsam war, die Raufasertapete in Menschengestalt. Sie war es, die Mila getötet, die den Verdacht auf Stella gelenkt hat. Deren Ehrgeiz so groß war, dass sie alles um sich in Schutt und Asche gelegt hat. Ich dachte, nur Stella und ich wären so. Ich dachte, nur wir würden diesen inneren Drang kennen, diesen Hunger zu gewinnen, diese kochende Wut nach jeder Niederlage. Ich dachte, *wir* wären die Freaks, die Ausnahmen von der Regel.

Aber jetzt weiß ich, dass das nicht stimmt. Diese Gefühle schlummern in uns allen. Wir unterscheiden uns nur darin, wie stark wir sie zulassen. Wie weit wir dafür zu gehen bereit sind.

»Ellie Steckler?« Detective Parker steht in der Tür des Wartebereichs auf der Polizeiwache, ein schmuddeliger Raum, dessen Wände mal einen frischen Anstrich gebrauchen könnten.

»Ellie?«, wiederholt Parker. Diesmal erhebe ich mich, wickele mich fest in meine Fleecejacke und gehe auf ihn zu.

Stella tritt neben mich und ergreift meine Hand. »Sie ist noch nicht volljährig«, sagt sie. »Ohne unsere Eltern dürfen Sie sie nicht befragen.« Sie strafft den Rücken und reckt trotzig das Kinn vor. Mein Herz zerbröselt in tausend Teile vor lauter Dankbarkeit und Müdigkeit. Nach allem, was ich getan habe, was ich *ihr angetan* habe, habe ich ihren Beistand einfach nicht verdient.

Parker fährt sich durchs Haar und wendet sich dann an mich. »Also willst du warten?« Doch ich weiß, was ich zu tun habe. Ich schüttele den Kopf und drücke Stellas Hand.

»Nein«, antworte ich. »Stella kann mit reinkommen. Ich bin bereit.«

»Nein, Ellie«, ermahnt sie mich scharf. Aber mein Entschluss steht fest und ich gehe an Parker vorbei. Der Vernehmungsraum ist spärlich eingerichtet, bloß zwei Stühle auf beiden Seiten eines Alutischs. Kein Spionspiegel, keine Kameras. Nur … wir.

Ich setze mich auf einen der wackeligen Stühle und fange an zu erzählen.

STELLA

ELLIE WIRKT ERSTAUNLICH gefasst, als sie ihr Geständnis ablegt. Ich halte die ganze Zeit ihre Hand. Zucke mit keiner Wimper, während sie Parker berichtet, wie sie Mila in den Wald gelockt hat, was zuvor im Sommer passiert ist und wie Noah sie überzeugt hat, dass sie beide geliefert wären, wenn die Sache rauskäme. Was natürlich Blödsinn war, wie sie am Ende hinzufügt.

Als sie fertig ist, lehnt sie sich erschöpft zurück und richtet den Blick an die Decke. »Wie auch immer meine Strafe ausfällt, ich habe sie verdient«, seufzt sie.

Parker stützt die Ellbogen auf den Tisch. Doch bevor er etwas sagen kann, fliegt die Tür auf und Mom und Dad stürmen in den Raum.

»Stella, Ellie, kommt mit.« Mom ist fuchsteufelswild. »Sofort.«

Ich setze mich in Bewegung, aber Ellie bleibt sitzen. »Ich bin mit schuld«, beharrt sie. »Ohne mich wäre Mila nicht in der Grube gewesen. Ich bin zurecht hier.«

»Kein Wort mehr, Ellie«, warnt Dad. Auch Mom wirft ihr einen flehenden Blick zu, und ich frage mich, ob sie sich wohl gerade nach einem Drink sehnt. Ob das hier unsere Familie endgültig zerstören wird.

Parker räuspert sich. »Du kannst nach Hause, Ellie«, verkündet er beinahe liebenswürdig, bevor er sich an Mom und Dad wendet: »Wir melden uns.«

Mom murmelt etwas vor sich hin und dreht sich zur Tür.

»Na los«, sagt Dad und legt Ellie die Hände auf die Schultern. »Ab nach Hause.«

Ich tappe hinter Ellie her durch die stillen Flure der Polizeiwache. Draußen geht gerade die Sonne unter und tüncht die Wände rosa und orange. Mit dem nächsten Schritt trete ich direkt ins Licht, das zum Fenster reinfällt, und einen Moment lang bin ich geblendet. Ich drehe den Kopf und blicke durch die offene Tür in eins der anderen Vernehmungszimmer. Dort sitzt Raven an einem Tisch genau wie dem in unserem Raum. Ihr rotes Haar hat sich aus dem Pferdeschwanz gelöst und ihre Schultern beben. Sie schluchzt schweigend vor sich hin. *Richtig so,* denke ich.

Mrs Pérez bittet uns, den Rest der Woche nicht zur Schule zu kommen, während sie »sich eingehender mit der Sache befassen«, wie sie Mom gegenüber erklärt. Aber womit wollen sie sich da noch befassen? Wir kennen schließlich die Wahrheit.

Mein Handy vibriert. Eine Nachricht von Naomi. Als ich ihren Namen auf dem Display sehe, muss ich mir auf die Unterlippe beißen, um nicht breit zu lächeln. Ich habe ihr natürlich sofort von den Neuigkeiten berichtet, und seitdem schreiben wir fast ununterbrochen hin und her.

Na, was hast du vor an deinem ersten freien Tag?

Weiß noch nicht. Laufen bis zum Umfallen?

Ich wünschte, du könntest bis zu mir laufen. Wäre alles viel leichter, wenn wir das zusammen durchstehen könnten.

Die nächste Nachricht. **Okay, das war definitiv zu forsch. Sorry. Ich geh mich dann mal irgendwo einbuddeln.**

Wärme breitet sich in mir aus und ich lehne mich zurück gegen mein Kissen. Mir war gar nicht klar, dass man so viel Hoffnung auf einmal empfinden kann.

Fänd ich schön, also das mit dem Laufen zu dir. Vielleicht nicht heute. Aber bald.

Naomi schickt ein Grinse-Emoji zurück und ich stecke mein Handy in die Tasche. Dann schlage ich meine Bettdecke zurück und gehe mit einem Lächeln auf den Lippen nach unten. Ich wünschte, Mila wäre hier, um die Nachrichten Wort für Wort mit mir zu sezieren. Aber vielleicht ist das auch gar nicht nötig und gerade das Besondere an Naomi. Dass es nichts gibt, was einen in die Irre führen und in den Wahnsinn treiben kann. Alles liegt ganz offen und ehrlich vor mir.

»Huch, Stella, hast du mich erschreckt.« Mom presst sich die Hand auf die Brust. Sie ist sonst nie so früh auf und sieht aus, als hätte sie die ganze Nacht kein Auge zugetan.

»Tut mir leid, Mom«, sage ich und meine es ernst. Wir haben unseren Eltern dieses Jahr zur Hölle gemacht, genau wie letztes Jahr und eigentlich auch alle anderen davor. Erst jetzt wird mir so richtig klar, wie viel Mühe die beiden sich gegeben haben, um uns ein einigermaßen normales Leben zu ermöglichen.

Und was bekommen sie dafür? Nur Ärger.

Aber Mom scheint kein bisschen sauer deswegen. Sie schließt mich in die Arme und drückt mich fest an sich. »Ich hab dich lieb, Stella«, flüstert sie in mein Haar. »Und deine Schwester auch. Mehr, als ihr beide euch vorstellen könnt.«

Als sie mich wieder loslässt, sehe ich sie ein paar Tränen

wegblinzeln, bevor ihr Blick zu Ellie schweift, die gerade reinkommt. Ihre Augen liegen tief und ihre Haare stehen ihr zerzaust um den Kopf. Bevor sie irgendwas sagen kann, zieht Mom auch sie an sich und weint leise vor sich hin.

»Es tut mir so leid«, schnieft sie. »Dass ihr das Gefühl hattet, mit euren Problemen nicht zu mir kommen zu können. Dass ihr beide so allein wart mit alldem. Ich weiß, ich bin nicht perfekt, aber ich bin eure Mutter. Ich werde immer für euch da sein. Ich werde euch immer lieben.«

Ellie schluckt. Auch sie hat nun feuchte Augen.

Mom umklammert uns noch fester und plötzlich kann ich nicht mehr und lasse meinen Tränen freien Lauf. Ellie fällt mit ein, und da stehen wir nun alle drei und schluchzen, bis unsere Kehlen schmerzen.

Jetzt erscheint auch noch Dad auf der Bildfläche und stößt geräuschvoll die Luft aus, als er uns sieht. Seine Unterlippe zittert bedenklich. »Ach, meine Mädels«, seufzt er und schlingt von hinten die Arme um Mom. »Was sind wir doch für wandelnde Katastrophen.«

»Aber zumindest haben wir einander. Unser kleiner Katastrophen-Clan«, witzele ich, und alle fangen an zu lachen. Ich kann gar nicht mehr aufhören und halte mir den Bauch, um nicht zusammenzuklappen. Mom wischt sich das Gesicht mit einem Geschirrtuch ab, und irgendwann beruhigen wir uns wieder, zumindest für den Moment.

»Genau, wir stehen das schon durch«, sagt Dad. »Wir sind schließlich Stecklers, die wirft so schnell nichts um.«

ELLIE

MOM SAGT, ICH soll mich ausruhen, es langsam angehen lassen. Nichts tun. Nichts fühlen. Einfach nur entspannen. Aber das kann ich nicht. Alles kommt mir so unsicher vor, als könne jeden Moment der Boden unter mir nachgeben. Die Luft in meinem Zimmer ist drückend und meine Nachttischlampe liegt immer noch kaputt in der Ecke, die Scherben fein säuberlich zu einem Häufchen zusammengekehrt. Ich traue mich nicht, sie zu entsorgen. Ihr Anblick ruft mir vor Augen, was ich getan habe, wie viel Kontrolle, wie viel Macht ich einem anderen Menschen über mich eingeräumt habe. Er ruft mir vor Augen, dass so etwas nie wieder passieren darf. Je öfter ich hinsehe, desto mehr wächst in mir der Drang, von hier zu verschwinden.

Ich ziehe mich an, greife nach meinen Sneakers und binde mir mit zitternden Händen die Schnürsenkel. Ich muss laufen. Frischen Wind um die Nase spüren. Keuchen und schwitzen. Mich bewegen. Durchatmen. Ich selbst sein.

Ich renne nach unten, und als ich an der Haustür bin, höre ich Stellas Stimme aus dem Wohnzimmer.

»Wo willst du hin?« Ihr Kopf erscheint über der Sofalehne.

Ich weiß nicht, was ich antworten soll oder was überhaupt die Antwort *ist,* nur dass ich mich normal fühlen, überhaupt irgendwas fühlen will. Doch Stellas Blick ist schon auf meinen Laufschuhen gelandet.

»Wie viele Kilometer hast du vor?«, will sie wissen.

»Mal sehen.«

Stella lächelt kaum merklich. »Darf ich mitkommen?«

»Im Ernst?« Das gab es ja noch nie.

Sie steht auf und reckt die Arme über den Kopf. »Bin in zwei Minuten startklar.«

Kurz darauf sind wir aus der Tür, beide in Kapuzenpullis und Trainingsschuhen, und joggen gemütlich durch die verlassenen Straßen von Edgewater. Heute geht es nicht um Zeiten, nicht um Statistiken. Heute geht es nur um uns. Um unser Überleben.

Auf dem ersten Stück durch die Stadt reden wir nicht viel. Wir kommen am Diner und der Weinhandlung, dem Käseladen und der Gärtnerei vorbei. Nur eine Handvoll Leute sind unterwegs und verrenken sich die Hälse nach den Steckler-Schwestern, von denen man so viel hört. Sie geben sich nicht mal Mühe, unauffällig zu sein. Aber ich mache mir keine Sorgen. Nicht mehr. *Ihr kriegt uns nicht.*

Wer weiß, ob sie heute Morgen schon die Zeitung gelesen haben. »LÄUFERIN GESTEHT MORD AN MILA KEENE«. Sobald ich die Augen zumache, sehe ich Raven vor mir, auf der Polizeiwache, das Gesicht umrahmt von ihrem strähnigen roten Haar, die Schultern bis zu den Ohren hochgezogen. Sie sah kein bisschen aus wie die Mörder aus Dokusendungen, wie die abgerissenen Fitzwater-Brüder auf ihrem Schwarz-Weiß-Foto. Sie sah einfach aus wie das Mädchen, das wir schon unser ganzes Leben lang kennen.

Ich werde in dem Artikel nicht namentlich erwähnt. Aber das ist auch gar nicht nötig. Jeder hier weiß Bescheid über meine Rolle in der Geschichte, über Noah und mich und unseren kleinen Ausflug nach Newburgh. So ist das nun mal in einer Kleinstadt. Aber seltsamerweise schäme ich mich nicht mehr für meine Entscheidung, seit das Geheimnis gelüftet ist. Stattdessen fühle ich mich einfach nur frei.

»Komm«, sagt Stella ein wenig atemlos.

Ich folge ihr Richtung Ellacoya Resort. Meine Nackenhaare stellen sich auf, als wir den Lieferanteneingang erreichen. Zwar scheinen keine Polizisten oder Leute von der Spurensicherung mehr hier zu sein, aber ansonsten ist noch alles genau wie gestern, als die Wahrheit ans Licht kam. Ich kann sogar noch erkennen, wo ich mich auf Raven gestürzt und sie zu Boden gerungen habe. Die Abdrücke unserer Schuhe. Eine glänzende Furche im Matsch.

Wir bleiben nicht stehen. Stella blickt stur geradeaus, und ich ziehe scharf die Luft durch die Zähne, versuche, mutig zu sein, mich der Realität zu stellen. Kurz habe ich Angst, dass sie mit mir zum Oak Tower will, aber dann biegt sie ab zum Foxfire Point. Ich werde langsamer, nicht sicher, ob ich dafür bereit bin.

»Na los, Ellie«, sagt sie leise. »Wenn du das hier nicht schaffst, wie soll es dann weitergehen?«

Ich zögere trotzdem. Wie kann ich Stella erklären, dass mir gerade einfach alles zu viel ist? Dass ich schließlich alles zerstört habe und eine Mitschuld an Milas Tod trage?

Stella sieht mir weiter in die Augen und legt mir die Hand auf die Schulter. »Ich bin ja bei dir.«

Ihre Fürsorglichkeit verwirrt mich. Sie ist so anders als die Schwester, die ich kannte. Die Schwester, der ich jahrelang aus dem Weg gegangen bin. Und kaum, dass ich ihre Berührung spüre, gibt es kein Halten mehr. Schniefend und keuchend stehe ich da, das Gesicht verschmiert mit Rotz und Tränen.

»Hey.« Sanft zieht sie mich in ihre Arme. »Ist ja gut.«

Was mich nur noch lauter schluchzen lässt. Ich frage mich, wie viele Liter Tränen ich in diesem Monat, ach, in den letzten vierundzwanzig Stunden, wohl vergossen habe.

»Ich bin immer für dich da«, verspricht Stella. Und ich glaube ihr.

Den ersten Kilometer des Trails laufen wir langsamer als gewohnt, und ich konzentriere mich auf meinen Atem, während der Pfad allmählich ansteigt. Weiter und weiter geht es bergauf, bis wir die Abzweigung zum Foxfire Point erreichen. Die schönste Aussicht von ganz Edgewater, ein atemberaubendes Panorama, das sich fast bis zu den Berkshires erstreckt. Nichts als rauschende Wälder weit und breit. Überwältigt schnappe ich nach Luft. Ich hatte ganz vergessen, wie wunderschön es bei uns ist.

Plötzlich nehme ich schräg hinter mir eine Bewegung wahr und wirbele mit klopfendem Herzen herum. »Hey«, sagt Tamara. Sie hockt auf einem Felsbrocken etwas abseits des Trails, die Knie bis zum Kinn hochgezogen.

»Hey«, sagt auch Stella.

Tamara hat ihre Braids im Nacken zum Zopf gebunden und ihre Wangen sind feucht. Sie wischt sie mit einem Zipfel ihres Sweatshirts ab. Dann wandert ihr Blick zu mir und wird sanft. »Schätze, wir sitzen alle im selben Boot.«

Stella hockt sich neben Tamara, so dicht, dass ihre Schultern einander berühren. Beide sehen nach vorn, in die Ferne. Ich bleibe stehen, meine Füße wie mit dem Boden verwachsen. Doch Tamara winkt mich zu sich. »Komm«, fordert sie mich schlicht auf.

Ich stolpere auf die beiden zu und setze mich neben Stella, spüre, wie ihre Wärme auf mich übergeht. Dann schließe ich die Augen und lausche auf das Rascheln der Bäume und das Plätschern der Wellen, die ans Seeufer schwappen. Mein Herzschlag wird langsamer.

»Sie hat uns alle hinters Licht geführt.« Tamara schiebt die Hände in die Taschen. »Raven, meine ich.«

Stella nickt, aber wir sagen nichts.

»Sie wollte einfach zu viel, zu sehr. Na ja, irgendwie ist das wahrscheinlich bei uns allen so.« Tamara stößt die Schuhspitze in den Boden. »An der Schule ist schon wieder alles voller Presseleute. So bald werden wir die wohl nicht los.« Sie dreht das Gesicht zur Sonne. »Ist ja auch eine unglaubliche Story, welches Käseblatt würde sich die entgehen lassen? Besonders weil das Ganze hier in Edgewater passiert ist. Die nächste Tragödie.« Sie hält inne. »Eine Nachahmungstäterin.«

Stellas Mund klappt auf, dann wieder zu.

»Was?«, fragt Tamara.

»Ach«, fängt Stella an, »die machen sich bestimmt ganz schnell auf die Jagd nach der nächsten Sensation. Und dann ist Mila wieder vergessen.« Sie setzt ihre Worte so bedächtig, als wüsste sie nicht recht, wie sie formulieren soll, was auch immer ihr durch den Kopf geht. »Warum liefern wir ihnen nicht Stoff für eine echte Schlagzeile? Irgendeine Aktion für Mila.«

Ein Lächeln breitet sich auf Tamaras Gesicht aus, und mein Herz fängt an zu klopfen, so schnell, dass ich kaum mitkomme.

Tamaras Augen funkeln. »Woran denkst du?«

STELLA

DER REST DES Teams ist sofort an Bord – es sind ja auch nur noch Ellie, Tamara, Julia, ich und die drei Zehntklässlerinnen übrig, die für die Staatsmeisterschaft im Eiltempo aus der Juniorenmannschaft in die erste befördert wurden.

Die drei sind es genauso leid wie wir anderen, ständig gegeneinander ausgespielt zu werden. Haben die Nase voll von Coach Garys Regeln, von seinem Geschrei. Davon, dass wir in dieser Stadt wie Trophäen gehandelt werden. Dass wir überall nur als die Mädchen aus Deadwater bekannt sind. Sie sind motiviert, voller Hunger auf Erfolg, und sie wissen, dass sie noch ein paar Jahre haben, um Rekorde zu brechen. Und als Tamara ihnen den kleinen Vortrag hält, den wir gemeinsam in der Lounge des Ellacoya Resorts verfasst haben, sind sie nur zu bereit zu helfen. Ein bisschen Staub aufzuwirbeln.

Niemand sagt etwas auf der Busfahrt zur Staatsmeisterschaft. Zwei Stunden lang sitzen wir alle in einvernehmlichem Schweigen da. Es ist, als würden wir meditieren, wie ein heiliges Ritual, bei dem uns niemand stört. Falls der Coach ahnt, dass irgendwas im Busch ist, lässt er es sich zumindest nicht anmerken. Ellie neben mir ist angespannt und ballt alle paar Minuten die Fäuste. Doch wenn ich dann meinen Oberschenkel gegen ihren presse, erwidert sie den Druck, und ich weiß, dass alles in Ordnung ist. Dass wir die Sache wie geplant durchziehen.

Am Ziel angekommen steigen wir der Reihe nach aus. Es

ist kalt, kälter als in Edgewater, und es weht ein rauer Wind, die Böen so scharf, als wollten sie einem die Kehle aufschlitzen.

Zitternd ziehe ich den Reißverschluss meiner Fleecejacke bis zum Kinn hoch.

»Los geht's«, blafft der Coach und wir folgen ihm, wie immer, zu dem für uns abgetrennten Bereich auf dem Sportplatz. Auf einer der Tribünen entdecke ich Mom und Dad mit ihren blauen Edgewater-Mützen. Sie winken und lächeln ermutigend, obwohl sie wissen, was gleich passieren wird, was wir vorhaben. Mein Herz macht einen kleinen Hüpfer. Die beiden sind auf unserer Seite, stehen voll und ganz hinter uns.

Ein paar Reihen vor ihnen sitzen die Scouts. Auch der Coach hat sie gesehen und eilt zu ihnen rüber, schüttelt Hände und deutet stolz über seine Schulter auf uns. Sein kleiner Rennstall. Seine hart gesottenen Mädels. Die so viel durchgemacht haben. So standhaft sind. Richtige Kämpferinnen. Und dabei hat er keine Ahnung, wozu wir wirklich fähig sind.

Der Typ von der Georgetown schenkt uns keinerlei Beachtung. Er scheint regelrecht angewidert vom Edgewater-Blau. Aber eine Frau von einem kleinen College im mittleren Westen nimmt Blickkontakt mit mir auf und lächelt. Sie macht sich eine Notiz und trinkt einen Schluck aus einem Thermobecher mit dem Logo ihrer Uni.

»Ich hab gehört, die wollen ihre Cross-Abteilung neu aufbauen«, erklärt Ellie neben mir. »Das heißt, sie stehen noch ziemlich am Anfang, klingt aber gar nicht übel. Und sie vergeben nur Teilstipendien. Besser als nichts.«

»Hm«, erwidere ich. »Vielleicht gibt's ja doch noch Hoffnung für uns.«

Ellie kaut unglücklich an ihrem Nagel. Sie scheint mir nicht zu glauben.

»Das weißt du doch, oder?«, frage ich. »Wir stehen das durch. Du und ich gegen den Rest der Welt.«

Ellie bleibt skeptisch, aber sie legt die Hand auf meine. »Du und ich.«

»Okay, Mädels«, ruft der Coach, der nun wieder zu uns zurückgejoggt kommt. »Legt mit dem Stretching los und macht euch langsam bereit. Ihr habt noch zwanzig Minuten.« Er wippt ein paarmal auf den Fußballen und läuft dann weiter zu den Jungs.

Noahs Abwesenheit fällt deutlich auf, und alle spekulieren darüber, welche Strafe ihn wohl erwartet.

Wenn das hier ein normaler Wettkampf wäre, hätte ich jetzt meine Noise-Cancelling-Kopfhörer auf, und mein Magen würde sich vor Nervosität verkrampfen, während meine Gedanken sich immer mehr fokussieren. Heute jedoch sitze ich einfach nur auf dem Boden, dehne halbherzig meine Beine und denke darüber nach, wie es gleich laufen wird.

»Immer noch sicher, dass du das durchziehen willst?« Tamara lässt sich neben mir ins Gras plumpsen. »Für dich steht ja wesentlich mehr auf dem Spiel als für mich. Ich will an der Uni gar nicht ins Cross-Team.«

»Ja«, erwidere ich. »Wir müssen es tun. Für Mila.«

Sie nickt. »Mila hätte sich auf jeden Fall gefreut.«

Mein Brustkorb zieht sich zusammen. Tamara hat recht. Das hätte sie.

»Ist Naomi hier?«, will sie wissen.

Ich suche die Zuschauerreihen ab. »Da«, ich deute in die hintere linke Ecke, »mit der goldenen Jacke.« Naomi fängt meinen Blick auf. Sie formt einen Trichter vor dem Mund und ruft meinen Namen, bevor sie ein lautstarkes Johlen hinterherschickt. Mein Herz fängt an zu flattern und öffnet sich weit. Endlich.

Tamaras Blick wandert von Naomi zu mir. »Oha«, merkt sie grinsend an. »Jetzt kapier ich. Schnapp sie dir, Stella Steckler.«

Ich muss loslachen und zucke dann mit den Schultern. »Sie ist halt echt cool.«

»Mhm, schon klar.« Tamara versetzt mir einen Stoß in die Rippen. »Ach, guck mal, sie ist mit Milas Mom hier. Und wer ist dieser Typ daneben?«

Ich richte meinen Blick auf Thomas Keene. »Das ist Milas Dad.« Er winkt uns zu. Sein anderer Arm liegt fest um Shawnas Schultern.

»Die ersten Mädchenmannschaften bitte!«, ruft einer der Schiedsrichter über die Lautsprecheranlange. Die Menge jubelt und wir stehen auf, schälen uns aus Jacken und Überhosen und machen ein paar letzte Lockerungsübungen. Wie glaubwürdig wir wirken. Sportlerinnen. Heldinnen.

Ich hole tief Luft und besinne mich ein letztes Mal darauf, was dieser Wettkampf bedeutet. Dann stellen wir uns an der Startlinie auf, Ellie links von mir, Tamara rechts. Julia guckt mich von Tamaras anderer Seite erwartungsvoll an. Ich presse die Lippen zusammen und ermahne mich, meinen Teamkameradinnen zu vertrauen, nachdem ich es so lange nicht getan habe.

»Auf die Plätze!«, ruft der Schiedsrichter. Wir gehen in Startposition, spielen weiter unsere Rolle. »Fertig!« Ich ziehe die Arme nach hinten, bereit zum Start. »Los!«

Ich schließe für einen Moment die Augen und bleibe reglos stehen. So wie wir alle.

Die Mädchen der anderen Mannschaften sprinten los, nur wir aus Edgewater stehen einfach da, kerzengerade, und rühren uns nicht vom Fleck. Dann ergreift Tamara meine Hand und ich taste nach Ellies. Gemeinsam bilden wir eine Kette, drehen uns mit dem Rücken zur Tribüne und heben die Gesichter zum Himmel.

Ein kollektives Keuchen geht durch die Zuschauermenge, und aus dem Augenwinkel sehe ich die ersten Leute aufspringen.

»Was macht ihr denn da?!«, brüllt der Coach von der Seite. »Lauft endlich! Lauft!«

Ich höre ihn eilig auf uns zustapfen.

»Ganz ruhig bleiben«, flüstere ich und die anderen nicken.

»Was soll der Scheiß?«, donnert der Coach. Speichel fliegt ihm aus dem Mund und eine Ader an seinem Hals tritt dick und blau hervor.

Doch wir schweigen. Und wir wissen, wenn wir das nächste Mal laufen, dann laufen wir nur für uns.

DANKSAGUNG

Ich danke meiner Agentin, Alyssa Reuben. Du bist meine größte Fürsprecherin und die Stimme in meinem Kopf, der ich am meisten vertraue. Es erfüllt mich immer noch mit Ehrfurcht, dass du ausgerechnet mich aus dem Manuskriptstapel gezogen hast.

Danke an Jess Harriton, die dieses Buch so wohlwollend lektoriert hat. Du warst mir eine wahre Partnerin und ohne dich und dein geniales Hirn gäbe es diese Geschichte nicht.

Danke an Casey McIntyre, die mich voller Enthusiasmus und dringend benötigtem Humor durch den Veröffentlichungsprozess gelotst und mir ein Maß an Unterstützung hat zukommen lassen, von dem andere Autor*innen nur träumen können.

Danke an Elyse Marshall, ohne deren Publicity-Power ich vollkommen aufgeschmissen wäre und deren ruhige führende Hand ich unsagbar zu schätzen weiß.

Danke an Ruta Rimas, deren Begeisterung für alles, was da kommen mag, einfach nur ansteckend ist.

Danke an Kim Ryan und das Lizenzteam von Penguin Teen, dafür, dass sie meine Arbeit so vielen Leser*innen rund um die Welt nahebringen. Danke an die Teams meiner internationalen Verlage, die ich hoffentlich persönlich kennenlernen werde, wenn dieser ganze Pandemiekram endlich vorbei ist.

Danke an Kristin Boyle und Lilia Cretcher für dieses absolut atemberaubende Cover und dafür, dass ich bei dem Fotoshooting per Zoom beiwohnen durfte. Danke an Katie Bircher und

Marinda Valenti, die dieses Manuskript mit ihrer Korrekturleserinnen-Expertise auf Hochglanz poliert haben.

Danke an alle bei Razorbill und Penguin Teen, die so zuverlässig dafür sorgen, dass unsere Geschichten immer zu den richtigen Leser*innen finden. Ihr seid das beste Netzwerk, das man sich nur wünschen kann, und ich kann mich unglaublich glücklich schätzen, Teil eines so brillanten Teams zu sein: Kara Brammer, Christina Colangelo, Gretchen Durning, Felicia Frazier, Alex Garber, Carmela Iaria, Jen Klonsky, Bri Lockhart, Jen Loja, Shanta Newlin, Debra Polansky, Emily Romero, Jocelyn Schmidt und Jayne Ziemba. Ein extradickes Dankeschön geht an Felicity Vallence und das Social-Media-Team – Ihr seid lauter gute Feen!

Danke an Sydnee Monday und Rachel Porter, die dieser Geschichte ihre Zeit geschenkt haben und jede Menge großartiger, gut durchdachter Anmerkungen beizusteuern hatten. Weiterer Dank geht an Katelyn Dougherty und Alaina Belisle für euer ehrliches Feedback und eure Hilfe.

Danke an alle in der Paradigm Agency, inklusive Alaina Belisle, Aaron Buotte und Katelyn Dougherty. Ihr macht alles so viel leichter. Danke an Matt Snow, der nicht nur nicht gekleckert, sondern so geklotzt hat, wie ich es niemals gewagt hätte.

Danke an das Team hinter »The Players' Table«, das an die Magie dieses Buchs geglaubt hat.

Danke an Marley Goldman, meine erste Leserin, die mich nie in Watte packt und der immer etwas einfällt, was die Geschichte noch besser macht.

Danke an alle meine Brüder und Schwestern von der schreibenden Zunft, die in diesem Jahr der Isolation zu meinen wichtigsten Rettungsleinen geworden sind: Emma Gray, Stephan Lee, Hayley Krischer, Kelsey McKinney, Caroline Moss, Zach Sergi und Jordyn Taylor.

Danke an die Nieman Foundation und die Abschlussklasse 2021, die dieses seltsame Jahr so warmherzig und einladend gestaltet haben.

Danke an Steve Almond, Maria Bell und Marla Kanelos, die meine Wahrnehmung dessen, was Schreiben alles bedeuten kann, immens erweitert haben. Ich bin extrem froh, von euch lernen zu dürfen.

Danke an Andi Bartz, Jessica Knoll, Megan Miranda und Kara Thomas, deren frühe Unterstützung für »The Players' Table« mir in so vieler Hinsicht Auftrieb gegeben hat.

Danke an meine Freund*innen – euch alle – für all die abstandsregelkonformen Picknicks, Wanderausflüge, Rollerbladingsessions und Jogginganzugselfies.

Danke an die Buchhändler*innen, Lehrer*innen, Bookstagrammer*innen, Bibliothekar*innen und Leser*innen, die »The Players' Table« derart verschlungen und weiterempfohlen haben. Das hier ist der beste Job der Welt und ohne euch könnte ich ihn nicht ausüben.

Danke an alle Lunds und Strachans, dafür, dass ihr so verständnisvoll wart, wenn ich mich mal wieder zum Schreiben in meinem Kämmerlein eingeschlossen habe, und nicht zu viele Fragen gestellt habt, wenn ich dann mit trübem Blick wieder hervorgekrochen kam – und natürlich für die gute Laune beim Abendessen.

Danke an Mom, Dad, Halley, Ben und Klein-Luke. Eure Kraft, Unterstützung, Anteilnahme und unerschütterliche Liebe verleihen mir stets die Motivation, am Ball zu bleiben und euch stolz zu machen. Ich hab euch unendlich lieb.

Danke an Maxwell Strachan, den ich nach einem Jahr Quarantäne mehr liebe denn je. Du hast mir gezeigt, dass unser Zuhause immer da ist, wo wir zusammen sein können.

Natürlich magellan©

FSC www.fsc.org MIX Papier | Fördert gute Waldnutzung FSC® C083411

Wir pflanzen Bäume Für unsere Umwelt www.magellanverlag.de

FAIR PRODUZIERT www.magellanverlag.de

Hergestellt in Deutschland
CO_2-Ersparnis durch kurze Lieferwege
Gedruckt auf FSC®-zertifiziertem Papier
Lösungsmittelfreier Klebstoff
Drucklack auf Wasserbasis

1. Auflage 2023

This edition published by arrangement with Razorbill,
an imprint of Penguin Young Readers Group,
a division of Penguin Random House LLC.
Die Originalausgabe erschien 2021 unter dem Titel
»They'll Never Catch US« bei Razorbill.
Aus dem Englischen von Jessika Komina und Sandra Knuffinke
Umschlaggestaltung: Christian Keller
unter der Verwendung von Motiven von shutterstock:
Steve Collender/kzww
Druck: CPI, Leck
ISBN 978-3-7348-5077-6

www.magellanverlag.de